ハヤカワ・ミステリ

MATT QUERY & HARRISON QUERY

幽囚の地

OLD COUNTRY

マット・クエリ&ハリソン・クエリ
田辺千幸訳

TOKYO HAYAKAWA BOOKS

A HAYAKAWA
POCKET MYSTERY BOOK

OLD COUNTRY
by
MATT QUERY AND HARRISON QUERY

Translated by
CHIYUKI TANABE
First published 2024 in Japan by
HAYAKAWA PUBLISHING, INC.
This book is published in Japan by
arrangement with
CECILE B LITERARY AGENCY
through JAPAN UNI AGENCY, INC., TOKYO.

装幀／水戸部 功

本書をソニヤ、クラーク、よき隣人、
そしてティボドーと世界中で番をしているすべての犬たちに捧げる。

幽囚の地

登場人物

ハリー・ブレイクモア……………………元海兵隊員
サーシャ…………………………………ハリーの妻
ダッシュ…………………………………ハリーとサーシャの飼い犬。
オスのゴールデンレトリバー
ダン・スタイナー………………………ブレイクモア家の隣人
ルーシー…………………………………ダンの妻
ジョー……………………………………ベリー・クリーク農場の地主

第一部　西へ

第一章　ハリー

「初めて人を殺したとき、殺したのはふたりだった。ほぼ同時、っていうか、ほんの数秒のうちに立て続けだった」

　そう言っているあいだにも、根が正直者のおれの左脚はしびれ始めていた。体重を移し替えるといった、不安や戸惑いを感じさせる態度を取りたくはない。おれがここにいるのは、そういったことを観察されるためなんだろうと思う。感情を体が裏切って、思わず身じろぎすることがないかどうかを。

「二〇一〇年のアフガニスタンで、モシュタラク作戦――マルジャの戦いが始まったところだった。おれの分隊は道路沿いの小山の上に陣取っていた。道路から六フィートか七フィート（一フィートは約三十センチ）くらい高くなっている、タイヤやゴミだらけのちょっとした山だ。安全な場所で命令を待っていた。おれは相棒のマイクと一緒で、隊のほかのやつらからは二十ヤード（一ヤードは約九十センチ）ほど前にいた。小隊のほかのやつらも、おれたちのうしろにいた。そのゴミの山の反対側の見えないところだ。実は中隊のほとんどは近くにいたんだが、この作戦の次の段階の調整をするためにただそこに集結しているだけだった」

　ちくしょう、あの町はクソみたいなにおいがした。燃えるごみ、ヤギの糞、汗、そしてクソ。

「突然、道路の左側から男がふたり、おれたちの前のT字路に向かって走ってくるのが見えた。もう一本の道路が、そこから遠ざかるように延びているところだ」おれは両手でT字路の形を作った。

「前にいた男はAKを、もうひとりは無線機とでかい……ホッケーのバッグみたいなリュックを肩にかけていた。撃ったあとのRPGの筒がいっぱいに入っていた。ふたりとも二十代後半か、三十そこそこくらいに見えた。おれよりは上だ。

最初は自分の目が信じられなかった。やつらが走ってきた東のほうでは、派手な銃撃戦が行われていたんだ。なんでかはわからないが、タリバンを見かけたとしても、そいつらはみんなそっちに向かうもんだと考えていたんだと思う。マイクをつついて、〝あいつらはくそったれのタリバンか？〟みたいなことを言った。あいつもおれと同じくらい驚いていた。いや、そいつらを見たとたんに、悪いやつらだって頭のなかではわかっていたんだ。だが、信じたくなかっただけだ。マルジャが始まるまで、おれたちは一年近くアフガンにいたが、武装したやつらが二百ヤードより近いところで道路をゆるゆると走っているのを見たのは初めてだった。そんなものはめったに見ない。それまではやつらとの接触といえば、パトロール中にはるか彼方にいるのを見つけて、当たらないとわかっていながら撃ったくらいだ。だがそれは……明らかに本物の接触だった。強烈な体験だった」

言い終えたところで、おれは驚いたような笑みを作ってうなずいた。

「やつらは、おれたちの前の道路までやってくると――ゴミの小山の上にいるおれたちが見おろしている道路だ。やつらの左側に延びているほう――壊れたセダンの陰にしゃがみこんだ。おそらく百ヤードか百十ヤードくらい離れていたと思う。やつらが来た方角からは、それで身を隠せていた。やつらが逃げてきたらしい銃撃戦の方向からは、見えなくなっていた。だが、おれたちからは丸見えだった。スコープにそいつらを捉えておくのに筋肉ひとつ動かす必要がないくらい、よく見えていた。マイクもおれもあんまり驚いたもんで、間抜けみたいにただそこに座ったまま、ミシシッピと三度繰り返すくらいのあいだ、言葉もなくやつらを見ていた。なにがおれを駆り立てたのかはわからない——手前にいるやつが顔をあげておれか、おれのいる方向を見たと思ったんだ。だからおれは……ふたりを撃った。まず、ライフルを持っていたやつ、それから無線機とRPGのでかいバッグを持っていたうしろのやつ。撃った弾は全部命中した。やつらはただ……そこにいたんだ。百ヤードっていうのは、それほどの距離じゃない。やつらはスコープのなかにいたから、ごく簡単なことだった」

おれは意図的に言葉を切り、彼の目を見つめた。**誠実そうにうなずくのを忘れるな、**おれは心のなかでつぶやいた。「ふたりともその場で死んだ」

最初の男のうなじのすぐ下に弾が当たったこと、男が顔からどさりと倒れたことを思い出した。男は体を支えるための筋肉ひとつ動かそうとはせず、ライフルを手放すこともなく、背筋を伸ばしたまま道路に顔から突っこんだ。そのときにまだ生きていたとしても、衝撃で意識を失っていただろう。弾が脊椎を貫いたんだと思う。おれが撃ったあと、ふたり目の男は**いったいなにをやっているんだ？**みたいな驚いた顔で彼を見ていて、おれはすかさずそいつの胸を撃った。命中したとたん、そいつは持っていた無線機を落とし、仰向けに倒れるのを防ごうとしたのか、反射的に両手をうしろに出して道路に手のひらをついた。ビーチタオルの上に座っているようだった。おれが二発目を撃つまで、そいつはひどく戸惑ったような顔をしていた。

次に思い出したのは、その数週間後に殺した別の男のことだ。白髪交じりの年配の戦士だった。ほかのどんな顔よりも、おれはよくその男の顔を思い浮かべる。さりげなく、けれど心から暴力を信じている顔だった。

おれの目を見ながら、ほとんどわからないくらい小さくうなずいているドクター・ピータースを見つめ返した。「ハリー、その記憶をわたしに打ち明けたとき、きみはなにを感じた？」

「そうですね……」おれはつかの間、顔を伏せ、いかにもじっくり考えているといった表情を作ってから、顔をあげた。「この話をだれかにしたからといって、これといったことは感じませんね。最初に心に浮かんだのは、おれと一緒にいた相棒のマイクのことだったと思う。もう何年も話をしていないが……元気でやっているといいんですが」

ピータースはうなずいた。「その記憶、その経験がきみの思考や夢に押し入ってきたと感じたことはないかね？　驚かされるような、あるいは厄介な形で蘇ってきたことは？」

おれはその質問にも、数秒かけて考えているふりをした。「いいえ、ありません」

ピータースはうなずき、おれがさらになにか言うのを待った。**その話をもう少しくわしく聞かせてもらえるかな？**　と強要してくる精神分析医は多いが、答えがまだ途中だと感じさせたいのか、ピータースはなにも言わない。おれは言葉を継いだから、うまく乗せられたということだろう。

「そんなふうに……驚かされたり、厄介だったりするような形で、その記憶が蘇ってきたことはないと思います。ほかの記憶と同じですよ。言っておきますが、罪悪感を覚えたりはしません。状況が逆だったら、あいつらがおれを撃っていた。この話であれ、おれが殺したほかの人間についてであれ、話をするのになんの抵抗もありません。そういった経験についてだれかに訊かれたら、喜んで話しますよ。おれはただ……訊かれもしないのに、こういういやな話を自分からはしないっていうだけです」

ピータースはうなずいた。その顔を見るかぎり、おれの答えは正しかったらしい。少なくとも、彼はそれ以上突っこんではこなかった。

「さてと、ハリー、時間をかなり過ぎてしまったようだ」

そのとおりだ、ドク。この二十二分半、おれはずっと予定の時間が過ぎていることを意識していた。それでもおれは腕時計を見て、驚いているふりをした。

「なんてこった、おれはもう行かないと」

ピータースは立ちあがり、机に歩み寄った。マニラフォルダーを手に取り、おれに差し出す。

「ハリー、アイダホの退役軍人省《VA》関連についての情報をまとめておいた。ポカテッロ、ツイン・フォールズ、そしてもちろんボイシにもクリニックと病院がある。VAのたらいまわしがいらつくものだというのはわかるが、きみがこのセラピーを続け、健全な信頼関係を結べる人間を向こうで見つけられることを願っているよ。とても大切なことなんだ。きみとのセラピーはほんのひと月前に始めたばかりだが、わたしはいつでもきみと話をする用意がある。電話でもビデオ通話でも、どちらでも構わない。必ず時間を作るよ。躊躇《ちゅうちょ》せずに連絡してきてほしい」

おれは立ちあがり、フォルダーを受け取ってうなずいた。「そうします、ドクター・ピータース。お時間をいただき、ありがとうございました。とても話しやすかったです」彼は握手を交わしながら、口を結んだまま笑みを作った。

「きみと奥さんがしていることは、素晴らしいと思うよ、ハリー。きみとサーシャが、夢見ていた人生を歩む決断をして、本当によかったと思っている。お世辞じゃなく、うらやましい。そんな情熱を追いかける機会がある人間はそういないからね。これがきみとサーシャの夢だとわかっているから、きみたちの成功と幸せを祈っている。きみたちふたりはそのライフスタイルでうまくやれると確信しているよ」

おれは笑みを返した。「デンバーは人が増えすぎましたからね。山での暮らしがおれたちに合っていなければ、いつでも帰ってこれますし」

「体に気をつけて、ハリー」

彼は笑みを浮かべたままドアを開けてくれたが、そこにはいくらかの懸念と、疑念らしきものも確かに浮かんでいた。その表情は意図的に作ったものだろうかとおれは考えた。

第二章　サーシャ

南ワイオミングに延びるI－八〇号線は、何度走っても退屈しない。プロングホーン（カモシカに似た哺乳類）、ヤマヨモギ、彼方にある製油所、風雨にさらされた岩石層、黙示録の言葉が書かれた広告板、またヤマヨモギ、またプロングホーン……単調だけれど、厳しくて美しい田舎だ。ハリーとわたしはこの十年、オレゴンとアイダホとウィンドリバー山脈を少なくとも十二回はバックパックを背負って旅したし、この数年のスキーシーズンにはジャクソンにいる友人を訪ねていたから、この道は百回くらいは走っているような気がしていた。ララミーやシンクレアやロックスプリングスやエバンストンのガソリンスタンドの店内の様子を頭のなかに思い浮かべることすらできた。

オーディオブックのナレーターの声が着信音で中断し、携帯電話の画面にハリーの顔が映った。

「やあ、ベイビー、グリーン・リバーで給油するのはどうだ？　あと一時間くらいだ」

「いいわよ、あなた《ラブ》。安全運転で！」

ハリーは、数日かけてわたしたちの人生すべてを詰めこんだ不格好なくらい大きなUホールの貸しトラックを運転していて、わたしはそのうしろをトヨタのSUV、4ランナーで走っていた。

「ダッシュはどうだ？」

わたしは飼い犬のゴールデンレトリバー、ダッシュが丸くなっている後部座席を振り返った。

「大丈夫。脚を伸ばさせてやりたいけれど、でも問題ない」

「そうか、きみも運転、気をつけて」

二八七号線でコロラドからワイオミングにはいったあたりから、ようやく——信じられない——始めたんだという実感が湧いてきた。ハリーとわたしは、十年前に大学で出会ったときからずっとこの話をしていた。最初のころのデートで、わたしは彼の〝希望と夢〟について訊いた。〝二十年後のあなたはなにをしていると思う？〟というようなもっと陳腐な質問だったかもしれない。彼がどんなふうに話し始めたのか、正確には覚えていないが、答えのある箇所にすっかり心を奪われたので、そこははっきりと記憶に残っている。それが、彼を愛するようになった理由だったかもしれない。

彼は言った。「山のほうに土地が欲しいんだ。ポーチに座って外を見たときに、自分の家と納屋と作業場以外の人工の建物が目に入らないようなところに」

心からの言葉だったし、目には切望の色が浮かんでいた。けれど当時は彼のことを、わたしとやりたいがために別の人格を作りあげて、きまぐれなたわごとを口にしている男のひとりかもしれないとも考えていた。実際にそういう思いもあったのかもしれないけれど、どちらにしろ、それは功を奏した。それにそのデート以来、彼はずっとそれに対する情熱を失うことはなく、わたしもまた彼のその将来の展望に心を奪われた。

だがわたしは、それほど背中を押してもらう必要はなかった。実のところロッキー山脈の麓《ふもと》での暮らしを考えたとき、わたしはハリー以上に慣れていたし、経験もあった。コロラドの南西部にある小さな山間《やまあい》の村で、幼いころからスキー好きだった両親に薪ストーブのある家で育てられたわたしは、間違いなくそのための準備ができていた。ハリーの〝夢〟にすぐに惹かれたのも、きっとそれが理由だろう。最初のデートで、家庭という言葉が持つ温かい感覚をその夢に結びつけたのも。

一年ほど前に準備――山地のどこかに土地を買うことを真剣に検討する――を始めてからというもの、わたしは彼の昔の言葉を持ち出してはからかった。その準備は、ボーズマン、ミズーラ、ヘレナ、ベンド、カーダレーンの不動産業者に連絡を取ることから始まっていて、彼らとメールでやり取りをするというそれだけのことで、すべては現実なのだと感じ、気持ちが浮き立ったものだ。わたしはCOOとCEOにリモートでできる仕事を作ってほしいと訴え、実際にそのための業務に取りかかると、一気に現実感が増した。

不安になったり、危惧したりすることも確かにあった。友人や、ハッピーアワーや、ライブ音楽や、両親と故郷から離れて出かける日帰り旅行といったものを失うことになるのだ。だがそれでもわたしは、増していく一方の懸念事項や、このライフスタイルをいま試さなければ永遠に機会はないだろうという直感に注意を払ってきた。

また、わたしがこんなことをしているのはただハリーを喜ばせたいだけなのだろうかということも繰り返し考えていて、わたし自身がそれを本当に望んでいると知って、そのたびに驚くのだった。

ハリーは三十五歳、わたしは三十歳だった。大学時代の友人のほとんどは、仕事がますます忙しくなるなか、子供を持っている。わたしたちはと言えば、ここ、コロラドのボールダーかデンバーで滑稽なくらい高額の小さな家を買っていま以上に必死に働くか、このライフスタイルを試してみるかの分かれ道にいるのだと感じていた。その分かれ道にやってきたことで、わたしは自分が田舎での暮らしをどれほど試したいと思っているかを知り、どこか静かで美しくて自然にあふれるところでハリーと家庭を作りたいという思いがどれほど大きくなっているかを悟った。

この夢を真剣に考え始めた瞬間がある。一年と少し前、スキーに行くためにI‐七〇号線を走っていたわたしたちは、とんでもない渋滞に巻きこまれてベール・パスを抜けるまでに六時間もかかった。I‐七〇号線の渋滞は何度となく経験していたが、四時間ほどたったところで彼の顔に浮かんだ表情を、わたしは決して忘れることはないだろう。背もたれを倒した助手席から見ていた彼の様子をはっきりと思い出すことができる。諦《あきら》めと苦悶の表情で、のろのろ運転の車列を見つめていた彼は、やがてわたしの方に目を向けて言った。「ベイビー、もうこの州は出なきゃだめだ」

ボーズマンとベンドはだめだということがすぐにわかった。そのあたりの土地は高すぎたし、わたしたちが欲しかったのは〝本当の西部〟で、ハリーは――そしてわたしもある程度は――コロラドはもう〝本当の西部〟というカテゴリーには入れられないと感じるようになっていた。七年前から暮らしていたデンバーをLAかフェニックスのように思い始めていた。どんどん大きく広がって、日ごとに平原が侵蝕されていた。

カーダレーンの不動産業者は、仕事場はジャクソンだが、ティートン山脈周辺の物件を扱っている同僚を紹介してくれた。ジャクソンはわたしたちが買える価格帯をはるかに超えていたが、その業者ナタリーはティートン山脈のアイダホ側にあるいくつかの驚くべき物件の情報をくれて、それらは――少なくともわたしにとっては――より広くて、より素敵で、価格も格段に安いと感じられた。ハリーは数年前、大学時代の友人と一緒に、犬を連れてアイダホのドリッグスに釣りとライチョウ狩りに行ったことがあって、その地方にすっかり夢中になっていた。

ポーチに座り、彼が旅行中に撮った写真とそのあたりの衛星地図を見せてくれたことを覚えている。「素晴らしいところだ。最初からあのあたりを考えなかったことが信じられないよ。鱒《ます》がいっぱいの川、ヤマナラシの森、いたるところが公有地だ。ジャクソンから車で一時間半、ボイシからは四時間くらい、ソルトレイクからは三時間半というところかな。ベイビー、本当だよ、本当に最高だから」

このあいだの九月、わたしたちは友人の結婚式のためにジャクソンに行き、その後、アイダホで数日過ごしてナタリーと会い、ティートンとフレモント郡周辺の物件を案内してもらった。ハリーの言ったとおり素晴らしいところで、わたしもティートン山脈周辺のアイダホに夢中になった。わたしたちが買える価格帯で気に入ったところはなかったが、この一帯の美しさにわたしは圧倒されていて、ハリーの言葉が正しかったことを即座に理解した。ここ――ここそ、わたしたちが越してくるべき場所だ。

数カ月後、アシュトンとジャドキンス郊外の静かな谷間にささやかな牧場があるとナタリーから連絡があった。彼女もこの物件には興奮していて、これは驚くべき掘り出し物だと言った。

家畜用フェンスで囲まれた五十五エーカーの土地に建つ、千平方フィートの小さな家だった。新しい屋根、新しい給湯器、独立したガレージ兼作業場、二棟の小さな納屋、家の前面の端から端まであるポーチは、キッチン脇の広々としたパティオにつながっている。家のまわり一エーカーほどは金網のフェンスに囲まれ、きれいに整備されていた。そのうえ、地所の北と東側にはロードアイランドの数倍の大きさの国有林が広がっていた。

この地所は十年ほど前、牧場を専門とする大手の投資会社が土地と地役権の交換契約を米国農務省林野部と結ぶことを目的として購入したものだと、ナタリーは説明した。政府関連機関との契約が頓挫《とんざ》したか、あるいは地所が使用されないまま先送りになったので、資金調達物件として認められるように家と土地の一部を整備して、手放そうとしているらしい。一日以内で〝絶対に売れてしまう〟と彼女は言った。

ハリーはその夜、ほぼひと晩中地理情報システム《GIS》マップとにらめっこをし、郡のウェブサイトで見つけられる不動産関連の書類を読み漁り、その土地がどのハンティング・ユニットに分類され、かつ狩りのシーズンはいつなのかを調べ、水利権について学んだ。土壌分類地図まで引っ張り出して、読んでいた。翌朝、彼はわたしたちがいますぐ契約の申し出をすべき理由について熱く語り、わたしもそれに賛成した。いいプレゼンだった。

ハリーは退役軍人向けの住宅ローンを受ける資格があったし、わたしたちはどちらもその地域が気に入っていたうえ、堅実な投資だと考えていたから、現地には一度も行っていないにもかかわらず、気持ちはすでに固まっていた。なにより、友人たちがボールダーやデンバーやポートランドやサンフランシスコで住宅に費やしている金額よりも安い。そういうわけでわたしたちは突き進むだけだと決め、購入の申しこみをしてほしいとナタリーに頼んだ。翌朝、相手がなんら反論することなく、わたしたちの安い言い値を呑んだというメールが彼女から届いた。わたしたちは正式に契約を申しこんだ。数週間後、調査および権原《けんげん》報告書を受け取り、注意すべき点はなにもなかったので、翌週の金曜日にはわたしたちの最初の持ち家についての契約がまとまった。

　五十五エーカーの土地に建つ家を実際に買う段になると……書類上はなんら問題はなかったが、それはただわたしたちにマイナス要因がないという意味でしかなかった。言い換えれば、わたしたちの銀行口座はかなり慎ましかったものの、信用スコアはどちらもよかったし、ハリーは退役軍人省を通じて有利な融資オプションを受けることができた。

　そのうえ、ハリーは〝戦闘関連特別補償〟プログラムを受ける資格があったので、仕事の制限がほとんどなかったうえ、政府から毎月受け取る非課税の小切手で、住宅ローンのかなりの部分を賄うことができた。

　当時ハリーはしばしばこんなことを口にしていた。

「このローンと復員軍人援護法《GI Bill》が、軍で過ごした六年でもらった唯一のいい土産だな」彼が毎月の小切手をそのリストに含めていないのはわかっていた。罪悪感を覚えるから。弱さを感じさせるから。

　そんなふうに感じるべきではないと、わたしは繰り返し彼を説得した。わたしたちは何度もその話をし、そのたびに彼は聞き慣れた台詞を口にした。「サーシャ、政府はおれの学費を払ってくれた。おれの怪我は治って、フルタイムで働ける。こんな施しは必要ないんだ」そしてわたしも同じだけの回数、繰り返した。

「そうね、必要ない」

　彼にはそう言っていたものの、毎月、口座に入金したという連絡を政府から受け取るのはあまりいい気分じゃないと言えば、嘘になる。喜んでいけない理由があるだろうか？　ハリーにはそれを受け取るだけの資格が充分にある。

　わたしがハリーとデートをするようになったのは、彼が文字通り吹き飛ばされてずたずたになったあと、肉体が回復してから間もないころだった。社会復帰途中の彼に、わたしは恋をした。必死になって落ち着いた態度を取ろうとして混み合ったバーやコンサートでわたしと一緒にいることを楽しもうと懸命に戦っている彼の目を見つめた。毎晩、眠るときには彼の傷を見たし、毎朝ベッドから出るときに、彼が顔をしかめ、脚を引きずるのを見た。悪夢にうなされる彼の背中を撫でて起こした。夜遅く、炎を見つめる彼の目に浮かぶ痛みを見た。調子の悪い日の彼の声には、悲しみとよそよそしさがあった。

いまもまだハリーがわたしと共有してくれないことがいくつかある。海外で起きたこと。彼がしたこと、見たこと。そうすることでわたしを守っているつもりなのだろうが、ふたりのあいだに沈黙があることのほうがずっと辛《つら》い。彼が口に出すことのない人生のこの章には、彼がその一部であり、その一部が彼となっている劇的な出来事が詰まっている。VAがどれくらい欠陥だらけの機関であるか、わたしは一日中でも数えあげていられるけれど、少なくとも彼に話し相手を与えてくれたことには感謝している。わたしでなくても、だれかが話を聞いてくれることに。しばらくのあいだ、彼が定期的なセラピーを受けられなくなることに、わたしはいくばくかの不安を覚えている。彼には話をするだれかが必要だ。そのことに関してあまり強く言ったことはなかったから、彼がそのだれかをわたしにしてくれることを願うばかりだ。一方で、セラピー的なやりとりをする相手としては、わたしはふさわしい存在ではないこともわかっていた。そういった知識はないし、学ぶつもりもないからだ。

申し訳ないが、アメリカ海兵隊などくそくらえだ。わたしは礼装《ブルードレス》姿の海兵隊員と結婚式の身廊を歩いたかもしれないが、あの破壊的で、狂暴で、暴力的な組織には好意などかけらも持っていない。ひと月あたり三千二百ドルの小切手は、彼らがわたしの夫にやらせたことや彼らが要求した犠牲——なんのために？　わたしたちの自由？——に対する埋め合わせには、まったくなっていない。くだらない考えに対抗するための勝ち目のない戦争が十年目に入ったころに夫が地球の裏側で吹き飛ばされたことと、わたしの自由を関連づける現実的で論理的な主張を聞いたことがある。たとえその主張が通用した時期があったとしても、去年、アメリカが撤退した数分後にタリバンがアフガニスタン全土を支配する様を目撃したいまとなっては、とても理屈に合うとは思えない。

　そういうわけで、わたしたちはそのいまいましい小切手を受け取っている。

　ワイオミング州グリーン・リバーに出るふたつ目の出口までやってきたところで、Uホールのウィンカーが点滅するのが見えたので、彼のあとについてガソリンスタンドに入り、ひとつうしろの給油機に車を停めた。

　ハリーがUホールを降りてこちらに近づいてくると、後部座席のダッシュが目を覚まして体を起こし、身を乗り出してフロントガラスから外を眺めた。

　わたしも車を降りて伸びをすると、途端にワイオミングの大草原に広がる、刺すような三月の冷たい空気を感じた。ハリーが笑顔で近づいてきた。「調子はどうだい、ベイビー？」

「元気よ！　あと五時間くらい？」

　ハリーはうなずき、4ランナーにポンプのノズルを差しこんだ。「そうだな、そんなところだ。おれはダッシュに用を足させてくるよ」彼は4ランナーのうしろのドアを開けると、ダッシュにリードをつけた。

「小便にいこうか、相棒」

「ヤギの頭《ゴートヘッズ》（キク科の植物で、種がトゲのあるヤギの頭のような形状をしている）とガラスに気をつけて。ワイオミングの田舎のガソリンスタンドの駐車場は、犬の足を傷つけるようにできているみたいだから」

ハリーは笑みを返した。ダッシュは神さまを見るような目でハリーを見あげ、赤みがかった金色のふさふさした尾を振りながら彼の横を小走りに駆けていった。

第三章　ハリー

アイダホ州アシュトンを通り過ぎ、おれたちの新しい家から五分ほどのところまでやってきたときには、もう長い長いあいだ忘れていた舞いあがるような気分を感じていた。不安でもあった。おれたちが買ったのは、実際には一度も見たことのない農場だし、ここを見つけるにあたってはサーシャも同じくらい関わっていたにもかかわらず、強く推し進めたのは自分だという気がしていたから、かなりのプレッシャーがあった。

おれたちの地所へと続く郡道に曲がるときには、窓を開けて身を乗り出し、サーシャのほうを向いてばかみたいな満面の笑みを浮かべた。彼女の笑い声と興奮してハンドルを叩く音が聞こえ、ダッシュが彼女のうしろの窓から顔をのぞかせた。

　おれたちの地所はこの道を一マイル（一マイルは約一・六キロ）ほど行ったところにあって、国有林の手前の最後の私有地だ。道路は登山口《トレイルヘッド》となる駐車場で行き止まりになっている。おれたちの地所の西側に隣接する郡道沿いの私有地のほとんどは、千四百エーカーある農場の一部で、ダンとルーシーのスタイナー夫妻というのがおれがGISマップで見つけた所有者の名前だった。財産税は必ず期日通りに支払っていること以外、オンラインでは彼らについて知ることはできなかった。地所そのものはとてもよく整備されていて、ティートン山脈の西側の風景が遠くに広がり、とても美しかった。

　一時間前にナタリーと話をして、彼女は現地で待っていると言った。おれたちの私道《ドライブウェイ》の端にある門柱に、彼女が風船をくくりつけてくれているのが見えた。

　自分たちのドライブウェイにたどり着いて、自分たちの土地を初めて目にしたときのことを、生きているかぎり絶対に忘れることはないと、その瞬間、おれは悟っていた。

　息を呑む美しさだった。そこから南にカーブして国有林へと続く道路を左に曲がり、北へと延びる長いドライブウェイに入ったところで、おれは圧倒された。ドライブウェイは長く続いていて、少し高くなったところに、牧草地とヤマナラシの木に囲まれた家とガレージがあった。庭には家を見おろすようにして大きなハコヤナギが数本立っていて、ドライブウェイ沿いにはポプラも何本かあった。三月の山にはまだかなりの雪が残っていたが、春がいまにも全速力で走りだそうとしているのが感じられた。幼い葉はアマガエルのような緑色で、せっかちな野の花が顔を出し、いたるところに鳥がいる。土地が身震いしながらハミングしているようだった。

　その家は、おれたちが元々探していたものよりずっと小さかった。デンバーのハイランド近くでこの数年暮らしていた家よりも小さい。だがばかでかいポーチがあるし、美しい景色があるし、フェンスで囲まれた庭や、そこそこの状態の独立したガレージ兼作業場や、納屋も二棟ある。なにより際立っているのは、どこを見ても――どの方向でも――信じられないくらいの美しさだ。この景観におれたちはふたりともひと目で恋に落ちたとわかっていた。

フェンスで囲まれた庭の外側は四十エーカーほどの牧草地になっていて、家の下側には小川が流れこむとともに流れ出している池があり、家の上側は敷地の北の端に沿って十五エーカーほどのマツ林が広がっている。

おれたちは、ナタリーの真珠色のキャデラックエスカレードが停まっている、家とガレージのあいだにある砂利敷きの広いスペースに車を進めた。

その後の一時間ほどは記憶が曖昧《あいまい》だ。ナタリーが家とガレージを案内してくれた。これが電気のブレーカー、こっちは送水管の制御装置、これは井戸ポンプのレバーといった具合だ。彼女が帰ったあと、サーシャとおれはまともに口をきくこともできず、家の前の庭でただ笑いながらダッシュと遊んでいた。庭とキッチンの裏のパティオを結ぶ階段に座り、サーシャが持ち出してきたシャンパンのボトルを交互にラッパ飲みした。

おれたちはどちらもここを大いに気に入っていたが、サーシャは興奮にわれを忘れ、可愛らしいくらいに浮き立っていて、笑みを顔に貼りつけたまま文字通り跳ね回っていた。

おれは家族という面では恵まれていなかったから、サーシャがおれの世界のすべてだった。彼女の家族を自分の家族だと考えていたが、彼女の両親は娘に無関心で、サーシャによれば彼女が家を出たときが、親としてもっとも満足した瞬間だったらしい。彼女が引っ越してから一週間もしないうちに、彼女の寝室を大麻の屋内栽培所に変えたのだという。彼らがサーシャの学費のために一ペニーたりとも貯金することはなかったし、大学に通っていた四年のあいだ、訪ねてきたのはたぶん一度だけだったと思うと彼女は言った。意地が悪いわけでも、虐待をするわけでもなかったから、とんでもなくひどい親というわけではなかった。ただ、まったく娘に興味がなかっただけだ。サーシャが十四歳になるころには、定期的にアリゾナまで出かけていっては一カ月間LSD浸りになっていて、そのあいだ、サーシャはひとりきりで残されていたのだが、両親の居場所については教師や友人の親に嘘をつくことが普通になっていたらしい。

こんな育ち方をしたことを考えれば、サーシャが人との友情を育むことのできる、これほど才気あふれて自立した素晴らしい女性になったことが、驚きだった。社会学的逸材だ。彼女がおれの世界に入ってきてくれたことは、文字通り、おれの命を救ってくれた。

海兵隊を除隊したあと、おれはそのままボールダーにあるコロラド大学の新入生用の寮に入った。

道路で吹き飛ばされ、縫い合わされ、戦場から病院に送られ、別の病院に移され、次に国内の任地に、さらに大規模な州立大学に送られるというのは、環境に適応できない二十四歳にとってはまったくばかげた話だし、おれからすれば浅はかな決定だ。

それは、精神的孤立と社会不安の悪夢でしかなかった。おれはすぐに、そして熱狂的に、ウィスキーとドラッグが加速させた自滅的なスパイラルにはまりこんだ。給付金は全額ドラッグに注《つ》ぎこみ、授業に出ることはきれいさっぱりあきらめ、最初の学期はほぼすべて鱒釣りとヘラジカ狩りとパーティーに費やした。

おれは十歳になるまでアルバカーキで育った。そのころ、父親が酒の飲みすぎで死んだので、母親とおれは母親の兄弟がいるコロラドのプエブロに引っ越した。おじたちはあまり口数が多くなかったし、おれのことやおれがなにを感じているかといったことを知ろうとはしなかった。気難しいふたりのおじのどちらとも一分以上の会話を交わした記憶はないが、彼らなりのやり方でおれの人生に関わってくれた。その後の八年間、週末には鱒釣りに連れていってくれたし、毎年秋の数週間はヘラジカと鹿狩りに出かけた。大きなブラウントラウトを求めて繰り返し川に釣り糸を投げこんだり、ヘラジカを探して山を歩き回ったりするのは、少年のころのおれにとっての逃避だったから、大人になってからも同じ逃避手段を求めたのは自然なことだった。

夜ごとコカインをやり始めるとすぐに、コロラド大学当局はおれを仮進級扱いにした。当時のおれは、自分のしていることをこんなふうに正当化していた。ただのコカインじゃないか、ヘロインでも覚醒剤でもない。マリファナから一段階あがっただけだろう？　おまえはただドラッグを楽しんでいるだけだ。おまえにはそれをやる理由がある。

死にたいと考えていたわけでも、自分を殺す別の方法を探していたわけでもなかったから、〝自殺願望〟があったとは言えないが、この先も生きていたいと思っていなかったことは確かだ。

そんなとき、注目すべきふたつの出来事があった。ひとつは、退役軍人でも、女漁りを男らしさとはき違えている友愛会タイプでもない男たちのグループに加わったことだ。彼らはスキーや釣りが好きで、酒に酔ったり、授業に出たりするごく普通の男たちだった。彼らの健康的なライフスタイルを見ているうちに、おれも生きることができるかもしれないという気持ちになり、そのたびに自分がどれほど深みにはまっているかを意識した。自分がなりたい人間がわかったのに、そうなるには手遅れかもしれないと思った。そんなとき、サーシャに出会った。学生たちのどんちゃん騒ぎをそのあたりだけにとどめるために、コロラド大学の学生に開放されたヒルと呼ばれる地域にあるバーだった。

彼女にひと目惚れしたと言うつもりはないが、女性の性格にあれほど衝撃を受けたことはそれまでなかった。彼女はおれが知るかぎりもっとも美しい女性だったし、それはいまも変わりはないが、おれの酔っ払った仲間に言わせれば——そいつは、彼女のバイブスってやつらしい。言い古された言葉だが、彼女はおれがましな人間であるかのように、ましな人間になれるかのように感じさせてくれたというのが、嘘偽りのない事実だ。そしてそれはいまも変わっていない。そういうわけで、おれの下降スパイラルは恋に落ちたことで中断した。彼女が二度目と三度目のデートの誘いにうなずいてくれたので、正しい生活をする理由ができた。彼女が初めておれを恋人として紹介してくれたときには、平日の夜は酒を断って、退学にならないようにする理由ができた。自己改革の動機付け要因であるサーシャのおかげで、すべてが改善した。

おれを引き戻してくれたのはサーシャとの出会いで、彼女の笑顔——彼女の幸せ、彼女の笑い声——が、おれがいまも生きているただひとつの理由であることは間違いない。この十年、毎日そのことを考えてきた。

そういうわけだったから、山を見あげながら笑みを浮かべている彼女を見ることが、初めてその地所を目にしたときの嬉しさではち切れそうな彼女を眺めることが、おれが望んだすべてだった。今後もおれが望むすべてだった。

初日の夜は、荷物をほどいて運びこむことは考えなかった。キャンプ用コンロでパスタを作って食べ、ポーチにキャンプ用椅子を置いて座り、居間の隅に置いたマットレスで眠った。

最初の朝、目覚めたおれたちは地所のフェンスに沿ってぐるりと歩いた。まだあまり暖かいとは言えなかったが、池のそばにブランケットを広げてランチをとり、小川がおれたちの地所に流れこんでいるところから流れ出ているところまで歩き、地所にあるすべての木立や牧草地を散策した。それまでの人生で最高の一日だと思った。

おれたちは興奮で浮き立っていて、まったく現実的ではない夢のような計画を次々と考えた。三時間もたつころには、ジャンプ台のあるスノーパーク、十個の的があるアーチェリーのコース、ゲスト用の〝小さな故郷〟、小川沿いにワインを飲める数カ所のパティオを作ることになっていた。

ダッシュもまた、最高に幸せな犬になった。おれは彼を狩猟鳥や水鳥を捕まえるように訓練していて、かなりの数を狩っていた。彼はこれまで冒険はたっぷりしてきているし、楽しく生きてきたはずだが、それでも生まれてから五年間、小さな庭で暮らす町の犬でしかなかった。だがいまはフェンスで囲まれた土地すべてと、その先の王国が彼のものになったのだ。

つづく二週間は荷物を運びこみ、据えつけ、絵を飾り、ベッドを組み立て、待ちかねている庭に早咲きの植物を植えることに費やした。サーシャはすべての時間を感嘆と興奮、そして平和のうちに過ごしていた。

インターネットを使えるようにするために、サーシャはあらかじめ、最初の週に電気通信会社の人間に来てもらう手配をしていた。客用寝室を電話をしたりビデオ会議をしたりするための彼女のホームオフィスにして、リモートワークの環境を整えた。インターネットを接続するためにやってきた作業員と、デンバーからサーシャのスバルを運んできてもらったカー・デリバリーの運転手を除けば、おれたちが見かけたのは、地所の先の国有林にあるトレイルヘッドに向かって、あるいはそこから郡道を歩いてくる人間だけだった。

国有林はおれたちの地所の北側と東側、それから南側にも少し広がっていて、隣接している私有地は西側と郡道をはさんだ南側にあるスタイナー牧場だけだった。厳密に言えばこの谷間には、ベリー・クリーク農場という六千五百エーカーもの大きな牧場がスタイナー牧場の南側にあるのだが、彼らのドライブウェイは州道から入るようになっている。州道の向こう側には数軒の住宅と小さめの区画に小さな牧場があるが、道路のこちら側は郡道の端から端までの土地に私有地は三区画しかなかった。つまり、郡道を基準に考えれば、ここにいるのはサーシャとおれとスタイナー夫妻だけということになる。

その事実――隣人が一軒だけで、その家も一マイル以上離れている――は、おれがこの場所で一番好きなところかもしれない。

ここは静かだ。ここは美しい。故郷のようだ。

第四章　サーシャ

ここに来て三週目になるころには、リモートワークにも慣れてきたように感じていた。わたしは広告業界で働いていて、同僚の多くはわたしのように同じ町にいないプロジェクト・マネージャーと仕事をすることに慣れていたが、わたし自身はその立場にいることに慣れていなかった。それでも問題はなさそうだったし、チームはわたしをあと押ししてくれた。こうすることをわたしがどれほど望んでいたのかを知っていたからだ。

わたしたちは、隣人に挨拶に行かないという礼儀知らずになりかかっているということで、ハリーと意見が一致した。

土曜日の朝、わたしたちはパイを数個焼き、4ランナーに乗ってスタイナー夫妻に会いに出かけた。彼らのドライブウェイはゲートから――ところどころにポンデローサマツやヤマナラシの木立、丸々した牛の群れがいる牧草地のなかを――四分の一マイルほど続き、その突き当たりに家があった。いいところだった。見事な山の風景。よく手入れされた大きな庭。生活感があった。どこもかしこもいい雰囲気だ。

大きな二棟の納屋とトラクターのガレージと広々とした作業場のあいだに、その家はあった。わたしたちが近づいていくと、ドライブウェイにいた年配の男性がこちらを振り返り、挨拶するように手をあげてから、車のほうにゆっくりと近づいてきた。

「ダン・スタイナーだ。きみたちは、新しい隣人だね！」ダンはこちらも笑顔になるような温かい笑顔の持ち主だった。

ハリーが手を差し出した。「ええ、おれはハリー・ブレイクモア、彼女はサーシャです」

わたしは笑みを浮かべ、ハリーに続いて彼と握手を交わした。「こんにちは、ダン。お会いできてうれしいわ」

ダンは七十がらみに見えたが、まだまだ元気そうだった。その動きには計算と強さがあって、この先に四十代の人間と同じくらいの時間が残されているのだろうと思えた。彼の手はバッファローの革のようだったし、顔立ちは木から彫り出したように見えた。

納屋のひとつから年配の女性が現れた。ダンと同じくらいの年で、同じくらいたくましく見える。未知のものにも驚くことはなさそうな、聡明そうな顔つきだ。彼女はルーシーと名乗り、わたしたちはごく当たり前の挨拶を交わした。

彼らは、一九七〇年代以降のここでの暮らしを語った。わたしたちの家で一九九六年から二〇一一年まで暮らしていた一家――実際にそこで暮らした最後の家族——と親しかったのだと教えてくれた。彼らが転居したあとで農地の投資会社があの家を購入したので、その後はだれもあそこに住んでいないのだと言う。ルーシーによれば、最後の家族が出ていってからは、不動産会社の人間が年に一、二度姿を見せていたが、ただここで狩りをするだけだったらしい。またここに住む隣人ができてとてもうれしいとダンとルーシーは言った。

　ふたりはパイを喜んでくれた。ハリーは「なにか困ったことがあったら、いつでも連絡してください」と言い、彼らも同じ言葉を返してくれた。

　それじゃあ、また、と言うのにふさわしい時間かと思えたころ、ダンがにやりと笑いながらハリーに訊いた。「きみは歩兵？」

　ハリーは両手を広げ、自分を見おろしながら言った。

「そんなにわかりやすいですか？」

　ダンはくすくす笑って、膝を叩いた。「一マイル離れたところからでもわかるよ！　陸軍かね？　それとも海兵隊？」

「海兵隊にいました。０３１１（海兵隊におけるライフル銃兵の記号）に」

「やはり！　だが、待てよ、〝いた〟と言ったね？　海兵隊を抜けるのは、死んでマツ材の箱に入ったときだけだと思っていたが」

　ハリーは笑顔でうなずいた。「そうですね、〝一度なったら、いつまでも海兵〟と言いますからね。でも、よき納税者たちが大学の学費を肩代わりしてくれるっていうことだったんでさっさと逃げだして、振り返らないことにしたんです」これはハリーがいつも口にする台詞で、年配の人たちは必ず笑う。ダンとルーシーも例外ではなかった。

「そいつはいい。わたしは海軍の下士官だった。整備士で、コロナドに四年間いた」

　ハリーはうなずいた。「おれは異なる分野を経験しましたが、あなたはそれよりずっといい専門分野を選びましたね」

ダンはそう言われて笑った。「きみはアフガニスタンにいたのかい？　それともイラク？」

ハリーは一度だけうなずいた。「アフガニスタンにしばらくいました」

ダンは笑顔で応じたが、どこか申し訳なさそうな無理に作った笑いだった。「海兵隊のライフル銃兵にとっては、ひどいところだったと聞いているよ」

「興味深い経験ではありました」

「そうだろうとも」ダンの笑みはなにかを知りたがっているような表情に変わった。「実はこの……十年ほどのあいだ、きみたちの土地を所有していた会社は、わたしたちと農場の季節労働者に金を払って、あの場所を管理させていたんだ。木や低木を整備して、火災シーズンの前には羊に草を食べさせて、時々は井戸や浄化槽を点検していた。この十年、わたしはかなりの時間をあそこで馬に乗ったり、狩りをしたりして過ごした。あのあたりのことは、だれよりもよく知っている。きみたちにぜひ伝えておきたいことがいくつかあるんだ。あの土地を管理するにあたって、重要だと思えるアドバイスがある。近いうちに寄らせてもらっていいだろうか？　一、二時間かけて、一緒に地所を歩いてみるのはどうだろう？」

わたしの出番だ。必要ではない社交上の訪問をハリーがはぐらかしそうになったときは――しばしばその必要が生じるが――ごく速やかに、わたしが口をはさまなくてはいけない。「それって、とてもありがたいです！　あの土地について、ぜひ知恵をお借りしたいです。明日の夜のご都合はいかがですか？」

送ろうとしているメッセージが届いていることを願いながら、わたしはハリーの顔を見あげ、腕を握りしめた。**ばかなことを言わないでね、スウィーティー。**

ハリーの返答を聞いて、わたしの意図を理解したのがわかった。「おれたちは、明日の夜で問題ないんですが、あなたたちはどうでしょう？」**そうよ、いい子ね。**

ルーシーが笑顔で応じた。「もちろんいいわ！　五時ごろに伺うわね。今日は訪ねてくれてありがとう。これからもちょくちょく寄ってちょうだいね」

そして、わたしたちは4ランナーに乗って自宅に向かった。

わたしはハリーを見て言った。「明日の約束をしたことを、ぐずぐず言わないでね、ベイビー。いい人たちみたいじゃない。あの人たちのアドバイスは、すごく役に立つわよ」

「わかってるって。きっと楽しいよ。頼りになる隣人のようだ」

彼の顔をじっと眺めた。ほかの退役軍人との交流は、彼にとっていいときもあれば、悪いときもあった。あるときは、自分を理解してくれるのは世界中で彼らだけだと感じ、またあるときは彼らとだけは二度と会いたくない、話もしたくないと感じる。その理由をハリーが説明してくれることはなかったが、その必要はなかった。どうしてなのかを、わたしは感覚で理解していたのだと思う。

彼の顔を見て、必死になって感情をコントロールしているのがわかるときがあって、そんなときわたしは彼の両親に説明のつかない怒りを感じる。親からほったらかしにされた彼が、どんな人間になるかを見届けるまでしっかり生きていられなかった彼らを怒鳴りつけたくなる。わたしは彼の父親に会ったことはないが、母親とは亡くなる前に何度か週末を一緒に過ごした。人間の抜け殻だった。わたしたちが結婚した数カ月後に、彼女は心臓発作を起こした。

わたしの両親も褒《ほ》められるようなものではなかったが、それなりに安全な子供時代を送らせてくれた。少なくともわたしは、安全な町の静かな家で育った。両親もわたしもパゴサ・スプリングス育ちで、母はレストランで働き、大麻を育てていた。父はわたしが生まれる前から、ウルフ・クリーク・スキー場で働いていた。いまもそこで働き、一年に百五十日はスキーをしている。わたしの学費は一ペニーも出してくれなかったし、大学に行くモチベーションを与えてくれることもなかったし、家を出たあとのわたしの努力にかけらも興味を示すことはなかったけれど、少なくとも親らしく振る舞ってはくれた……ときには。ある程度は。

　けれど時々、わたしと出会う前に経験したことをハリーが経験していなかったら、彼はどんなふうだったのだろうと考えることがある。いまの彼だっただろうか。本当のことを言えば、わたしと会う前にハリーがあれほどのことをくぐり抜けてきてくれてよかったと思うことがある。そうでなければ、これほど深くわたしを愛することはなかっただろうから。

　いまわたしが見つめている日光を顔に受けた男性、山間にあるわたしたちの小さな農場のドライブウェイに車を走らせている男性を作りあげたのが、生まれと育ちのどんな配分であるにせよ、神さま、ありがとう。

第一部　春

第五章　ハリー

この家に来てから二週間のあいだに、おれたちは何度かレクスバーグに出かけ、農機具を扱っている店で花壇のための柵の材料や、新しい道具や、数十本のフェンスの支柱を買った。

レクスバーグはおれたちの家から南西に五十マイルばかりのところにある人口二万五千人ほどの活気に満ちた大都市で、一時間以内で行ける一番大きな町だ。初めてその町を車で走りながら、サーシャとおれは無言で窓の外を見つめていた。この町がおれたちの暮らしの核であることを、どちらもじっくり考えていたのだと思う。北西にあるアシュトンや南のドリッグスという小さな町に、ちょっとした食料品店やそのほかの店はあるが、スーパーの〈ターゲット〉すらないとはいえ、レクスバーグは〝都会〟だ。

ダンとルーシーと会った翌日の日曜日、今日は牧草地のフェンスの修理をし、庭を完成させようと決めた。火災シーズンが来る前に草を食べてくれる羊を何頭か手に入れようと考えていたし、牧草地のフェンスの一部は相当手を入れる必要があった。そこにいるのはおれたちと犬だけで、素晴らしい日だった。夏の長い昼間と暖かい夜がすぐそこまで来ているにおいを感じられる春の日だった。

折れていたり、錆びていたり、曲がっていたりするフェンスの支柱――かなりの数だった――を新しいものに替える作業に取りかかった。重労働だった。十本取り換えるのにサーシャとふたりで二時間かかった。これくらい楽しみながら牧場の作業をしようと思うなら、これくらいのペースになる。

おれは最後の支柱を地面に打ちこんでいた。ハンマーで支柱を打つ、大きなカーンという音が牧草地に響き渡り、木立に反響した。サーシャがおれを見て笑っているのがわかったので、おれは手を止め、ハンマーを支柱にかぶせたまま、血が行きわたるようにしびれた手を振りながら、彼女に笑いかけた。「そうさ、おれはまだ農場主にはなれていないよ」

サーシャは笑って首を振った。**ああ、なんてきれいなんだ。**「あら、ハリー、いまやっているところじゃない。あなたはいま、実際にやっているのよ！　あなたの牧場のフェンスを修理しているのよ！」彼女は両手をあげてあたりを示しながら、その場でぐるりとまわった。ダッシュがその顔を見あげ、足元で跳ね回っている。

サーシャはこちらに近づいてくると、おれの腰に腕をまわして顔をのぞきこんだ。「幸せ、ハリー？　これがあなたが欲しかったもの？」

おれは彼女にキスをした。「おれが欲しいのはきみだけだよ。でも、そうだな……これが間違いなくおれが欲しかったものだ。きみは幸せかい？」

彼女は笑顔でうなずいた。「もちろんよ。ただ、フルタイムで牧場の作業をするのはあなたになるけれど。わたしは、こういう重労働は週末しかできない。わたしが稼ぎ手で、あなたが土地の管理者よ」

「うん……そういうことだね」

サーシャはもう一度笑顔で、おれにキスをした。「今日はこのくらいにしましょう。ダンとルーシーがもうすぐ来るわ」彼女は補修を終えたフェンスを拾いあげたシャベルで示しながら、いたずらっぽくにやりと笑った。「でも明日の朝一番に、これを終わらせてよね」

後片付けを終えてまもなく、大きな古いF-二五〇でドライブウェイをやってくるダンとルーシーの姿が見えたので、おれたちは出迎えるために外に出た。庭で挨拶代わりの雑談をしているあいだ、ふたりはなじみ深いものを見るまなざしであたりを見ていた。ダンが大きなハコヤナギの幹を叩き、老木がよく耐え抜いたというようなことをルーシーに向かって言った。ふたりはおれたちの地所のことをよく知っている。

それから一時間ほど、おれたちはあれこれと指摘したり提案したりする彼らの話を聞きながら、ダッシュを連れて一緒に地所を歩いた。井戸やポンプや帯水層や時期ごとの灌漑《かんがい》について、彼らは様々なことを知っていた。季節ごとの庭の果樹の手入れ方法や、冬が来て雪に追い立てられたヘラジカたちが移動を始めたとき、いつもどのあたりのフェンスが壊されるかを教えてくれた。一番おいしいキノコが生える場所を指し示し、一、二年のうちに枯れるだろう木を指摘し、雨の多い年に小川が氾濫《はんらん》する箇所を教えてくれた。そういった事柄だ。その土地に取り組み、それらを読み取り、予測することを通じて学ぶしかない事柄。

その短い散策のあいだ、心を打たれることが何度かあった。彼らは、谷間にあるこの土地を知るために、相当な時間を費やしている。自分たちを取り囲む自然とこれほど深くつながっている人間の存在を知るのは、感動的であり、うらやましくもあった。長いあいだここで暮らし、毎日を目的を持って生きている人。彼らの知識には頭がさがる思いだったし、おれもそんな知識が欲しかった。ものすごく。

ルーシーが何度かちらちらとダンを見ていることにおれは気づいていた。ほんの一瞬だが、額にしわを寄せ、頬の内側を噛んでいるような顔だった。ダンはつかの間目を合わせるものの、すぐに視線を逸《そ》らすか、なにかの説明を続けるのだった。

家のほうへと戻り始めたところで、牧草地に野生のアスパラガスが生えているところを教えてあげるとルーシーがサーシャに言った。庭におれたちを残してふたりがいなくなる直前、おれはルーシーがまたあの不安そうな顔でダンを見たことに気づいた。その表情は表れたときと同じくらいの素早さで消えた。ルーシーはサーシャの腕に自分の腕をからめ、おれには聞き取れないなにかについて笑いながら遠ざかっていった。

ポーチで話をしようとダンに言われたので、おれはビールはどうかと尋ね、二本取ってきてから腰をおろした。

冷えたビールの最初のひと口は喉にしみた。ダンも大きくひと口飲んだあと、ビールを置き、おれの顔が見やすい位置に椅子を移動させた。座り直すと、膝に肘をつき、両手の指をからませ、身を乗り出し、まっすぐおれの目を見つめた。おれはしばらくその視線を受け止めていたが、気がつけば座ったまま身じろぎしていた。気まずくなりそうな沈黙をおれが破ろうとしたそのとき、ダンがふさわしい言葉を探しているかのように顔を伏せ、それから恐ろしいほどの真剣さでおれを見つめた。

「ハリー、ついいましがたわたしたちが教えたことは、この土地を管理していくのに役に立つだろうが、ほかにも話しておかなければならないとても重要なことがあるんだ。説明するのが難しいんだが、真剣に聞いてほしい。どれほど強調してもしたりない。これは重要なことだ。わかるね？」

おれはにやついてしまうのをどうしようもなかった――妙なタイミングで誠意を示されたときに、不安のあまり出てしまう反応だ。だがダンには一目置いていたから、ビールを置いて、彼の目を見ながらうなずいた。

「わかった。話してください」

「わたしがこれから話すことは……奇妙に聞こえると思う。恐ろしいとさえ思うかもしれない。だが真剣に受け止めてほしいんだ。わたしがこれから話すことは、きみたちの命を――おそらく――救うことになるだろう。わたしが一年間その地に駐留している下士官で、きみは飛行機から降りてきたばかりの尻の青い新兵になったつもりで聞いてほしい」

普段のおれは、軍関連の比喩はくそみたいにくだらないと感じるのだが、いまは彼がどれほど真剣かがひしひしと伝わってきたので、うなずいて彼の視線を受け止めた。「わかりました、サー」ダンはうなずくと、ジャケットから折り畳んだ数枚の紙を取り出し、おれの前に突きつけてから、おれたちのあいだにあるコーヒーテーブルに置いた。最初のページの一番上に大きな文字で〝春〟と書かれているのが見えた。ダンが話し始めたので、おれは彼の顔に視線を戻した。

「シーモア一家がこの農場を買った一九九六年の冬、ルーシーとわたしはここに来て、いまとまったく同じ話をした。それが、だれかにこの話をした最後だ。わたしたちがここに越してきたとき、きみたちの家にはまだジェイコブソン老夫妻が住んでいた。道路の先にある、ジョーが買っていまはベリー・クリーク農場の一部になっている、古い公有地にはヘンリー夫妻がいた。そして、ジョーと彼の家族。いまこの谷間で国以外の地主は、ジョー、ルーシーとわたし、そしてきみたちだけだ。ジョーじいさんの家族が、谷のほかの土地すべてを買ったんだ」

うなずいた。「ベリー・クリーク農場は見ました。相当広い土地ですよね。所有者のジョーという人と知り合いなんですか？　ぜひ会いたいです」

ダンはうなずいた。「もちろんだ。いまは、ジョーの家族ということになるが。彼はショショーニ族でバノック族（どちらもアメリカ先住民族）なんだ。つまり彼の一家はだれよりも昔からこの谷の土地を所有していて、ローマ帝国の時代からこの国で暮らしていた。わたしがこれからきみに話すことは、ジョーがルーシーとわたしに話してくれたことだ」

おれはうなずいて、視線を逸らした。ややあってから視線を戻すと、彼は横目でちらりとこちらを見てから言葉を継いだ。「わたしたちが会ったばかりなのはわかっているが、いまはしっかりと聞いてほしい。とんでもなくばかげた話に聞こえるだろうし――それは、よくわかっている――最初は信じられないだろうと思う。だがとにかく話を聞いて、わたしがからかっているわけではないことを信じてほしい」

彼は言葉を漂わせた。おれは言葉を失っていた。ついさっきまでとても賢明でしっかりしているように見えていた格好いい年配の隣人が、彼自身もばかげていると認めている話をしようとしている事実にぞっとしていた。前かがみになって身を乗り出し、サーシャとルーシーの姿を探したが、ふたりは見えなくなっていた。ダンはおれの不安に気づいて、視線をたどった。

彼は厚い手をいらだたしげに振った。「ふたりなら大丈夫だ。池のそばに座っている」さらに身を乗り出すと、ルーシーと一緒にこちらに顔を向けて丸太に座っているサーシャが見えた。ダッシュはその背後にある小川のまわりで遊んでいる。ダンの声がおれの意識を引き戻した。「ルーシーが同じ話をサーシャにすることになっている。きみはしっかり聞くんだ、いいね？」

うなずいた。「わかった。話してください」

ダンはしばしおれを見つめたあと、さっきテーブルに置いた紙を手に取り、自分の前に掲げた。「これから話すことを書いておいた。きみとサーシャは覚えておかなければならないからね。習慣にする必要があるんだ。何部かコピーしてある。ルーシーもサーシャに一部渡して、同じことを言っているだろう。なくしてはいけない。コピーを取ってもいいし、書き写してもいい。厚板に彫って、寝室に吊り下げてもいい。なんでもいいから手元に置いておくんだ」

ダンはおれたちのあいだの小さなテーブルに音を立ててその紙を置くと、両手の指を組み、再びおれを見た。

「話し終えるまで、質問はなしだ」

第六章　サーシャ

わたしたちはポーチに立ち、我が家のドライブウェイから彼らの家へと続く土の道に出ていくダンとルーシーの車を黙って眺めていた。

「ハリー……いったい、どういうこと？」

彼はゆっくり首を振っただけで、次第に小さくなっていくトラックを見つめている。「さっぱりわからない」

彼らのトラックがついに視界から消えて、うっすらした土ぼこりがあとに残るだけになると、ハリーとわたしは家の反対側にまわり、キッチンの外のパティオに座って、たったいまなにが起きたのかを理解しようとした。

わたしは最初、ハリーの態度に腹を立てた。ダンとのあいだに起きたなにかが逆鱗《げきりん》に触れて、彼はふたりを我が家から追い出した。暴力に訴えたり、激しい言い争いになったりすることはなかったが、いますぐ出ていってくれと宣言した。そこでわたしは、そんなふうに追い出すのがどれほど失礼なことで、今後彼らを見かけるたびにとんでもなく気まずい思いをすることになると、ハリーを諭《さと》した。

けれど一方で、彼らを追い出そうと追い出すまいと、気まずいことに変わりはないというハリーの指摘には反論できなかった。「彼らはおれたちをばかにしているか、もしくはいかれているかのどちらかだ、サーシャ。そのふたつは相いれない。どちらかでしかないんだ」

その点についてはわたしも同意見だったが、ルーシーのこともいくらか擁護せずにはいられなかった。彼女はとても素晴らしい人のように——なにもかもが——思えたし、最初からわたしたちのあいだには結びつきがあるように感じていた。彼らがこの土地の優れた管理人から……わけのわからないなにかになってしまったことが、信じられなかった。

ハリーは首を振り、声を立てて笑いながら言った。「季節ごとの山の精霊だって？　捧げものをしなくちゃいけないとでも言うのか？　まったくよくできた作り話だよ。彼らときたらずいぶんと熱心で、芝居がかっていて、それにあの話し方ときたら」最後の言葉を強調するように、ハリーは体の前でこぶしを握りしめた。「本気で訴えていた。優れた役者なのか、あるいはあのばかげた〝呪われた谷〟の話を本当に信じているかのどちらかだ。ルーシーもダンみたいに真剣で感傷的だった？」

わたしもハリーと一緒になって笑わずにはいられなくなっていた。肩をすくめて答えた。「ええ。言っていることをわたしに信じさせようと、できるかぎりのことをしていた。真剣に受け止めてほしがっていたわ。庭に戻ってきてあなたに帰れって言われたときは、彼女はあなたの手をつかんであなたの目を見つめて、彼らの〝精霊よけ〟ルールに従ってほしいって、ほとんど懇願していたわね」

そのときのルーシーの真剣さを思い出すと、背筋を冷たいものが駆けおりた。戻ってこいとハリーがポーチから大声で叫んだのは、わたしたちが池の脇に座ってからほんの十分ほどたったときで、ルーシーは彼女が言うところの〝熊追い〟というばかげた状況についての説明を始めたところだった。

ハリーが叫んだ瞬間、わたしはなにか妙なことが起きていると悟った。ルーシーもまた、気づいたのだとわかった。彼女はハリーのほうを見ようとはせず、肩を落として自分の足元を見おろし、それからこわばった笑みをわたしに向けた。なにが起きているのかをわたしが知る前から、彼女は帰れと言われることがわかっていたようだった。ハリーが彼らを追い出したりしていなければ、わたしはどれほど薄気味悪かろうと、礼儀を守って、彼女の奇妙な話を最後まで聞いていただろう。

「サーシャ」ルーシーのことを思い出していたわたしはハリーの声に顔をあげ、彼が眉を吊りあげて面白がっているような笑みを作っていることに気づいた。その表情に、思わずいらっとした。

「サーシャ、まさかあのふたりが言ったことを信じて――」

彼がなにを言うつもりなのかはわかっていたから、手をあげてそれを押しとどめ、できるだけ軽い口調で言った。

「ハ、ハ、ハロルド――あなたと議論するつもりはない。わたしもあなたと同じくらいぞっとしているし、あなたに訊かれなくったって、答えはノーよ。あの人たちが言ったことはまったく信じていない。ただ、わたしたちが同じ話を聞いたとは限らないわよね」

ハリーは腕を組み、裏のポーチのコーヒーテーブルにダンとルーシーが残していった紙の束を頭で示した。「ダンが言ったのは、谷にはなにかの精霊が住んでいるってことだ。季節ごとに形を変えるんだと。春にはなにかになり、夏には別のなにかになり、そんな具合に続くんだそうだ」

ハリーは、他人の吸う煙草の煙を払うみたいに自分の言葉を手で払った。「それから、そいつらを寄せつけないようにするための儀式だか技だか芸当だかがあって、それも季節ごとに違うらしい。ルーシーも同じことを言っていた？」

わたしはうなずき、立っているハリーの背後に広がる牧草地に目を向けた。「だいたいはそうね。彼女が話してくれたのは春のことだけだったけれど。池に光が見えたら、火をおこさなきゃいけないって言っていた。夏についてのことを話し始めたところで、あなたが遮《さえぎ》ったのよ」

ハリーは天を仰ぐと、ポーチの手すりに肘をついてもたれ、わたしと同じように牧草地を眺めた。「うん、ダンもだいたい同じようなことを言っていた」

しばらくすると、彼は疲れたような顔でわたしに視線を戻し、それから笑いだした。「ずいぶんと妙な話だよな。いたって普通の人たちに見えたのに。そうだろう？」

わたしも笑ってポーチにいる彼に近づき、彼の背中に腕をまわして顔を見あげた。「でも……今度あの人たちに会ったら、どうすればいい？　あなたはもう少し、礼儀正しくしてもよかったと思うわ、ハリー。あの人たちはわたしたちを怖がらせようとしたわけじゃなくて、本当にあれを信じているのかもしれない。妄想みたいに。あんなに腹を立てることはなかったと思う」彼がいらだって息を吐いたので、わたしは彼にキスをした。

「おれは……それほど無礼だったつもりはない。いまはそんなばかげた話に付き合っている余裕はないって言っただけだ。彼がそいつを本当に信じていようと、おれたちをからかうための作り話であろうと、どうだっていい」

わたしは小首をかしげて、彼から一歩離れた。「あなたは明らかに怒っていたわよ、ハリー。まるで、あの気味の悪い話で喧嘩を売られたって感じてるみたいに。あの人たちは隣人なの。ここでは、隣人は大切よ。その縁を絶つわけにはいかないの」

ハリーはポーチの床を見おろし、それから顔をあげてわたしを見た。「ダンとおれが座っていた場所から池のそばにいるきみとルーシーを見たとき、きみが怯《おび》えているように見えたんだ。きみが怯えているのはいやだ。きみが怖がっていると思うと、おれは暴力的になる」ハリーは肩をすくめた。「いつもそうだ」

彼のその言葉は前にも聞いたことがあった。そうなるのを見たこともあった。ハリーは高圧的ではないし、過保護でもないけれど、なにかがわたしを不快にしているのを見ると、その原因とわたしのあいだに割ってはいって盾になろうとする衝動にかられるようだ。たまに、それが行き過ぎることがある。

付き合い始めて一年ほどたったころのある夜、キャンパス近くのパブにハンバーガーを食べに行くつもりで、わたしのアパートの外でハリーと待ち合わせたことがある。わたしはその数カ月前にスキーで足首を骨折していて、松葉杖こそついていなかったものの、まだ固定はしていた。ドアに鍵をかけ、外の階段をおり始めたところで、ものすごく驚いて悲鳴をあげた――数段下に大きなアライグマがいて、こちらに向かってうなっていたのだ。わたしが一歩うしろにさがるより早く、胸に当てた手をおろすより早く、暗がりから現れたハリーが階段を駆けあがり、アライグマのうしろ脚をつかんだかと思うと、暗い道路の向こうへと放り投げた。アライグマがアスファルトに叩きつけられてつぶれる音と低いうなり声を、わたしはいまも覚えている。なにがおきたのかを意識する間もなく、ハリーは優しくわたしの肘に手を添え、いかにも心配そうに上から下まで眺めながら、大丈夫かと訊いた——あたかも、わたしがなにかに嚙まれたかのように。翌朝、授業に向かう際、わたしは排水路にそのアライグマが転がっているのを見た。地面に落ちたときに背骨が折れたのか不自然にねじれていて、目は開き、毛皮は濡《ぬ》れ、硬直した体から脚が突き出ていた。

わたしはその記憶を押しこめて、ハリーに視線を戻した。「そうね……あなたの言うとおり、あの人たちはわたしたちをからかったのか、それとも本当に妄想にかられていたのかもしれない。どちらにせよ、あなたがあそこまで攻撃的になって、ふたりを追い出す必要はなかった。わたしたちを脅していたわけじゃないし、あの人たちはこの場所を管理していくために必要な知識の宝庫よ。だからやり直すために、近いうちにもう一度招待しましょう。あなたは、あんなふうに追い出したことを謝るのよ。たとえ気に入らなくても」

ハリーは握った両手を腰に当てて胸を反らし、わたしに向けていた視線を東側の山へと移した。小さく笑って、ほっとしたようにため息をつく。「わかったよ、きみの言うとおりにする」

わたしが笑いながら手を伸ばし、彼の脇のあたりをくすぐろうとすると、ハリーは身を守るように体を丸めて横に逃げた。わたしはそれを追っていき、やがてわたしたちはまた抱きあって笑いながらキスをしていた。ポーチにダッシュを残したまま家のなかに入り、居間でセックスをした。わたしたちの家のわたしたちの居間で。

その夜はワインを開けて音楽をかけ、ハリーが食事の支度を始めた。わたしはダンとルーシーが置いていった〝山の精霊〟についてのホチキス留めされた小冊子を一冊持って、スツールをキッチンアイランドに運んできて座った。

ハリーは切っていた野菜から顔をあげて、わたしが手にしている小冊子を見た。「おいおい」ナイフを置くと、引き出しからライターを取り出し、いたずらっぽい笑みを浮かべながらアイランドの上をわたしのほうに滑らした。「コンロの電気発火装置が壊れているんだ。その紙で火をつけてくれないか」

わたしは笑い、小冊子を抱きしめて首を振った。「絶対だめ。これはお宝なんだから。スキャンして友だちに送ってあげるの。だれも信じないわよ」ハリーは笑顔で天を仰ぎ、調理に戻った。

表のページには、この谷にいるという精霊が四つの季節ごとにどんなふうに現れるかがざっと記され、そのあとには春がなにをもたらすかが書かれていた。わたしはハリーにそう説明した。「わたしたちをハラハラさせたいんだと思うわ。夏と秋と冬の乗り越え方についてのよりくわしい説明を待つあいだ、用心させておきたいのよ！」

ハリーは顔をあげようともせず、返事代わりに喉の奥で音を立てただけだった。そのあとの数ページには、奇妙な春の精霊の季節についてのくわしい描写と安全に過ごすために従わなくてはならない変わったルールが記されていた。わたしは春の箇所を黙って読み、ルーシーの話とほぼ同じであることを確かめた。最初の春の儀式をやり遂げたら、次の季節についてより詳しいことを教えるという一文が、最後に加えられていた。

わたしはハリーに訊いた。「この春の季節の……精霊が現れて起きる危険から逃れるためにしなきゃいけないルールだか儀式のことを、ダンから聞いている？池に光が現れるとかなんとか？」

ハリーは振り返らなかった。「それらしいことを聞いたよ」

わたしは彼を促《うなが》した。「ハリー、ねえ、彼はなんて

言ったの？　わたしはただ、彼らが言っていたことと
ここに書いてあることが一致しているかどうかを確か
めたいだけ。どうすれば、春の〝池の光〟の危険を減
らしたりなくしたりできるって彼は言ったの？」

ハリーはナイフを置いて両手を体の脇に垂らすと、
疲れたような笑顔をわたしに向けて首を振った。「お
れにはわからないよ、サーシャ。ルーシーはなんて言
ったんだ？」

「春の時期のあいだに、日が落ちたあとの池に光の玉
を見たら、すぐに暖炉に火をおこさなきゃいけないっ
て。火をおこしたら、光は消えるって」

ハリーは体の横で親指を立てる仕草をしてから、ま
な板に視線を戻した。「そんな感じだった。光を見た
ときに、そうするべきなのに火をおこさなかったら、
どんな不気味で恐ろしいことが起きるってルーシーは
言っていたんだ？」

「東の山からドラムを叩くような音が聞こえてくるっ
て。その音が聞こえたら、できるだけ早く全部の窓を
覆って、なにがあってもだれも家のなかに入れちゃい
けないって……」

ハリーはキッチンアイランドのこちら側にまわって
くると、棚からソースパンを取り出した。わたしの横
を通るときには身を寄せて、目を大きく見開いて言っ
た。「偉大なるティートンよ、**暖炉が冷たいまま残さ
れるとき、その地より春の日の悪魔のドラムが現れ
る**」

わたしは思わずくすりと笑った。夏のページをめく
って、ある箇所を彼に示し、こらえきれずに笑いなが
ら言った。

「夏の〝精霊の出現〟を読んでみてよ」指で宙に引用
句を書かずにはいられなかった。「これって本当に…
…ばかみたいなの。なにが起きるのか、漠然としたこ
としか書いてないんだけど、わたしが思うに――」

ハリーはコンロに近づく前にくるりとこちらに向き

直り、手のひらを突き出してわたしを黙らせた。「サーシャ、頼むよ、やめないか？　今日一日、おれたちはこの話しかしていない。もううんざりなんだ。このたわごとでもう腹いっぱいだよ」

わたしはダンとルーシーの小冊子を持った手をおろし、キッチンアイランドの上の電灯を眺めながら首を振り、ため息をついた。「わかったわよ、乗りが悪いんだから。あなたが怖くてたまらないなら、薄気味悪く感じない昼間に読めばいいわね」

ハリーは目をむいてみせてから、調理に戻った。

「ありがとう」

彼はソースパンを置くと、急に肩を怒らせ、キッチンから居間に続くドアロに向かった。

「なに？」

ハリーは玄関のほうを指さしながら、小さな文字で書かれたなにかを読もうとしているかのように目を細くした。やがて彼ははっとしたようにわたしを見た。


「すっかり忘れていたよ。あのいかれた老夫婦は、玄関近くになにかを置いていったんだった」

なんの話かを思い出したときには、彼はすでに居間のほうへと歩きだしていた。ダンとルーシーは確かに、なにかの包みをポーチに残していた。「光が現れたときに、薪がなかった場合に」というようなことを、ダンが言っていたのを思い出した。あの日の午後にダンとルーシーが帰ったあとは、キッチンのドアからだけ出入りしていて、玄関はまったく使っていなかったので、そのことをすっかり忘れていた。

ハリーについてキッチンを抜け、外に出ていくダッシュのあとを追った。そこからポーチに出てみると、きれいに割った薪の束を大きなキャンバス地のシートで包み、ロープで結んだものの脇にハリーが膝をついていた。玄関の左側にある居間の窓の下にハリーが薪棚を作ってあって、まだ空のままの棚の真ん中にそれは置かれていた。ハリーがシートを開くと、薪の束の上に大きなマッチ箱とメモが置かれているのがわかった。ハリーはメモを読み、一度首を振ってからわたしに渡した。おやつだとでも思ったのかダッシュがくんくんとにおいを嗅《か》いだ。

日が落ちたあとで池に光が見えたら、これを使ってすぐに暖炉に火をおこすこと。
――L

それが親切な行為だとでもいうように、メモを読んで最初に感じたのが感謝の思いだったことに、自分でも驚いた。まるで、残していってくれたのが花かカップケーキだったみたいに。ハリーは立ちあがり、手の甲でひたいを拭《ぬぐ》った。

わたしは彼の腰に手をまわした。「ほら、これは親切だって思わなきゃ」

わたしが笑っていると、彼は首を振りながら家のなかに戻っていった。「どっちかって言えば、いかれているね」

わたしはマッチ箱を手に取ると、ダッシュを呼び寄せて家に入り、ドアを閉めた。居間の薪ストーブの上に作った棚の小さな籠にマッチを入れた。

カウンターで夕食をとり、裏のポーチでワインを空にした。ここで見る星空は信じられないくらい見事だ。これほどたくさんの星をこれほどはっきりと見たのは、わたしが育った場所に近いロッキー山脈の南のほうをバックパックを背負って旅したとき以来だ。あの夜わたしは、決してこの美しさに慣れるまいと自分に誓った――この美しさを当たり前だと思ってはいけない。

キッチンを片付けてベッドにはいり、ネットフリックスをつけた。ハリーが途中で寝てしまったので、わたしはラップトップを閉じてナイトテーブルに置いてから、ベッドの上の窓のブラインドを閉めるために体を起こした。窓枠に肘をついて数分間池を眺めたあと、ようやくブラインドを閉めた。

第七章　ハリー

猟犬は春の七面鳥シーズンを嫌う。

この五年半、おれは水鳥を回収するだけでなく、コロラドの狩猟鳥を追い立てるようにダッシュを訓練してきた。そのふたつはまったく異なる種類の狩りで、彼は水鳥猟の猟犬の血統であるにもかかわらず、確実に鳥を追い立てられるようになったので、おれたちはほとんどの時間を山でライチョウを、平地でキジを追いかけて過ごしていた。シーズン中には鴨狩りもそれなりにしたものの、ダッシュとおれはどちらも、ただ黙って鳥が来るのを待っているのはばかばかしいと感じていた。そういうわけでおれたちは、こちらから鳥を探す類の狩りに行くことが多かった。九月初めから一月後半までのあいだ、少なくとも四十日は日の出前に起きて車に荷物を積みこみ、デンバーを飛び出して、ライチョウを狩るために山にのぼるか、キジとウズラを仕留めに東へと向かった。鳥を追い立て、回収すること以上に、ダッシュを喜ばせるものはなかった。彼は間違いなく、おれ以上に狩りが好きだ。世界で一番好きなものが狩りだ。彼がいなければ、おれはおそらく鳥の狩りはしていなかっただろう。

だが、妙な時期に定められた春の七面鳥シーズンがやってくると、ダッシュはひどく腹を立てる。春に七面鳥を狩るときには、犬を使うことが禁止されているのだが、ダッシュは無論、魚類鳥獣類に関する州の規制を読んではいないから、その時期が七面鳥シーズンだとは知らない。彼にわかっているのは、おれが日の出前に起き、散弾銃を取り出し、コーヒーを作り、ブリトーを電子レンジで温め——彼が世界で一番好きなことをする前の早朝の儀式が行われていることだけだ。

彼は興奮と期待に体を震わせながら、嬉しさを抑えきれずにおれの脚にまとわりつき、家中ではしゃぎ回る。

そして出かける時間になり、おれは荷物を持ち、散弾銃を肩にかけ、ドアを開ける。大いなる裏切りの時間だ。鳥を追い立てて狩るシーズンに繰り返された何百回という秋の朝のように、彼が夜明け前の暗闇のなかを庭に飛び出し、喜び勇んで車に向かっていくのを防ぐため、おれは脚でドアを押さえていなくてはいけない。

おれが急いで外に出て、彼に謝り、数時間で帰ってくるからと約束しているときの、彼のあの顔。犬があれほど絶妙な裏切りと傷心の表情を浮かべることができるとは、思ってもみなかった。彼の眉は確かに**あんたはとんでもない裏切り者だよ、ハロルド。信じられない**と語っていた。嘘みたいだが。

おれは数時間前、苦渋に満ちた七面鳥シーズンの儀式——猟犬の信頼と愛を裏切るという胸の痛む試練——

―を終えて、七面鳥を探すために目的の地点へと向かった。猟シーズンの幕開けの朝だ。新しい家から初めてひとりで出かける、初めての冒険だ。いい気分だった。

おれは一流の七面鳥ハンターというわけではないが、これまでもいいオスを見つけることはできた。コツは早く出発して、夜にやつらがねぐらにしていた木のそばの絶好の場所に陣取ることだ。一週間ほど前、ダンとルーシーが山の精霊についての奇妙な警告でおれたちを楽しませてくれた翌日、サーシャとふたりで家から二十分ほどのところをドライブしていたときに、公有地で七面鳥の大きな群れを見かけていた。そういうわけで、ここでのシーズンの幕開けとしてこっそりとそこでオスの七面鳥に挨拶をするつもりだった。

おれが狩りを好きなのは、ほかのなによりも先に目覚めているのが楽しいからだ。荒野の美しい場所に腰を落ち着けて、動物たちが目を覚ますところを見るのが、自然が大きく伸びをして冷たい夜の痛みを振り落とすのを見るのが好きだ。とりわけ、早起きの鳥たちが歌い始める声を戸外で聞くのが好きだった。

ひと晩中クスリをやって、鳥の声が聞こえるまで延々と起きていて、ようやくベッドに入るよりは、そのほうがはるかにいい。おれは、そんな後悔と自己嫌悪の苦悩の時間に長く苦しんできた。夜明け前に狩りに出かけるのが好きなのは、それが理由なのかもしれない。自分の過《あやま》ちの結果ではなく、自分の意思でしていることだから。それとも、海兵隊で過ごした早朝の時間はまるで地獄のようだったのに対し、ここでの早朝は自分でコントロールできるからかもしれない。

理由はどうあれ、山の牧草地に座り、岩場に腰を落ち着け、熱いコーヒーが入った魔法瓶を横に置いて、ヒバリとコマドリが鳴き始めるのを聞くのは、心を癒す効果があった。ほぼ宗教だった。花崗岩の合間やティートン山脈の岩山のあいだからゆっくりと顔をのぞかせる太陽の最初の光を双眼鏡で眺め、おれが座っている尾根の下の渓谷を駆けていくコヨーテや鹿を眺めた。おれが狩りが好きなのはきっとこれが理由なんだと思う。

とはいえ、この谷が邪悪な大地の精霊に取りつかれているという素晴らしいたわごとをダンとルーシーから聞かされて以来、おれはなかなかリラックスできなくなっていた。彼らの話はひとことだって信じてはいないが、あんなばかげた話をわざわざおれたちに聞かせに来た彼らの動機がわからなかった。

サーシャがしばしばそのことを考えているのも、自分で認める以上に彼女が気味悪がっていることもわかっていた。サーシャは少しヒッピーっぽいところがある。からかい半分に彼女を自然派と評することもあった。その場所や物のエネルギーに左右されやすいと言ったほうがいいかもしれない。彼女らしいと言える。そんなところもおれは好きだった。ウィッカの巫女《みこ》とかそんなものではないが、彼女は目に見えなかったり、簡単に測ったりできない力に興味を抱いていた。

彼女がいわゆる魔術や超自然の力を信じていると言っているわけではないが、特定の場所や物が持つ特別な力とか意味といったものを認めていることは確かだ。

一方のおれは、とことん疑《うたぐ》り深いタイプだった。だれかがおれの前に立ち、なにか——宗教でも政党でもいい——を深く信じていることを表明し、自分をその代表者だと称して、世界が認め、受け入れているということはそのなにかには重要な意味があるなどと言い出そうものなら、おれはたちまちそいつとそのなにかが嫌いになる。その政党や宗教の特色がなんだろうと、どうでもいい。政治や宗教について熱心に議論している人間の近くにいると、途端に脳のなかで**こいつは嘘つきだ、こいつは嘘つきだ**という声が響き始め、おれはろくに考えることもせず、彼らが言っていることをまるっきり無視してしまう。おれが、抽象的な事柄を議論できないというわけじゃない。おれはそれなりに、少なくとも一緒に育った人間や海兵隊で一緒だったやつらと比べれば頭はいいと思っている。ただ、ひとつの考えに深くのめりこんでいる人間を不快に感じてしまうだけだ。理不尽だとわかってはいたが。

ともあれ、この一週間、精霊に取りつかれている谷の件に関しては、サーシャは明らかに**彼らの言っていることの一部は本当かもしれない**という側に傾いていた。おれ自身は、あの隣人たちはおれたちをからかっていて、彼らの言ったことは全部嘘っぱちだと確信していたし、そこにいくらかでも妥当性があると考えることすらばからしいと思っていた。あまりそのことは話題にしなかった。サーシャとおれは互いをよく知っている。それぞれの役割を決めなくても、この問題に対する自分たちの立ち位置はわかっていた。

彼らの動機はつかめていなかったから、牧草地で過ごすこの美しい朝におれの心にのしかかって平和な時間の邪魔をしていたのは、まさにその動機だった。おれは、いま目の前にあるもの以外の一切の心配事を頭から追い出そうとした。瞑想しようとしていたと言ってもいい。VAとアフガニスタンのあとの病院で、瞑想のレッスンを受けたことがあった。どのレッスンも屋内で行われた。瞑想は、屋内でしてもあまり意味がないものだと思う。

今朝、犬の顔に浮かんだ信じられないという表情を見たときの罪悪感は、驚くくらいいつまでも消えなかった。もちろん、彼のことは大好きだが、それでも犬に過ぎないというのに。

ごく細かいところまで思い出せるくらい、はっきりと覚えている子供のころの記憶がある。どういうわけか、不安だったりリラックスしていたりするときに、いつもその記憶が蘇ってくるのだ。公共の場所でストレスを感じているときや、ひとりでのんびりしているときに、そのことを思いだす。目のなかの黒点のように。

それは、子供のころ幾度となく経験したことの記憶だ。それを思い出すときは、懐かしい肉体的な感覚も驚くほど詳細に蘇ってくる。どんな音がしたか、においはどうだったか、手でなにをしたのか、宙に舞うほこり、汚れた靴紐。なにもかもを、はっきりと思い出せる。

小学生のころ、おれは家から数ブロックの主要道路からちょっとはずれたところからスクールバスに乗っていた。そこに行くためには、四角ブロックがたくさん置かれた廃品置き場の脇を通らなくてはならなかった。その廃品置き場には、まさにその言葉どおりの猛犬——素早くて、怒りっぽくて、餌が少し足りていないピットブルの血が入った雑種——がいた。

どういうわけか、朝にその犬を見かけることはなかったが、午後はフェンスに沿ってパトロールをしているか、もしくはだれかがフェンスに近づいてきたら気づけるように、錆びた古いボートやトラックや乾燥機のあいだに身を潜めているかのどちらかだった。おれの姿が視界に入るか、物音を聞きつけるかすると、その犬は激しく吠えながら怒り狂ってフェンスに突進してきて、道路沿いの家の裏庭に立てられている木の柵に反響するくらい歯をがちがち言わせて宙を噛んだ。その古い柵に残されたスプリンクラーの染みの模様をおれはいまでも思い出すことができる。

最初のうち、おれはその犬が怖くてたまらず、スプリンクラーの染みのある柵に沿って道路の反対側を歩いていた。だがそこはケリー・ステアーズの家だったから、たいしてましにはならなかった。ケリーはおれより二歳ほど年上で、おそらくおれが熱をあげた初めての少女だったと思う。おれは彼女にもおびえていた。話しかけられたらどうしようと思うと、恐怖で体が動かなくなった。そんなわけで、彼女とばったり会う可能性のほうが、激怒している犬の近くにいることより怖かったので、仕方なく道路の犬の側に戻った。

そんなことを繰り返すうち、フェンスがしっかりしていること、その犬が廃品置き場の囲いから逃げ出すすべを知らないことがわかってきて、おれは自信を持ち始めた。三年生になるころには、すぐそばで犬が怒って吠えたてるなかをフェンスに沿って歩くのは、心躍る挑戦になっていた。

おれが近くを通るたびに――あいだにあるフェンスだけが、九歳の体があの獣に噛みつかれ、引き裂かれるのを阻止していることを知りながら――興奮のあまり土ぼこりを舞いあげ、泡のようなよだれを垂らしてうなっている犬を、怯えつつも魅せられたように見おろしながら金網のフェンスに沿って歩いていたとき、自分がなにを感じていたのか、おれはいまもはっきり覚えている。

午後の日差しのなかに舞うほこりがいまも見える。犬が突進してきたとき、フェンス沿いの伸びたままの枯れた草から飛び出したバッタがいまも見える。おれの細い脚に当たる犬の吐く息がいまも感じられる。落ち着いた歩調を保ちながらも、フェンスが壊れる気配が少しでもしたら一気に駆けだす準備をしていたときの、筋肉がきゅっと丸まったみたいに張り詰めたあの感覚が、いまも感じられる。

そのブロックをどれほど落ち着いて歩けるのか、怒り狂う犬をどれほど無視できるのかを確かめるのは、ひとつの儀式になっていた。廃品置き場を歩いているときにだれかが車で通りかかればいい、おれの冷静さに気づき、おれの勇敢さに感心して、その夜だれかにその話をしてくれればいいのにと思ったことを覚えている。廃品置き場の脇を歩くその儀式が、放課後におれの家に来たがる友人がほしいと思う動機になったことを覚えている。そうすれば、そのことを語り合えるから。犬のそばを歩くおれを見て、その自信たっぷりの態度にほれこむケリー・ステアーズの空想に何時間もふけったことを覚えている。

三年生のある日、バス停から家に帰る途中の廃品置き場までやってきたところで、救急車と三台のパトカーが停まり、いたるところに警官や隣人たちがいるのが見えた。おれは足取りを緩め、廃品置き場に目を向けながら、近くでこれほどの騒ぎになっているのにあの犬が怒り狂っていないことを不思議に思っていた。さらに近づいてみると、フェンスの隅がアルミニウムの杭からはがれて外側に押し出されているのがわかった。犬が逃げたのだ。おれは恐怖とショックに打ちのめされ、犬はどこにいるのだろうと考えた。あの乱暴な番犬には気をつけなきゃいけないと警察官に訴えようかとも考えたが、そのままきびすを返して家に帰った。その夜はひと晩中、犬を捜して動物管理センターの人間があたりをパトロールしていた。

翌日学校で、おれはなにがあったかを聞いた。ケリー・ステアーズと友人たちがどれくらいフェンスの近くまで行けるかを試し、それから通りの反対側にあるケリーの家の裏庭に逃げこむことを繰り返して犬をからかっていたらしい。やがて犬が突進した先の当たり所が悪かったのか、フェンスが壊れて開いた。犬は子供たちのひとりを追いかけて、ケリーの家の裏庭へと入っていった。それがケリーだったのかどうかはわからないが、裏庭で襲われたのはケリーだった。

ケリーは顔の大部分を噛み裂かれ、片方の目を完全に失い、顎は頭蓋骨からほぼ引きちぎられていた。おれは、現場にいた年上の少女たちのひとりを校庭で取り囲んでいる子供たちの輪に加わった。彼女は身の毛のよだつような話を聞かせ、注目されるのを楽しんでいた。父親がどうにかして犬を引き離そうとしているあいだ、ケリーがどんなふうに這いずりながら逃げようとしたのか。犬がケリーの脚の片方に噛みついて乱暴に振り回し、彼女はずたずたになった顔で泣きながら悲鳴をあげていたこと。左の頬にわずかに残った肉片でかろうじて顔からぶらさがっている顎が、どんなふうに地面に引きずられていたのか。

おれがケリーを見たのは、約一年後に彼女が学校に戻ってきたときだった。顎は接合されていたが、移植された皮膚と顔に残った傷と失った左目は彼女の顔をひどく変形させていた。脚も重傷を負っていて、まだ杖を使っていた――ピンク色でキラキラしている子供サイズの杖だった。

犬がどうなったのかはわからない。あんな事故のあとだからもちろん殺処分するために、しばらく捜索が続けられたことは知っている。だがおれたちが住んでいたのは町のはずれで、岩だらけの草原が山の麓まで何キロも広がっているようなところだった。

あの犬が荒野まで逃げ出したと考えるのが好きだった。彼が熊やクーガーや狼と渡り合っていると想像するのが好きだった。顔の毛が白くなって目が濁り始めるまで長生きして、最期のときを迎えるための静かな場所を見つけたときには、腹をリスでいっぱいにしていたと考えるのが好きだった。それは大きな木の下か、小川の近くの気持ちのいい空き地だったかもしれない。

ともあれ、あの暑い日の午後、ほこり、フェンス、物音、犬の怒り。すべてのシーン。これほどの年月がたったいまも、様々な物音やほこりや血や怒りのあと……この牧草地に座っているいまですら、すべてを昨日のことのように思い出せた。

それから一時間ほど、遠くでオスの七面鳥の鳴き声が聞こえていたものの、一日中ここに座っていないかぎり満足のいく狩りにはなりそうもなく、あまりそうする気にはなれなかった。物思いにふける平和な朝の時間は持てた。狩りはすでに成功だ。九時ごろには尾根をおり始めて車を駐めてある森の連絡道路に向かい、家へと戻った。


その週の後半のある日の午後、おれは道路でダンとすれ違った。気まずい雰囲気のなかで家から追い出したあと、彼を見かけるのは初めてだった。次に会ったときにどうするかを決めていなかったから、笑顔で手を振ると彼も同じようにしてきた。おれは車の速度を落とさなかったが、彼はおれが車を止めて話をするだろうと思ったらしく、大きなデューリートラック（後輪をダブルタイヤにしたピックアップトラック）のブレーキを踏んだのがバックミラー越しに見えた。つかの間、申し訳ない気持ちになったが、すぐにそれも消えた。まだそんな気にはなれない。

　次の週末には、デンバーから友人夫妻が遊びに来た。ふたりはジャクソンから、ティートン峠を越えて我が家まで来てくれた。ザックとサラだ。ふたりは一年前に結婚した。おれはザックと大学で知り合った。それ以来、一緒に狩りをし、釣りに行き、パーティーを楽しんでいる。初めての客をもてなすのはいいものだった。我が家のポーチから見えるティートン山脈の景色や夜空に感動している彼らの表情を見るのも、ふたりのベッドを用意した仕事部屋からの見事な景色に対する感想を聞くのもいいものだった。ここの素晴らしさを認められた気がした。いかれた隣人から聞かされた山の精霊の話をしようかとも思ったが、やめておいた。理由はよくわからない。サーシャは料理をふるまうのが好きなので、その週末は食べ、飲み、フォール・リバー上流をハイキングし、少しだけ釣りをして過ごした。素晴らしいひとときだった。

　ふたりは日曜日の朝、帰っていき、無事に帰宅したことと改めて滞在の礼を言うためにおよそ九時間後に電話をくれた。彼らが帰ってからほんの数時間しかたっていないように感じられて、それはある意味いいことだった――おれたちがあとにしてきた世界から、それほど離れてしまったように感じなくてすむから。

　ここがようやく我が家として感じられるようになってきた。

第八章　サーシャ

夕食のあとは、毎晩の習慣どおりに裏のポーチでワインを飲みながら、のぼる月を眺めることにした。ダンとルーシーが置いていった小冊子を持って出ると、ハリーがそれを見て天を仰いだ。あれ以来、わたしたちが〝呪われた谷〟を話題にすることはなかったが、それは単に先延ばしにしていたにすぎなかった。

先週わたしは〝春の精霊〟のメモを何度か読み返していて、ルーシーから聞かされたことに、そしてそれ以上にそこに書かれていることに、心の奥底で少しずつ恐怖を覚え始めていた。あのばかげた話を裏付けるようななにかを見たり聞いたりしたからではなく、ルーシーには信頼できると思わせるなにかがあったからだ。そんなわけでわたしは、この話がわたしたちをからかうための企みだとは、ハリーほど確信が持てずにいた。彼女が信じていることなのだろうという気がしていた。少なくともある程度は。

秋の精霊の訪問についての漠然とした説明が書かれている小冊子の最初のページから顔をあげると、ハリーがポーチの手すりにもたれてわたしを見つめていた。彼はわたしをわかっている。とてもよくわかっている。手のなかの小冊子の内容を信じていると解釈できるようなことをわたしはひとことも言っていなかったが、これはわたしたちを怖がらせるために考えられた単なる作り話だと、わたしが彼ほどきっぱりと断言できずにいることに、彼は気づいていた。彼はそれを追及してきた。

「サーシャ、まさかあの正気とは思えないたわごとを信じているんじゃないだろうね？」

彼の口調は穏やかだったし、そう言いながら笑ってすらいたが――彼は議論に〝勝とう〟としていたわけではない――それでもわたしはひどくいらついた。先手を取って挑んでくるようなその態度は、わたしの怒りの引き金を引いた。

わたしは目をぐるりと回して言った。「ハリー、やめて。わたしは別に、あの人たちに聞かされたことや、ここに書いてることの正当性を擁護しようっていうんじゃない。わたしが言いたいのは――」

ハリーは両足のあいだの風雨にさらされたポーチの床板に視線を落とし、**やれやれ、始まったぞ**と言わんばかりのいつもの薄ら笑いを浮かべた。彼がわたしの言葉を遮ろうとしているのがわかったので、手をあげてそれを止めた。

「待って、ハリー、待って。最後まで言わせて」わたしの話に耳を傾けるのではなく、反論しようとしているのがわかっていたから、その動きに彼が反応してくれたのは幸いだった。あまりこの手を使いすぎないようにしようと思った。ハリーは腕を組み、うなずいてわたしの顔を見つめた。

「わたしが言いたいのは、ダンとルーシーを悪い人だとは思えないっていうこと。とりわけルーシーは。悪意があって、ばかげた作り話を聞かせるためにうちに来たとは思えない。彼女は社会意識の高い、しっかりした人に見えたから、わたしには彼女が……」

言葉に詰まった。さっき言ったことと矛盾しない言葉が思いつかない。

「……彼女がまったくありもしない作り話で、わたしを脅かしに来たんだとはとても思えないの。あの人たちが言ったことが真実だって言っているんじゃなくて、彼らはあの話を信じてるんだと思うの。わたしたちを怖がらせたり、嫌がらせをしようとしているわけじゃない。彼らは、少なくともルーシーはわたしに話したことを信じているんだと思う」

ハリーはうなずいた。返事をするまでしばしの間があった。

「わかった。言いたいことはわかるし、そのとおりなのかもしれない。だがね、サーシャ、彼らがあの話を信じていようがいまいが、だからどうだっていうんだ？　おれにとっては、なにかのカルトか妙な宗教にはまっている人間でしかない」

わたしは首を振った。「ハリー、本当に彼らが頭がおかしい人たちに見える？　精神に異常があるように見える？　大事なことだと思ってなければ、どうして会ったばかりの新しい隣人をわざわざ訪ねて、自分たちの頭がいかれていると思わせるようなことをするの？」

「サーシャ、おれにはわからないよ――だれにもここにはいてほしくなくて、おれたちを怖がらせて追い出そうとしているのかもしれない」

わたしは腕を組み、言うべき言葉を考えた。「ハリー、わたしが言いたいのはそこなの。あの人たちは、すごくまともな人に見える。びっくりするくらいまともに。先週はあなただってそう言ったし、不動産業者だってあの人たちを気に入っていて、コミュニティで高い評価を受けているって言っていた。郡書記官室のあの男の人だって、ダンのことを知っていて、褒めていたじゃないの！」

それは事実だった。ハリーはセント・アンソニーで郡書記官室に立ち寄り、古い土地の記録を調べるため、測量登記事務所で話を聞いていた。そのときに手伝ってくれた男性がダンを知っていて、彼は素晴らしい人物だと言っていたのだ。

「もしもダンがいかれたカルト信者だったら、郡の役人が彼を誉めるなんてありえないと思う。それに、あなただってダンとルーシーを気に入っていたじゃない。滅多に一度会っただけの人をあなたが気に入るなんて、滅多にないことでしょう」

ハリーは参ったというように小さく首を傾げた。彼は向きを変えて手すりに肘を乗せ、背中ごしに答えた。

「わからないよ、サーシャ、おれは……くそ。おれたちが出かけているあいだに、ダンがあの池に電池式のLEDライトを投げこむまで、待つしかないかな」

わたしたちは笑い、この件は棚あげにしようという暗黙の了解に達した。なにか行動を起こそうというわけではないし、ダンとルーシーが危険な存在ではないのなら、彼らがいかれていようとだれが気にするというのだろう？

ベッドに入る前、ハリーは仕事部屋の机の上にある窓の前に立ち、池を見つめていた。

翌朝、わたしは早朝から会議があったし、ハリーはインターネットで知り合った羊を売りたがっているか、もしくは牧草地を借りたがっている男性と会い、その後注文していた温室のセットを受け取るために町に出かけた。夜はまだかなり冷えこむので、温室ができれば野菜を植えることができると思い、わたしはわくわくしていた。朝にはまだ霜がおりるのだ。

その日の午後、一緒に温室を組み立てながら、わたしはハリーを見つめていた。彼が誇らしかったし、嬉しかった。彼はこの土地を、わたしたちがここだけで生きていける場所に変えようとしている。

その夜、そしてその週の残りの午後とわたしが一日の最後の会議を終えたあとの夕方は、最後の絵を飾り、引っ越しを完了させる作業に費やした。目を覚ましたときに寝室の窓から山間の谷に広がる牧草地が見えるのは、いまもまだ妙に感じられる。においや音にもいまだ慣れなかったが、違和感は減っていた。

次の週末わたしたちは、郡道の突き当たりにあるトレイルヘッドからハイキングをした。そこは馬匹《ばひつ》運搬車も止められるきれいに整備された駐車場だが、わたしたちのドライブウェイを通り過ぎてそこまで行く人は、一日にひとりかふたり見かけるだけだった。駐車場からほんの一、二マイル行ったところですらまだ雪に覆われていたから、本当の春が来て雪が本格的に溶け始め、道が開通すれば車も増えるだろうとハリーは言った。

トレイルヘッドから郡道を戻っていくわたしたちの前をダッシュが駆けていき、ところどころで足を止めてはにおいを嗅いでいる。ハリーが左側――西側――に広がる広大な農場を見つめていることに気づいた。

「ダンは、ここの所有者のジョーのことをなにか言ってた？ なんていう名前だったっけ、ベリー・キャニオンとかだった？」わたしはハリーに訊いた。

ハリーはわたしを振り返ることもなくうなずいた。

「ベリー・クリーク農場だ。ああ、言っていたよ。ジョーはショショーニ族で、〝精霊〟とそれを近づけないための〝儀式〟を教えてくれたのが彼だったそうだ」彼は強調するように、指で宙に引用符を書いた。

「ルーシーも同じことを言っていたわ」

そこは美しくて、広大な土地だった。「すごく大きい……六千五百エーカーの土地を管理するなんて、信じられない。五十五エーカーの牧場ですら、おじけづいているのに。これって、このあたりで一番大きな牧場なの？ それとも州で一番大きい？」

ハリーは首を振った。「いいや、六千五百エーカーは確かに大きな牧場だが、ティートン山脈のアイダホ側には二万エーカーどころか、三万エーカーの牧場がいくつかある。それに、テキサスやモンタナ、オレゴンの東部には十万エーカーのものもあるよ」

「信じられない……そんなところをどうやって管理するのかなんて、想像もできないわ」

「まったくだよ。大変な仕事だ」ハリーはうなずいた。「だがそれだけの大きさの農場には、それなりの数の作業員がいるさ」

ハリーは大きなポンデローサマツの下を通り過ぎるとき、道路脇に落ちていた枝を拾った。〝持ってこい〟ができるのがわかったのか、ダッシュはふさふさした赤みがかった金色の毛の尾をピンと立て、大きく振りながらこちらに駆け戻ってきた。ハリーが枝を前方に投げると、ダッシュがそのあとを追っていった。

そこはわたしたちの地所の手前にある丘の上だったので、家から見て池の反対側にある牧草地は一部しか見えない。けれど振り返れば東側に、木々に覆われた起伏のある山麓とその向こうにそびえる巨大な花崗岩の山々を見ることができた。

西に目を向ければ、ダンとルーシーの農場とジョーの地所を通る郡道が、はるか彼方の州道まで続いている。驚くほど見晴らしのいい場所だった。この谷がどれほど明確な地形を描いているか、稜線がどれほどくっきりしているか、花崗岩とマツの境界線がどれほど整っているのかが見て取れる。高速道路と、山脈が始まっている国有林のあいだにあるわたしたちの聖域。

ハリーは足を止めて、わたしがなにを考えているかはお見通しだとでもいうように景色を眺めた。わたしに笑いかけながら手を取り、この先に広がっている光景に視線を戻した。「ティートン山脈の西側にはこんな小さな谷が山ほどあるのに、ここの所有者は三組しかいないんだぞ。おれたちは本当に運がいい」

わたしはその手を強く握り返した。「本当にそうね。ジョーだか、ベリー・クリーク農場有限会社だかが、この谷に残った私有地のほとんどを買ったってナタリーが言っていなかった?」

元々、アメリカ西部と部族の歴史が大好きな歴史ファンだったハリーは、この六年、デンバー市の測量登記事務所で働いていて、その結果見事な地図と不動産記録オタクになった。そういうわけだったから、彼はデンバーを出る前から、ごく当たり前のように近隣の土地について様々なことを調べ出していた。つまり、土地の歴史についてなにかを尋ねれば、彼が喜ぶことをわたしは知っていた。そんなときの彼はかわいい。彼の答えを聞くのも楽しかった。たいていの場合は。

ハリーはうなずいた。「ああ、古い地所の記録をたくさん見つけたよ。一八六七年かあるいは六九年、ジョーの一家の土地の一部に政府発行の権原《けんげん》がつけられたんだが、その後彼の曾祖父とほかの親戚たちがインディアン一般土地割当法を通じて、隣接する千エーカーあまりの広大な土地を最初に手に入れた。この法律については、多くの部族のアイデンティティを失わせるために使われたとか、いろいろな意見があるが、つまりは議会が保留地モデルを解消しようとしたってことだ。連邦政府が、部族やグループ単位ではなく、部族の個人に対して土地を割り当てられるようにしたんだ。そうやってジョーの一家は、いまある農場の土台を築いた。ここはショショーニ族とバノック族の郡だから、ベリー・クリーク農場の一家はアメリカ合衆国が存在する前からここにいたわけだ。彼らが一般土地割当法で千エーカーの土地を手に入れたとき、この谷にほかにいたのはジェイコブソンの一家だけだった」

ダッシュがハリーの足元に枝を落とし、彼がまた投げるのをいまかいまかと待っている。ハリーは枝を拾い、わたしたちの地所の方向を示した。

「ジェイコブソン一家は一八七〇年代に、いまのおれたちの土地を含む六百四十エーカーの公有地の払い下げを受けた。彼らのかつての土地の境界線はいまは国有林になっているところから、いまおれたちがいるところまで延びていた。ジェイコブソン一家は長年のあいだに、地所を分割して少しずつ売っていったんだ。最後の世代がほとんどの土地を林野部に売却し、彼らが古い家を壊していまのおれたちの家を一九六〇年代に建てた。最後のジェイコブソン――老婦人だったと思う、名前は覚えていない――が一九九〇年代に死んだあとはしばらくのあいだ信託されていて、一九九六年一月にシーモアが購入した。シーモア一家はあの家に住んでいたが、おれたちが出会った春に出ていって、そのあとはだれも住んでいない……二〇一二年に不動産会社が買ったあとは、ずっと空き家だったんだ」

シーモアという名前はすっかり忘れていたが、それを聞いて思い出したことがあった。

「一九九六年の冬にシーモア一家が越してきたとき、同じ話をしたってダンとルーシーが言っていなかった？　精霊やその他もろもろの話をしたって。谷の新しい所有者にその話をしたのは、それが最後だって言っていたわよね？」

ハリーは肩をすくめて首を振った。「ああ、ダンがそんなことを言っていたな」

「彼らに……連絡を取って、ダンとルーシーのことを、ふたりが〝精霊〟のことをどんなふうに話していたのかを訊いてみたい気分よ」

ハリーはなにも言わなかった。しばらくすると振り返って、ここまで歩いてきた丘の上の道路を指さし、土地の歴史オタクぶりを再び披露し始めた。「おれたちの家と国有林のトレイルヘッドの駐車場のあいだには、七つの私有地があったんだ。どの区画も百六十エーカーか三百二十エーカーで、それが一八六二年のホームステッド法で入植者たちに払い下げられた土地の広さだった」

こんなことまで、どうして彼は覚えていられるんだろう？

彼は次に道路の西側の森に遮られて見えないが、わたしたちの土地の先の道路沿いにあるダンとルーシーの農場の方角を示した。「あそこにも百六十エーカーの区画が三つあった。かつてダンとルーシーの地所を所有していた人間がその全部を買って、ひとつの農場にまとめた。実際そいつはすごいことだったんだよ……」

ハリーはいかにもオタクっぽいわくわくした愛すべき顔でわたしを見た。「なんでかっていうと、一九二〇年か三〇年ごろまでこの道路には十三もの家族がいたんだ。ものすごく混んでいるように感じられただろうね。たとえジョーとベリー・クリーク農場が買い占めたからだとしても、おれたちがいままで暮らしてきた町は人が増える一方だったのに、ここでは逆のことが起きている……すごいことだ」

わたしは笑顔でうなずいた。かつてはこの谷に十三もの家族がいたことを思い、わたしは思いがけず、心残りを――そのようなものを感じた。もう少し地域社会っぽいものがあれば、それはそれで楽しめただろう。こんな静かな場所を、それもティートン山脈の近くに見つけたことは嬉しかった。幸運だったと感謝しているけれど、それでも近くにもう少しだけ広い世界があれば、隣人や知り合える人がもっといればよかったのにという漠然とした思いは残っていた。

わたしは傾きかけた太陽の光を片手で遮り、ジョーの農場を振り返った。「ジョーに会ってみたい。隣人だからっていうだけじゃなくて、ダンとルーシー以外の人間があの精霊の話に関わっていることがちょっと信じられないのよ。でも、もしそうだったらどうする？ 彼が〝ああ、本当なんだ。光り始めたら、精霊が襲ってくる前に火をおこさなきゃだめだ〟って言ったら、どうする？ わたしたち、なんて言えばいいの？」

ハリーは帽子を脱いで首を振り、肩をすくめながらゆっくりと腕を伸ばした。「そうだな……わからないよ、ベイビー。とんでもなくばかげたたわごとをあんなに真剣に受け止める人間がいるなんて、おれにはさっぱり理解できない。ダンにあの与太話を聞かされたときは、どう反応すればいいのかわからなかった。ほかの人間がどうかなんて、想像もできない」

彼が本当にいらだっているのがよくわかった。わたしにとってルーシーとダンは、隣人にくだらない迷信話を聞かせたがっただけの気持ちのいい人たちだ。一方ハリーは、かなり気分を害したらしい。まるで侮辱されたか、わたしたちを脅して出ていかせようとしていると感じたみたいに。

わたしは彼に近づき、腰に腕を回した。「心配しないで、恐ろしい光だろうが、裸の男だろうが、熊だろうが、かかしだろうが、あなたに近づかせたりしないから。わたしを倒すことなんてできないわよ。わたしのたくましい海兵隊員は、わたしが守るの」ハリーは目をぐるりと回して、わたしにキスをした。

わたしはハリーの胸に頭をもたせかけ、山のほうに目を向けた。「暖かい日が近づいてきているのが感じられる……空気や光がそう言っているみたい」

彼がうなずいたのがわかったので、その顔を見た。「でもこれくらいの高地だと、まだすっかり春っていうわけじゃなくて、やっぱりひんやりしている。家に帰って、火をおこして温まりましょうよ」

ハリーはわたしにキスをした。「それ以上にしたいことなんてないよ」

第九章　ハリー

「すごくおいしかったけど、十五ポンド（一ポンドは約四百五十グラム）は太った気がする」おれはサーシャを見た。夕食を終えたところだった。数日前、新しいグリルを手に入れたので、ステーキとベークド・ポテトとアスパラガスを初めて焼いたのだ。日が落ちてからしばらくはまずはポーチのブランコで、そのあとはポーチの床に寝そべって腹がこなれるのを待たなければならないくらい、どっしりした食事だった。

「ねえ……」サーシャが立ちあがって伸びをした。それからかがみこんで、笑顔でおれの顔をのぞきこんだ。

「わたしたち、もう一本、ワインを開けるべきじゃない？」

「いい考えだ。おれはこいつを終わらせたら、なかに入るよ」

　おれはポーチに座り、ダッシュの尻尾と腹にからみついたいがを取っていた。夕食前、小川がおれたちの地所を流れているところから国有林まで一マイルほどを小川に沿って歩き、そこからモミとポンデローサマツの木立のなかを尾根までのぼった。美しい小川で、初めての気持ちのいい春の日だと感じられた。だが、小川のところどころに山ほどのいがが生えていて、ダッシュは谷じゅうにある半分のいがを尻尾と毛皮にくっつけたに違いなかった。あのちっぽけなやつらは毛皮からはずすのがとんでもなく面倒で、ダッシュが痛くないようにしようと思うとなおさら大変だった。

　おれは胸の皮膚のすぐ上のところにしっかりとからみついている最後のひとつに取りかかっていた。引っ張ってみたが、はずれない。いらだったダッシュがおれの脚のあいだから、転がって逃げようとした。「おとなしくして、ほら、これで最後だから」からみついている数本の毛の束をはずすと、いがが取れた。

　ダッシュの鼻の前に突き出して、見せてやった。

「全部とれたぞ！」ダッシュはいがのにおいを嗅ぎ、おれが体をうしろにずらすと、勢いよく起きあがって全身をぶるぶると振った。

　ワインの残りを飲み干そうとしてグラスを持ちあげたそのとき、牧草地のなにかが視界に入った。グラスのなかの液体に反射して、ワインを血のように見せていた。

　黄色っぽい光の玉。池のなか。水深三フィートくらいのところ。

　心臓がばくばくしたり、アドレナリンが急上昇したりすることはなかった、と言えば嘘になる。

　立ちあがり、ポーチの手すりに近づいた。ダッシュはおれを見あげ、おれの視線をたどり、おれと一緒になって牧草地を見つめた。

なんてこった。光っている。写真を撮って、家のなかにいるサーシャに送ろうかとも思ったが、彼女を呼びたくはなかった。どうしてかはわからないが、この話をすることすら嫌だった。

様々な考えが駆け巡った。あたりはほぼ闇に包まれていたが、こっそり逃げ出そうとしているダンがいるのではないかとドライブウェイに目を凝らした。おれを脅かすために池に屋外照明かなにかを取りつけた彼が、まだ近くにいるはずだと咄嗟《とっさ》に考えたのだ。

次にあの光を撃とうと考えた。新しいスコープを調節したばかりの30-06の猟銃がコート用クローゼットに入っている。ここからは百二十ヤードもない。簡単に当たる。あいつを吹き飛ばして、どうなるか見てみるか？

おれがなにかを感じたのはそのときだった。長いあいだ感じたことのないなにか。

なにかに見られているような感覚——だれかに、なにかに見られていて、それが動き出す前に突き止めなくてはいけないという感覚。理由もわからないまま、おれは北東の木立に視線を向けていた。ダッシュもなにかを感じているのがわかった。彼を見ると、背中の毛を逆立て、頭をさげて低くうなっていた。おれは光に視線を戻した。

光は動いていた。さっき見たときから、少なくとも十五フィートは移動している。おれはポーチに立ち尽くし、信じられない思いで池の光を見つめた。

説明できる理屈を探した。というより、必死になってこれが作り話かなにかの策略だと弁明しようとしていた。充電式の照明かなにかだ。それともソーラー？だが、おれが追い出した日にポーチでダンが言った言葉が、ニュース放送の画面の下に次々と表示される証券コードのように頭のなかに流れてきて、そんな考えをかき消した。

怖がる必要はない。ただ、していたことの手を止め

て、火をおこせばいい――少しの湯を沸かせるだけの火で充分だ。光を初めて見たときは、火をおこして、わたしたちに電話をするんだ。光を見ても火をおこさずにいて、ドラムの音が聞こえてきたときは、窓を覆って、だれも、なにも家のなかに入れてはいけない。

ダッシュは毛を逆立てたまま木立のほうを見つめ続けていて、息を吐くごとに低くうなっていた。

なにが彼を興奮させているのだろう？　狼、熊、クーガー？　それともコヨーテだろうか？　熊はそろそろ冬眠から覚めるころだ。だがいつもの彼は、自分より大きい哺乳類に対しては吠えるだけだ。ハイキング中に熊に遭遇したときでも、うなったり、こんなふうに反応したりはしなかった。それに、西の空にわずかな灰色の光が残っているだけとはいえ、ここと森のあいだの牧草地になにも動物がいないことははっきりと見て取れた。

ダッシュが興奮している理由を見つけられなかったので、おれは音を立てて息を吐いた。そんな音を立てたことが恥ずかしかった。心拍数が跳ねあがった。走った直後のように耳の奥で鼓動が聞こえた。ダッシュをいくらかでも落ち着かせようとして、おれは無意識のうちに彼に話しかけていた。「大丈夫だ、ダッシュ、大丈夫だ。あそこにはなにもいない」

怖がる必要はない。ただ、していたことの手を止めて、火をおこせば……

おれはダッシュがじっと見つめているあたりと池の光を交互に眺めた。光は、おれが視線を戻すたびにその位置を変えている。暗闇のせいで、そんな気がするだけだ。そうだろう？

作戦地帯での夜間パトロールや弓矢を使った夜の狩りは何度もしていたから、それがよくあることなのは知っていた。心拍数があがって、一日中頭に描いていたものを探しているときであれば、なおさらだ。心がそう思わせるのだ。いま起きているのは、そういうこと決まっている。

数秒後、光は池のなかで少なくとも三十フィートは離れた場所に移動したように見えた。

おれは目をこすり、深呼吸をして池を見つめ——光の位置を正確に記憶し、尾根を見あげ、まばたきをして視界をはっきりさせてから池に視線を戻した——光はまったく違う位置にあった。

頭の端のほうでパニックが暴れ始めるのが感じられた。アドレナリンが本格的に流れ出したときにだけそうなるように、手がしびれ始めた。

無理やり声を出して笑ってみると、自分がどれほど不安がっているかがすぐにわかった——パニックを起こしかけているようなその声に、おれはますます神経過敏になった。体と心のすべてがこれを現実として認めまいと必死になっている。火をおこすことは、おれの服従を、恐怖に屈することを意味する。

心のなかで声がした。**ただ火をおこすだけだ、なにか問題でもあるのか？**

より大きくて、より好戦的な声が応じた。**くそくらえだ、ここはおまえの土地だ、おまえの場所だ、おまえが決めればいいことだ。そんなくだらない迷信なんて、放っておけばいい。**

ダッシュが哀れっぽい鳴き声をあげた。

ポーチに立つ彼に視線を向けると、彼もおれを見た。

「ダッシュ、大丈夫だ。大丈夫だって！」ダッシュは木立を見つめながら、耳をぺたりと寝かせ、尻尾を脚のあいだにはさんでゆっくりとあとずさり始めた。その直後、向きを変えたかと思うと、ポーチに通じるキッチンのドアに向かって全速力で駆けだした。

おれはあわてて振り返り、彼をそれほど怯えさせた木立を見つめ、それから池に視線を戻し——くそ、新しい位置だ——また木立を見た。手も肩も震えているのがわかった。

緊張する場面で冷静さを保つ訓練は充分に積んでき

た。銃弾が飛びかう場所で、尊敬していた立派な男がパニックを起こし、悲鳴をあげ、あるいは出血多量で死にかけているときには、平静でいる方法を知っている必要がある。少なくとも、ちびったり、頭が真っ白になったりしないようにしなくてはいけない。

最後に使ってからもうずいぶんになる、だが何度となく頼りにしてきたマントラを唱えろと自分に言い聞かせた。**深呼吸だ、そうなるかもしれないし、ならないかもしれない、そうなったらなにも感じない、おまえのほうが彼らより危険だ、移動しろ、深呼吸だ、そうなるかもしれないし、ならないかもしれない、そうなったらなにも感じない、おまえのほうが彼らより危険だ、移動しろ、深呼吸だ……**

ダッシュが家のなかにはいりたがって、甲高い声で鳴きながらドアを引っ掻き始めた。そんなことをするのを見るのは初めてだ。あたりの空気の圧力が変わるのを感じた。吐く直前のように、口のなかに唾が溜まり始めた。

そのときだった。ダッシュの態度のせいかもしれないし、彼がドアを引っ掻く音を聞いて何事だろうとサーシャが外に出てくることがわかっていたからかもしれない。池の光に気づいてから九十秒ほどしかたっていなかったが、火をおこしたいという一トンもの煉瓦《れんが》のような欲望が襲ってきた。

火へのその欲望は原始的で、まるで魂から湧き起こったようだった。まだ生まれていないおれの子供と孫の生死がそれにかかっているかのようだった。

キッチンのドアが開く音を耳にしたおれは向きを変え、薪の束に向かってポーチを走り始めた。

裏口の前を通りかかると、ダッシュがサーシャの脚の脇を通り過ぎてキッチンへと駆けこんでいくのが見えた。サーシャは戸惑ったようにそれを見ていたが、おれと目が合うと一層けげんそうな顔になった。

「いますぐそのドアに鍵をかけろ。おれは玄関から入る」

ポーチの数メートル先にある薪の束まで、二歩でたどり着いた気がした。手斧と一番小さい薪の束をつかむと、家のなかへと走りこみ、勢いよくドアを閉めてかんぬきをかけた。

サーシャはすでに居間にいた。「いったいなんなの、ハリー?」

彼女の脇を駆け抜けてキッチンへと向かいながら、おれが口にできたのは「光だ」のひとことだけだった。カウンターにあったダイレクトメールをつかみ、きびすを返して居間の暖炉に駆け戻ると、薪をそこに投げ入れ、数本の火おこし用マッチを手に取り、煙道を開いてから片膝をついた。

サーシャは、牧草地と池を見渡せる南向きの大きな窓がある居間の隣の仕事部屋に入っていった。彼女の声が聞こえた。「なんてこと、なんてこと」

サーシャが居間に戻ってきて、再びおれたちの目が合った。彼女の顔には本物の恐怖が浮かんでいた。

「ハリー、なんてこと」

ダッシュはおれたちのあいだを行ったり来たりしていて、冬の鴨狩りを終えたばかりのようにがたがた体を震わせながら、哀れっぽく鳴いていた。

サーシャがおれの横にしゃがみこんだ。「ハリー、なんてこと」それ以外の言葉が思いつかないようだったが、おれが口にできた言葉よりは多い。おれは必死になって火をおこそうとしながらも、恥ずかしすぎて彼女の顔を見ることすらできずにいた。

たきつけの束と数本の細い薪の下にくしゃくしゃに丸めた数枚の封筒を突っこんだところで、ダッシュの声が聞こえてきた。サーシャとおれは振り返り、居間からキッチンを見た。ダッシュはポーチに通じるドアに向かって吠えている。

あのドアのすぐ外になにかがいるのでないかぎり、彼はあんな吠え方はしない。猟銃を取ってきて庭に出ろとおれの体は叫んでいたが、勝利を収めたのは頭のほうだった。**集中しろ、ばか野郎。**

「ハリー、火をおこして。火をおこして、いますぐに」サーシャの声が震えているのがわかった。

おれは暖炉に向き直り、太いマッチを擦《す》った。紙の下に差し入れた。二本目を擦った。そして、三本目、四本目。

松脂《まつやに》をしみこませてあるマッチの軸に火がついてちりちりと燃え始めるのを見つめながら、おれはいつしかドラムの音が聞こえてこないようにと祈っていた。手斧をつかみ、薪を細かく割っては、紙と薪のあいだに差しこんでいく。

「ハリー……ハリー」ダッシュがうなり始めたせいで、サーシャの声が聞きとりにくくなっていた。「わたし……わからないけれど、なにか感じる」

おれも感じていた。それがなんなのかは、見当もつかなかったが。耳が圧迫され、口に唾が湧いて、頭のなかで鼓動が聞こえていた。

ようやくたきつけと薪の一本に火がついたのがわかったので、おれは手斧を置いて、息を吹きかけた。数秒後、炎があがった。パチパチと音を立てて燃えはじめたところに残りの薪を足して、おれは大きく息を吸った。

ダッシュはすぐ横にいて、おれとサーシャと炎を交互に眺めながら、よくやったと言わんばかりに尻尾を振っていた。

あの光を見てから初めて、おれはまじまじとサーシャの顔を見つめた。

「ハリー……なんだったの」

数週間前の〝儀式の説明〟の際、ダンはほかのことも言っていたと思い出した。おれが思い出したのと同時に、サーシャがそのときの彼の言葉をほぼそのまま口に出して言った。

「〝光を初めて見たときは、火をおこして、わたししたちに電話をするんだ〟」サーシャは冷蔵庫に近づくと、ダンとルーシーの電話番号の下数桁を隠しているマグネットを移動させて、電話のボタンを押し始めた。

「サーシャ、頼むから、ちょっと待ってくれないか」

おれはクローゼットに歩み寄った。数週間のうちには熊が冬眠から目を覚まし、食べ物を探してあたりをうろつき出すのがわかっていたので、五発のスラッグ弾を装塡《そうてん》してあるポンプ・アクション式の12ゲージの散弾銃を先週のうちにそこに入れてあった。薬室に弾を一発送りこんだ。

「ハリー……電話をしないと」

おれはとげとげしい口調にならないようにしながら答えた。「少しだけ、待ってくれ。深呼吸をして、ちょっと考えてみよう」おれの体と本能はいまもまだ、ヘッドランプをつけて、銃を持って、あたりの安全を確保しろと叫び続けていた。

だがおれはさっきよりも明らかに落ち着いていた。パニックが去ったのが感じられる。火をおこしたあと外に出ることについて、ダンがなにか言っていたかどうかの記憶はなかった。おれの心を読んだかのように、サーシャはダンとルーシーの警告だかルールだかなんだかが書かれている小冊子をしまってある机に近づくと、それを取り出して開き、〝春〟というタイトルが記されているページを開いて、声に出して読み始めた。

> 炎があがり始めたら、光は消えるはずだ。家の南側の窓から、まだ光が残っているかどうかを確かめること。残っていた場合は、薪を足すといい。光が消えていれば、精霊は去っている。それが感じられるはずだ。火は消してかまわない。その後は、なにごともなかったかのようにそれまでどおりに振る舞えばいい。

ああ、そうだろうとも、ダン。おれは生まれて初めて邪悪な精霊とやらを追い払うためにこんな儀式みたいなことをやる羽目になって、そのあとはなにごともなかったかのように、いつもどおりの毎日に戻るってわけだ。

その一文はおれを激怒させた。というよりも、こんなばかげたことに怯えた自分に対する恥ずかしさからくる怒りに、再び火がついたのかもしれない。怒りのあまり、おれの手は震えていた。サーシャが背中に手を当てた。

顔をあげて彼女を見た。

「ハリー、見に行きましょう」

おれたちはのろのろと仕事部屋に向かった。おれは顔を伏せたまま窓に近づき、散弾銃を窓に立てかけてから、窓枠に手をのせた。「ハリー、なくなってる」サーシャが言った。

そのとおりだった。だがそのことを改めて考えている暇はなかった。その瞬間、おれは――おそらくはサーシャも――これまでの人生でもっとも深遠な感覚を経験していたからだ。

それまでのごくわずかな時間、おれの心のすべては、このばかげた〝精霊〟話が形はどうあれ本当だという考えに、ゲシュタポ並みの弾圧を加えていた。それだけの努力をしたにもかかわらず、光が消えているのを見た瞬間、得も言われぬ安堵《あんど》感が全身に広がった。ドラッグ以外で、人間が味わえるとは知らなかったほどの解放感。サーシャがおれの前腕をつかんだ。なにか言おうとして、やめたのがわかった。

それは感情だけでなく、ぎりぎりまで我慢していた小便をしたときのような、暑い日にエアコンの効いた部屋に入ったときのような、体重が十五ポンド減ったことに気づいたときのような、そのすべてが一度に起きたような肉体的な解放感を伴っていた。

おれは身震いし、それから笑みを浮かべ、もう少しで声に出して笑いそうになった。

「ハリー、いまのを感じた?!」

「ああ……あれはいったい、ああ……」

ダッシュもまったくのいつもどおりに戻っていて、玄関のドアの前で尻尾を振りながら外に出してもらえるのを待っている。

サーシャとおれはすっかり言葉を失って、ダッシュから互いの顔に視線を戻した。

第十章　サーシャ

「ハリー、電話をかけなきゃだめだって」わたしは言った。

彼がどうして渋るのか、わたしにはさっぱり理解できなかった。池に光があるのを見て、彼はパニックと恐怖を感じ、それが消えたとたんに解放感を覚えている。にもかかわらず、あの頑固者はスタイナー夫妻に電話をしないと言い張って、丸五分もキッチンでわたしと言い争った。〝たとえあれが本当だとしても、彼らになにもできることはない〟というものから、〝池にあの光を入れたのはおそらく彼らだ〟というものまで、その言い分は五回も変わっていた。

「サーシャ、ちょっと待ってくれって。落ち着いて、考えてみよう」ハリーがパニックを起こしているのがわかった。パニックではないかもしれない。彼は怒っている。あの出来事に、そしてそれを説明できないことに怒っている。

どんな状況であれ、彼はこれまでいつもわたしの前で怒ることのないように最大限の努力を払っていた。わたしがばかなことをしたとか、酔って喧嘩をしてひどい態度を取ったようなときでも、彼はわたしに怒りを見せまいとし、何度か深呼吸をして話題を変えるか、その場からいなくなるのだ。

「ハリー、どうして？　どうして？　わたしを見て、ハリー。どうしていますぐ彼らに電話をしちゃいけないのか、はっきり言葉で説明してよ。彼らのメモに、光が消えたらそれを感じるだろうって書いてあるじゃないの。ちゃんとそう書いてある。あの人たちがなにをするっていうの？　池に光を仕込んで、それから換気口を通じてわたしたちに薬を盛るとでも？」

驚いたことに、ハリーは反論しなかった。かっきり十秒間、床を見つめたあとでわたしに視線を戻し、両手をあげた。「わかった……わかったよ、サーシャ。電話をしよう」

わたしはあっけに取られた。彼が白旗をあげたことが、なによりもこれが現実であると教えていた。

彼はわたしの電話に手を伸ばした。「おれがかける。スピーカーにするよ」

わたしはハリーに電話を渡し、彼は番号のボタンを押した。呼び出し音が何度か鳴って、ダンの声が返ってきた。わずかに息を切らしているのが聞こえ、上半身を起こしたのだとわかった。「やあ、ハリー！　元気にしているかい？　引っ越しはどんな具合だ？　もう落ち着いたかな？」

「ええ、順調です。こんな時間に電話をしてすみません」

「いやいや、大丈夫だ。この時期は十時ごろまでベッドに入ることはないから。それで、わたしに用だったかな？　なにか問題でも？」

「いえ、問題はないです。電話をしたのは、その……」

　ハリーはわたしを見て、大きく息を吸った。

「ちょっと前に、あったんです。池に光が見えて……」

　ハリーが言い終えてから半秒もしないうちに、ダンは毅然とした口調で尋ねてきた。「火はおこしたかい？　いまも火は燃えているのか？」

　ハリーはユーモアを交えた軽い調子で話そうとしていた。「ええ、ええ、光を見てすぐに火をおこしましたよ。そうするって約束していたとおりに！　光は消えたんで、あなたの奇跡的な対処法がうまくいったってことです。ドラムも聞こえてこないし」

　ダンが答えるより先に、「ああ、よかった」というルーシーのくぐもった声が聞こえてきた。

「そうか、それを聞いて安心したよ、ハロルド。あれがどれほど……不安をかきたてるものかはよく知っているから、きみたちが無事であることを確かめておきたい。そちらに行ってもいいだろうか？　すぐに帰るから」

　ハリーが断ろうとしているのがわかったので、わたしはハリーの手に触れてうなずいた。ハリーは返事の代わりに首を振った。

「おれたちは大丈夫ですよ、ダン。わざわざ来てもらうには及びません。近いうちに、お会いできる機会があるはずですから」

　わたしは挑むような表情を彼に向けたが、いまダンたちに来てもらって、これ——これがなんであれ——の話をするのが気まずいだろうことは否定できなかった。

　彼に質問する心の準備をしていると、緊張している中学生になった気がした。「こんばんは、ダン、サーシャです。あの……もう外に出ても大丈夫なんですよね？　光が消えたら問題ないってあなたは言っていたし——」

「もちろんだ。光が消えたら、もう問題はない。光が消えたのは目に見えるだけでなくて、感じることもできるんだ。きみたちも気づいただろうがね！」

わたしは目を見開き、せいいっぱいの挑戦的な顔でハリーをにらみつけた。彼はそれを見て、電話に視線を落とした。「近いうちにまた話をしましょう」

わたしは電話を切った彼に詰め寄った。「ハロルド、わたしを見て。これが本当じゃなかったら、どうして彼らがわたしたちにあれを感じさせることができるの？　ハリー、真剣に……」

ハリーはちらりとわたしを見てから、遠くを見るような視線を窓の外に向けた。なにか考えていることがあるのが、その態度からわかった。彼はさっと向きを変えて、玄関へと向かった。

「ベイビー、なにをしているの？」

彼は振り返った。「こんなばかげたことを終わらせてくる。五分で戻る。きみは家にいてくれ、サーシャ、頼むから」ハリーはドアを開けると、ダッシュがあとを追って出てこられないように空間をふさぎながら暗闇のなかへと出ていった。ダッシュは彼を見つめ、いらだったように鼻を鳴らした。

わたしは肩をすくめ、いらいらしながら首を振った。「わかった、気をつけて」

ハリーはゲートを出てガレージに入っていくと、ヘッドランプを頭につけ、ライフルと二台の獲物用カメラ——狩りのシーズンが始まる前に、動物を追跡するために木に縛りつけておく、モーションセンサーつきの防水ナイトビジョンカメラ——を持って現れた。駆け足で戻ってくるとゲートを閉め、庭を横切って、庭を囲っているフェンスのゲートから牧草地へと入っていった。

わたしは仕事部屋に行き、ゲートを出て牧草地を池に向かって進んでいくハリーを見守った。彼がAR－15ライフルを手にしているところを見ると、いつも妙な気がする。何度か彼に誘われて仕方なく射撃練習場に行ったときくらいしか、彼が銃を撃っているところは見たことがない。けれど、いまそれは彼の一部のように見えた。ライフルを構えて牧草地を走っていくその姿。彼の前の暗闇を円錐状に照らすライフルに取りつけたライト。彼はごく自然に見えた。とても……捕食者のように見えた。

池の横にアスペンのちょっとした木立がある。ハリーはまっすぐそこに向かった。ヘッドランプの明かりのなかに、彼がライフルから手を離して肩からぶらさげ、小さな二本の木のあいだにカメラを設置し始めるのが見えた。カメラ内蔵のデジタルモニターを開いて膝をついたのは、正しい角度になっているかどうかを確かめているのだろう。しばらくカメラをいじったあとで、庭に駆け戻ってきた。わたしはキッチンのドアから裏のポーチに出て彼を迎えた。

「あのカメラでなにをしているの？」

ハリーはライフルを肩からおろすと、わたしの手を握ってにやりと笑い、キッチンへと向かいながら答えた。

「あのいかれた老人たちが牧草地に忍びこんで池になにか光るものを仕込んだんだとしたら、策略がばれないように朝になる前に回収にくるはずだ。池の近くに来たものは全部カメラに映る」満足げな口ぶりだった。

池に光を見たとわたしたちが言ったときのダンとルーシーのおののいたような声を聞いたあとでは、彼らがからかっているとは考えにくい。池に光があるあいだわたしがなにかを感じていて、光が消えるとそれも消えたことを思うと、老夫婦にできるような策略だとはとても思えなかった。けれど、これがなにかのトリックではないと、はっきり口に出す心の準備はできていなかった。

わたしはハリーのあとについて居間に入り、なにを言えばいいのかわからないまま、彼がクローゼットにライフルをしまい、ヘッドランプを玄関脇のテーブルに置くのを見ていた。

わたしたちはポーチに出て、一本のビールを分け合い、いましがた起きたことを考えた。薪の束を見つめ、次に起きたときのために少し家のなかに持って入っておこうかと思った。さっきまでの不安と恐怖の燃えさしからたちのぼる煙のように、その考えが浮かんだ。

ポーチに座り、あの出来事を最初から最後まで、ふたりで三度は振り返った。話をしているのがわたしだけになるまでそれほど時間はかからなかったので、わたしは口をつぐみ、テレビを見てからベッドに入った。

ハリーの寝つきのよさには、わたしはいつも驚かされる。わたしは眠りに落ちるまで、一時間もかかることがしばしばあった。その夜は、起きたことのすべてを頭のなかで十五回再生したところで体を起こし、ヘッドボードの奥にある窓枠に肘をついて、暗い牧草地の先の池を眺めた。

月の光がわずかに反射しているが、それ以外はインクを流したように暗い。あの光をまた見ることはあるだろうかと、外を眺めながら考えた。おそらく見るだろうと思うと、心拍数が跳ねあがった。

第十一章　ハリー

おれは光の騒ぎのあと、朝の六時十五分にアラームをセットした。

アラームが鳴ってから数分後には、釣り用の胴長靴《ウェイダー》を身につけ、シャベルと頑丈な熊手とライフルを持って、牧草地の霜をパリパリと踏みしだきながら池へと向かっていた。

ダンとルーシーが自分で池にライトを仕込んだか、もしくはだれかに依頼したのだろうとおれは考えていた。日がのぼる前にそれを回収しに来ているだろうから、おれのカメラに映っているはずだ。

カメラになにも映っていなかったときは、池全体を隅々までさらって、なにが光を発し、そして動かしていたのかを突き止めるつもりだった。あの池は一番深いところでもせいぜい五フィートくらいだから、必要とあらば一日かけてでも徹底的に調べようと思っていた。

池の岸にあるアスペンの小さな木立までやってくると、おれは持ってきたものをおろし、膝をついて、設置しておいた二台のカメラのうち一台のモニターを開いた。これまでに撮った写真やビデオクリップの一覧が表示されて、スクロールできるようになっている。二台のカメラは違う方角に向けてあって、これは池の南側の岸の大部分をカバーしていた。写真は四枚撮影されていて、土手を駆けあがっていくワタオウサギが写っていた。おれはそのモニターを閉じ、池全体が写るように設置した二台目のカメラの前にしゃがんだ。モニターを開くと、八枚撮影されていた。最初の四枚はワタオウサギで、もう一台のカメラに写っていたのと同じものだろう。残りの四枚は、池の水を飲みによたよたとやってきたスカンクだった。

くそ、そうか。あの光とそいつを動かしていたなにかは、まだ池のなかにあるということか。それなら池の底をさらうまでだ。

それから二時間、おれは池全体を何度も歩きまわった。一方の側のぬかるんだ岸に枝を刺し、小枝より大きなものが引っかかるように熊手を引きずりながら、反対側の岸に向かってできるだけまっすぐに歩いた。濡れてしまうのがわかっていたから、一番深い箇所はあとまわしにした。向こう側まで歩いてもあの光の原因となりそうなものが見つからないことが繰り返されるたびに、怒りが大きくなっていく。探していない区画が池の中央部分だけになったころには、ウェイダーの縁から氷のような水が入ってこようが、脚と胸が冷たさにぎくりとしようが、どうでもよくなっていた。

なにもない。池のなかには石と小枝と沈泥《ちんでい》以外なにもなかった。おれは激怒しながらライフルを手に取ると、びしょ濡れで凍える体を引きずるようにして家に戻った。

濡れた服を脱いでいると、コーヒーを手にしたサーシャがダッシュと一緒にキッチンから現れた。ダッシュは構ってほしくて、尻尾を振りながら駆けよってきた。

「いやだ、ハリー、びしょ濡れじゃないの。寒いでしょう？」

「ああ」おれはあえてサーシャと目を合わせないようにしていた。ゆうべの彼女との会話から、この精霊の与太話を彼女が信じ始めているのがわかっていた。これほどいらつくことはなかった。

「それで……光を発するようなものは池のなかにあった？」

「いいや」

そっけない返事も隠せていない不機嫌さも、ばかげて見えることはわかっていたが、おれは怒っていた。

激怒していたと言ってもいい。それがだれに、なにに対してなのかはわからなかったが。

おれは、説明がつかないものとはうまく付き合えない。宗教を受け入れることはできないし、伝承とかファンタジーっぽいものを面白いと思ったことは一度もない。かつては神を信じていたし、祈っていたことすらあった。だが、善人——尊敬していた男性——が死ぬのを見たとたん、信仰はきれいに消えた。ニコルズ軍曹。いつも前向きで恐れ知らずで、将校であれ兵士であれ、まわりにいる人間すべての気持ちを上向きにさせることができた。疲れ果て、怯えている海兵隊には、彼の存在はアンフェタミンのような効果があった。彼がそこにいるだけで、戦場の雰囲気が変わる。おれにとって彼は無敵だった。そうでなくなるまでは。彼が激しい痛みと恐怖のなかで血を流して死んでいくのを、おれはなにもできずに見つめていた。彼はただ死んだのではない。命の火がようやく消えるまで泥のなかで身もだえし、泣いていた。

ニコルズ軍曹の死と共に、おれのなかにあった神の神聖さは消えた。あの日以来、実在しているもの、説明がつき、予期できるものを重要視するようになった。なによりおれは以前から、脅威を感じているときでも冷静さを失わずにいることができた。

残念なことに、脅威を感じてもすくみあがったりせずに立ち向かえる能力は、おれを脅かしているものの実体がわかっている場合に限られた。これまでそれは別の人間か、おれ自身だった。どちらも理解するのは簡単だ。

サーシャはドアを開けたまま家のなかへ入っていき、タオルを持って戻ってくると、それをおれに渡してから、池の水が朝の光を浴びて放つ嫌なにおいが届かないくらいの距離を置いて、隣に腰をおろした。

髪を拭いているおれの肩に彼女が手を置いたので、そちらに目を向けた。

「ベイビー、あなたができることはなにもないわよ。世界には、説明のつかないことがあるんだから――」

いらだちが爆発した。「たとえばなにがある、サーシャ？　なにがある？　いくらかでもこいつに近いものを経験したことがあるなら、教えてくれ。理屈で説明できない超常現象をあげてみてくれ。おれはあのくそったれの光を見て、なにかが変わるのを感じた。空気中にあった。おれの頭のなかにあった。ダッシュすら怯えていた。少しでもこれと似ていてインターネットには載っていないようなものがあるなら、教えてくれ」

「ベイビー、もうやめて、わたしに怒ることはないでしょう？　わたしはただ――」

「ただ、なんだ?!」おれは立ちあがってポーチの階段をおり、そこでサーシャを振り返った。

「きみはなにがしたいんだ、サーシャ？　このくだらないホラー話をおれに認めさせようとしているのか？　こいつをぞくぞくわくわくする、いかした話に仕立てようっていうのか？　交霊会をしなきゃいけないのか？　セージを燃やして、クリスタルを並べなきゃいけないのか？　サーシャ、もしもこいつが本当だったら、刺激的で神秘的だってきみは思うのか？」

激しい言葉が口から出ているあいだにも、言いすぎていることはわかっていたし、サーシャもそう感じているのは気づいていた。おれは我を失っていた。泣き出しそうだ。サーシャは立ちあがり、おれに向けた顔には〝気持ちが落ち着いて謝るまでは、それ以上なにも言うな〟と書いてあった。

おれは深呼吸をして、ゆっくりと次の言葉を口にした。

「悪かった、サーシャ。あんな言い方をするつもりはなかったんだ。ただ……ちきしょう、いったいなにが起きているんだ？」

「わたしにはわからない。すごく恐ろしかったのは確かだけれど、でも……耐えられないようなら、ここを売って出ていけばいいことよ。だけどダンとルーシーが身を守る方法を教えてくれたんだし、これが本当に現実なのかどうか、夏を過ごして見極めてみてもいいんじゃないかと思う。彼らのメモに書いてあった夏の〝熊追い〟精霊が本当に現れたら、確かなことがわかるわ」

自分がなにを聞いているのかすら信じられなかったが、おれも同じように感じていたから、反論の言葉は封じこめた。

「ああ、そうだな……きみの言うとおりだと思う」

一日ごとに気温はあがり、夜も氷点下にはならなくなってきた。サーシャのリモートワークは軌道に乗り、おれたちは庭に植物を植え、一年で実をつける一ダースほどの小さな果樹も植えた。いまが植えるべき時期なのかどうか確信はなかったが、そうでないのならどうして売っているだろう？　家の前庭を囲んでいる石の塀が長年のあいだに土にめりこんでみすぼらしくなっていたので、よりしっかりしたものにするために、山ほどの石を運んでもらった。サーシャは満足している。彼女を見ればわかったし、感じられたし、笑い声がそうだと伝えていた。おれにとってこの世でそれ以上に嬉しいことはなかった。

おれはさらに、一日のうち四時間をこの五十年ほどはあまり熱心に管理されてこなかったらしい十五エーカーのポンデローサマツの林に使うことにした。林のなかの大きな枝や枯れ木はそのままたき火ができそうだったから、正真正銘の火災対策プロジェクトだと言えた。そんなわけで、おれはほぼ一週間、毎日ダッシュをつれて林へと向かい、チェーンソーで丸太を切り、そのすべてを冬に使う薪として家に運んだ。重労働だったが、一日の作業の結果が実際の形として目に見えるのはとても満足感があった。ダッシュもリスを追いかけたり、ライチョウの夫婦を追い立てたりすることすらできたから、とてもうれしそうだった。美しい春の季節のなかを五月は過ぎていった。

おれはキッチンで夕食の準備をしていた。サーシャは仕事部屋にいて、注文したIKEA風の本棚を組み立てていた。パプリカを切ろうとしたところで、彼女が息を呑む音が聞こえた気がした。大丈夫かと尋ねようとして口を開くと、彼女が叫んだ。

「ベイビー、ハリー、光、池に光、いま。いま光っている」

全身の血管を冷たいものが走り、腕に鳥肌が立った。包丁を置くことすらせず、仕事部屋に走りこんだ。サーシャは口を手で覆って、窓の外を見つめていた。

彼女の肩ごしに外に目をやると、見えた。前と同じ、池の水面から数フィート下にある小さな黄色い光の玉。サーシャは目を見開いて、おれを見つめた。

池に視線を戻すと、光は左に数フィート移動していた。おれは腹が立った。あのばかげた小さな光がおれにもたらした感情は怒りだった。なにをすべきかはわかっていたが、おれはすでにこのたわごとを試す別の方法を考えようとしていた。どうにかして調べる方法を。サーシャの声がおれの不安な思考を切り裂いた。

「薪を取ってくる。あなたはダッシュをなかに入れて」

おれが返事をするより早く、サーシャは居間を走り抜けていた。玄関のドアを開け、薪の束が置かれている左へといきなり向きを変える。おれはダッシュの名前を呼びながら、屋内に置いてある投光器を手に取った。

ポーチに出て、ダッシュを探そうとして庭を投光器で照らしたときには、サーシャはすでにひと抱えの薪と手斧を持って戻ってきていた。何度かダッシュの名前を呼んだところで、彼を見つけた。

ダッシュは庭を囲っているフェンスの角のところに

いて、以前にひどく興奮したときに見つめていたのと同じ木立に顔を向けていた。尻尾は垂れ、背中の毛は逆立っている。どういうわけか、そんなダッシュを見て、初めておれは恐怖を感じた。

悲鳴のような声で名前を呼ぶと、ダッシュはくるりときびすを返しておれのほうへと庭を全速力で駆けてきた。おれもポーチへと戻った。

それを感じたのはそのときだ。空気の圧力が変わり、耳が詰まったようになり、口のなかに唾が湧き始めた。金属っぽい味がして、吐くかもしれないと思った。

犬が入ってきたところでドアを閉め、クローゼットから散弾銃を取り出して薬室に弾を送りこみ、安全装置を確かめてから、すでに火をおこし始めているサーシャを見た。

椅子に散弾銃をもたせかけ、手を貸そうとしてかがみこんだが、サーシャは優しくその手を払いのけて笑った。

「ひとりでできる。ここは大丈夫」

彼女は確かにわくわくしているように見えた。おれは彼女のうしろに座り、これほど素晴らしい女性を見つけたのは本当に運がいいと考えていた。

ダッシュはキッチンにいて、光が現れたときにはそこから意識が離れなくなるらしい木立の方角にあたるポーチのドアに向かって吠え始めた。サーシャは振り返って彼を見たが、手を止めることはなかった。恐怖が忍び寄ってくるのがわかった。なにかと戦いたかったが、パニックが怒りと張り合っている。サーシャは一分もしないうちに火をおこし終え、おれの隣に腰をおろして手を握った。ダッシュを呼ぶと、彼もやってきて、暖炉のまわりをうろうろしながら情けない声で鳴いた。

サーシャとおれは一、二分黙ってそこに座り、炎を眺めていた。おれは炎が大きくなることを願いながら、魅せられたかのように、それ以外は目に入らないかのようにように、暖炉を見つめていた。サーシャが振り返っておれを見た。

「感じるの。なにか感じる。わたしだけ？」

「いいや、おれも感じる」

サーシャはうなずき、指をからませたふたりの手を見つめた。怯えているようではあるが、決然としている。さらに一分ほどたったところで、彼女はおれを見あげた。「まだ光があるかどうか確かめないと」

おれはうなずいて立ちあがり、立とうとする彼女に手を貸した。散弾銃を手に取り、銃猟犬のあとを追っていくハンターのように銃口を四十五度の角度で体の前で構えて、ゆっくりと仕事部屋のほうへと歩き出したが、なにを撃つつもりなのかもさっぱりわかっていなかったから、少し自分がおかしくなった。

ゆっくりとした足取りで仕事部屋に入り、池のほうを眺めると、光は消えていた。

感情も肉体も解放されるあの感覚が押し寄せてきた。大学時代にドラッグにはまっていたころ、ブラック・タール・ヘロインを何度かキメたことがある。もう遠い昔にもかかわらず、吸ったあとの感覚はいまも記憶に残っていて、おれが知る限りいまのこの感覚にもっとも近いと思えるのがそれだった。おれは体を震わせ、震える息を吐いた。

サーシャがおれの腕をつかんだ。

「ああ、ハリー、あなたは感じた？」

「なにをだ？」そうすることで、まったく常軌を逸したこの現実を阻止できるとでもいうように、おれは肯定の返事を反射的に避けていた。

「あれよ……あの感覚。解放されたみたいな。素晴らしかった！」

サーシャは伸ばした手の先を見つめ、おれの顔を見あげて微笑んだ。

「あれはまるで……まるで全身がかゆくて、それを全部同時に掻いて、そのあと温かいタオルで包まれたみたいだった！」彼女は声をあげて笑うと、おれの腕をつかんで一歩近づいてきた。

「ハリー、あなたも感じたでしょう？」

おれも不安げに笑って、うなずくほかはなかった。

「ああ、なにか感じた」そう声に出して言っただけで、怒りがおれを貫いた。

サーシャは、おれが反対するだろうと考えていることがはっきりわかる口ぶりで、ダンとルーシーに電話をして来てもらい、なにが起きたかを話そうと言った。

「そうだな、電話するといい」

サーシャは驚いた顔になったが、すぐに電話をかけた。交わされた会話はこのあいだとほぼ同じ内容だったが、今回サーシャはおれたちの様子を見に来るという彼らの申し出にうなずいた。

電話のあと彼女は家を軽く片付け、おれは怒りを募らせながらポーチに座っていた。彼らがなにをしているにせよ、実際になにが起きているにせよ、今夜それを突き止めてやる。

彼らのトラックのヘッドライトが郡道を近づいてくるのが見えるとおれは立ちあがったが、ディーゼルエンジンの音が消えて、ドライブウェイの砂利を踏む足音が聞こえてくるまで動こうとはしなかった。ふたりがまだゲートを閉めてもいないうちから、おれは両手でこぶしを作り、彼らに近づいていた。ふたりは同時になにか言おうとしたようだったが、おれはそれを遮った。

「こいつがいったいなんなのかを教えろ。いますぐに、教えるんだ」

ダンはルーシーの前腕をつかみ、かばうようにその前に立った。

「与太話はなしだ、いいな？　精霊だの儀式だののたたりだの、あんたたちが口にしているたわごとはもうたくさんだ」

ふたりがあとずさりし、ルーシーの目におびえた表情情が浮かぶのを見るまで、おれは自分が前進を続けていることに気づかなかった。サーシャがなにか言いながら、ダンの顔に指を突きつけているおれの手首をつかんで引きおろすまで、憤怒《ふんぬ》にかられた声になっていることに気づかなかった。

「ハリー、やめて。ハリー、いますぐやめて。落ち着いて」

おれは、サーシャの手をいまにも振りほどこうとしていたことに気づいた。怯えている夫妻に背を向け、家へと戻った。ダンとルーシーとサーシャが揃っておれを呼んでいるのは聞こえていたが、なにを言っているのかは耳に入っていなかった。ただあと一秒でも彼らのそばにいたら、手が出てしまうことだけはわかっていた。おれは屈辱を受けて、激怒していた。ひと息入れる必要があった。

サーシャが家に入るようにふたりを促しているあいだに、おれは無力さと困惑と怒りを感じながら裏庭を歩きまわった。やがて、呆然としながらダッシュを連れてガレージへと向かった。狩りや釣りの道具を入れてある大型のラバーメイドの容器をかき回し、去年たしかそこにしまったはずの古くてしけた煙草の箱を見つけ出した。箱をつかみ、一本に火をつけてからポーチに戻り、階段に腰をおろした。

謝罪の言葉を頭のなかで繰り返しながら気持ちを落ち着かせようとしていると、玄関のドアが開く音がしてダンが現れ、うしろ手にドアを閉めた。

おれは肩越しに彼を見あげた。なにを言えばいいのかわからなかったので、古い煙草の箱を差し出した。彼は手を振り、首を一度横に振った。ゆっくりとおれの左側に近づいてくると、ベルト通しに親指をひっかけ、鼻から長々と息を吐いた。階段の反対側の柱に肩をもたせかけ、北の木立を見つめた。

彼に言うことはなにもなかった。だが彼は黙ったままのおれを無礼だとは受け取っていないようだったので、おれは沈黙のうちに煙草を吸い終えた。ダンに怒りをぶつけたかったし、危険な存在なのは彼であってほしかったが、直感はその思いに抗《あらが》っていた——彼は正直で良識のある人間だと、おれの直感は訴えていた。サーシャの直感も同じだったし、おれは自分よりも彼女の直感のほうを信用していた。

おれは立ちあがると、ポーチとゲートをつないでいるコンクリートの通路を横切り、膝をついて芝生の上で煙草をもみ消した。振り返り、口を開くことを促すかのようにしばらくダンを見つめていると、ようやく彼が沈黙を破った。

「気の毒に思っているよ、ハリー。すべきことはほかにもいろいろあるのに、こんなことを気にかけてなきゃいけないのは、さぞ腹立たしいだろう。わたしの責任ではないが、それでも……気の毒だと思う。簡単でないことはわかっている」

ほんの一瞬、彼につかみかかってしまうかもしれないと思った。右手の筋肉に力がこもったが、その衝動はやってきたときと同じくらいすぐに消えて、無力感が取って代わった。おれはまだ、これを現実だと認めたようなことは言いたくなかった。ゆっくりと首を振りながら、新しい煙草に火をつけた。

何度か煙を吸ってから、緊張気味に息を吐き、彼を一度見てから空に視線を移して肩をすくめた。「ああ、こいつはすごく……すごく不愉快だ」

ダンはうなずき、おれの顔を見ることなく応じた。

「そうだろうとも」おれはポーチに戻り、ダンと反対側の柱にもたれて彼のほうを見ると、おれを見つめているのがわかった。

「わたしはただ、きみたちふたりに安全でいてほしいだけなんだ。ばかげて聞こえるだろうし、きみがわたしをいかれていると思っているのもわかっているが、この精霊は現実だ。これはますます危険になっていくから、ほんの一分でいい、不信感を脇に置いてわたしの話を聞いてほしいんだ。きみたちは、この夏と秋になにに出くわすかを知っておかなきゃいけない。きみがもう二度とわたしに会いたくないというなら、それはそれで構わない。だがきみたちに警告したうえでなら、少なくともわたしは眠ることができるからね。だから、ルーシーとサーシャがなかでお茶を飲んでいるあいだに、わたしが初めてここに来たときに話し始めたことを終わらせてもいいだろうか?」

おれは肩をすくめてうなずき、さっきまで座っていたポーチの階段に再び腰をおろした。「ああ、どうぞ」

ダンは喉にからんだ痰《たん》を出そうとするみたいな咳払いをしたが、なにも出てくることはなかった。「この谷、このあたりの山々には精霊がいることを理解しなくてはいけない。このへんのショショーニ族とバノック族は名前をつけていたが、わたしは覚えられた例《ため》しがないので、〝精霊〟と呼んでいる。このあたりでは妙なことが起きるんだよ。この谷に住んでいる人間にだけ、妙で危険なことが起きる。このあいだも言ったように、季節によってそれは違う形をとる。精霊そのものというわけではなく、そいつは残念なことにきみがいずれ知ることになる妙なできごとの背後にいたり、それを引き起こしたりしているんだ」

ダンはおれが座っているあたりに向けていた視線を暗い森に移した。「このあいだは、わたしたちが〝熊追い〟のシーズンと呼んでいる夏の話を始めたところできみに追い出されたんだったね。春の精霊の騒ぎはもう味わったようだから、このあいだの続きから話すとしよう」

ダンはポーチから階段の一番上の段におりると、座ろうとしてゆっくりと体重を移し始めた——膝と腰がポキポキ、パキパキとシンフォニーを奏でた。肉体労働をしてきた人間が奏でる音だ。

「熊追いは、精霊が夏にすることだ。きみたちが外にいるときにだけ始まる。それが起きるためには、きみたちのどちらかが外にいる必要があるのかもしれない。うろたえたように叫ぶ男の声が聞こえてくるから、それとわかる。その声をたどっていくと、男の姿が見えてくるだろう。素っ裸、生まれたままの姿の男が、きみに向かってゆっくりと走ってくる。毎回、それは同じだ。彼は裸で、ペニスをぶらぶらさせながら木立から現れて、大きな黒熊に追われている。きみに向かって助けてくれと懇願するだろう。いいか、よく聞くんだ。なにがあっても、その男をきみに近づけさせてはいけない。きみがまずすべきことは、彼とのあいだに盾にできるようなものを見つけて、そのうしろに回ることだ。家のまわりのこのフェンスで充分だ。これまでわたしが見てきたかぎりでは、彼はゲートやドアは開けられないし、三フィート以上の高さがあるものは越えられない。だがどこに現れようと、彼はまっすぐきみに向かってくるから、このフェンスの内側に入るか、牧草地のフェンスの背後にまわるか、あるいは大きな丸太の陰に隠れて距離を置いていれば、大丈夫だ。熊が彼を捕まえる」

ダンたちが残していった小冊子の夏の精霊についてのくだりをサーシャが読んでいるのを聞いていたから、それほど驚きはしなかったが、それでもどう反応すればいいのかわからなかった。おれはただ煙草を吸い続けて、うなずいただけだった。

「ライフルを持っているかね？」

その質問には驚いた。おれは彼を見た。「何丁か」

「口径は？」

「そうだな……二二口径が二丁、22マグナム、5・56が二丁、308、30-06、7ミリマグナム、それから——」

ダンは両手をあげてうなずき、おれを遮った。「それだけあれば充分だ。どれでも問題ない——玄関の近くに必ずいつも一丁置いておくようにするんだ。ガレージにもあるといいだろう。外で作業するときには常に携帯するようにして。海兵隊員だったきみが熊や狼のいる場所で暮らしているんだから、いつもそうしているだろうが」

おれは頭に浮かんだ唯一の言葉をかろうじて絞りだした。「イエッサー」

ダンはさらに言った。「裸の男を撃つことを、わたしは強く勧める」

おれは驚きのあまり、彼を見つめながら笑いだしそうになった。こんなばかな話にどう反応していいのかさっぱりわからなくて、信じられずに首を振った。一方で、あまりにも異様な話なのに、ダンはどこまでも真剣に見える。「裸の男を撃つ？」

ダンは一度だけゆっくりとうなずいた。「きみが撃たなくても、どちらにしろ熊が彼を襲う。小便まみれで泣きながら助けてくれと懇願している彼が生きたまま食われるのを見ているのは、何度経験しても不快なものだ。熊のことは心配しなくていい。襲ってはこない。危険なのは裸の男のほうだ。簡単なことなんだ、ハリー。彼をきみやサーシャに近づけてはいけない、いいね？ 彼はきみたちを八つ裂きにするよ。彼にしても熊にしても動きはそれほど速くないから、難しいことじゃない。ゆっくりとジョギングする程度のスピードしかないからね。叫び声が聞こえたら、男の居場所を確認して、彼ときみのあいだになにかを置いて、彼を撃つんだ。そうすれば、熊が彼を運んでいく。それだけのことだ。普通は、ひと夏のあいだに三度か四度しか現れない。春の光と同じように」

おれは眉を吊りあげて、ポーチの階段の下に広がる芝生をひたすら見つめ、またダンに向かって叫びたくなるのを必死にこらえて、かろうじてうなずいた。煙草を吸い終えたが、わざわざ芝生でもみ消すのがわずらわしくて、通路に捨てて足で踏んだ。どうしていいかわからずにいた。

「ハリー」ダンの声の鋭さにおれは顔をあげた。「きみはこれで二度、光を見た。つまり、火をおこしたときに、あれが消えるのを感じたということだ。全身に波を浴びたみたいに、魂で、体の芯で感じただろう？　きみがこれまで感じたことのない感覚だというのはわかっているから、否定しなくてもいい。きみにいくらかでも分別があるなら、あれはおとぎ話が人間にできることじゃないとわかるはずだ。これは現実なんだ。だからきみはきみの妻のために、わたしたちが話したことをしなくてはいけない」

おれの負けだ。おれは凍りついた。彼の言うとおりだ。あの感覚は心理的なものじゃない。体で感じたし、現実だ。

ダンの顔を見ると、彼はおれから視線を逸らして夜空を見あげた。鼻から長々と息を吸った。人がワインの香りを確かめるように、彼は空気のにおいを確かめていて、予感は正しかったとでもいうようにゆっくりとうなずいた。星から視線をはずすことなく、彼は言った。

「夏はすぐそこまで来ているよ。こんな夜はきみにも感じられるはずだ。空気に夏のにおいがする。覚えておくことだ……」

ダンはゆっくりと視線をおろし、ポーチの階段の向こうからおれを見た。「春は簡単な季節だ」

第三部　夏

第十二章　サーシャ

　春が夏に変わるまでに、光はさらに二度現れた。どちらも最初の二回と同じような流れだった。ハリーとわたしは夕食の支度をしているか、テレビを見ているかで、牧草地と池がある南に向いている寝室か仕事部屋の窓にどちらかが近づいて、光に気づく。そのあとは同じ手順が行われ、それは繰り返されるたびにより簡単になっていくように感じられた。ダッシュですら、新しい習慣だと受け止めているようだった。

　ハリーも同じように考えているふりをしていたが、その話はあまりしたがらなかった。あのありえない出来事を一緒に経験しているというのに、無言のうちに彼が抗っているのがわかったし、これがでっちあげだという考えにしがみついているのが感じられたから、わたしはいらだっていた。信じないことが命綱だとでもいうみたいに。光が現れたあとは必ず、池に設置したカメラを確認していた。なにも写っていないことがわかるたびに、モーションセンサーを起動させるものがなかったことがわかるたびに、ハリーはいらだちを強めた。

　五月が近づいてくると、ハリーとわたしは精霊の次の〝出現〟についてより頻繁に話し合うようになった。ダンとルーシーは、〝熊追い〟と呼んでいるそれを、ぞっとするような言葉で説明していた。ハリーが感情を爆発させてゲートから入ってきたふたりを怒鳴りつけた夜、彼らは夏と秋の精霊の出現とその後にするべき奇妙なルールについて書いた小冊子を置いていってくれた。冬はこのあたりの〝オフシーズン〟なので、秋の終わりから春の初めまでこの奇妙な事態から解放されるのはいいものだともふたりは言っていた。

朝のコーヒーを飲みながらとか、夕食のあととかに、わたしは彼らの小冊子を取り出して声に出して読み、ハリーとそのことについて話をしようとした。わたしは、この件を真剣に受け止めることが重要だと感じていたけれど、ハリーはなにを言ってもうなずくか、肩をすくめるだけだった。まあ、彼をかばうわけではないけれど、小冊子についてのどんな質問であれ、〝おれにわかるわけがないだろう〟というのは確かに妥当な返答だっただろう。

五月後半のある日の午後、わたしはハリーが花壇の隣に立てた十二フィート四方の小さな温室で作業をしていた。ハリーは納屋の模様替えをしていたが、ダッシュが突然庭の隅で激しく吠え始めた。ダッシュがどこにいるかに気づいてハリーを呼ぼうとしたときには、彼はすでに家のなかにいて、すぐに猟銃を持ってキッチン脇のポーチからの階段をおりてきた。わたしがダッシュを落ち着かせようとしながら、吠えている方角を眺めていると、ハリー――庭を囲っている金網のフェンスの隙間にライフルの銃身を突っこんで、スコープをのぞいていた――は穏やかにある言葉を口にし、わたしの心臓は止まりそうになった。

「熊」

わたしはハリーが狙いを定めている方角と彼の顔を交互に眺めた。「どこなの、ハリー？　どこ？」

彼は落ち着いた静かな声で答えた。「二百五十ヤードほど先のフェンス沿いにある大きなアスペンの枯れ木。雌の黒熊。じきに見える」

木立のほうに視線を戻すと、彼が言っている大きなアスペンの枯れ木が見えた。そして彼の言葉どおり、数秒後には木の根元の草地に大きな黒い塊が現れた。心臓が跳ねた。いまはまだ五月で、まだ春だったけれど、ダンとルーシーが言っていた夏の精霊が途端に頭に浮かんだ。**熊追い**。なにを言えばいいかわからないまま、ハリーの顔を見た。

ダッシュの吠える声から怒りが薄れ、低いうなり声の合間にわずかにそれらしいものが聞き取れるだけになった。

このあたりに熊がいることは知っていたし、ダンとルーシーに会う前から、ここで暮らす以上、黒熊だけでなく灰色熊《グリズリー》にすらいずれ遭遇するだろうことはわかっていた。けれど、いろいろなことを聞かされたいま、わたしは声も出せずにいた。

「仔熊を連れている。二頭だ。見てごらん」安堵の思いに包まれた。わたしは黒熊が出没する地域で育っていたし、黒熊のなかでも子供を連れた母熊はもっとも遭遇したくない相手だと知っていたけれど、仔熊と一緒だと聞いて、このあとにはより奇妙で精神的ショックが大きい事態が待っているのかもしれないという恐怖は消えた。

「ほら、見てごらん」ハリーがライフルを押さえたまま脇へ移動し、スコープをのぞくようにとわたしを手招きした。そのとおりにすると、はっきりと見えた。草地に立つ母熊がこちらを見つめながら、背後にいる二頭の可愛らしい仔熊を時折振り返っている。一頭の仔熊が小さなうしろ脚で立ちあがり、アスペンの白い幹の樹液をなめているのが見えた。

「わお……初めてアイダホ熊を目撃したわけね！」ハリーに目を向けると、彼は笑顔でうなずいた。

「最初の熊だ」

ハリーは膝をついて、ダッシュの頬を両手で撫でた。

「いい子だ、ダッシュ。よくやった。警告してくれてありがとう」ダッシュは、司令官が命令をくだすのを待つかのようにハリーを見つめている。美しい光景だ。

ハリーは立ちあがると、ライフルに手を伸ばした。

「二、三歩さがって、耳をふさいで」

わたしは訳がわからなくて、首を振った。「なに？

どうして？　あの熊を撃つの？」

ハリーは笑った。「まさか、撃たないよ。だが、脅かしておく。あいつらは怖がらせておかなきゃだめなんだ。子供を連れた母熊にこのあたりをうろついてほしくないからね。きみだってそうだろう？」

彼は正しい。故郷の町で保安官に言われたことを思い出した。熊をよせつけないために、怖がらせる、なにかを投げる、ペイントガンを撃つ。いつだったか、州の生物学者が嫌悪条件付けと呼んでいるのを聞いた記憶があった。人間を怖がらせることが、長い目で見れば彼らを守ることになる。ハリーは頭で、うしろにさがるようにという素振りをした。

「待って、ハリー、ダッシュはどうなるの？　彼を驚かせたくない」

ハリーはからかうような、哀れむような笑みを浮かべた。「サーシャ、彼は猟犬だよ。頭のすぐ上でおれは千回も散弾銃を撃ってきたし、きみだって百回はそれを見ているじゃないか。ダッシュは音に気づきすらしないさ。ただわくわくして、持ってくる鳥がいるって考えるだけだ」

そのとおりだ。

「耳を覆って。大きな音がする」わたしは耳に指をつっこみ、ハリーがライフルのボルトを引いて素早く元の位置に戻すのを眺めた。ライフルを構えて熊の方向に向け、スコープのレンズをのぞきこむ。次の瞬間、ハリーが引き金を引くと、発射の風圧が顔に感じられ、衝撃が伝わってきた。耳をふさいでいたにもかかわらず、大きな発射音に仰天した。

耳から指を引き抜いたが、午後の空気のなかで山に反響する発射音がまだ轟いていることに驚いた。

母熊と仔熊がいたあたりに視線を戻すと、三頭ともわたしたちのフェンスから国有林のほうへと急いで向きを変え、一頭ずつ木立のなかへと走りこんでいくのが見えた。それを合図に、ダッシュが弾《はじ》けたように庭のフェンス沿いを全速力で走り始めた。嬉しそうに口を開け、行きつ戻りつしながらハリーを見つめ、ありもしないキジを探しに行けという指示を待っている。

ハリーはダッシュに呼びかけた。「すまないな、ダッシュ。今日は鳥はないんだ。だがシーズンはもうすぐだ。おまえのやる気はたいしたもんだ！」

ハリーはライフルのボルトを引いて、空の薬莢《やっきょう》を芝生に落とすと、かがんで拾ってからわたしのほうに歩いてきた。わたしは曖昧な笑みを浮かべた。

「どうした？　おれが撃ったのは、熊から四十フィートくらいのところにある枯れ木だ。熊は無事だ」

わたしは首を振り、声をあげて笑った。「そうじゃない。あなたが熊を撃っていないのはわかっている。わたしはただ……わからない、裸の男が牧草地を走ってくるんじゃないかって、どこかで思っていたのかもしれない」

ハリーは唇を結んで、肩をすくめた。「今日は大丈夫そうだ。故郷と同じで、このあたりには熊がいる。その全部が、山の幽霊に操られているわけじゃないさ」

わたしは天を仰ぎ、彼の手を取った。

翌日の夜、わたしたちは食事を終えたあと、食卓でジンラミーのゲームをしていた。ゲームが一段落したところで、わたしは言った。「ちょっと待っていて」彼が怪訝《けげん》そうな顔をしているあいだに仕事部屋に行き、ダンとルーシーの小冊子を取ってきた。

わたしが持ってきたものを見てハリーは眉を吊りあげたが、わたしは彼に指をつきつけた。

「ハリー、黙って。いまからわたしがこれを読むから、話し合うのよ」

ハリーは両手をあげて、降参するふりをした。「わかった、わかった。聞くよ」わたしは目を細くして彼を見つめ、それからページに視線を落とすと咳払いをし、奇妙なプレーブックを読み始めた。そこには裸の男が現れるところから、彼とのあいだにどんなものをおけばいいのか、熊追いそのものは奇妙なほどのんびりと行われること、ダンとルーシーは熊はこちらの味方だと考えていることなど、すべてが記されていた。

わたしは小冊子を置いて、腕を組んでゆっくりとうなずき、これといった感情が浮かんでいない顔でわたしを見ているハリーに視線を向けた。

「それで、どう思う？　本当にこんなことが起きるとしたらどうする？　仮説があるなら、わたしに聞かせて。ダンとルーシーは池に光が見えるだろうって言っていて、実際に見えた。火をおこしたら光は消えるって言っていて、そのとおりになった。光が消えたときに、あの感覚を味わうだろうって言っていて、本当に感じた。光と同じようにもしこれも本当なら、わたしたちはどうするべきなのか、話だけでもしておく必要があると思う。あなたにはそれに反対する、合理的な理由があるかしら？」

ハリーは眉を吊りあげて首を片側にかしげ、彼なりの**わかったよ、きみの勝ちだ**の表情である、仕方なさそうな笑みを浮かべた。そして、返事をする前に、ひとつ深呼吸をした。

「いいかい、こいつが本当に起きるとしたら、おれたちは現実的に考えなきゃいけない。真面目に考えてみてくれ……」

ハリーは二本の平行線を描くみたいに、食卓の上に両手を突き出した。

「おれたちの地所は国有林に隣接していて、一番近いトレイルは山をほんの一マイルちょっとのぼったところにある。夏のあいだ、文字通り何万人ものハイカーやキャンパーや登山者や採集者やカメラマンやハンターや釣り人や州や連邦の役人やそのほかの人間が使うトレイルだ。そのうえ昨日目撃したように、このあたりには本物の熊が出る。つまり、わずかではあるにしろ、おれたちの地所で本物の生きている人間が本物の態に本当に追いかけられる現実の可能性があるということだ。裸だろうがなんだろうが、獣に追われている見知らぬ人間を殺せという命令におれは従うつもりはないよ。そんなものは……まったくもっていかれている」

説得力のある主張だったから、わたしはうなずき、沈黙で応じたが、まだ言いたいことはあった。彼はそれに気づいたのか、わたしが口を開くより先に身を乗り出して食卓に肘をつき、さらに言った。

「そうは言っても……」彼は真面目な顔になって、わたしの目を見つめた。「きみがどこかにひとりでいるときにこのいかれた話が現実になる可能性がある以上、とりあえずこのばか話を真面目に受け止めておいてもいいのかもしれない。それに、緊急事態の計画をたてておけば、きみもおれも安心だ。黒熊や灰色熊や狼や雄のムースやマウンテン・ライオンやコヨーテの群れと遭遇したときにどうするかは話し合っているんだから、このいかれた話もそうしちゃいけない理由はないだろう？」

わたしは腕を組み、笑顔で彼を見つめた。「ありがとう、サー」

「ダンとルーシーが彼らの邪悪なマニフェストで予測していたとおりのことが起きたら、裸の男がおれたちを襲ってくる前におれが……彼を撃つ。いいか？」

うなずいた。「いいわ」ハリーは自分でもこのことを考えていただけでなく、どんなふうにわたしに説明するかを頭のなかで組み立てていたようだ。「それじゃあ、あなたも少しはこのことを考えていたのね？少しは真剣に受け止める気になった？」

ハリーは肩をすくめた。「ここ最近は、考える時間がたっぷりあるからね」

わたしは笑みで応じたが、なにを言うべきかわからず、ややあってから「これって本当にいかれている」とだけ口にした。

「〝夏の出現〟のことをルーシーはなんて言っていたんだ？　訊いたんだろう？」

そのとおりだったが、彼女を問いただしたというほうが正確だろう。あの夜も、それからも、わたしは彼女との会話について覚えているかぎり詳しくハリーに説明した。

二回目の光が現れたあとダンとルーシーが我が家にやってきた夜から数日後の午後、翌日一緒に散歩にいかないかという誘いの電話がルーシーからかかってきた。わたしはぜひ行きたいと間髪を容《い》れずに答えた。午後二時に、わたしたちのドライブウェイと彼女たちの牧草地に続く道路のゲートとのあいだの郡道のどこかで会って、国有林のトレイルヘッドに向かおうということになった。家に戻ってきたハリーにその話をすると、疑わしそうな顔をした。けれど彼に指摘したとおり、彼らは隣人だし、わたしたちがここで暮らしていくつもりなら、もっと親しくなっておかなければいけない。ハリーは反論こそしなかったものの、万一彼女がわたしを食べようとしたときに備えて、こっそりわたしたちを見張っていようかと思うという、彼らしい冗談を言った。

翌日、わたしは彼女と一緒の時間を過ごせるということで、子供のようにわくわくしていた。これだけ不気味なことが起きたにもかかわらず、会った瞬間から彼女に抱いていた印象は少しも変わっていなかった。とても思慮深くて、しっかりと地に足がついている人。ドライブウェイで初めて見かけて以来、彼女の人柄に、彼女の話し方にすらわたしは惹かれていく一方だった。

熊よけスプレーとキャメルバックの水筒を持ち、ダッシュにリードをつけて、彼女と会うために歩きだした。彼女たちの地所が近づいてくると、こちらに歩いてくる彼女の姿が見えてきた。

思っていたとおり、ルーシーはかわいらしくて、魅力的で、聡明だった。わたしたちの地所のほうへと戻り、ドライブウェイを国有林のトレイルヘッドに向かって歩いていくあいだも、わたしは彼女の一言一句に耳を傾けた。ダッシュはわたしたちの前を跳ねまわりながら、蛙を追いかけたり、ご機嫌な犬がするようなことをしたりしていた。

　ルーシーは、もうここで落ち着いたかとか、ハリーはどうだとか、あの一連の奇妙な出来事を彼はどう受け止めているのかといったことをわたしに訊いた。いくつかの郡にまたがる羊の牧場で育った話や、レクスバーグの退役軍人クラブ《VFW》が主催したダンスパーティーで海軍を除隊して間もないダンと出会ったことや、牧場の運営はどういうものかといったことを語り、珍しい花やシダや木のそばを通るたびに話を中断しては、季節とそれらとの関連や独特な性質について説明した。三十分も歩かないうちに、わたしは彼女のとりこになっていた——彼女の話し方、話を聞くときにわたしに向けるまなざし、言葉の抑揚、景色を眺める視線、振る舞い。

　彼女にはくだけた感じのごく自然な方言があって、おどけたような古い言い回しを使ってはいるものの、驚くほど語彙《ごい》が豊富で、たくさん本を読んでいるのだろうと思わせた。彼女のような話し方をする人に会ったのは初めてだ。読みあげているのが電話帳だったとしても、何時間でもじっと耳を傾けていられるだろうと思えた。洗練されてはいるけれど素朴な話しぶりと肉体的な優雅さが、彼女を生きる芸術品に仕立て上げていた。彼女のような人にこれまで会ったことはなかった。

　子供はいないのかと尋ねると、彼女はいないと答え、ふたりとも辛い子供時代を過ごしたことが主な理由だと説明しながらも、〝ここのような場所で子供を育てるのは……この妙な状況を考えれば、すごく難しいわよね〟と言い添えた。

彼女はわたしに訊いた。「あなたたちはどうなの？子供を持つことを考えている？」

肩をすくめた。「ええ、ハリーはすごく子供を欲しがっているんです。わたしも、まあ、そうだと思います。とりあえず。大学を出てから、人生がめまぐるしく進んでいて。時間がたつのがあまりに早すぎるんです。ハリーはプレッシャーをかけたりはしませんけれど、でもしばしばその話題は出ます」

ルーシーはうなずき、道路に視線を戻した。「いずれ、ちゃんとした答えが出るものよ。わたしも時々、子供がいればと思うことがあるわ。ひしひしと感じる朝がある。でも毎年夏にあの裸の男を見ると……子供をこんな目に遭わせなくてよかったって、つくづく思うのよ」

彼女は不意にわたしの腕をつかみ、優しく微笑んだ。「だめだって言っているわけじゃないの。ここで子供を育てたいというあなたとハリーの願いを批判しているなんて、思わないでね。あなたたちならきっとうまくできる。本当にそう思っている。ただ……わたしにはそれだけの強い思いがなかった。子供を持たないという決断をしたことを後悔もしていないの」

わたしは笑みを返した。「わかります」

国有林の駐車場とトレイルヘッドがある丘の上までやってくると道路は平らになり、谷全体が見渡せる壮大な眺めが広がっていた。ルーシーはあそこがベリー・クリーク農場、謎のジョーじいさんの家だと教えてくれた。

わたしは彼女を見て尋ねた。「あなたとダンに精霊の話をして、ルールや儀式のことを教えてくれたのはジョーなんですよね？」

ルーシーはうなずいた。「ジョーと彼の家族が教えてくれて、わたしたちを支えてくれた。ジョーはひとりでいるのが好きなんだけれど、でもとてもいい人よ。あまり人を寄せつけないけれど、それはこの谷では普通のこと。彼らはここでとても長いあいだ暮らしていて、なんていうか、そうね……この谷と精霊の知識の守り人のようなものなの。大変な重荷だし、責任でもある。ジョーや彼の父親や祖父がこのあたりの地所を買い集めるようになったのは、そうすれば新参者がやってきてこの……不愉快な現実に巻きこまれるのを見なくてもすむっていうのが、理由の半分だと思う。実際、あなたとハリーがシーモアの家をこんなにすぐに買わなければ、ジョーが買っていたでしょうね。あの家が売りに出されたとき、彼はモンタナにいたし、シーモア一家が越していってからは、あそこを所有する不動産会社に連絡することもなかったから、あらかじめ教えてもらうこともできなかった」

訊きたいことは千もあったが、質問は戦略的にしようと思っていた。幸いなことに、ルーシーはわたしになにかを尋ねることもなく、言葉を継いだ。

「だから、答えはイエス。ここでどうやって暮らしていけばいいのか、精霊と季節をどうやって乗り越えればいいのかをジョーが教えてくれた。シーモア一家が九六年にあなたたちの家を買ったときには、その知識はわたしたちが彼らに伝えると申し出たわ。ジョーは喜んで聞き入れてくれた。だからあなたたちは、わたしたちが……迎え入れたふたつ目の家族なの。その重荷を受け渡すことができて、ジョーはほっとしたと思う。彼は人付き合いを避けて、自分の農場や子供や孫のことだけを考えていたいみたいだから」

ルーシーはどこか申し訳なさそうな笑みを浮かべた。

「でも信じてちょうだい、サーシャ。ダンとわたしだって気まずいのよ。本当よ。聡明な若い人の目を見ながら、精霊の話をするのは簡単なことじゃない。いかれた老人に見えるだろうってこと、わたしが気づいていないなんて思わないでね。よくわかっているのよ。でも大事なことなの」

ルーシーの表情がさらに真剣味を帯びた。「それぞれの季節について知っておかないと、恐ろしいことが起きるのよ、サーシャ。恐ろしいことが」

訊きたくてたまらなかったことを尋ねるならいまだと思えたから、切り出した。

「ルーシー、ルールに従わなかったらなにが起きるんですか？　たとえば光のときは、わたしたちが火をおこさなかったらどうなりますか？　ドラムの音が聞こえてきたら窓を全部覆って、なにもなかに入れるなってあなたたちからは言われましたけれど、でも……ドラムが始まってもそうしなかったら、実際になにが起きるんですか？」

ルーシーはわたしに視線を向けようとはせず、表情を変えることなく谷を見おろしていた。そのまま時間だけが過ぎて、気まずさを感じ始めたわたしが話題を変えようとしたところで、彼女が振り返ってわたしを見た。

「いいことではないわ、サーシャ。シーモア一家が出ていったのはそれが理由。彼らはずっとルールに従っていて、とてもうまくやっていたのだけれど、小さな子供がいると難しいわよね。出ていった年の春、ついに間に合うように火をおこせなくて、そして……その代償を払った。ダンとジョーが手を貸したから、家族はだれも死ななかったし、ひどい怪我も負わなかったけれど、そのせいで彼らは出ていこうと決めた。二日のうちに、乗せられる荷物を全部トラックに乗せてここから出ていったわ」

なんと返事をすればいいのかわからなかった。「でも……なにがあったの？　ダンとジョーは、なにが起きないように手を貸したんですか？」

その日の散歩で、ルーシーが不安そうな顔を見せたのはそのときだけだ。唇を嚙み、数秒地面に視線を落としていたが、やがてわたしの顔を見た。「サーシャ、ごめんなさいね、でもその質問に答えるには少し時間が欲しい。いつか答えるって約束するわ。でもそのためにはもう少しあなたをよく知る必要があるの。わかってもらえるといいんだけれど」

その答えに驚きはしたものの、わたしはうなずいた。

「もちろんです。問題ありません。詮索《せんさく》するつもりはないんです。ただ……これがすごく妙な話だから、自分がなにに直面しているのかが知りたい。夫とわたしを脅《おびや》かしているのがなんなのかを理解したい……どんな危険に自分たちがさらされているのかを知りたいんです」

ルーシーはうなずいた。わたしに近づいてくると、手を取り、まっすぐに目を見つめた。

「これだけは言える。季節ごと、精霊が現れるごとに、わたしたちが言ったとおりのことをしていれば、あなたたちに危険が及ぶことはない。こんなことを言えばあなたをひどく怖がらせるのはわかっているけれど、嘘をつくつもりはないわ。夏と秋は春より大変なのよ。でも、あなたたちが安全でいられるようにダンとわたしは自分たちにできることはなんでもするって、覚えておいてほしいの。それは約束する。それでいい、サーシャ？　心から約束するから」

普段のわたしはこの手の約束を真に受けたりはしないが、いまは即座に彼女を信じた。寸分も疑うことなく。彼女の魂が見える気がしていたし、彼女の言葉が心からのものであることを心と体のすべてで感じていた。涙がこみあげそうになったが、かろうじてこらえた。

「ありがとう、ルーシー。ありがとう」

シーモア一家になにがあったのかや、ここを出ていったあとどうなったのかを訊きたかった。ジョーと彼の家族のこと、精霊はなぜ冬には出ないのか、精霊が出現するときのあの感覚についてなど、彼女たちが初めて我が家を訪れてすべてを話してくれて以来、このいかれた事態についてわたしの心をよぎった様々なことを尋ねたかったけれど、散歩をする機会、話をする機会はまたあるだろうと思い直した。

ダッシュに小枝を投げてやりながら、わたしたちはゆっくり地所へと戻っていき、わたしはハリーとどうやって出会ったのかや、海兵隊時代の彼について、そして両親とのぎくしゃくした関係について語った。ルーシーは興味深そうに耳を傾けていて、本当に知りたがっているのだとわかるような質問をしてきた。けれどわたしには訊きたいことがあとひとつあった。それだけは、次の機会が来るまで待つつもりはなかった。

わたしたちのドライブウェイまでやってきたところで、わたしはルーシーのほうに顔を向け、できるかぎり率直に訊いた。

「ルーシー、精霊を……倒す方法はないのかしら？　倒さなくてもいいから、どうにかして眠らせるとか？　永遠に？」

ルーシーは唇を結び、ゆっくりとわたしに視線を向けた。「ないのよ、サーシャ。あるとは思えない。わたしたちもジョーに同じ質問を百の違う言い方で百回は訊いたけれど、わたしがあなたに答えたのと同じような言葉が返ってきただけだった。〝いいや。だがルールに従っていれば、あんたたちに危険はない。精霊は天気や季節と同じように、この土地の一部なんだ〟」

その答えに満足したわけではなかったが、それ以上追及するつもりもなかった。別れの挨拶をかわしたあとルーシーは、うちに夕食に来るのに都合のいい日をハリーと相談してみてくれないかと言った。また、馬の乗り方を教えるから、一緒に遠乗りに行こうと誘ってくれた。ぜひともやってみたかったので、行きますと約束した。

その夜、そしてそれからしばらくのあいだ、わたしは覚えているかぎりこと細かくルーシーとの会話をハリーに伝えた。ハリーは本当に興味を持って聞いていた。彼の質問でそうとわかったし、もっと詳しく知りたがっただけでなく、次に彼女に会ったときにするべき質問すら口にした。とはいえ、いくつかの事柄——たとえばシーモア一家が出ていった理由のような——について彼女が話したがらなかったという事実は、ダンとルーシーに対する彼の疑念、正確に言えばすべての真実を聞かされていないという彼の疑念を強固にしただけだった。

ルーシーと過ごした最初の午後に残されたのは、ここを出ていく前のシーモア一家になにがあったのかという疑問——もっとくわしいことが知りたくて頭にこびりついて離れず、それから数夜、ベッドのなかで考え続けた事柄——だった。

それから数日のうちに、わたしは心を決めた。シーモア一家を探し出し、なにがあったのかを自分で突き止めよう。

第十三章　ハリー

季節は春から夏へと、ごく少しずつ、だが確かに進んでいた。日が落ちるのが遅くなり、コオロギが鳴き始め、野草が顔をのぞかせ、ほこりが宙に漂う時間が少しだけ長くなったように思えた。そして突然、ある朝外に出てみると、息が見えなくなっていて、そのにおいを感じる——夏。サーシャは太陽の子供だから、彼女が一年で一番好きな時期だ。

サーシャがルーシーと過ごす時間を楽しんでいるのが嬉しかった。彼女はルーシーを尊敬していて、あっという間に親しくなった。おれも彼女に好意を抱いていることを否定はできない。それはダンに対しても同じだったが、まだ彼と親密になる心の準備はできていなかったから、おれとの距離を縮めようとする彼に抗っていた。

六月の上旬になるころには、ダンとルーシーは少なくとも週に一度は焼きたてのパンや使っていない予備の道具などを持って、事前連絡なしに訪れるようになっていた。彼らから聞かされた精霊の話にたっぷりのストレスと混乱といらだちを感じていたとはいえ、それ以外の彼らが素晴らしい隣人であることは間違いなかった。

一定の時期にだけ作業員の手を借りて畜産業を営んでいるダンは、いつも忙しくしていた。水やりだけでも一日仕事のうえに、ほかにも様々な作業があったから、おれたちとの関係を保つことも念頭に置きつつ、日々の仕事をこなしている彼におれは感心していた。

サーシャは、午後に国有林まで散歩をするルーシーにしばしば同行するようになった。ふたりはダッシュを連れて歩きながら、キノコや鳥や花を探したり、ただ人生について語り合ったりしていた。初めのうちおれはあまりそれに乗り気ではなく、ふたりを信用しすぎるのは不安だとサーシャに訴えたが、彼女はおれが知るだれよりも人を見る目が優れている。人を理解することに関しては、おれの千倍も社会意識が高くて鋭いし、ここに引っ越してくるまでは、なんの疑問も抱くことなく彼女の直感を全面的に信用していた。そういうわけで、ルーシーと出かけることについては彼女に任せることにしたが、ほんの一秒でも彼らと一緒にいるときには、必ずダッシュを連れていくという点は譲らなかった。

ダッシュは能天気なゴールデンレトリバーかもしれないが、サーシャのことは断固として守ろうとする。一緒に狩りをしてきたこの五年のあいだに、彼が複数のコヨーテを蹴散らし、デンバーでは酔っ払いや物乞いがサーシャに近づきすぎるやいなや、うなって追い払うのを見てきた。彼がサーシャを守ることはわかっていた。

サーシャの仕事上の契約――リモートで働けるポジションを彼女のために作る代わり――の一部に、とりあえず最初の年は四半期に一度、一週間ほどデンバーに戻るという条件があった。営業マネージャーとして彼女が担当している顧客の重役たちと顔を合わせての重要な会議をするためだ。

その初回が六月の第三週に予定されていて、おれたちがここに越してきた週のうちにすでに飛行機のチケットが用意されていた。ひと月も前から彼女はこの旅をとても楽しみにしていて、おれも同じくらい楽しみだった。彼女はすごく社交的で、友人たちに会えないことをひどく寂しがっていたから、気分転換にもなり、おいしい食事ができて友人たちと会えるこの旅は、人里離れた農場での暮らしからのつかの間の息抜きになるとおれは思っていた。

だがこの数週間、彼女のうきうきした気分は薄れていて、日程を変更するか先延ばしにできないだろうかと考えだしていた。このばかげた精霊話のなか、一週間もおれをひとりにすることを心配しているのはわかっていたが、今後ずっと地所から出ずにいることはできないのだからと彼女を説得した。出発の日の前夜になると、おれがひとりでここに残るのはどうのこうのとまた言い出したので、彼女自身の理屈を使って反論した。

「サーシャ、この土地で前向きに暮らしていくことに熱心なのはきみだし、季節の精霊におれたちの人生を支配されるんじゃなくて、受け入れることを学ぼうとしているのもきみだ。二度と旅をしないことは、それとは違うだろう？　なによりきみはこの仕事を続けたがっているし、この形でうまくやりたいと思っている。そのためには、この会議は重要なはずだ」

おれが正しいことは彼女もよくわかっていたが、不安を拭えないのだろう。「ハリー、わかっているのよ。

ただ……いまは夏よ。例の〝熊追い〟が出るようなところで、あなたをひとりきりにしたくない」

サーシャがおれの反応を見ようとしているのがわかったので、おれは目を剝いてみせた。「裸の男が駆けてきたら、ビールとマリファナを勧めてみるさ。彼をハイにしてやればいいんじゃないかな。トゥート（男性下着メーカー）の下着を出してやって、まあ、息子をちょっと落ち着かせてやれよ、って声をかけるとか？」

サーシャはいかめしい顔をしようとしたが、たまらずに笑いだした。「ハリー、わたしがいないあいだは、このことを冗談にするわけにはいかないのよ」

「どんな状況であれ、おれは喜んでこのばかげた話を冗談にするつもりだよ」サーシャはそれを聞いて、おれをベッドに押し倒した。

彼女が留守のあいだは寂しくなるだろうし、この一連の騒ぎが現実だとはいまだに確信が持てずにいるものの、おれはもちろん用心するつもりでいた。本当のことを言えば、もしこの熊追いが本当だとしたら、おれはどんなことをしてでもサーシャを近づかせないようにするつもりだった。ダンとルーシーから聞いた話はかなり恐ろしかったから、もしもそれが本当なら、彼女が毎年夏はどこかほかの場所にいたいと言えば賛成するだろう。それどころか、このいかれた話がすべて現実であることがわかったなら、4ランナーに荷物を積みこむまで我慢できるかどうか自信がないとおれは思い始めていた。

翌朝おれは、アイダホ・フォールズまで車でサーシャを送っていった。自宅から一時間十五分のところに、ソルトレイク行きが一日三便出ている空港があるのは、なかなかいいものだ。そこからは連絡便でどこへでも行ける。空港に行ったのは引っ越してから初めてだったから、おれたちは社会から実はそれほど離れていないのだと実感した。

別れ際、おれはサーシャにハグをし、キスをした。

彼女は両手でおれの顔をはさんで、目を見つめた。

「ハリー、真面目な話。忘れちゃだめよ」

「なにをだ？」

「約束したことを忘れないで」夏のあいだ、どちらかがフェンスで囲ってある庭の外に出るときには、必ずライフルを携行し、ヘッドホンで音楽やポッドキャストは聴かないことをおれたちは約束していた。

「忘れないでね、ハリー。あの約束はわたしだけのものじゃないのよ。作業するときはライフルを持って、音楽は聴かないって約束して。いい？」

「約束するよ。どっちにしろ、銃ならおれはいつも持っているさ。本物の熊はみんな目を覚まして、食い物を探しているからね」

サーシャはターミナルへと入っていき、振り返って投げキスをした。彼女が恋しくはなるだろうが、ひとりの時間が持てることは楽しみでもあった。

翌日の午前中は、川床やドライブウェイの下の排水溝に溜まっている十年分のごみを片付けるつもりでいた。

朝、目を覚ましてサーシャに電話をすると、彼女は音楽の禁止とライフルの携行の約束を改めて繰り返した。必ず守るとおれは言った。ダッシュに餌をやり、コーヒーをいれて朝食をとり、ランチとしてサンドイッチを用意した。おれ自身もひとりの時間を必要としていたことに気づいた。サーシャのすぐそばに、おれにはどうすることもできない、説明のつかない危険があると思うだけで、無意識のうちにストレスが溜まっていたようだ。彼女がいなくなったことで、それが消えていくのがわかった。

納屋に行き、手押し車にシャベルと熊手とつるはしとバールを積んでから、家のなかにある銃器保管庫に向かった。

保管庫を開けて30‐06ライフルに手を伸ばしたが、自分で組み立てた5・56カービン銃のひとつの脇でその手が止まった。

歩兵隊を〝除隊〟するときには、支給されていた銃は返却しなければならない。だがもしおれが除隊したときにそれが可能であったなら、自分のライフルと、DD256証明書の一番上に洒落《しゃれ》た文字で記された〝名誉除隊〟という文言を喜んで交換しただろう。ライフルがなくなって、おれは裸になった気がした。ひとりぼっちのような気がした。市民生活を一週間送ったところで、おれはアフガニスタンで使っていたM4にできるだけ近いライフルを組み立て始め、それ以来、数丁作った。

自動発射速度のオプションがないことを除けば、そのうちの一丁は実際の制式ライフルとそっくりだった。グリップ、照準器、銃床、レール、銃身、ベルトなどは同じだったし、給料の大部分をトリジコンACOGスコープに注ぎこんだりもした。このライフルと、おれがアフガニスタンで使っていたものとの見た目の違いは、こちらのほうがはるかにきれいだということくらいだ。ほこりっぽい山のなかで三本目の腕のように使っているわけではないから、まるで新品同様だった。

おれはそのライフルを取り出し、懐かしい重さを感じながら感触を確かめた。おれにとってライフルを握り、その形状を感じるのは、祖父母の家のにおいやそこにある懐かしい雰囲気を味わうようなものだった。おれの安心毛布なのだと思う。

これでどうだ？　おれは弾倉をひとつつかみ、家の外に出て手押し車に近づくと、あえて数インチの高さから落とすようにして道具類の上にライフルを置いた。これでいくらか傷がついて、それらしくなる。

ダッシュとおれはそれから五時間かけて、この十年ほど水の流れを妨げてきた枝や木の葉や根を取り除いた。初夏で水量は増えていて水は冷たかったが、暑い日だったので、気持ちのいい作業だったし、水遊びをし、岸辺で昼寝をし、バッタを追いかけているダッシュは泥のなかの豚よりも嬉しそうだった。

午後になり、おれは水路から日当たりのいい岩場まで少し斜面をのぼって腰を落ち着け、水をがぶ飲みし、サンドイッチにかぶりついた。足元に寝そべっているダッシュの足の裏にこびりついた乾いた泥の塊を削ぎ取っていると、彼がいきなり立ちあがったので、おれは心臓が止まりそうになった。ダッシュは南東の方向、国有林との境目にある木立のほうを見つめている。

おれもそちらに目を向けたが、なにも見えなかった。真っ先に頭に浮かんだのが、**裸の男？** だったのは否定できない。だが、裸の男の姿は見えなかったし、声も聞こえなかった。しばらくそこに座ったまま木立を見つめ、あらゆる神経を研ぎ澄ませたが、聞こえてくるのは、コオロギの合唱と競い合っているような水音だけだった。

立ちあがると、ダッシュがおれを見た。「ほら、ダッシュ」おれは芝生に落ちていた小枝をつかむと、彼の鼻に触れるくらいのところまで近づけて微笑みかけ、水路の岸に残した手押し車をめがけて、牧草地の斜面に放った。

ダッシュは動かなかった。投げた枝を目で追うことすらしなかった。ただひたすらおれの顔を見つめ、それから木立に視線を戻した。

アドレナリンが一気に体内を駆け巡った。

ダッシュと暮らすようになってかれこれ六年になる。彼は徹底した、救いようのない、病的なほどの〝持ってこい〟中毒だった。人間が投げたものの近くにいながら、それを追っていかなかったことはこれまで一度も、一度たりともない。庭でぐっすり眠っているときでも、だれかがそっとなにかを投げたら、取ってくるものがあることを原始的本能が彼の脳に伝えるのではないかと思っていたくらいだ。つまり、投げたものを追いかけていかないのは、彼がひどく具合が悪いか、あるいはより重要ななにかで彼の小さな脳みそがいっぱいになっているということだ。

おれは木立に視線を戻した。「なにがあるんだ？」

ダッシュはちらりとおれを見たが、すぐに森に顔を向け、目線はそのままに頭だけ低くした。これはなにか注意すべき不審なことがあるという合図で、おれはそれに従った。

おれはついてこいとダッシュに向かって叫ぶと、日光を浴びて座っていた場所から、水路の岸辺に置いたままのライフルと道具が乗っている手押し車に向かって、全速力で丘を駆けおりはじめた。

ダッシュはおれより先に水路にたどり着くと、南東方向の森を見つめながら再び〝不審なものがある〟の姿勢を取った。

ライフルのグリップに指が触れたとたんに、自然と体が動いた。流れるような動きで肩にベルトをかけ、マグウェルに弾倉を叩きこみながら向きを変え、ボルトハンドルを引き、安全装置をはずし、膝をついて銃床を肩に当て、スコープをのぞきこむ。できるかぎり耳を澄まして、木立全体を眺めた。まさにその瞬間、コオロギたちが一斉に鳴くのをやめた。

そんな話は一度も聞いたことがない。夜に池に近づくと、蛙がとたんに静まりかえることは確かにある。だがコオロギ？　真昼間に？　ありえない。

そしておれは、もっとも聞きたくないものを聞いた——男の悲鳴。東南東の方向から聞こえてくる。言葉は聞き取れないが、はっきりと聞き取れる響きがあった。パニックの声だ。

心拍数が跳ねあがった。アドレナリンのせいで顔がしびれる。ライフルを肩にあてたままあとずさり、ついてこいとダッシュに命じた。

水路はおれが移動している方向にさらに三十五ヤードほど続いていて、ドライブウェイの下を流れる太い排水溝にその先で流れこみ、ドライブウェイの反対側に広がる牧草地を横切る川へとつながっている。

おれはドライブウェイ沿いの家畜用フェンスをかなり強固なものにしたばかりだった。目的は、そのフェンスの向こう側まで行くことだ。**おめでとう、ダン、あんたの精霊よけショーでおれを踊らせることに成功したよ**という声が、ほんの一瞬、頭のなかに響いたが、パニックにかられた悲鳴のなかに初めて聞き取れた言葉がそれをかき消した。「助けて！」

おれは水路沿いのややくぼんだ箇所にいたので、南東の牧草地は見えなかったが、そこから聞こえていることはわかった。フェンスまであと二十ヤードほどのところに来ていたが、ダッシュはまだ手押し車のそばから動かず、悲鳴が聞こえるほうに向かって吠えている——脚を開き、頭を低くし、コヨーテのように歯をむき出して。

声をはりあげ、さらにきつい口調で「ダッシュ、来い」と命じると、彼はようやく向きを変え、おれを追って走りだした。

ダッシュが動きだしたのを見て、おれは再び向きを変えてフェンスを目指して全速力で走った。ドライブウェイに続くのぼり坂までやってきたところで振り返ると、頭上で両手を振る裸の男らしい姿がちらりと見えた。はらわたが喉までせりあがってきた気がした。

ライフルを体の横にずらし、ダッシュを抱えあげ、半分投げるようにしてフェンスの向こうのドライブウェイにおろした。支柱の真ん中あたりのワイヤーに足をかけて、フェンスを乗り越えた。

おり立ったところでふらついたが、砂利に手をあてて体を支え、ライフルを引き寄せ、向きを変えて、スコープに目を当てた。スコープのレンズのなかに見えたものに、おれは思わず音を立てて鋭く息を吸った。

手押し車を残してきた水路の向こう側の岸に向かって、牧草地の斜面を駆けおりてくる裸の男。おれより少し年上だろうか、四十代前半くらいでしみのように見える短いあごひげとぼさぼさの短い髪はどちらも砂色だ。裸足の足からは血が出ていて、ペニスは――ダンが言っていたとおり――丸見えで、ぶらぶらと揺れている。まっすぐにおれを見ていた。スコープ越しにおれの目を見ていた。怯えていて、絶望していて、疲れ果てていて、ほぼ打ちのめされていた。

彼の言葉がはっきり聞こえるようになっていた。

「助けて！　お願いだから、行かないで！　助けて！　頼む、頼む、助けてくれ。殺される、サー、お願いだ、お願いだ！」

くそったれ。信じられなかった。これがそうだ。ダッシュは怒り狂っていて、悪霊に取りつかれたみたいに唸《うな》ったり、吠えたりしている。男のうしろにいるものが初めて見えたのはそのときだった。黒熊。スコープをのぞいてみると、そのすべてがこれまで見たことのある黒熊と同じようだった。四百五十ポンドはありそうなかなり大きな雄の熊で、黒熊なら可能なはずのスピードよりはるかに遅いことを除けば、悪夢っぽかったり不自然だったりするところはどこにもなかった。おれは水路を渡っている男に改めて焦点を合わせた。男は肩越しに熊を振り返り、それからまたおれを見た。彼が泣いているのが見えた。哀れなほど泣いている。

「お願いだ、サー、お・ね・が・い・だから、おれを死なせないでくれ。頼むから助けてくれ！　助けて！　頼む！」

頭のなかの声が錯乱したように激しくなった。**熊を撃つべきだ、熊を撃つんだ、あの熊を撃つんだ、だめだとはダンは言わなかった、これが本当だったらどうする、これがとんでもない偶然だったら、だれかを見殺しにしてしまったらどうする？**

男は水路からあがり、熊は急所をなんなく狙える障害物のない空き地に出てこようとしていた。あることに思い至ったのはそのときだ。

裸の男の目の前に、よく見えるところに、長くて鋭い金属の道具がいっぱい載った手押し車がある。もし

おれが熊に追われていたなら、目の前にあんな道具がひとつでもあったなら、おれはまっすぐそいつに向かうだろう、疑問の余地はない。彼の目の前にはシャベルやつるはしやバールがあるんだ。

おれは男に向かって叫んだ。「シャベルをつかめ！　バールをつかめ！　バールでもつるはしでもなんでもいいから、身を守るんだ！　手に取れ！　黒熊だぞ、反撃するんだ！　シャベルで殴れば、そいつは尻ごみする！　殴れ、反撃しろ！」

男はおれの声が聞こえるくらい近いところにいたが、ひたすら助けを求め続けるだけだった。おれの言葉を聞こうとはしない。手押し車の脇までやってきた。

おれの叫び声は最大音量に達していた。「おい、シャベルを持って戦うんだ、身を守れ、戦え！」

男はそこを通り過ぎた。手押し車には一瞥《いちべつ》もくれず、おれから一瞬たりとも目を離すことはなかった。

「あ……あんた……なんだっていうんだ」涙が浮かぶのを感じた。ダッシュは唸っている。男は泣きながら、懇願しながら、二十ヤードのところまで迫ってきた。

「サー、頼むから助けてくれ、お、お願いだ、サー、お願いだから助けてくれ、助けてくれ、サー、頼む！」

おれはなにも言えなかった。ろくに息もできなかった。戦場でパニックを起こしたときの古い呪文が短縮形になって浮かんできた。**大きく息をしろ、動け、大きく息をしろ、動け。**

ダッシュの首輪をつかみ、引きずるようにしてドライブウェイを進んだ。そのあいだも、男に向かって叫び続けた。「あんた……どうして戦わない？　どうして戦おうとしないんだ?!」

人間らしい返事が欲しかった。おれの言葉にわずかでも反応してさえいれば、どんな言葉でもよかった。おれの正気のすべて、現実に対する理解のすべてが、生きている人間であることを証明する言葉を彼が言うかどうかにかかっている気がした。彼はこれまで同じ言葉をただ繰り返しているだけだったし、たとえ本当に怯えていて、ショック状態だとしても、ここまできてなんの反応も示さないのは妙だと思えた。

彼が、ドライブウェイに続く十ヤードほど先の斜面までやってきたところで、おれはあることを思いついて叫んだ。

「サー、名前を教えてくれたら、あんたをフェンスのこっち側に入れてやる。サー、あんたの名前を言うんだ。そうしたら熊を殺すから。くそっ、名前を教えてくれ！」

彼は懇願し続け、泣き続けた。おれが話していることに気づいてもいないようだった。不自然だった。ロボットみたいだ。台本があるかのようだった。おれが話しているあいだは、とりあえず口をつぐむだろうと思ったが、それすらもしなかった。

彼はフェンスに向かって斜面をのぼり始めていて、おれとの距離はもう数ヤードもなかった。おれは半狂乱で、銃口を男の胸と彼のうしろの熊に交互に向けた。ダッシュの吠える声はいくらか収まっていたが、それでも男から目を離さずに唸っている。ゆっくりとドライブウェイを進んでいくおれに合わせて、男は斜面をのぼる方向を斜めに変えた。

彼はもうすぐそこまできていたので、ダッシュがどこを見ているのかがわかるようになった。熊の存在にすら気づいていないように、ただ男だけを見つめている。男がフェンスに近づいてきたので、おれは背後の砂利を指さしながら〝つけ〟とダッシュに命じ、それを聞いたダッシュは男に向かって歯をむき出して唸りながら、とりあえず数歩うしろにさがっておれの横に立った。

フェンスにたどり着いた男は足を止めて返しと返しのあいだのワイヤーをつかむと、まともに言葉を発することもできずに子供のように泣きながらおれを見た。

おれはどういうわけか、彼に言葉をかけ続けていた。

「あんたが名前を言えば、おれがその熊を殺す。だから、名前を言えよ！」

おれは彼の目を見つめたまま、彼の右側に移動してわざとらしく熊に狙いをつける格好をした。「名前を言えば、おれがそいつを殺す。だれの名前でもいいから言うんだ。そうしたら、そのくそったれの熊を殺すから」

彼にはおれの声が聞こえてすらいないようだった。

「お願いだ、サー、お、お願いだからフェンスのそっち側に行かせてくれ、頼むからこんなふうにおれを死なせないでくれ、お願いだ！」

熊が彼に追いついたとき、おれはまだ彼の声にかぶせるように叫び続けていた。熊が前脚を振りあげたその瞬間、おれはいまにも撃とうとしていた。引き金にいくらかの圧力をかけたとき、なにかに肘を引っ張られて、ライフルの銃口が空に向いた。視線を落とすと、ダッシュがライフルのベルトをくわえ、まるで玩具の引っ張りっこをしているときのようにおれからライフルを引き離そうとしていた。

おれはグリップと引き金から手を離し、ダッシュの首輪をつかんだ。「ダッシュ、やめろ、ダッシュ、いったいどうしたっていうんだ?!」

男に——一番上の有刺鉄線をつかみ、唇から顎に鼻水を垂らし、泣きながらおれの目をまっすぐに見つめていた——視線を戻したまさにそのとき、彼の背後で熊がうしろ脚で立ちあがったかと思うと、その右肩にかぎ爪を食いこませ、剃刀のように切り裂いた。皮膚と筋肉にできた深く白い傷はみるみるうちに血に染まった。

同時に熊は、男の首の左側と鎖骨のあいだに噛みついた。子供のような純然たる恐怖に男が大きく目を見開いた直後、熊が彼を引き倒した。尻もちをついた男は、熊の顔をつかんで肩に食いこんだ牙をはずそうとしている。

男の首と鎖骨のあいだの傷から真っ赤な血があふれ出して筋になり、胸から腹、そして陰毛へと流れた。彼の悲鳴は甲高いものに変わった。その声は聞いたことがあった。人生を一変させるほどの圧倒的な痛みからくる、パニックにかられた悲鳴。

熊は不自然な角度で男をうしろに引きずっていこうとしたが、やがて嚙みついていた口を離した。男はその隙を逃すことなく、必死に四つん這いの姿勢を取った。あきらめたようにすすり泣くその口は大きく開き、よだれが顎を伝って芝生に落ちた。

熊は、おれのほうへと這いずってくる男の肩甲骨にかぎ爪を引っかけて、彼を横向きにすると、露わになった右の肋骨の下の青白い皮膚に嚙みついた。

熊が首を振ると肋骨が折れる音がして、男は固く目を閉じ、こぶしを握りしめ、電気ショックを受けたみたいに全身を痛みにビクンと震わせた。肋骨の下のほうと腹に嚙みついたまま、熊は自分の顔の両側にディナー皿ほどの大きさの前足を——片方の足は男の胸に、もう片方は腰に——当てると、猛烈な力で頭を上向きに引いた。

下のほうの肋骨が木のように裂けて体から飛び出し、熊がくわえている青白い皮膚の下に見えている腸がぬめぬめとねじれながら胴へとつながっている様は、グロテスクな死にかけのくらげのようだった。

男はしゃがれたうめき声をあげながらつかの間白目をむいたが、すぐに新たな傷を確認した。ショックに大きく目を見開き、冷たい湖に飛びこんだみたいにあえぎ始めた。熊は皮膚と肋骨の破片と内臓を吐き出し、前足を使って男を仰向けにした。

好奇心としか言いようのないまなざしで熊は男を見おろした。男が熊の残忍な目を見つめてこれまでにないほどの激しさで悲鳴をあげると、熊はその顔に牙を突き立てた。熊の口は男の耳から耳までを覆うくらいの大きさで、男の悲鳴は枕で押さえつけられたみたいに不意に途切れた。男は必死に脚をばたつかせ、大きな肩の真っ黒な毛皮を叩いたり、引っ掻いたりしていたが、やがて熊は男の頭を勢いよく左右に振り始めた。おれはその音を聞いた——男の首の骨が折れる湿った低い音。

神経が最後のひと暴れをすると、男の右脚がぴんと突き出されて爪先がバレリーナのように伸び、そして全身の筋肉から力が抜けた。その瞬間、おれは待ち望んでいた安堵のようなものを感じていた。体が震えた。

熊は男の頭から口を離し、耳から流れ始めた血を何度かなめたあと、おれの顔を見た。

フェンスのほうに三、四歩ゆっくりと近づいてきた熊を見て、男のむごい死を見ているあいだ凍りついていたおれは唐突に我に返った。じりじりとあとずさったが、衝撃のあまり足がもつれて尻もちをついた。ベルトをつかんでライフルを持ちあげ、熊の頭に狙いをつけた。引き金にかけた指に力を込めて叫ぼうとしたそのとき、ダッシュがライフルの銃口と熊のあいだに飛びこんできて、フェンスに向かって数歩前進した。熊に挑みかかっておれを守ろうとしているのだと思ったので、ダッシュの名前を呼びながらよろよろと立ちあがったところで、口ごもった。

ダッシュは尻尾を立てて振っていた。背中のほうにぴんと立てた尻尾を、喜んでいるときにだけ見せるやり方で振っている。ダッシュの先にいる熊に目を向けると、熊はまったくおれを見ていないことがわかった。ダッシュを見つめている。

そして、命を賭けてもいい、熊がダッシュにうなずくのをおれは見た。やつはうなずいた。

微妙な動きだったが、歩道でだれかとすれ違ったときにするような、まぎれもないうなずきだった。ダッシュは熊を見つめ返し、尻尾を振る速度をあげ、おれと遊んでいるときにするように前足が地面から数インチ浮くくらい小さくジャンプをして、それに応えた。

おれは言葉を失った。

熊はちらりとこちらを見たが、その視線はおれを素通りしただけで、それからゆっくりと向きを変えて男に近づいた。男の上腕をくわえ、ずたずたになった死体をひきずって歩きだした。太い紐のような男の内臓がそのうしろをたどっていく。芝生に引っかかり、砂利や泥まみれになっていく内臓から、おれは目を逸らすことができずにいた。魅せられていた。

ダッシュに手をなめられていることに気づいて、おれはようやく視線をはがした。頬を涙が伝っていることや、いつのまにか手から離れたライフルが脇の下にベルトでぶらさがっていることにも気づいた。大きく深呼吸をすると、長いあいだ息を吸っていなかったことに脳みそが気づいて、反射的にあえぐような呼吸になった。胸に手を当てて、呼吸を整えた。口のなかにゲロの味がする。吐いたのか？　いいや。もしかしたら？　いや、そうは思えない。くそったれめ。

膝立ちになってダッシュを両手で抱きしめると、彼はゴールデンレトリバーのふさふさした尻尾を振っておれの顔をなめ、現実に引き戻してくれた。

一連の出来事を反芻《はんすう》し、ダッシュの顔を両手ではさんで彼の目を見つめた。なぜだか、尋ねずにはいられなかった。「ダッシュ、おまえは熊と話をしたのか？」

自分がなにを期待していたのかはわからない。ダッシュは当たり前の犬で、おれの顔の前でハアハアと息を切らしている。驚いたのは、彼がいつもと変わりなく見えたことだ。おれは……安堵した。この春、おれたちが火をおこすと池の光が消えたことが四回あったが、そのときの彼とまったく同じに見えた。

おれは家に戻ると、屋外にある水道の蛇口の下にへたりこみ、一ガロンは水を一気飲みしたと思う。それから半時間、朦朧《もうろう》とした状態で過ごした。それは、驚くほど慣れ親しんだ感覚だった。銃撃戦のあとのような感覚――四十時間眠らず、激しい戦闘を行ったあとのような。

ポーチにあがる階段に座り、いま起きたことを理解しようとした。なによりショックだったのは、自分が茫然としてそこに立ち尽くし、おれの助けを求めている男が無残に腹を裂かれて殺されるのをただ見ていたということだ。確かにダンとルーシーが言っていたとおりに事態は進んだが、それもおれの不安とパニックを大きくしただけだった。男を助けられなかったおれは、この精霊の与太話に屈したのだ。熊を殺せる武器、使い方を熟知している武器を手にしてあそこに立っていたのに、目の前で彼がずたずたにされるのを放置した。おれは自分を劣っているように感じ、恐ろしくて、恥ずかしくて、ばかばかしくなった。いまにも泣き出すか、家の壁に額を打ちつけ始めそうだったので、うろうろとあたりを歩きまわった。

自分がなにをしているかに気づくより先に、おれはキッチンに駆けこみ、充電器から電話をもぎとり、たったいま自分の敷地で男が黒熊に襲われて殺されたとしどろもどろで説明していた。

９１１のオペレーターは若い女性で、少しいらついているようだった。「サー、落ち着いてください。どこにお住まいなのかを教えてください。いいですか？」

彼女に住所を訊かれたことで、心のなかの争いはどういうわけかさらに大きくなった。おれは頭がいかれて目の前で男が殺されるのをただ見ていたのか、それとも精霊が企てたありえない茶番を目撃したのか、どちらだろう？　時間を無駄にさせて申し訳ないと謝っていますぐ電話を切りたくなったが、そう思うのはこの精霊話を信じ始めているからなのだという不快な事実に気づいた。まだその準備はできていなかったから、おれは住所を伝えた。

熊の襲撃を通報することが山の精霊を信じない自分を正当化し、架空の話であることを立証しているとでもいうように、おれは口にするひとことひとことにありったけの良心と意思を注ぎこんだ。オペレーターは、フレモント郡保安警察からだれかを行かせると言い、安全な場所で待つようにという彼女の言葉を聞きながら、おれは電話を切った。

庭に入るゲートにつながる階段に座って待ちながら——そこからなら、郡道をやってくる人間が見える——この件をどう説明するべきか頭のなかで懸命に予行演習をした。同時に、911に電話すると決めたことをサーシャにどう言えばいいのか、そして自分でも驚いたことにダンとルーシーがあらかじめ細部まで説明しただけでなく、おれにどうにかしてそのための準備をさせようとしたまさにその出来事を目撃したあとで、彼らを信用していない自分をどうすれば正当化できるのかを考えてうろたえていた。

十分ほどたったと感じたころ、郡保安警察のエンブレムが描かれた白いトラックが、細いほこりの筋をあとに残しながら郡道を近づいてきた。腕時計を見ると、実際は911に電話をかけてから五十分近くたっていた。おれは立ちあがってズボンのほこりをはらうと、ドライブウェイを進んできておれの4ランナーの隣に車を停めて降り立った運転手にぎこちなく手を振った。

つばの広い白のカウボーイハットをかぶった中年の男性だった。糊のきいた制服やバッジや名札から、パトロール警官よりはいくつか上の階級だろうとおれは判断した。男はトラックのドアを閉めると挨拶代わりに帽子に触れ、こちらに向かって歩きながら家と庭を眺めた。

「だれかがここに越してくるのか、それともジョージいさんが買い取るのかどちらだろうと考えていたんだよ」

彼は、熊の襲撃現場にやってくる第一対応者はこんなふうだろうとおれが想像していたよりも気楽そうな足取りだった。歩きながらサングラスを外して胸ポケットにしまい、どこか同情しているような顔でおれに手を差し出した。

「やあ、おれはハロルド・ブレイクモア、妻と一緒にここを買って、数カ月前に越してきた」

彼は握手を交わしながらうなずいた。「わたしは郡保安官代理のエドワード・モスだ。きみは、その……」彼は手を離すと、おれの顔を見たまま牧草地のほうを指さした。「黒熊が中年の裸の男を襲ったという通報がきみからあったと通信指令係から聞いた。そこの牧草地で起きたことのようだね」

おれはうなずいた。「そうだ。おれは排水溝で作業をしていた。彼の悲鳴が聞こえて――」

保安官代理は落ち着けと言うように、両方の手のひらをおれに向けた。

「ちょっと待ってくれ、ミスター・ブレイクモア……」

彼はさっきまでおれが座っていた階段を示した。「座らないか?」

おれはあっけに取られた。「え……ああ、そうしよう」

おれが腰をおろすと、彼はおれの左側に数フィート離れて座った。帽子を脱いで髪をかきあげてから、おれに視線を向けた。口を開くまで、長いあいだおれの顔を見つめていた。

「ミスター・ブレイクモア、こういうことで通報はしてくれなくていいんだ。この小さな谷の独特の状況について、きみたちがスタイナー夫妻から、その……説明を受けていると、信頼できる筋から聞いている。きみが通報してきたのは理解できるが、わたしにできることがなにもないのはきみももうわかっているだろうし、その理由もわかっているはずだ」

頭がくらくらした。ショックが大きすぎて、なにを言えばいいのかも思いつかない。人間が熊に八つ裂きにされるのを目撃したら、警察に通報するのはごく当たり前のことだと怒ったようにつぶやき始めたところで、視線を向けずにはいられない口調で保安官代理がおれを遮った。

「ミスター・ブレイクモア」彼はゆっくり立ちあがると帽子をかぶり、おれに向き直った。「だれかがこのことを口にするのを聞くのは初めてかもしれないし、そうじゃないかもしれないが、スタイナー夫妻がこの場所のことをきみにどう説明したにしろ、ジョージじいさんか彼の家族がこの場所のことをどう説明したにしろ……そいつは本当だ。ありえないと思うだろうが、本当なんだ。彼らの話に耳を傾けなきゃだめだ。彼らが言うことを真剣に受け止めるんだ。そうしなかった場合、警察にはなにもできることがないからだ。わかるか?」

おれは言葉を失って、そこに座ったままばかみたいに彼を見あげていた。彼は、妻を失った老人に葬式で向けるような哀れみと同情の入り混じったまなざしでおれを見た。

「ミスター・ブレイクモア、わたしたちはこの郡の住民のために働くのが仕事だし、緊急サービスを利用することをためらってほしくはない。だがこの件に関しては……」彼は牧草地のほうに手を伸ばし、再びおれを見た。「きみはひとりだ。この小さな谷で、きみを助けられるのはきみだけだ」

この狂気が現実だという事実の重みに言うべき言葉も見つからず、おれはうつろな顔でただ彼を見つめるだけだった。保安官代理はサングラスをかけ直しながらさらに言った。「古くからあるここのような場所では、考え難いようなことが起きるんだ、ミスター・ブレイクモア。ルールに従うことだ。それが現実だ」

おれは返事をする代わりにかろうじてうなずき、彼は向きを変えてトラックへと戻っていった。おれはトラックがドライブウェイから郡道へと遠ざかっていくのをばかみたいな顔のまま見送り、車が見えなくなったあともしばらく同じ場所に座っていた。

その夜おれはフロントポーチの階段に長いあいだ座っていた。疲労とショックは薄れ、日光の下のコンクリートのように、すべての現実が固まっていく。この一時間あまり、信じられないという思いでダッシュを――一日中、おれのそばを離れなかった――眺めることと、ダンとルーシーに、そしてもっと重要なことにサーシャにかけようかと葛藤しながら電話を見つめることを交互に繰り返していた。

保安官代理と会ったことで疑念の最後のかけらは消えていたが、ダンとルーシーに電話をしてなにがあったかを告げることは、おれにはまだハードルが高すぎた。

サーシャにかけることを考えたときにまず頭に浮かんだのは、おれが話し終えないうちに彼女はすべてを放り出して、帰る飛行機の予約をするだろうということだった。そしてそのために必要ならば、ためらうことも考えることもなく、その場で仕事をやめるだろう。今日は日曜日で、彼女のもっとも重要な会議――この旅の目的のすべてだ――は明日の朝と火曜日に予定されている。さらに彼女は、デンバーまで来てもらうように両親を説得していて、木曜日の夕食を一緒にとることになっていた。彼らがどれほど怠惰で身勝手なアル中であるかを考えれば、大事件だ。少々辛辣《しんらつ》な表現だったかもしれないが、サーシャに会うためだけにパゴサ・スプリングスからデンバーまで車を飛ばしてくると聞いておれはかなり驚いたし、サーシャも同じように驚いただけでなく、ふたりに会えることを喜んでいた。そのうえ彼女は、親しい友人たちとのお茶やランチやディナーの計画を毎晩立てていて、それこそが彼女がこの旅を楽しみにし、前向きだった一番の理由であることをおれは知っていた。

彼女には正直でいなければいけない、アフガニスタンでの一部の経験を除いてすべてを話さなければならないとおれは感じていて、十年前に付き合い始めてからずっとそれを守ってきた。一方で、なにがあったかを話せば、彼女はやりかけていることすべてを放棄して、最初の飛行機で戻ってくるだろう。というわけで計算式は(a)木曜日の夜の両親との夕食を終えるまで熊追い精霊と遭遇したことを黙っていたら、彼女がどれくらい怒るか、と(b)仕事と家族や友だちと過ごせる機会をまず間違いなく切りあげて帰ってくることによる、彼女のキャリアと精神的安定への影響、との比較だ。

おれは(a)を選択することに決めた。彼女は激怒するだろうし、それも当然だが、この旅が台無しになるよりはおれに怒るほうが彼女にとってはいいことだと考えたからだ。だが、彼女に話すのを週末まで待つのであれば、それまでにダンとルーシーになにがあったのかを伝えておかなければならないこともよくわかっていた。サーシャが真っ先に尋ねるのが、ふたりに話したのかということだろうし、彼女はすぐにふたりに電話をするだろう。

あたりが暗くなったあとも、おれはダッシュと自作のM4ライフルを手の届くところに置いたまま、長いあいだポーチに座り、飲みながら考えていた。ふたつの結論に達していた。ひとつめ、この与太話は現実だ。少なくとも、この世のほかのものと同じくらいには現実だ。ふたつめ、どういう状況であろうと、決してサーシャをひとりであの熊追いに立ち向かわせたりはしない。

それなりに気持ちが落ち着くまで数日かかった。そのあいだは、家のなかをうろついたり、ダッシュを連れて国有林を歩いたりして過ごした。サーシャに話をするときには、頭のなかのショックと自己憐憫《れんびん》の沼はできるだけ隠しておきたい。木曜日になるころには、まだいくらか感情は鈍いままで、ショックは残っていたものの、かなり落ち着きを取り戻していた。

自然界の秩序に対するおれの理解は、そうは見えない残忍な裸の男と熊のせいでめちゃくちゃにされたばかりだ。熊についてはかなり長い時間考えていて、信じられないことだが、なかなかいかしているという結論に達していた。というわけでおれは、すべてを相対的に受け入れ始めながらも、混乱状態が長引くのは当然だと考えていた。

サーシャを迎えにいく前日の金曜日の朝、ダンに電話をかけた。熊の試練を初めて受けたので、言われていたとおり連絡しているのだと告げた。彼は、おれが電話をしたことにもその理由にも驚いている様子はなく、ルーシーとふたりで午後に寄ってもいいかと尋ねただけだった。実際にふたりがドライブウェイをやってきたのは、その二十分後だった。

おれはコーヒーを勧め、ふたりはうなずいた。おれたちは裏のポーチに座り、おれは一連の出来事を語った。

おれが話し終えたあと、しばらく沈黙を漂わせてからダンが口を開いた。「ハリー、きみがどんな目に遭ったかを思うと心が痛むよ。だがどれほど不快でも、いまはどれほどありえないように聞こえても、時間と共に楽になっていくんだ。何度か夏を過ごし、何十回か熊追いを経験するうちに、きみの見方が上書きされていく。あの流れがどれほど決まり切っていて、あの男がどれほど人間らしくないかに気づき始める。彼が嚙み殺されるのを見るのがどれほど不快なものか、わたしはもちろん知っているから、次のときにはあの涙もろいろくでなしを撃つことを強く勧めるよ」

ルーシーが口をはさんだ。「たとえそれがおかしな古い精霊の儀式の一部だとしても、初めて人を撃つのは大変なことよね、ハリー。慣れていなければなおさら。彼が精霊の作り出したものだとしても、泣いている男を撃つのは簡単じゃない。でも、なかなか信じられないかもしれないけれど、本当に時間と共に楽になるの」

おれはルーシーを見た。

「おれは前にも人を殺したことがあるんです、ルーシー。本物の人間を。妻とおれの家を脅かす男を撃つよりも、このいまいましい……精霊が存在することのほうが、おれにとってはショックです」

どう応じればいいのかわからないらしく、ふたりは黙りこんだ。話題を変えることになりそうな質問が頭に浮かんだ。彼らもほっとしたようだ。「ところで、熊とダッシュの話をしましたよね。彼らのちょっとした……瞬間の話を。あれがどういうことなのか、教えてもらえますか？」

ダンは肩をすくめると、答えを促すように笑顔でルーシーを見た。

「馬を飼っている牧草地の近くで何度か熊追いに遭遇したんだけれど、そのとき馬たちはあの男にひどく怯えたの。でもそこに現れた熊は、なんていうか、馬たちを認めたみたいだった。説明が難しいんだけれど、熊には確かに馬たちを落ち着かせる効果があったの。シーモア一家はここに越してきてから数年後に犬を飼い始めたんだけれど、同じことを言っていた。熊は彼らじゃなくて、犬を認めたって。シーモア家から犬の話を聞いたあと、何度か馬のそういう様子を見たものだから、ジョーの家に夕食に招待されたとき、彼と彼の息子たちにその話をしたの。たいしたことは聞けなかったけれど、熊はバランスの象徴のようなものじゃないかって言っていた。火をおこすことが、池の光のバランスを取っているみたいに。わからないけれど……陰と陽みたいなものかもしれないって、わたしは思うの」

どう答えればいいのかわからなかったが、おれはすでに別のことを考えていた。「ジョーに会ってみたい。このことについて、彼と話がしたい。家を訪れても構いませんかね？」

今度はルーシーがダンを見て、答えを促した。

「ハリー、ジョーは忙しい人だし、人付き合いを好まない。近いうちにきっと彼のほうから訪ねてくるだろうが、いつにするかは自分の意思で決めたがると思う」

おれは少しいらついた。「これって、とんでもなく異常な状況じゃないですか。ジョーにいくらかでも分別があるなら、この件についてできるだけのことを知っておくのがサーシャとおれにとって重要だってことは、わかるはずだ」

ダンはうなずき、おれを落ち着かせようとするみたいに両手をあげたので、必要以上に険しい口調になっていたかもしれないと気づいた。

「わかるよ、ハリー、だがこのあたりではずっとそういうものだったということを忘れてはいけない。もしジョーが自分の思うとおりにできていたなら、きみたちがこの谷に来ることはなかっただろう。きみたちが気に入らないというわけじゃない。ただ彼の一家は、だれかがここに越してきてこんな目に遭わずにすむように、一世紀以上も前からこのあたりの土地を買い集めてきたんだ。ジョーは変わった人だし、理解するのが難しいが、いい人だ。わたしが知るもっとも素晴らしい人で、何度もわたしを助けてくれた。だがこれだけは言っておくが、きみに対してなにかの義務があるというような考えは歓迎しないだろう……」

ダンは顔をあげ、それが彼にできるせいいっぱいなのだろうと思える温かな笑みを浮かべた。

「きみは腹を立てているんだ、ハリー。これがなにもかも現実だという事実に激怒している。だがジョーがそれを気にかけることはないだろうね。ここが売りに出されたときに、息子と一緒にモンタナのオークションに出かけていなければ、彼は即座に買いあげていただろうから、きみたちがここに来ることはなかった。ここを買えなかったからと言って、彼がきみたちを邪険に扱うことはない——彼は公平な人だ——が、いきなり彼を訪ねる前に、きみはもう少しこの件に慣れる必要があるとわたしは思う。林野部からリースしてもらっている土地の放牧許可を取るためにいま彼と一緒に動いていて、来週その件で彼と会うことになっているんだ。そのときに、きみに会いに来るようにさりげなく伝えておくことにする。それでどうだろう?」

おれは肩をすくめた。「わかりました」

コーヒーを飲み終え、おれはふたりをゲートまで送っていった。ダッシュは崇拝のまなざしでルーシーを見あげながら、その横を跳ねるようにしてついていく。ルーシーはかがみこんで彼の頭を撫でていたが、やがて立ちあがるといたずらっぽく笑いながらおれを見た。「熊追いに会ったことをまだサーシャに話していないって、バッファロー・ニッケルを賭けてもいいわ」

ダンは振り返り、わざとらしく驚いたふりをした。「おやおや、ハリー、なんてばかな男なんだ。彼女に皮を剝がれるぞ」

おれはなんと返事をしていいかわからず、不安げに笑うほかはなかった。

ルーシーはおれの前で指を振った。「ふたつのことを言えるくらい、わたしはもう彼女のことがわかっているの。ひとつめ、もしあなたが話していたなら、彼女は飛んで帰ってきていたでしょうね。ふたつめ、話していないなら、ものすごく怒る」

「どちらも正解ですよ、ルーシー。それじゃあ、また」

翌朝、サーシャを迎えに空港まで車を走らせながら、おれは言うべき言葉を頭のなかで練習した。これまで以上に彼女に会えるのが楽しみだった。会えなくて寂しかったというだけでなく、この精霊話をおれが受け入れようとしなかったことが、ふたりの関係にどれほどの負担を与えていたかに気づいたからだ。初めからおれたちは、人生のほぼすべてのことについて同じ考えを持っていた。大事なこともそうでないことも、いつも周波数が合っていた。どこに住みたいか、好きな人、好きではない人、お気に入りのレストラン、互いへの期待、空いた時間をどう過ごすか、好きな食べ物、スキーに行きたいところ、なんでもすべてだ。

なにより大事なのは、おれたちが毎日の日々やあらゆる行為をふたりのデートの時間にしていたことだとおれは思っていた。毎晩、夕食を作ってテーブルを準備するとき、毎晩、映画を見るとき、デンバーの以前の家のまわりで犬を散歩させるたび、週末ごとのハイキング、庭で作業をするとき、仕事の前にベーグルを頬張るほんの十五分でさえ、おれたちはあらゆることを、あたかも一年前から予定していたことのように、あえて一緒にするようにしていた。

どれくらいの人がこんな関係を持てているのかは知らないが、おれは自分を地球上でもっとも幸運な男だと思っていた。

アイダホ・フォールズに向かう高速道路二〇号線を走りながら、サーシャへの愛の重さを改めて実感していた。妻に会うのが、彼女のそばにいるのが待ちきれなかった。彼女とふたりで、新しい暮らしのすべてを真剣に受け止めていくことが。

だが、遠い昔のある朝のことが突如として蘇った。あの朝のあの感覚。大学一年目で、飲酒運転で逮捕され、泥酔者留置場に放りこまれた翌朝だ。電気ヒーターに内臓と神経を焼かれるようなひどい二日酔いのなか、手錠をかけられて法廷のうしろに座り、罪状認否手続きが始まるのを待っていた。車を止めろと命じられたとき、パニックにかられて助手席の窓から雪だまりに投げこんだ、グロック17とコカインが入ったジャンスポーツのバックパックをあの警官が見つけたかどうかを、必死になって思い出そうとしていた。

数日後、見つけていなかったことがはっきりした。いまもあのピストルは手元にある。

なぜその記憶がこれほど鮮明によみがえってきたのかは不明だが、あのときもいまと同じように、自分が最悪の状況に陥っていることは知っていた。

第十四章　サーシャ

センターコンソール越しに手を伸ばして彼の顎を殴りつけたかったけれど、怒りよりも沈黙のほうがハリーにはこたえるとわかっていた。

ターミナルも出ないうちに彼が「きみに話すことがある」と切り出したが、わたしはすでに悟っていた。彼の顔に書いてあった。男の声を聞いたところから熊が死体をひきずって森へと消えていくところまで、彼にすべてを話させ、もう一度さらに詳しく、わたしの質問に答えさせながら最初から繰り返させた。ダンとルーシーとも膝を突き合わせてその話をしたらしいが、わたしがそれに感謝すべきだとでも言いたげだったので、わたしの怒りはさらに募った。

ハリーとわたしは、新しい家のひどく奇妙な特徴について友人にも家族にも言わないことに決めていたから、ほんの一週間出かけていただけで、わたしは彼とその話がしたくてたまらなくなっていた。その思いが、彼の告白をいっそう腹立たしいものにした。

わたしは六十秒ほど、彼を役立たずと罵り、お互いが率直でなにも隠しだてしないことがわたしにとってどれほど重要か、とりわけこの精霊話に関してはそうだと言って喚《わめ》き散らしたが、無理やり深呼吸をして方針を変えた。

ハリーはたいていのことから言い逃れをするのがうまいだけでなく、論争の方向をずらして彼が望むとおりの物の見方をさせることすらできる。ロースクールに進むべきだったのだ。彼の言うことにうなずける点があるのは否定できなかったけれど、この件に関しては一ミリだって譲歩するつもりはなかったから、わたしは次善策を取ることにした。彼をいらつかせる一番いい方法。

沈黙だ。議論を続ければハリーのような人間は優位に立つだけだから、彼の選択が正当化されてしまう。けれど黙っていれば、議論をうまく言い抜ける能力も発揮できずに、自分の行いを振り返らざるを得なくなる。

彼に会えなくて寂しかったのは確かだ。ものすごく寂しかった。一緒になって十年以上もたつというのに、一週間離れ離れになっただけでわたしはティーンエイジャーのように彼の写真を眺めては、次に会えるまでの時間を数えた。いずれは相手にうんざりするのが普通なのかもしれないし、二十三歳で結婚すればそうなるのかもしれないけれど、でも……わたしは年老いてキスをし、抱きしめ、セックスし、笑い合うことができなくなるまで、彼にキスをし、抱きしめ、セックスし、愛し、笑い合いたいと思っていた。

とはいえ、ときに彼にひどく腹がたつことはある。

車がドライブウェイに入ると、ハリーがわたしの顔を見つめているのがわかった。気持ちのいい午後で、太陽は輝き、すべてが鮮やかな緑色で、風が木の葉をそよがせている。思わず笑みがこぼれた。熊追いがあったと彼が言ったあたりに目を向けると、背筋がぞくりとしたが、それでも家に帰ってきたことが自分でも驚くくらい嬉しかった。

わたしは後部座席からダッシュをおろすと、ハリーが手を出す暇を与えることなくトランクに入っていた鞄をつかんでゲートから庭へと入った。

「サーシャ……」

家に入ってシャワーを浴びるまで、彼の声が聞こえないふりをしようと決めていた。早足で歩くわたしに追いつこうとして、ハリーが駆け足になったのがわかった。

「サーシャ、ベイビー、頼むよ」肘を軽くつかまれたので、わたしは振り返り、無言のまま彼と向き合った。

彼はわたしを見つめ、大きく息を吸った。

「サーシャ、熊追いのことを話さなかったのは悪かった。どうしてそうしようと決めたのかはもう説明したが、ばかで愚かな決断だったのかもしれない。その判断はきみに任せるよ。ただおれが悪かったと思っていることは、知っておいてほしいんだ」

わたしは眉を吊りあげた。

「それに、この……与太話を真面目に受け取らなかったことも、すまなかった。ダンとルーシーが話してくれたことをばかにしたり、きみがルーシーとハイキングに行ったときに彼女がこの精霊について言ったことをからかったりしたのも、悪かったと思っている。自分がこんなことを言おうとしているのが嘘みたいだが、いまはこの超自然の出来事が……存在していることを完全に信じている。そいつがここに存在していて、おれを、なにより重要なことにきみを傷つける可能性があるってことを。あの熊追いを見てから四十八時間、おれはどうすれば引っ越すことをきみに納得させられるだろうって考えていた。きみが残ろうとするなら、さらってでも出ていこうとまで考えたよ」

ハリーはわたしの頬を両手ではさんでキスをした。

「おれたちはチームだ、いまもこれからも。あれが起きたとき、すぐにきみに話すべきだった。そうしなかったことを、本当に悪かったと思っている。それでいいだろうか？」

わたしはうなずき、彼の両手を握った。「こんなふうにわたしを締め出したりしないで。わたしがどの情報に対処できて、どの情報に対処できないか、決めるのはあなたじゃない。わたしがすることをあなたがどう考えようと、関係ないの。わたしがデンバーから帰ってきて、仕事を失って、友だちや両親と会う機会を逃すってあなたが考えたのは、どうでもいいことなの。その情報でわたしがなにをするか、どう行動するかは、わたしが決めること。いい？　あなたはわたしと結婚することを選んだ。それはふたつのことを背負うっていう意味よ。ひとつは、わたしとすべてを分かち合うっていう誓いと義務。あなたの身に起きた、人生を一変させるような事柄ならなおさらだから。ふたつ目は、それがどういうものであれ、情報に対するわたしの反応を受け入れるっていうこと。その情報でなにをするかはわたしが決める。あなたがそうするようにね。でも、いつ、どの情報をわたしに伝えるかを決めるのはあなたじゃない」

ハリーはうなずいた。「わかった。すまなかった」

「ハリー……わたしたちがここで暮らしていくのなら……ここでなにが起きているのであれ、コミュニケーションを取り合って、互いのわかったこと、見たこと、感じたことのすべてを常に新しいものに更新していくことが不可欠よ。ここでやっていくためには、それが絶対に重要なの。あなたが恐ろしいものを見て、恐ろしい経験をしてきたことをわたしは知っている。そのすべてを知りたいけれど、ほとんどはわたしたちが知り合う前の出来事だから、それをほじくり返すつもりはないし、わたしがそうしないことをあなたは知っている。でもこれは、いまここで起きていることは、それがなんであれ、どれほど異常なことであれ、わたしを守るために隠したりしないで。あなたを守るためでも」

もっと以前に話し合っておかなければならなかった事柄だったが、いま触れておくべきだろう。

「ハリー……これはあなたとわたしの、わたしたちの新しい課題、新しい戦いなの。わたしは熊追いを見ていないけれど、でも恐れてはいない。この場所を恐れてはいない。あなたがいて、ダッシュがいるんだもの。初めてここから離れてみて、友人がいる昔の場所に、この精霊話のすべてが架空で絵空事《えそらごと》でしかない当たり前の町に戻ってみて、そのあいだじゅうわたしはずっとあなたのもとに、わたしたちの家に帰りたくて仕方がなかった。この場所とここで起きている奇妙な……出来事をわたしが受け入れられるのは、わたしたちがチームとして立ち向かっていくことがわかっているからだわ。チームじゃないなんて、わたしに思わせるようなことは二度としないで」

「しないよ。約束する」

わたしはハリーに語りかけながら、言葉のすべてが心からのものであることに驚いていた。長いあいだ暮らしていた大好きな友人たちがいる場所――そこに戻り、この谷の奇怪さを忘れてしまえる場所――でほんの一週間過ごしたことで、自分がどれほどここを愛しているかに気づいた。ひょっとしたら――もしかしたら――この精霊がいることで、この家の特異性に対する愛情が深まっているのかもしれない。庭に立って山を見あげ、太陽の暖かさを感じ、家の上にある森――わたしの家の上にあるわたしの森――の音を聞いていると、精霊と儀式を丸ごと受け入れて、この場所のささいな気配をすべて学んで、自ら進んでここで生きていこうという気になった。

その日の午後、ハリーとわたしは、彼が最初に裸の男を見た地点から熊が彼を殺した地点まで歩いた。残酷な殺戮《さつりく》が行われたという場所の近くまでやってくると、ハリーが地面のなにかを見つめて体をこわばらせた。

「ハリー、どうしたの?」わたしは彼に近づいた。わたしの声が彼を現実に引き戻したようだ。彼はさっとわたしを振り返り、それから地面に視線を戻して膝をついた。

彼が芝生をかきわけると、わたしにも見えた——かぎ爪のあとも明らかな、くっきりした大きな熊の足跡。

「なんてこった……」わたしを見あげた彼の顔を見れば、同じことを考えているのがわかった。これは本当に起きたことだ。

その次の週はおそらく、ここに越してきてから一番楽しかったかもしれない。火曜日の夜、わたしたちはダンとルーシーに夕食に招待された。彼らは納屋と温室を全部見せてくれ、ステーキを焼いてくれた。「去年、そこの木の下で生まれた牛の肉だ」とグリルで肉を焼きながらダンは言い、錆びた古いへらでその木を示した。

数日後、ルーシーが最初の乗馬のレッスンをしてくれた。老いた雌馬のなかから彼女が連れてきたレモンズは、〝優しくておっとりしていて、乗り方を覚えるにはうってつけ〟だということだった。彼女は、サドルとくつわの取りつけ方を教えてくれた。基本は難しくはなさそうだった。前に体重をかければ馬は歩き、うしろにかければ速度を落とす。手綱はやさしく持ち、かかとはおろす。数分後にはわたしは囲いのなかでレモンズを早足で駆けさせていた。何日か囲いのなかで練習してレモンズに慣れたら牧草地に行き、いずれは国有林のトレイルを歩こうとルーシーは言った。わたしはすっかり夢中になった。その夜、食事のあとでテレビを見ながら、わたしはこのあたりで売りに出ている数頭の馬をハリーに見せていた。

翌日の午後、ダンとルーシーは、友人のジョアンナが数十頭の羊を放牧できる牧草地を探しているという話を聞かせてくれて、その後彼女と会ったわたしたちはそのチャンスに飛びついた。わたしたちはどちらも森林火災が珍しくない地域で育っていたし、草——牧草地じゅう、すでに数十センチに伸びていた——を食べてくれる動物がぜひ欲しいと思っていたからだ。羊たちは一日じゅうそこで過ごすようになるとダンとルーシーが言った木立にハリーがすでに納屋を建て始めていたので、その日の午後には、既成のトラスを運んだ。

午後五時ごろ、わたしは用を足して水を飲むためにダッシュを連れて家に向かった。ゲートをくぐり、大きなハコヤナギの木を通り過ぎて裏のポーチのほうに歩きだしたところで、ダッシュ——投げてやった枝をくわえたまま、わたしの前を小走りに駆けていた——がいきなり振り返ったので、わたしは驚いて飛びあがった。

「え、なに、どうしたの？」

ダッシュはわたしの背後を見つめ、くわえていた枝を落とし、頭をさげて、低い声でうなった。

わたしはダッシュと同じくらい素早く顔の向きを変えて、彼の視線をたどろうとした。両腕に鳥肌が立ち、口がからからになった。そのとき、聞こえてきた。

パニックにかられて叫ぶ男の声。

わたしはなにを叫べばいいのかもわからないまま、ハリーに向かってなにかを叫びながら、庭を奥のゲートに向かって走りだしていた。ハリーの位置を確認したかったから大きなハコヤナギを迂回した。彼はわたしがそこをあとにしたときにのぼっていた梯子《はしご》からはすでにおりて、庭に通じるゲートへと足早に牧草地を近づいているところだった。

ゲートに目を向けたちょうどそのとき、もっと大型の犬のような鳴き声をあげながら、ダッシュがゲートを抜けて牧草地へと猛スピードで駆けていくのが見えた。

「ダッシュ！　ダッシュ、戻って！」わたしは彼のあとを追ってゲートを出た。

左側からわたしに駆け寄ってきたハリーと一緒にダッシュを追いかけた。ダッシュは牧草地が池に向かって急斜面になっているところでしっかりと足を踏ん張り、頭を低くして、わたしがこれまで聞いたこともないような怒りに満ちた声で吠えたり、唸ったりしていた。

ハリーがダッシュに先に追いついた。左手でライフルを持ち、反対の手でダッシュの首輪をつかんでわたしのほうへと引きずってくる。

まさにそのときだった。それが目に入って、わたしは体を凍りつかせた。

脇に立つ若いトウヒの木立の濃い緑色と対照的な白い肌をした裸の男が頭上で両手を振り、聞かされていたとおりに助けてくれと叫びながら、森から走り出てきた。

信じられない思いでハリーを見ると、彼は頭で家を示した。落ち着いた口調で言った。

「フェンスの内側に行くんだ、いますぐ」

わたしは、眼前で繰り広げられている超自然の狂気と同じくらい、激昂しているダッシュに驚いていた。首輪をつかむハリーの手を振りほどかんばかりの勢いで、牧草地の向こうにいる裸の男に向かって激しく吠えたてている。わたしはゲートにたどり着くとなかに入り、脇によってハリーとダッシュを通してから、ゲートを閉めた。フェンスの支柱に留め金をかけ、中身を空にした手押し車をゲートに立てかけた。

背後でハリーの声がした。「サーシャ、ダッシュを裏のポーチまで連れていくから手伝ってくれ」

「あなたはどうするの？」

彼はライフルの小さなレバーを引き——これで弾薬が装填されたということだ——ベルトを肩にかけてわたしを見た。「おれはあいつを撃つ。生きたまま食われるところを見ている必要はない」

うなずいた。「わかった。でも、わたしも一緒に行く。見ておきたいの」

彼はじっとわたしを見つめた。

「ハリー、わたしも一緒にいく、以上」

彼はうなずき、わたしたちは牧草地を走っている裸の男に近づくように、庭の南側のフェンスに向かって歩き出した。彼の姿が見えてきた。ごく当たり前の、裸の中年男のように見えた。泣いていて、懇願していて、両手を振り回していて、ペニスをぶらぶらさせている。

わたしはハリーに訊いた。「同じ人なの……っていうか、同じように見える？」

彼はゆっくりうなずいた。「同じ男だ。なにもかも同じだ」

熊の姿もよく見えた。どこにでもいる黒熊のように見える。おそらく。驚いたのはその速度だ。のんびりしたジョギングのような速さだった。

再びハリーを見た。彼は空を見あげて目を閉じ、大きく吸った息をしばし止め、ゆっくりと吐き出しながら男に視線を戻した。そのとき彼の顔に浮かんでいたのは、わたしが見たことのない表情だった。激怒しているように見えた。危険に見えた。

「ハリー……」わたしは懸命にダッシュの首輪を押さえていた。男はわたしたちから十メートルほどのところにあるフェンスに向かって、必死になって走ってくる。

「ハリー」わたしの呼びかけで、ハリーは夢から覚めたようにわたしを見た。「いつ彼を撃つの？」

「フェンスまで来させる。前のときと同じなら彼はそこで止まるから、間違いなく当たる」

　わたしはうなずいて、こちらに向かってくる男に視線を戻した彼の顔を見つめ、それからまた男を見た。男は泣いていて、よだれと鼻水が顎から滴《したた》っていた。「頼むから助けてくれ、お願いだ、お、お願いだ、助けてくれ、死んでしまうよ、頼む」

　胸がむかついた。彼を見ていると吐き気がした。一片の同情も懸念もこの男……これには感じなかった。これは策略で茶番だと感じただけだ。罠として作られたものだ。このすべてに嫌悪を覚えた。ハリーを見た。全身がいまにもはじけ飛びそうなねじれたチェーンでできているみたいに、次の瞬間にも爆発しそうだ。わたしは彼から一歩遠ざかりたいというありえない衝動をこらえなくてはならなかった。

　男はフェンスに近づくにつれて速度を落として歩き始め、姿がはっきり見えるようになってきた熊も同じように足取りを緩めた。黒曜石のように黒い熊の毛皮は夕方の太陽の光を浴びて輝き、目の色も同じくらい黒かった。実のところその熊はかなり印象的で、美しいと言ってもいいほどだった。

　ハリーはフェンスに向かって歩きだし、わたしを振り返って言った。「離れているんだ、いいね？　万一、なにかあったときのために」それでもわたしは彼のあとを追っていき、金網の柵から数フィート離れて立った彼のうしろ十フィートのところで足を止めた。フェンスは男の前進を止めると聞かされていたが、驚いたことにそのとおりだった。

　男は金網に指を引っかけ、そのあいだに顔を押しつけて泣きながら懇願している。いったいなにが望み？　ここに暮らす人間のために、どうしてこんなばかなことをするの？

　次に起きたことに、わたしはこの熊追いの奇妙なショーそのものと同じくらい驚いた。

ハリーがライフルをおろして男に近づくと、数インチのところまで顔を寄せたのだ。熊は近づいてきている。さがってとハリーに叫ぼうとしたそのとき、彼が切り出した。

「この土地はいまはおれのものだ。おれがあんたから奪った。あんたは二度と取り戻せない」

驚くほど唐突に、男の様子が変わった。絶望と悲しみと苦悩が顔からすっと消えた。まるで仮面を外したみたいに、男の顔を歪《ゆが》めていた恐怖と不安が失せた。その表情から感情は完全にそぎ落とされていた。ただの空白。まるでなにも書かれていないホワイトボードのように。

男はわたしたちの左、西の方向に目を向けた。熊はそのうしろ三十フィートくらいのところで、さらに歩調を遅くした。男を撃ってという叫び声は肺のなかですでに用意されていたが、わたしの視線は変わり始めた男の顔に釘付けになっていた。

男の額にわずかに皺《しわ》が寄った。それは、なにかが彼の頭に刻まれたかのようでもあり、なにかに気づいたかのようでもあり、西側の谷の風景が彼にいまいる場所を思い出させたかのようでもあった。

男は再び顔をこちらに向けて、切羽詰まったような表情でまっすぐにハリーの目を見つめた。男のすぐ背後にやってきた熊が、うしろ脚に体重を移動させようとしたそのときだった。ほんのごくわずかな、ほとんど気づかないくらいの一瞬の怒りが男の顔をよぎった。

そしてハリーが彼を撃った。

突然の低い銃声にわたしが息を呑んだのと、弾が男の左の涙管を捉えたのが同時だった。衝撃に男の頭がうしろにはじかれ、そのとたん、わたしは頭のなかの圧力が消えるのを感じた。不安からの解放。

金網をつかんでいた男の指から力が抜け、ピンク色の霧と頭蓋骨の破片と脳みその雲が後光のように彼の上半身を囲んで、夕方のくすんだ黄色い光を受け止めた。熊は再び四つん這いになり、男の頭ががくんと前に戻ってくるのを見ている。男の左目と鼻梁《びりょう》は血まみれの醜い穴と化していた。右目は顔から飛び出そうとしたものの、完全に眼窩《がんか》から離れてしまう前にかろうじてつかまるところを見つけたみたいだった。

シナプスを最後の電気信号が伝わって男の顎がゆっくりと上下し、口と鼻から血が流れ出し、その体がフェンスの根元の丈の高い草の上にくずおれた。わたしはダッシュから手を離すと、数歩移動してハリーの隣に立ち、彼と共に男の死体を見つめた。

裸の死体を見つめていた熊は、顔をあげてわたしを見た。野生の黒い目のまわりの毛皮に、男の血と脳みそが点々としみを作っていた。

熊は次に、フェンスをはさんで立っているダッシュを見た。ダッシュから怒りや不安はすっかり消えていて、わずかに息を荒らげているその顔は、まるで笑っているようだ。熊がダッシュに向かってうなずいたのを見て、わたしの口があんぐりと開いた。ダッシュは尻尾を振りながら、フェンスを軽くひっかいた。ハリーはすっかり怒りが消えた顔をこちらに向け、驚きに目を丸くしてダッシュを指さした。わたしも彼と同じような、信じられないという表情を浮かべることしかできなかった。

熊はダッシュから視線をあげ、ハリーとわたしをちらりと見てから死体を眺め、曲げられたその膝を鼻で軽く突いた。すねとふくらはぎに嚙みつくと、骨が砕ける音が響いた。わたしは顔をしかめたが、目を逸らすことはなかった。熊は向きを変え、裸の死体を牧草地へと引きずっていく。ハリーとわたしは互いの手を握ろうと同時に手を伸ばし、尻尾を振りながらわたしたちの脚のあいだを8の字に跳ね回り始めたダッシュに現実に引き戻されるまで、ぞっとするような光景を無言で見つめていた。

やがてわたしは、あんな出来事のせいでいままで意識していなかったが、ハリーがさっき取った行動を思い出して、話をしなければと思った。

彼に向き直った。「ハリー、あれはいったいどういうこと？」

彼はライフルから手を離してベルトで肩にかけ、悪いことをした十歳児のような顔になった。長いあいだ、後頭部を掻きながら地面を見つめていた。

「正直言って、サーシャ、わからないんだ。ただ……この茶番に穴を開けられるかどうかを知りたかった」

どう反応するべきかわからなかったが、わざと精霊を怒らせて盾突くのは、とんでもなくばかで危険な行為だと思えた。

「わたしは……あんなことはするべきじゃないと思う。あれをわざと怒らせるなんて、すごく不安になるんだけれど」

ふたりとも無意識のうちに座りたがっていたらしく、わたしたちは同時にポーチに向かって歩き出していた。

「きみは間違っていないよ、サーシャ。おれはただ……。ダンとルーシーはなにか言っていたかな？ ルーシーから、男に話しかけることについて聞いている？ それとも男がなんていうか……混乱したりいらだったりしているのを見たことはあるんだろうか？」

「わたしが覚えているかぎり、ないわ。でもどちらにしろ、わたしは気に入らない。どうしてあんなことをしたの？ どうしてあんなことをしようって考えたの？」

男がフェンスに向かってきたときハリーの目に浮かんでいた不安まじりの怒りが、再び彼の顔をよぎったが、それも一瞬のことですぐに消えた。ライフルを肩からはずして手すりにもたせかけると、ポーチにあがる階段に腰をおろした。「ふと、そんな気になったんだ。あの場面を再び見て、きみがダッシュを追いかけて牧草地を走っていくのを見て、きみが怯えているのを見て、怖がっている声を聞いて。あの男の幻惑みたいなものが消えて、あれがただ……非情で悪辣に見えた。わからないよ、ベイビー、ただすごく腹が立ったんだ」

ハリーはポーチの下の芝生を見つめ、言葉を継いだ。「あれの本当の姿が見たかった」そう言って、わたしの目を見つめ返した。

その言葉を聞いて、わたしの背筋を冷たいものが這いあがった。彼の言っていることが少しは理解できた。男がわたしたちに近づいてくるのを見ていたとき、ハリーが言うところの精霊の本性――人を操ろうとする非情さ――にはわたしもむかついていたからだ。

「でもハリー、この件はやっぱりもっとよく理解する必要があると思う。あれを怒らせたり脅したりして、本性を現すように仕向けるのはだめよ。ルーシーとダンがジョーから聞いたみたいに……ルールに従う必要があると思う。ルールに従えば、ここで安全に暮らしていける、ダンとルーシーはずっとそう言っている。それがわたしたちがしなきゃいけないことなんだって思う」

ハリーはうなずいた。「きみの言うとおりだ」わたしを見つめる。「彼が現れたときに、すぐに始末するべきだったんだ。ばかな真似なんてせずに。二度としないよ」

その夜わたしはベッドに横たわり、今日起きたことを考えながら何時間も暗い天井を見つめていた。ハリーの挑発に対する男の反応を見て、わたしは初めてこの件の本当の解決策を考え始めていた。男の仮面が外れるのを見て、あんなふうに感情が変わるのを見て、あんなふうに反応するのを見て、〝季節の精霊に遭遇する、ルールに従う、精霊は消える、繰り返す〟という固定したモデル以外の対応方法があるかもしれないと感じたのだと思う。あのモデルは、あまりにも簡単であまりにも浅はかに思えた。

それぞれの季節にそれぞれのルールや儀式があるの

だとしたら、それを追い払うためのルールや儀式もあると考えるのはばかげているだろうか？　一年中通用するような、あるいはもっと長いあいだ遠ざけておけるような儀式はないだろうか？　このサイクルを中断させられるようななにかが？

その次の週、わたしは仕事に追われていたが、なかなか集中できずにいた。ルーシーに尋ねたいことを書き出してみた。熊、熊と犬、ハリーが男から引き出した反応——そういったことで頭がいっぱいだった。

わたしたちの前にここに住んでいたシーモア一家についてのいくつかの記録を、ようやく見つけ出したということもある。どういうわけか、彼らについて調べていることをわたしはなかなかハリーに打ち明けられずにいた。つかんだことをなぜ彼に話さないのかはわからなかったが、なにか重要なことが判明したら話そうと自分に言い聞かせた。

ある日の午後、セント・アントニーに食料品の買い物に出かけた帰りにフレモント郡事務所に寄り、一家について調べようとしたが壁にぶつかった。いくつかの記録はあったが、どれもわたしたちの権原報告書の内容と同じことが記された書類ばかりだった。

だが、州のデータベースでランダムに企業の検索をかけてみたところ、二〇〇八年にリチャード・シーモアとモリー・シーモアによって設立され、いまはすでに消滅している有限会社が見つかった。彼らだ。わたしたちの家に住んでいた夫婦。

二〇一二年の年次報告書欄に記された〝提出なし〟という言葉と、二〇一三年の〝行政による解体〟というタイトルの書類から、その会社は休眠状態だったために行政によって解体されたことがわかった。設立の際の書類にジャック・フリーマンという名前があって、二〇〇九年から二〇一一年までの年次報告書を提出していたのが彼だった。彼の名で検索したところ、アイダホ・フォールズ——年次報告書に記された住所と同じ場所——で開業している代理弁護人が見つかった。彼の事務所のウェブサイトは比較的新しいもので、あるページのプレスリリースはほんの一年前に出されていたので、彼を見つけることは可能だろうとわたしは前向きに考えた。

その週のある日の昼過ぎ、ハリーはダッシュを連れて国有林にハイキングに出かけた。一件の電話会議を終えたあと、次の会議まで三十分時間が空いたので、ジャック・フリーマンの法律事務所に電話をかけてみると、呼び出し音が何度か鳴ったあと、年配女性らしい声が返ってきた。ミスター・フリーマンと話がしたいと言うと、いま手が空いているかどうか確かめるのでしばらくお待ちくださいと彼女は言った。

待つあいだに音楽が流れ始めると、彼と話をする心の準備ができていないどころか、なにを言えばいいのかすらわかっていないことに気づいた。不安にかられながらデスクトップ上のPDFの画面を次々に開き、古い会社の情報を探そうとしていると、年配男性のしわがれた声が受話器の向こうから聞こえてきた。

「ジャック・フリーマンです」

「あ、こんにちは、ミスター・フリーマン。サーシャ・ブレイクモアといいます。今日は、以前あなたの顧客だったご夫婦、リチャードとモリー・シーモアのことについて伺いたくて、電話しました。彼らが二〇〇八年に設立した有限会社の代理人をなさっていましたよね？　それから二〇一一年までの年次報告書を提出するときも」その先をどう続ければいいのかわからなかったので、そこで言葉を切った。

驚いたような声で、即座に反応が返ってきた。「いやあ、驚いた。もう何年も彼らを思い出すことはなかったのに！　ええ、ええ、リックとモリー、十年ほど前、彼らの有限会社の立ちあげを手伝いましたよ。サラとおっしゃいましたかね？」

「サーシャです」

「ああ、サーシャ、それは失礼。それでサーシャ、どういったご用件でしょう？　シーモア夫妻とお知り合いでしたか？」

彼はいま、あえて過去形で言ったの？

「いえ、知り合いではないんですが、夫とわたしは彼らが所有していた農場を買ったばかりなんです。最後にそこで暮らしていたのが彼らでした。わたしたちが知っているのは、不動産会社が二〇一二年にリチャード・シーモア家族信託から購入して、林野部との大規模な土地交換かなにかに使うつもりだったけれど、その取り決めに時間がかかりすぎたのか、だめになったのか、実を言えば実際になにがあったのかは知らないんですけれど、とにかくわたしたちが今年になってからその土地を不動産会社から買ったということだけです」

「なるほど……」彼の返答はそれだけだった。まずい。彼から情報を引き出すには、もっとなにか言わなければならないようだ。幸い、その場で思いついたことがあったので、言葉を継いだ。

「今年の春に越してきたんですが、シーモア家のものをいくつか見つけたんです。そのなかには、あの人たちにとって大切だろうと思えるものがあったので、わたしたちが持っていることを伝えるために彼らを探しているんです。連絡が取れれば、返すことができますから」

思っていたよりもすらすらと言葉が出た。

「サーシャ、残念ですがリチャードとモリーは亡くなったんですよ。たしか二〇一一年だったかな。ちょっと待っていてもらえますか？　ファイルを調べますから」

「はい、もちろんです」心拍数があがった。落ち着いて。ただの偶然だから、きっとそう。

ほんの一分ほど待ったところで彼が戻ってきて、電話をスピーカーにしてファイルのページをめくっているのが聞こえてきた。

「もしもし、サーシャ、さっき言ったとおり、ふたりは二〇一一年五月に亡くなっています。子供が三人いたことをわたしもたったいま思い出したんだが、残念なことに、そのうちのふたりも二〇一一年に亡くなっている。亡くなったのは双子で、マークとコートニー。本当に悲しいことだ。双子はほんの十七歳だったのに。わたしがなぜそれを知っているかというと、翌年、ボイシの代理弁護人から連絡があって、なにがあったかを話してくれたからなんです。その数年前にリックが設定した信託について彼が法定代理権を持っていたので、夫妻の資産の算定をして、農場をフレモント郡に売ろうとしていました。いまはそこにあなたがお住まいということですね」

「キーボードの音がうるさかったらすみません、ミスター・フリーマン。コンピューターでメモを取っているので」

「かまいませんよ。まあ……そういうことです。わたしは彼らの有限会社を解体することに同意しました。それが一番費用がかからずに済むからです。彼らの話を聞いたのはそれが最後です。悲劇ですよ。いい人たちだったのに」

「本当に悲しい話です。子供が三人いたということですが、亡くなったのはそのうちのふたりだけ、双子だとおっしゃいましたよね？　三人目の子供のことはご存じですか？」

彼は咳払いをしてから答えた。「ええ、ふたりだけです。三人目はベサニーと言って、リックが最初の結婚でもうけた娘です。ボイシの代理弁護人が扱っていたリチャード・シーモア家族信託の唯一の受取人が、彼女でした。ここに書いてありましたよ。二〇一二年の春、彼は彼らの、いやあなたの農場をベサニーの代理人として売ろうとしていた。彼女の名前はベサニー

・リュッカート。わたしが知っているのは、ボイシの法定代理人から聞いたことだけで、名前と電話番号しかわかりません。固定電話のようですね。わたしは彼女と直接話したことはありませんが、連絡先をお教えしますから、見つけたものを彼女に返してあげてください」

わたしは電話番号を聞くと、丁重に礼を言い、彼との電話を切るやいなや、ベサニーにかけた。なにを言えばいいのかわからず、呼び出し音を聞いているうちにパニックに陥り始めたので、留守番電話が応答したときにはほっとした。彼女の不動産についての話だと漠然と説明し、折り返し電話が欲しいとメッセージを残して電話を切った。

すべては十分以内の出来事で、わたしは椅子の背もたれに体を預けると、何度か深呼吸をした。最初に思い出したのは、春の儀式に失敗したあとシーモア一家は出ていったというルーシーの言葉と、彼らになにがあったのかを彼女が語りたがらなかったことと、彼らを助けるためにダンとジョーがなにかをしたということだった。あれこれと考え合わせていくうちに、不安と心拍数が一緒になって増していく。わたしは自分に言い聞かせるようにして、シーモア一家についてこれまでわかった主なことを書き出した。

シーモア家――両親　リックとモリー、双子：マークとコートニー、ベサニーは以前の結婚で
牧場を購入　一九九六年
池に光が現れたあと、火をおこせなかった　二〇一一年春
その直後、谷を出ていく　二〇一一年春
リックとモリーと双子が死亡　二〇一一年五月
もうひとりの娘は、少なくとも二〇一二年春に地所を信託で売却するまで生存

書いたものを読み直すと、百万もの不安な思考と疑問が頭にあふれた。大きく息を吸ってから、重圧に押しつぶされそうになったときにいつもそうするように、次にすべきことを書いた。

シーモア一家が出ていった理由についてルーシーと話す。

出ていってから数週間のうちに、リックとモリーとマークとコートニーが死んだことを知っているかを彼女に訊く。

ベサニーを見つける。

第十五章　ハリー

あまりに対照的なこの地の美しさが、熊追いの残虐さをいっそう際立たせていた。ここの夏は文句なしに素晴らしくて、精霊の出現もトラウマの原因というよりは、蚊やスナバエのようなちょっとした不快なものとして受け止められるようになったくらいだ。ここで暮らす夏は素晴らしすぎた。なによりおれは、新しい趣味を見つけていた。精霊をもてあそぶこと。

最後に熊追いと会ったあと、サーシャはフェンスまでやってきた男をおれが愚弄《ぐろう》した理由を尋ねた。どうして彼を怒らせたのかを知りたがった。よくわからない、二度としないとおれは嘘をついた。

理由ならよくわかっていた。初めて裸の男に会ってからというもの、おれはずっとそのことを考えていて、想像していたよりはるかにそれは効果があった。

この〝夏の出現〟を試すやり方については、百もの方法を考えた。男を檻に閉じこめる、熊を撃つ、熊を撃ってから男を閉じこめる、熊と男を別々に閉じこめる、両方に熊よけスプレーを使う、男と熊のあいだにさっと立てられるような電気柵を作る、そのほかなんでもだ。なかでもよりふさわしいと思えたのが、どうにかして男の耳におれの言葉を届けることだった。

裸の男が牧草地を駆けてきたときにサーシャがどれほど怯えているかを見て、ダッシュを追いかけている彼女の目に浮かんだ恐怖を見て、おれはこれまでに感じたことのない種類の怒りを覚えた。精霊をいたぶりたかった。苦しめたかった。男の本当の姿が見たかった。だれかをむきにならせる一番いい方法は、嘲《あざけ》り、いたぶり、怒らせることだと知っていた。精霊相手でも効果はあるかもしれないと考えたのだが、そのとおり、どんぴしゃだった。

おれが、彼からこの土地を〝奪った〟と言ったとたん、その演技ははがれ落ちた。怯えている態度は消え去った。それを見ておれはこのうえなく満足した。どうしてかはわからないが。ともあれおれはこの手段を今後も探り、可能であれば彼を怒らせ続けるつもりでいた。おれが考えるに、この精霊とやらに感情があるのなら、あるいはある意味人間に似ているのなら――攻撃されたことに反応するのなら――傷つける方法があるかもしれない。サーシャにはこの計画を知られるわけにはいかないが、これが一番いい方法だとおれは考えていた。理解すらできないものを怒らせるのは危険だという点について彼女は正しいが、あれを動揺させられることがわかったときはものすごくいい気分だった。あれが人間のように、哺乳類のように感じられてきた。怒りにかられた人間や獣は過ちを犯す。それを見てきたし、自分でも経験した。それを利用するつもりだった。少なくとも、様子をうかがおうと思っていた。

　そんなこんなにもかかわらず、毎日は楽しかった。素晴らしいとさえ言えた。庭は一面緑に染まり、夜は暖かく、いたるところに蜂や鳥がいる。するべきこともなんとか片付いて、おれはようやく釣りが始められるようになった。雪解け水で増していた水嵩《みずかさ》もいくらか落ち着いてきたので、週のうち何日かは夕方にヘンリーズ・フォークやフォール・リバーの支流を探索するようになった。どちらも鱒が豊富で、家から車で数分の距離にある。暖かな夏の夜に五番のフライロッドで鱒を追いかける以上に楽しいことはそうそうない。パンツをはいたままでできる最高の楽しみかもしれない。

　二度目の熊追いから一週間ほどたった日の午後、おれは一緒にビールを飲むためにダンの家に向かった。互いをもっとよく知ったほうがいいとサーシャに促されていたので、おれはついにビールの六缶パックを持参でお邪魔したいと彼に電話をかけた。彼は大喜びした。サーシャは出かけるおれをからかい、ダンとの〝初めてのデート〟を楽しんでと言った。

　おれはダッシュをつれて郡道を進み、スタイナー家の牧草地を横切る長いドライブウェイを歩いた。二十分ほどかかる一マイル以上の道のりだったが、彼らの地所は息を呑むほど美しかった。おれたちのところよりも国有林からいくらか離れているため、急斜面に近いおれたちの地所からでは見えない、ティートン山脈の現実とは思えないような景色を見渡すことができる。

　母屋から離れたところに立つ二棟の大きな納屋のあいだを移動するトラクターが見えてきた。舞いあがったほこりは、日光にあぶられている牧草地から立ちのぼる熱波に照らされると、消えて見えなくなった。

　家に近づいていくと、二フィートほどの深さの灌漑用水路が現れた。ジンのように澄んだ水は、木陰に八十頭ほどの牛が寝そべっているポンデローサマツの巨木の木立に向かって、牧草地を流れていく。暑い日だったので、水を見たことで水筒の水を飲まなければいけないと思い出した。ダッシュは間髪を容れずに水路に飛びこみ、腹ばいになって存分に飲んでいる。水路から出てくると、バックパックに水筒をしまっているおれのすぐ横で、ぶるぶると体を振った。普段であれば、犬に臭い水をかけられるのは歓迎しないが、今日は冷たくて気持ちよかった。

ダンがトラクターから飛び降りて、手を振っているのが見えた。ダッシュが彼に駆け寄って脚のあいだをぐるぐる回り始めると、ダンは大きな手でその背中を叩いた。

「すまない、ダン、そいつはちょっとばかし濡れているんだ。灌漑用水路に飛びこまずにはいられなかったらしい」

ダンはおれに手を差し出した。「かまやしないよ、ハリー」

おれはトラクターを指さした。「なにか手伝おうか？」

ダンはにやりと笑った。「きみのことは、〝水ぶくれ〟と呼ぶことにしよう」

彼がなにを言っているのかわからなかったし、おれの顔にもそう書いてあったらしく、ダンは言葉を継いだ。「きみを〝水ぶくれ〟と呼ぶのは、仕事が終わったときに現れるからさ。違うか？」

おれはそれを聞いて笑った。彼は気のきいたジョークの宝箱のような人だ。「手が必要だとわかっていたら、もっと早く来たのに」

ダンは手を振っておれの言葉をいなした。「からかっただけだよ、ハリー。今日の仕事は終わった。もう切りあげるよ。ビールをどうだ？」

おれは腕をうしろにまわし、頭でバックパックを示した。「何本か持ってきたんだが、もう生ぬるくなっているかもしれない」

ダンはついてこいという身振りをすると、納屋のひとつに向かって歩きだした。「生ぬるいビールは、二番目のお気に入りだ」

彼について大きな納屋に入り、壁沿いの階段をあがった。かつては干し草置き場だったとおぼしきところには、アディロンダックの椅子がいくつかとコーヒーテーブルが、ティートン山脈が見える東向きの大きな窓の脇に置かれていた。おれは壁の開口部に近づき、外を眺めた。

「すげえ」思わず言葉が漏れた。

「たいした景色だろう?」ダンも近づいてきて椅子のひとつに腰をおろし、きんきんに冷えたモデロの缶をおれに差し出した。

おれが眉を吊りあげるのを見て、ダンは壁沿いに置かれた汚れた小さな冷蔵庫を肩越しに親指で示した。

「ここに冷たいのを何本か置いておくといいだろうと思ってね。これだけの景色だからね」

おれは生ぬるくなったビールを冷蔵庫に入れてから、ダンの隣の椅子に座った。ダッシュは、なだらかな起伏のあるマツの森へと続く緑の牧草地を背景にして、おれたちの前にどさりと腰を落ち着けた。はるか彼方に見えるティートン山脈ののこぎり歯のような花崗岩の稜線はとても高いところにあって、おれたちが景色を眺めている干し草置き場の壁の開口部の最上部とほとんど重なって見える。

「わかったよ、ダッシュ」ダッシュはダンを見つめ、名前を呼ばれたことに応えて尻尾を振った。「こんなセットなら、おまえもモデルだ」

ダンはおれに目を向けた。「それで、かなり落ち着いたかな? 二度の熊追いは不快だっただろう? 気持ちのいいものじゃないが、せめてきみたちがいくらかでも慣れてきているといいんだが」

おれはうなずいた。サーシャとおれはこの場所の現実を受け入れ、常軌を逸した出来事も冷静に受け止めるようになってきたとはいえ、それでもまだ彼女以外の人間とこのことについて話をするのはばかげているような気がして仕方がなかった。

「一回ごとに、奇妙さは少しずつましになっている気がする。あなたたちはどうなんだ？　あなたたちも、季節ごとに同じ精霊の出現を経験しているんだろう？　光が見えるのは、納屋のそばの池？」

ダンは唇を結んでうなずいた。「そう、光が現れるのはあの池だ。ほかにもいくつか池はあるが、家から見えるのはあれだけなんだ。だから光があそこに現れるんだと思う。見えないところに現れるのは、フェアじゃないだろう？」

このとんでもない土地になにか〝フェア〟なものがあるかのようなダンの言葉にどう反応していいかわからなかったので、おれは頭に浮かんだ次の質問に移った。「この夏はもう熊追いは出たのか？」

ダンはうなずいてから、ビールを飲んだ。「ああ、二度。黒い髪の中年の男が風にペニスをぶらぶらさせて、助けてくれと泣きわめき、ブルーノ親父——わたしたちは熊をそう呼んでいるんだ。なんでかはわからないが、ぴったりだろう？——がやつを追ってくる。毎年同じだ」

実のところ、彼らの農場のレイアウトは熊追いから常に充分な距離を取ることも考慮してあるのだと、ダンは教えてくれた。だいたい数百ヤード先で男の姿を見つけられるように、牧草地とフェンスを配置してあるそうだ。この夏は二度とも、常に携行しているボルトアクション式のライフルで裸の男を撃ったということだった。

一番最近はほんの数日前だったらしい。「そうなんだ、やつは百三十五ヤードか、百四十ヤードくらいのところまで近づいてきていた。まったく間の悪いことに、わたしが小便を始めたときに現れたんだ！」

それから一時間ほど、おれたちはお喋《しゃべ》りを続けた。初めてダンと会った日もそうだったが、不本意ながらもおれは会うたびにどんどん彼を好きになってしまう。彼には誠実さとある種の純真さと知性の現れである落ち着きがあった。大人になってからの彼の人生はすべて、学ぶこと、働くこと、そしてこの土地の奇妙さと共に生きることに費やされていた。

話題は牧草地をどんなふうに回しているかに移った。牛たちをどれくらいで次の牧草地に移すのか、季節と草の伸び具合によってタイミングを見極めること、牧草地に灌漑するのはどの程度の作業なのか、水はいつやればいいのか、灌漑時期に地下水の権利と地表水の権利を使うことの微妙な違い、国有林に借りている牧草地にいつ、そしてなぜ牛を移動させ、そして引きあげてくるのか。彼はジョーと一緒に借りている土地があると語り、おれは彼の名前が出たのをきっかけに、もう少しくわしく訊いてみた。

「ダン、ジョーとの取り決めはどうなっているんだ？　彼とはぜひ会ってみたいんだ。おれが会えるように言っておくと、数週間前に言っていたが、どうなった？　彼には訊きたいことが一万ほどもある。この土地の歴史、彼の父親や祖父、曾々々祖父が精霊とどんなふうに関わってきたのか。いまもまだ彼に会っていないっていうのは、ちょっと妙に感じているんだ」

ダンはうなずきながら言った。「きみが会いたがっていることは言っておいたし、都合のつくときに寄ると彼は言っていたよ。彼の場合、具体的にいつということはわからないがね。だがあわてることはない。前にも言ったとおり、いずれ彼のほうから来てくれるから。彼は人付き合いを好まないし、とても忙しい。息子たちの家族と一緒に暮らしていて、孫も大勢いる。六千五百エーカーの農場を管理し、いずれ引き継がせるために息子たちに仕事を教えているんだから、社交に割いている時間はあんまりないいんだよ。なにより、かろうじて作った時間は、古い言葉や、獲物を探して罠にかけ、捕まえる方法や、馬の乗り方や、昔ながらの祈りを孫たちに教えることに使うようにしているからね」

ダンはビールをひと口飲み、さらに言った。「ジョーは自分のことをショショーニ族でありバノック族であると思っていて、部族の伝統をすごく誇りにしている。彼の一族はスネーク・リバー・バリーの上流に何千年も暮らしてきた。ジョーの曾々祖父はポカテッロという名の族長と共にこの地で暮らしていたが、一八六〇年代後半に条約を結ぶ話が出ると、フォートホールの居留地への移住にはそっぽを向き、土地の払いさげを成立させた。そこはいまも彼らの土地だ。ジョーによれば、その土地の所有者だと書いてある一枚の紙を手に入れれば、軍は手を出してこないと彼の曾々祖父は考えたらしい。ある程度までは、実際にそのとおりだった。谷を出ないと決めたジョーの曾々祖父とほかのショショーニ／バノック族の数人が、手に入れた土地で暮らし始めた。当然ながらジョーの一家は、家畜泥棒や暴徒や襲撃者に対処しなくてはならなかったが、当時の政府は同化を要求しただけだったとジョーは言っている。読み書きができて、家畜を飼い、土地の譲渡証書を持っているインディアンはとてもよく同化していたわけだ。とりあえずは法律のもとで暮らし始めたということで、政府はショショーニ／バノック族のささやかな集団はそのままにして手を出さなかった」

ここに越してきてからおれは、フォートホールやダンが言った一八六〇年代の条約だけでなく、ショショーニ族とバノック族についてもいろいろと読んでいた。ジョーの一家がその歴史の一部だと知って、ますます彼に会いたくなったし、尋ねたいこともさらに増えた。

「わたしが言いたいのは、ジョーの一家はアメリカ人が考えるような、この谷のただの古い地主じゃないってことだ。彼らは最初の白人がこの大陸を見つける何千年も前からここにいた。ジョーが親や祖父母から教えられてきて、そして彼が子供と孫に教えることだけが一家の伝統として受け継がれていく。彼は、この古い精霊と対処するアメリカ人に手を貸すという重荷を子供や孫に負わせたくないんだ。まさに重荷だよ、彼自身が処分しようとして長いあいだ、あがいてきた重荷だ。確かにそうだろうと思う。一八七〇年代から一九四〇年代にかけて、この谷は忙しかった。連邦から土地の払いさげを受けて、大勢の入植者がここを出ていった」

おれはうなずいた。「十三か十四の家族がここで暮らしていた時期があったって、古い不動産の記録に書いてあった」

ダンがうなずいた。「そうだ。いまもまだ残っているのはジョーの一家だけだ。ジョーはわたしと同じくらいの年だが……彼はこの土地の知恵だ。わたしたちが縛られているルールや儀式の管理人だ。彼は七十代に過ぎないかもしれないが、心と魂にはその知識の百年、千年分の重みを背負っているんだ。きみとわたしは……」ダンは山のほうに向かって手を振った。「わたしたちは壮大な仕組みのなかの通りすがりに過ぎない。ジョーの一族は、わたしたちのような人間がここに来る前からここにいて、呼吸できる空気がなくなるまでここにいるだろう。きみはその重大さを理解しなくてはいけないよ。ジョーは、古い物語をだれかに聞かせることに興味はない。とりわけ、ここに来たばかりのきみのような若者には。きみにはこの谷で過ごすこれからの長い年月があるじゃないか。なにも急ぐ必要はないさ」

おれはうなずいたが、少し弁解したくなった。「おれはただ、ここでできるだけ気持ちよくやっていこうとしているだけだ。ジョーがおれの地所を買いたがっていたなんて知らなかったし、ここがなにかに取りつかれているなんてことも知らなかった。おれはただ……あなたがここに越してきたとき、精霊やなにかのことを教えてくれたのはジョーだ。おれも同じようにそれを教えてもらえたらって思っただけなんだ。本当の地元の人間に……気を悪くしないでほしいんだが」

ダンは笑みを浮かべた。「ハリー、この農場を買ったとき、わたしはきみより若かった。ある意味ジョーとわたしは一緒に年を重ねたようなものだよ。若くて強情な青二才から、いまのような偏屈《へんくつ》で老いたろくでなしになるまでね。牛を追って、狩りをして、林野部と喧嘩して、近隣のやつらと季節の儀式のことで大騒ぎになって、いろいろあったが、いっしょにそれを乗り越えてきたんだ。いまは待つことだ。彼はじきに来るから」

これ以上ごり押しすることはないとおれは思った。ダンは別の見方も示してくれた。おれにわかっているのは、いまいましい古くからの土着の精霊が妻とおれを脅かしているということだけだった。それについてのあらゆる情報を、それを与えられるあらゆる人間から得るつもりでいた。だがたったいままで、おれがここにいることの影響についてはあまり考えたことはなかった。

ダッシュとおれは、暗くてあたりがよく見えなくなったころに、我が家のドライブウェイに帰りついた。サーシャは、ダンとの会話をこと細かく聞きたがり、おれは覚えているかぎりのことを語った。

次の週がやってきて、忙しさのうちに過ぎていった。牧草地を貸したジョアンナが、二ダースを超える羊を置いていった。おれたちは、水と牧草地に対する支払いの代わりに、羊をオークションで売った代金の一部と仔羊を何頭か手元に置いておく権利をもらう取り決めを結んだ。動物がいるのはいいものだった。本物の農場のように感じられる。

夏のあいだに、庭で収穫したものだけで毎晩サラダが食べられる日がやってきた。レタス、チャード、トマト、玉ねぎ、ピーマン、ラディッシュ、芽キャベツ、山ほどのハーブ、そしてふたりで食べられる以上の量のじゃがいも。庭で収穫できる季節が短いことをおれたちは心配していたが、温室を建てようと提案したサーシャは正しかった。おかげで収穫時期の問題がすべて解決した。

「ハニー、どんな気分？」

おれは裏のポーチに立って牧草地を見渡し、池のまわりで草を食《は》んでいる羊を眺めていた。雷雨が過ぎ去ったばかりの午後で、濡れた草に夕方の光が輝いて、すべてがうっとりするほど美しい。おれは振り返ってサーシャを見た。「どんな気分とは？」

サーシャは牧草地を指さした。「本物の牧場主になって？」

彼女の隣に腰をおろした。「あいつらが全部コヨーテや狼やクーガーや熊に食われなかったら、牧場主って名乗ることにするよ」

ダッシュはポーチの縁でぐっすり眠っている。おれがワインを注いでこようとして立ちあがったとき、ダッシュがぴくりと耳をそばだて、木立の端に建てた物置小屋のほうに目を向けた。

一瞬のうちに彼は立ちあがっていて、そのあまりの速さにサーシャとおれは顔を見合わせたが、すぐに彼に視線を戻した。

彼はゆっくりと頭をさげ、耳をうしろに倒した。待つ必要はなかった。おれは彼の本能をこれまで以上に信頼するようになっていたから、キッチンを駆け抜けてクローゼットの銃器保管庫に向かうと、M4と弾倉、サーシャのために射撃用イヤーマフを取り出した。キッチンから裏のポーチに戻ってみると、サーシャがダッシュの脇に立っていて、大きく見開いた目でおれを振り返った。

「彼よ……」

「聞こえるか？」

サーシャがおれを見てうなずいたのと同時に、おれもそれを聞いた。男の取り乱した叫び声、助けを求めるあの特徴ある声が、北東の木立のどこからか響いてきた。

サーシャが突然ポーチを走りだしたので、おれは驚いた。彼女は屋外用テーブルに置いてあった犬のリードをつかむと、手すりにひと巻きしてから吠え始めたダッシュの首輪につないだ。ダッシュは裏切られたとでも言いたげな、懇願しているような顔で彼女を見た。サーシャはかがみこみ、笑顔で彼の耳を掻いていた。

「心配しないで、わたしたちは大丈夫」

しまった。ばかみたいな表情で彼女を見つめているのに気づかれたらしい。

「なに？」サーシャは憤慨しているふりをした。

「なんでもないさ。ただきみが……やる気になっているから。きみはたいしたものだよ」

サーシャは笑顔になると、必死に助けを求める声がさらにはっきりと聞こえだした木立のほうを振り返った。

彼女は体ごとこちらに向き直ると、真剣な表情でおれを見た。「ハリー、わたしが撃つから」

反対する言葉をおれが考えつくより早く、彼女はさらに言った。「ハリー、黙って。やらなきゃいけないことなの。これが起きるたびに、あなたに頼っているわけにはいかない」

サーシャはおれのライフルに手を伸ばした。反論はできなかった。彼女の言うとおりだ。おれは何年も前からカービン銃の使い方を彼女に教えていたし、ほんの数カ月前にも牧草地で的を撃ったばかりだ。

「わかった、だがおれと一緒に来るんだ。東のフェンスのどこかでいい場所を選ばなきゃいけない。牧草地を近づいてきた彼がよく見えるところだ」おれはハコヤナギの木の根元を目指して歩きだしながら、話を続けた。「間違って金網やフェンスの留め具を撃ったりしないように、フェンスの上で構えたほうがいい」

フェンスに近づいていくと、初めて男の姿が目に入った。そこは、黒っぽい木の幹や低い枝に囲まれた場所だったから、白い肌は目につきやすい。おれはライフルの銃口を彼に向けた。

「やつが見える？」

サーシャはうなずいた。

おれはサーシャの肩の高さの金網を広げて、そこにライフルの銃口を差しこんだ。体をかがめてスコープをのぞき、視界が確保されていることを確認してから姿勢を正すと、弾丸を送りこみ、安全装置をはずした。射撃用イヤーマフのダイヤルを反対の手で調節してから、サーシャに渡した。

「使い方はわかっているだろう？　おれの声は聞こえるが、銃声は聞こえなくなる」

サーシャは不安そうだったが、うなずいてから髪をひとつにまとめ、手首に巻いていたゴムで結んだ。耳にイヤーマフをつけた。

「おれの声が聞こえるか？」

彼女はうなずいた。

「よし、安全装置ははずれている、いいな？　銃床を肩にぴったりとつけるんだ。撃つ準備ができるまでは、トリガーガードに指は入れるな。レティクル、赤い矢印の先端をターゲットに合わせる。やつの胸を狙うようにしろ。へその上、七から八インチくらいのところだ。いいか？　高すぎても低すぎてもだめだ」

彼女は再びうなずいた。だがおれは言い終えたとたん——男のどこを撃てばいいかという指示、自分の妻に人間の殺し方を伝えている自分の声を聞いて——前言を撤回して、自分の手で彼を撃とうと思った。おれの内心の葛藤に気づいたかのように、サーシャはおれの腕に手を当てておれの顔を見た。

「ハリー、わたしがこうしたいの。しなきゃいけないの。できるから」おれはただうなずき、ライフルを手にするようにと身振りで示すことしかできなかった。

　彼女は大きく息をすると銃床を肩に当て、スコープをのぞいた。視線を向けるべきなのは、裸の男か、それとも同じくらい不快な目の前の光景――サマードレスを着た美しいおれの妻が、泣きわめく裸の極悪人をライフルで狙っている――なのか、おれにはわからなかった。

　サーシャはスコープの上から男を眺め、それからスコープをのぞくという動作を繰り返して男に照準を合わせようとしていたが、やがて満足できたのか銃床を肩に当てて、ライフルのハンドグリップをしっかりと握った。

「彼を……スコープでとらえた。矢印が胸を指している」彼女の肩が少し震えているのがわかった。

「深呼吸をして、用意ができたら撃つんだ。弾倉には三十発入っているから、当たらなかったら、もう一発撃てばいい。やめるべきときがきたり、銃がジャム（弾詰まり）を起こしたりしたら、きみの背中に手を当てる。いいね？」

　サーシャはスコープに目を当てたままうなずいた。おれは一歩うしろにさがり、さらに一歩左側に移動した。驚いたことに、自分の妻がこんなことをするのを眺めているのは、古来の精霊が仕掛けた熊追いを眺めるよりもはるかに心惹かれ、そして心を乱されるものだった。ダッシュは背後のポーチで激しく吠えたてていて、その声が丘に反響していた。顔をあげると、男が六十五ヤードほどのところまで近づいてきているのが見えた。サーシャに視線を戻した。

　彼女は深々と息を吸い、ゆっくりと吐いた。もうひとつ息を吸いながら、引き金を引いた。

　男の体ががくんと揺れて、腹の左側を手で押さえるのが見えた。少しよろめいて、支えを探すようにもう一方の手を伸ばしたが、倒れることはなかった。体勢を立て直し、一風変わったジョギングのように再び走り出す。フェンスから三十ヤードほどのところまで来ていたので、その顔がはっきり見えた。手の下からあふれた血が腹を伝い、腰へと流れていた。

「もう一発――」

おれの言葉を遮るようにサーシャが続けて二発撃った。連続して。そちらに目を向けると、男が両手を体の脇に垂らし、脚の動きが止まったのが見えた。胸にふたつの黒い点がある。ひとつは左の乳首から一インチのところ、もうひとつは胸の中央だ。

手足から完全に力が抜け、顔はあらゆる感情が消えたせいで、眠たいような、困惑したような表情に見える。走っていた勢いのまま、小さな木のように前方にまっすぐ倒れたので、膝と顔が同時に地面を打ち、土ぼこりが小さな輪になって舞いあがった。男の体は、おれたちと熊のあいだで一本の線になって動かなくなった。

男の体が地面に倒れこんだのと同時にダッシュは吠えるのを止め、陶然とするような感覚がおれの全身を駆け抜けた。

おれはライフルに手を伸ばして安全装置をかけたあと、マグウェルのあたりをつかみながら、反対の手をサーシャの背中に当てた。彼女はそれから数秒間、スコープ越しに男の体を見つめていたが、やがてライフルから手を離すと、マジックを見た幼い少女のような表情でおれを見た。混じりけのない驚嘆。

「よくやった。いい腕だ」サーシャは、おれたちではなくダッシュを見ているらしい熊に目を向けた。それからおれたちは、いまはもう落ち着いてポーチに座り、おやつを待っているみたいに床の上で尻尾を振っているダッシュを見つめた。

熊に視線を戻すと、ちょうど男の前腕をくわえて森のほうへと向きを変えるところだった。その拍子に男の体がひっくり返り、青白い胸のふたつの銃創から流れる、こびりついた草と土でも隠せない太い血の筋が見えた。

おれはサーシャの背中に手を当てたまま、ライフルのベルトを肩にかけた。熊が木立にたどり着いたところで、彼女は驚きとショックの表情を顔に貼りつけたままゆっくりとおれを見た。

「きみは……これをしたことに満足している？」

おれの質問が聞こえたようには見えなかったが、五秒ほどたったところで彼女は目を閉じ、胸に片手を当てて深呼吸をした。息を吐きながら目を開けて、おれを見た。

「ええ、満足してる。あれは必要だった。あれは、わたしは……あれはただの狂気」彼女はずいぶんと早口だった。「わたしはあの男を撃ったけれど、でも人を撃ったような気がしない。わかってもらえる？　虫を殺したとすら感じない。まるで……なにかをきれいにしたみたい。染みを落としたときみたい」

その夜はワインを飲みながら、その日の出来事を何度も語り合った。おれは彼女にやらせてしまった罪悪感と誇らしさの両方を感じていたが、彼女もここで暮らしているのだから、おれと同じようにこの件に対処しなければならないことはわかっていた。ここのルールに従わなければならないという現実から、彼女を守ることはできない。彼女は自信をつけたようで誇らしげだったし、おれにもその気持ちは伝わった。

その後、夏はなんの問題もなく過ぎていき、おれたちは毎日を楽しんでいた。

おれにとってはここに越してきてから初めての遠出だったが、大学時代のルームメイトの結婚式に出るため、コロラドにも一度戻った。ダンとルーシーは喜んでダッシュとおれたちの地所の世話を引き受けてくれた。おれは家を空けるのが不安で仕方がなかったが、披露宴で友人や見慣れた顔に囲まれていると、自分で思っていた以上に新しい暮らしを気に入っているのだと気づいた——精霊の与太話もなにもかも含めて。もちろん、友人と話をするときに精霊のことには触れなかったが、だれもがおれたちの暮らしに興味津々で、週末が終わったときには、この秋に十人の異なる友人が訪ねてくる十の計画が立っていたと思う。実際にそれ——おれたちの家に客を迎える——が可能かどうかはわからなかったが、そのときがきたら考えればいいということになった。

帰ってきた日の午後、家に向かって郡道に車を走らせていると、あと少しでおれたちの牧草地が見えてくるというところで、サーシャが手を伸ばしておれの頬に触れた。

「どんな感じ？　かつては家と呼んでいたところに戻ってみんなに会ったあとでここに戻ってくるのは、どんな感じ？」

おれは彼女を見た。「二日酔いだ」

彼女は笑顔になって、手の甲でおれを軽く叩いた。

「真面目な話」

「こんなに幸せだったことはないと思うよ」

「わたしもよ、ハリー。わたしも」

ダンとルーシーと一緒にドライブウェイで待っていたダッシュは、おれたちが車から降りると飛びついてきた。今回犬や羊の世話をしてもらったので、お礼におれたちにできることならなんでも頼んでくれとスタイナー夫妻に約束し、今夜は夕食に来てもらうことになった。

普段であれば、三日連続でどんちゃん騒ぎをし、二日酔いで飛行機に乗り、一時間半車を運転したあとで年老いた隣人と夕食を共にするのは、なんとしてでも避けたい、これ以上ないくらい最悪の事態だと思っただろう。だが、頑固なおれでさえ、ダンとルーシーのことは家族のように感じ始めていた。

精霊と季節の儀式だけが、その関係を作ったわけではなかった。彼らは本当に素晴らしい人たちだ。子供を持ったことのないふたりは、おれたちを子供のように感じていたのかもしれない。実のところ、ルーシーがそういったことを何度となくサーシャに言っていたらしい。

　そのせいもあって、おれは自分がどれほど子供を欲しいと思っているかを考えるようになった。この数ヵ月、サーシャとたびたびそのことを話し合ってきた。彼女に嫌な思いをさせないように気をつけたし、決めるのはきみだともう何年も前に告げてあったが、ちきしょう、おれは彼女とのあいだに子供が欲しかった。

　ここに引っ越してきてからしばらくは、その話題は自然と棚あげになっていた。最初の数ヵ月は、隣人が狂気にかられた見かけばかりの隣人だとおれが思いこんでいたし、その後の数ヵ月は奇妙で邪悪な山の精霊と同居しているという事実と折り合いをつけなくてはならなかったからだ。だが対処するこつがわかってくるにつれ、不安感は薄れ、子供が欲しいというかねてからの願いが戻ってきた。おれたちは何度か話し合い、かかしの季節である秋が終わって、精霊が行うことすべてを経験してから決めることにしようとサーシャが提案した。そのころにはダンが言うところの精霊の〝オフシーズン〟、冬の猶予期間がやってくる。

　だがおれの準備はできていた。おれは子供が欲しい。引っ越してくる前から欲しかったし、一日過ぎるごとに、ここで家族を作りたいという思いは大きくなる一方だった。

第十六章　サーシャ

「上出来よ、シュガーパイ！」

わたしはダッシュと一緒に牧草地を歩いていた。恐ろしく暑い日だった。灌漑用水路に水を引くために、ポンプをもう少し強力な新しいものに取り換えることにしたので、ハリーは午前中、井戸の近くにあるポンプとメーターのまわりの藪や下生えをせっせと刈り取っていた。

わたしにわかるかぎり、彼はかなりいい仕事をしていた。取り換えることになっているいまのポンプのまわり十フィートに電動除草機をかけ、その後残った根をシャベルで取り除いて、作業をしやすくしてあった。

ハリーはシャベルを置いて手袋をはずすと、前腕で顔の汗を拭った。わたしを見て、微笑んだ。

「やあ、立派なカウガールじゃないか。遠乗りに行くの？」

わたしは新しいステットソン帽を持ちあげ、おどけたように大げさなお辞儀をしてみせた。このひと月ほど、わたしは最低でも週に二度はルーシーと馬に乗っていて、何度かは国有林まで足を延ばした。ルーシーがわたしに乗馬を教えるために連れてきた、老いた雌馬のレモンズの癖や好みにも慣れて、彼女が好きになっていた。彼女と絆ができてきたことも、互いに慣れてきたことも、なにもかもが楽しくてたまらなかったし、そのための装いを整える理由ができたことも大いに気に入っていた。

「スバルで彼女の家まで行くわ。馬はそこから。少し遅くなっちゃったのよ。一番手前のトレイルで一番手前の大きな牧草地まで行くから、四、五時間はかかると思う。あなたに水を持ってきたの」

シャベルの脇に水筒を置き、彼にキスをした。

「気をつけるんだよ、サーシャ、いいね?」

向きを変えてドライブウェイに戻り始めていたわたしは、肩越しに答えた。「大丈夫。心配しないで」

「荷物に――」

振り返って、ハリーを遮った。「熊スプレー、キャメルバック、ナイフ、ライター、軽食、ラジオ。全部持った」

彼は笑顔になった。「そうか、準備は万端だな。でも、気をつけるんだよ」

わたしは彼とダッシュに手を振り、ドライブウェイに車を走らせた。

トレイルで馬に乗るのは大好きだったが、今日は不安でたまらなかった。乗馬そのものではなく、ルーシーと話したいことがあったからだ。

一週間前、仕事中に知らない番号から電話があった。自動音声の迷惑電話だろうと思いながら応答すると、気持ちのよい女性の声が聞こえてきたので驚いた。

「ハイ、ベサニーよ。数週間前、この番号から電話をもらっていたのだけれど、数日前まで休暇で出かけていたので、いま留守番電話のメッセージに返事をしているところなの。電話をかけてきた人は、父の地所だか信託だかについてのメッセージを留守番電話に残していたのだけれど」

なんてこと。わたしは座ったまま背筋を伸ばし、驚いた声にならないようにしながら言った。

「ああ、ええ、こんにちは、ベサニー。番号は合っていたのね――リチャード・シーモアの娘さんのベサニー・リュッカート?」

「ええ、そうよ、ベサニー・リュッカート。リチャードはわたしの父。あなたはどなた?」テレビの音声と、話したり笑ったりしている子供の声がうしろから聞こえる。彼女になにを尋ねようとしているかを思い、不安が突如として膨らんだ。

「ああ、そうよね、ごめんなさい、わたしはサーシャ・ブレイクモア。あなたに電話をしたのは、えーと、その、夫とわたしはこの春にフレモント郡の農場を買ったんです。わたしが間違っていたら教えてもらいたいんですけれど、わたしたちは不動産会社からここを買っています。その不動産会社は、何年か前に実際にここに住んでいた最後の人たちから買っていて、わたしが間違っていなければ、それがリチャードとモリーのシーモア夫妻のはずです」

受話器の向こうは十秒ほどだまりこんだ。うしろから子供の声が聞こえていなければ、電話を切られたと思っただろう。

「ベサニー……？　まだつながってます？」

「ごめんなさい、ちょっと待って」ごそごそする音がしてドアが閉まる音が続き、子供の声が聞こえなくなった。

「ごめんなさい、あなたの声がよく聞こえるところに移動したから」再び長い沈黙があったが、今回は返事を促す必要はなかった。「あなたとご主人はいつそこに引っ越したって言ったかしら？」

「この春ですから、ここにきてほぼ半年になります」

「それじゃあ……あなたたちは……サーシャ、どうしてわたしに電話をかけてきたのか、理由を訊いてもいい？」

本当のことを言うべきだと判断したから、わたしは言葉を継いだ。「あなたがこの場所のことをどれくらい知っているのかはわかりませんけれど、ここは……とても特殊な場所で、ここでの暮らしに慣れるのはかなりの努力が必要でした。わたし、わたしたち、夫とわたしは、あなたとご両親が二〇一一年の春に唐突にここを出ていったと聞いています。それですごく率直な話をすると、ベサニー、この場所がどれほど独特であるかを考えると、わたしたちが来る前のここでの暮らしがどんなものだったかを知るのは、ものすごく役に立つと思うんです。もし可能であれば、あなたたちが突然出ていった状況についても教えてもらえないでしょうか?」

彼女が震えながら息を吐いた。

「もう一度、名前を聞いてもいいかしら?」

「サーシャです。サーシャ・ブレイクモア」

「サーシャ、わかったわ……まず言っておくけれど、わたしはあそこを一九九六年の三月に出ていって、それ以来フレモント郡には足を踏み入れていないの。それに、モリーはわたしの母親じゃない。わたしの母は、父がモリーと会う数年前に死んだわ。マークとコートニーはふたりの子供で、あの農場に越したときはまだ赤ん坊だった。わたしは十八歳直前で、ほんの数ヵ月しかあそこにいなかったの。だから……あなたの役に立てるような経験はほとんどしていないし、なにもかも遠い昔の話なのよ」

「そうですか。勝手に思いこんでごめんなさい。わたし……それじゃあ、ご両親が出ていった理由を知らないかしら? その、隣人から、かなり異例の状況で出ていったというような話を聞いたもので、できれば……もう少しくわしいことが知りたいんです」

「サーシャ、率直な話をすると、あそこを出てきた日から父が死ぬ一週間前まで、わたしたちはひとことも話をしていないの。モリーとも双子とも。父とわたしは仲たがいをして、わたしが家を出たときは……はっきり言って、あの場所からできるだけ遠いところに行きたかった……」

背筋がぞくりとした。「わかりました。言いづらいことをごめんなさい。もし……もし話してもいいと思うのであれば、どうしてこの農場を出ていったのか、お父さまから聞いていませんか? 亡くなる前に、少しだけ話したときに?」

再び長い沈黙があった。「短い会話だったのよ。仕事場に知らない番号からのメッセージが残っていて、わたしの父からだって受付係に言われたの。これは少し後悔しているんだけれど、すぐには折り返さなかった。そうする気になるまで、二日ほどかかったわ。彼が残していた番号にかけたら、そこはオレゴン州ペンドルトン郊外にある小さなモーテルだった。父が滞在している部屋に電話を回してくれて、そうしたらコートニーが出たの。わたしは名乗らずに、ただリックと話がしたいとだけ言った」

また長い沈黙があった。「サーシャ、父との会話はとても短かったし、はっきりとは覚えていないけれど、父はとにかく取り乱していた。まるで正気を失ったみたいだった。それが、なにかが父とモリーと双子を追ってきているんだって言って、そして、ああ……」

ベサニーが泣き出したのがわかった。

「ベサニー、思い出させて本当にごめんなさい。わたしはただ――」

「いいえ、いいの、大丈夫。ええ、そう、父はどうしようもないって言うばかりだった。〝あれはわたしたちを放っておいてくれない、あれはわたしたちを放っておいてくれない〟って繰り返していた」ベサニーは明らかに泣いていたが、当時のことを彼女に思い出させてしまった罪悪感はすぐに消え、恐怖が取って代わった。

「それだけなの。わたしは父を落ち着かせようとした。ボイシにあるわたしと夫の家に来るように説得しようとした。父が存在すら知らない孫たちに会いに来るように説得しようとした。でも父は断ったの。これだかなんだかをわたしたちに近づかせるわけにはいかない、わたしを見つけさせるわけにはいかないからって」

言葉も出なかった。恐怖のあまり、手が震え始めている。「ベサニー、彼がなにを言っていたのかわかりますか？　なにか心当たりは？」

「ええ……あるわ、でも自分でも信じているのかどうかはわからない。引っ越してから数週間たったころ、大きな農場を所有している夫婦が訪ねてきたの。名前は覚えていないけれど、最初は感じがいい人たちに見えた。ふたりはその話をした。中身はよく覚えていないの、二十年以上も前だもの。でもふたりが帰ったあと、父とわたしとモリーが大げんかをしたことは覚えている。わたしはその夜のうちに出ていきたかった。その夫婦が恐ろしかったの。五、六週間後、ふたりはまたやってきて薪と聖水だかなんだかを置いていった。それはじきに現れるから、わたしたちがしなければならない〝春の儀式〟のためだって言って。わたしはまた父と大喧嘩をした。ひと晩じゅう、言い争いをして、翌朝にはわたしは家を出た。ボイシにいる母の妹のところで暮らし始めて、それっきりわたし、わたしたちは……二度と話をしなかった。叔母は何度も父に電話をかけて、わたしは元気にしているって伝えたけれど、父はわたしとはもう一切関わりたくない、無事でいることを祈っているって言うだけだった」

その話を聞いたショックはあまりに大きくて、涙がこみあげてきた。かろうじて言葉を絞り出した。「ああ……ベサニー、なんて気の毒な……。さぞ……辛かったでしょう」

「サーシャ……あれは本当なの？　彼らが話したことは、あれは本当に……存在するの？　熊だか人形だかなにかは？」

「ええ……その、なんていうか、そうなの。そうよ、わたしに言えるかぎり、あれは存在する。でも、ちょっと待って、もうひとつ訊いてもいいですか？　答えたくなければ、答えてくれなくてもかまわない。あなたの家族がどうして亡くなったのか、訊いてもいいですか？」

「ええ……かまわない。ニュースになったわ。少なくとも地元では。東オレゴンの小さな新聞に載ったの。父と話をしてから六日か七日後、オレゴン州グラント郡の辺鄙《へんぴ》な山地のなかの高速道路を走っていた父とモリーと双子は事故にあった。熊と衝突して、道路から逸れたんだろうって警察は言ったけれど、その事故で死んだわけじゃなかったの。四人は大破した車を捨てて、歩きだした。事故現場から三マイルほどのところで、警察は父とモリーの遺体を見つけた。倒木の下敷きになっていたの。大きな木だったから、即死だっただろうって。でも、警察官は戸惑っていたわ。その木は枯れていなかったから。風のせいだろうっていうことになった。突風で木が根こそぎ倒れたんだろうって。でもあのあたりで倒れたのは、その木だけだったのよ。マークとコートニーは進み続けた。ふたりは木の下から両親を引っ張り出そうとして、諦めたようだって警察は言った。そのままどこかの農場を目指して谷を歩き続けたんだけれど、そうしたら……」

彼女はまた泣いていて、息をする時間が必要だった。

「同じ日になんでだか火事が起きたみたいなの――雷だろうっていうことになっている――数千エーカーが焼けた。マークとコートニーの遺体は、大きな岩場の下で一緒に見つかった。煙と炎から逃れようとしていたみたいに」

「ベサニー、本当にお気の毒に。なんて言っていいか……」

彼女が再び話し始めたのは、しばらくたってからだった。「それだけよ。父は、あそこを出る前に信託を設定していて、残った受取人はわたしだけだったから、その後何年かのあいだに弁護士や州が――なにをどうしたのかは知らないけれど――それらを売って、小切手を送ってきた。それっきり……」

わたしはベサニーに礼を言い、どうやって彼女のことを知ったのかを打ち明け、代理弁護人のフリーマンに彼女の家族が残していったものがあると嘘をついたことを謝罪した。彼女は理解してくれ、その必要が生じたらいつでもまた電話をくれればいいと言った。それ以来先週はずっと、ダンとルーシーの家に車を止めたときでさえ、彼女の最後の言葉が頭に残っていた。彼女はこう言った。「サーシャ、気をつけて」

わたしはルーシーと一緒に馬小屋に行き、馬にサドルをつけた。家から持ってきたリンゴをレモンズにやったあと、わたしたちはスタイナー家の地所を抜けて、カウボーイ・ゲートからジョーの土地に入り、よく踏み固められた小径をたどって、さらに別のゲートから国有林のトレイルヘッドのすぐ手前の郡道に出た。夏の訪れと共にトレイルヘッドに現れ始めたハイカーやバックパッカーは、ますますその数を増やしていた。午前中に二十台ほどの車を見かけることが当たり前になっていたし、週末にはそれが倍になるうえ、林野部のレンジャーたちは一日に何度もここを往復する。自分たちがそれほど孤立しているわけではないと感じるのは、いいものだった。通り過ぎる車の窓からわたしたちの地所を眺め、わたしたちの土地の美しさを味わい、ハリーやわたしに熱心に手を振り返す人たちの顔を見るのは楽しかった。

主なトレイルのひとつを数マイル進んだところに素晴らしい牧草地があって、わたしたちはこれまで何度かそこまで出かけていた。流れている小川で馬に水を飲ませ、ルーシーとわたしは休憩して軽食を取ったり、お喋りをしたりした。このあいだは、ルーシーがサドルバッグに入れてきたビールまで飲んだ。天国だった。

今回はその牧草地にこれまでより少し早く到着した。最初の何度かは、足場が悪くて傾斜が急な場所に恐怖を覚えることもあったが、いつのまにか馬に乗っていることに違和感がなくなっていた。レモンズとわたしは軽く触れたり、太腿の圧力をわずかに変えたり、姿勢を少しずらしたりするだけで、意思の疎通が図れるようになっていた。

ルーシーは今回もビールを持ってきていたので、馬が近くで草を食んでいるあいだ、わたしたちは小川の脇の丸太に腰をおろした。

「ミス・ルーシー、あなたに訊きたいことがあるの。ずっと気になっていたこと」

ルーシーはわたしを見て、驚いたふりをした。「あら、なにかしら、ミス・サーシャ。どうぞ、訊いてちょうだい」

わたしは大きく息を吸った。「あの……シーモア家の人たちになにがあったのかを話す前にわたしをもっとよく知りたいってあなたが言ってから、しばらくたつわ。わたし、その、興味があったの。リチャードの上の娘のベサニー・シーモアを覚えている？」

ルーシーは激しいショックを受けていた。「わたし……ええ、覚えているわ、ぼんやりだけれど。一家が越してきてから間もなく、出ていったのを覚えている。彼女がどうしたの？」

「先週、彼女と話をしたの……」わたしはルーシーにすべてを語った。何度も練習していたし、準備はできていた。ダンとルーシーが訪ねてきたのをベサニーが覚えていたこと、ベサニーとリチャードが喧嘩になったこと、それ以来十五年ほど口をきいていなかったこと、最後の電話の内容、リチャードとモリーと双子がどうやって死んだのか。

わたしが語り終えたときには、ルーシーの頬には涙が伝い、手で口を押さえていた。

わたしは彼女の両手を握り、目を見つめて言った。「ルーシー、彼らになにがあったのかを話してほしいの」これほど優しい人がこれほど動揺しているのを見て、わたしも泣き出さずにはいられなかった。「これがいったいどういうことなのか、話してほしいの」

それから十五秒間、ルーシーは両手で顔を覆って子供のように泣いていた。わたしはどうすればいいのかわからなかった。やがて彼女は顔をあげた。赤く目を腫《は》らしていても、この牧草地のなかの彼女は、光のなかの彼女は、とても美しかった。

震えながら何度か大きく息を吸ったあと、ルーシーは切り出した。「サーシャ……ハニー、わたしたちはここを出ていけない。あなた、ハリー、ダン、わたし……わたしたちはこの谷から出ていけないのよ。永遠にこの谷を立ち去ることはできない。それが、精霊がしていることの一部なの。わたしたちみんなが……逃れられずにいる狂気の一部なの」

気を失うのではないかと思った。視界がかすみ始めた。ルーシーを相手にこんな態度を取るとは想像すらしていなかったけれど、気がつけばわたしは立ちあがって、彼女を怒鳴りつけていた。

「ルーシー、どういうこと?! わたしをからかっているの?! どうして――よくも……よくもそんなことを黙っていられたわね?!」

わたしは牧草地にぺたりと座りこみ、幼い少女のように泣き始めた。これまでのプレッシャーとストレスのすべてがはじけた。気がつけばルーシーがそばにいて、わたしに腕をまわしていた。一分ほどたってわたしが落ち着くと、ルーシーはわたしの前に移動して座った。

「サーシャ、本当に本当にごめんなさい。あなたに話さなかったこと、本当に悪かったと思っている。わたしはただ……もし会ってすぐに話していたら、あなたたちが、とりわけハリーがわたしたちの話を真剣に受け止めてくれる可能性なんてなかった。あなたもそれはわかっていると思う。でも、あなたがこの話を真剣に聞いてくれる気になったときには、もう手遅れだったの」ルーシーは大きく息を吸うと空を見あげた。

「ジョーと彼の家族にわかっているのは、ダンとわたしに言えるのは、精霊が釣り針を引っかけるには――ダンはそんなふうに表現している――丸々ひとつの季節が必要だっていうこと。わたしたちが直接知っているのは、ここで暮らしていた最後の家族のひとつ、ヘンリー一家だけ。ビルとバージニアのヘンリー夫妻。ダンとわたしが農場を買ったとき、道路の西側の百六十エーカーの土地には、ジョー、ヘンリー夫妻、そしていまのあなたたちの家にジェイコブソン一家がいるだけだった。ヘンリーたちはそこに三十年ほど暮らしていて、わたしたちが越してきた数年後に、もううんざりだって言い出したの。あの家のドライブウェイで、ここに残るようにってダンとジョーと一緒に懇願したことは、死ぬまで忘れないでしょうね。出ていこうとしたらどうなるかはわかっているはずだって、ジョーは言った。精霊がすぐに彼らを見つけて、死に至らしめるって。でも彼らは意に介さなかった。代償はわかっていて、それを支払うつもりでいたの。彼らは……この谷の囚人でいるよりは、死ぬ場所を自分で選びたいと思ったのね。彼らが郡道を遠ざかっていくのを見ていたときのことは、いまもはっきり覚えている。エステートセールを始めるために保安官が鑑定人をヘンリーの農場に連れていく途中でうちに立ち寄ったのは、それから三週間もしないうちだった。ヘンリーたちが北カリフォルニアの海岸のどこかでどうやって死んだのかを教えてくれた。川のそばでキャンプをしていたときに鉄砲水に襲われたそうよ。これまでその川で起きた最大のもので、ふたりとも溺死《できし》した。ジョーが彼らの土地を買って、家を壊したんだけれど、草地にはいまも基礎が残っているわ……」

ルーシーは首を振ると、また涙を拭った。「シーモア家が出ていくまで、わたしたちが知っていた話はそれだけだった。自動車事故の話も彼らが死んだ山火事の話も聞いた。そうなるってわかっていた。でもジョーはヘンリー一家が出ていく前からわかっていたし、ヘンリーたちもわかっていた。五〇年代にほかの人たちが出ていこうとしたのを見ていたから。出ていこうとしただけで精霊はわたしたちを殺すって、ジョーは言ったわ。ここで暮らし、季節ごとに生き延びるすべを学び、この土地と共に生きて、それなりにいい人生を送るか、それともここを出ていってひと月もしないうちに死ぬかのどちらかだって。なんでもいいから、精霊の縛りをどうにかして解く方法を教えてほしいってジョーに頼んだ、懇願したわ。でも……もうそんな方法はないって言われた。かつてはあったみたいなの。でも精霊がそれに気づいて、だめになってしまった」

ルーシーは姿勢を正して、わたしの手を取った。

「サーシャ、この二月にだれかがあなたの地所を買うって聞いたとき、精霊のことをどう話せばいいか、ジョーに相談に行ったのよ。新しく来た人たちに話をしたのは一度だけ、シーモア家が初めてだったけれど、うまくいかなくて一番上の娘が出ていく結果になった。どうすればいいのか呆然としたけれど、話さなければいけないことはわかっていた。でないと池の光を見ても火をおこさないから、あなたたちは初めての春を生き延びることはできない。この谷のルールに従うように、会ったこともない人を説得するのは難しいわ。まして、すぐに出ていかないと永遠に呪われることを信じさせようとするなんて。わたしたちの頭がどうかしているって、あなたたちは考えたでしょうね。火をおこす儀式を真剣に受け止めるかどうかすら、確信が持てなかった。ハリーと話をしたあと、あなたたちが春を越せる可能性は五分五分だってダンは考えていた。それでも、あと数週間この谷にいたら永遠に出ていけなくなるって、あくまでもあなたたちを説得しようとしたら、わたしたちのことをどう思ったかしら？ その言葉を真剣に受け止めて、出ていったと本当に思うの？」

胸が悪くなるような感情に引き裂かれていたにもかかわらず、その瞬間わたしは、ルーシーの言葉が正しいことを悟った。

なにを言えばいいのかわからないまま、わたしはとりとめもなくしゃべり始めていた。「でもルーシー、わたしはもう二度もここを出たわ。ここで暮らし始めてから、二回旅に出たけれど、なにも起きなかった」

ルーシーは両手を突き出して、首を振った。「そうね……精霊は、ただの旅とここを永遠に出ていこうとすることの違いがわかるの。わたしたちも旅はするわよ、ジョーも。でもいつも、ここに戻ってくる予定がある。どう言えばいいのかわからないけれど……精霊には違いがわかるのね。戻らないという意志が、精霊にあとを追わせるみたい」

彼女がすでに答えをくれていることはわかっていたが、それでも知りたいことはもっとあった。「ジョーに訊いたのよね？　わたしたちがここを出ていける方法があれば教えてほしいって、彼に頼んだんでしょう？　このばかげた狂気を終わらせる方法を？」

ルーシーはゆっくりうなずいただけだった。「サーシャ、ダンやわたしがこのいかれた事態を打破する方法をジョーたちと話し合うたびに五セント銅貨をもらっていたなら、わたしはいまごろ、大金持ちになっているわ」

わたしはただそこに座り、首を振ることしかできなかった。「両親がどうやって死んだのかをベサニーが話してくれたときは、春の儀式に失敗したからなんだろうって思った。ここを出ていく直前、彼らは儀式をやりそこねたってあなたが言っていたから。わたしたちが永遠にここに閉じこめられているなんて知らなかった……出ていこうとすれば、事故死に見えるような形で命を落とすなんて」

そう口に出して言ったことで、わたしをもっとよく知ったときにシーモア一家になにがあったかを話すとルーシーが約束してくれたことを思い出した。

わたしは身を乗り出してルーシーの手を取り、できるかぎりきっぱりとした声で言った。「ルーシー、彼らが二〇一一年の春の儀式に失敗したとき、なにがあったのかをありのまま話して。いますぐに」

ルーシーは話してくれた。

ルーシーによれば、シーモア家の下の娘コートニーはある夜、光を見たけれど、わざとだれにも言わなかった。十七歳のティーンエイジャーだった彼女は、どういうことになるのかを見てみたかったのだ。山からドラムの音が聞こえてきて、リチャードとモリーは初めて気づいたのだと思う。ドラムが始まっていたにもかかわらず、それでもふたりは必死になって火をおこしたが、ドラムの音は大きくなり、近づいてくる一方だった。ダンとジョーがやってきたときには、リチャードとモリーはここから出ていきたくて半狂乱になっていたから、シーモア家の人々が家のなかにいたあいだ、なにがあったのかをルーシーはあまり知らなかった。だが彼らはあの家に三日間も閉じこめられていたのだという。わたしの家に。彼らがダンとジョーに語ったのは、家が〝囲まれていた〟ということだけで、なにに囲まれていたのかは彼らも知らなかった。

ジョーとダンは、計画をしていた新しい灌漑システムについてリチャードと相談する予定になっていたのだが、リチャードが現れなかったので、トラックに乗って彼の様子を確かめに向かった。ドライブウェイに入ったところで、シーモア家が地所で飼っている三十頭の牛と羊のすべてが皮を剝がれているのを見た——その皮は腱で縫い合わされて、血にまみれたグロテスクな帆のように家のまわりのハコヤナギとアスペンの木立のあいだに張り巡らされ、内臓は花綱のように枝を飾り、皮を剝がれた動物の体は玄関のドアをふさぐように山積みにされていた。ダンとジョーの到着が、なぜこの混乱状態に終止符を打つことができたのか、ルーシーも定かではなかったが、とにかくこの家に対して行われていた残虐な包囲攻撃は終わりを迎えた。わたしの家。ダンとジョーが玄関をふさいでいた動物の死体を移動させると、家から出てきたリチャードとモリーはげっそりしながらも怒りを爆発させ、庭に座りこんだかと思うと、屋根の上にいたなにかについて不満をぶちまけた——屋根の上でくすくす笑い、甲高い声をあげていたなにか。

彼女が語っているあいだ、わたしは圧倒されたようにおののいて座っていた。あきれるほどに美しい牧草地に座って、このうえなく不快で恐ろしい話を聞いていると、呆然とするような感覚に包まれた。

太陽が傾き始めたころ、わたしたちはようやく山をおり始めた。

途中で、五人のバックパッカーのグループとすれ違った。大学生らしく、若くて健康で、おしゃれで真新しいパタゴニアとアークテリクスの装備に身を包んでいる。わたしたちがトレイルを進んでいくと、彼らは脇によけて笑顔で手を振った。女性のひとりなどは携帯電話を取り出し、ブーツと帽子が格好よくてわたしはとても〝いかしている〟と言って、写真を撮ってもいいかと訊いてきた。わたしは返事をすることもできず、困惑してただ彼女を見つめたまま、レモンズといっしょにその脇を通り過ぎた。

若くて幸せそうな人たち、わたしとそれほど変わらなくて、コロラドにいる友人たちのどのグループにいてもおかしくなさそうな人たち。わたしが二度と戻れないかつての家。

ルーシーは家に帰り着くと、再び泣きながら謝った。ダンがわたしたちを迎えてサドルをはずすのを手伝ってくれたあと、馬にブラシをかけた。なにかあったと気づいたのだろう、ダンがすべてを悟るにはルーシーの短い言葉とその表情だけで充分だった。

帰ろうとするわたしにダンが近づいてきて、すっぽりと抱きしめた。一分ばかりそうしていたあとで、彼は体を離してわたしの顔を見た。

「サーシャ……もし時間を戻すことができて、ここから出ていくようにきみとハリーを説得できるなら、わたしはそうしているよ。だが、きみたちが耳を傾けてくれる可能性はないだろうと思ったんだ」

数時間前、山でこのことを知ってから、わたしには考える時間があった。彼らがどれほど難しい立場にあったのかは理解できていた。彼らには選択肢があった……わたしたちが真剣に受け止めないことを知りながらすべてを話すか、ただ春をどう乗り越えるかだけを伝えるか。

どちらにしても、わたしたちがここを出ていくことはなく――少なくとも春が終わるまでは残っただろう――そのころには、すべてが手遅れになっている。

「あなたたちがああすることに決めたのは、仕方がなかったと思うわ、ダン」頰を涙が伝った。

スバルに乗りこもうとするわたしを、ダンが呼び止めた。

「サーシャ、訊いてもいいだろうか……この件をハリーにどうやって伝えるつもりだい？　わたしはしばらくルーシーを連れて森に隠れていなきゃいけないだろうか？　彼はいいやつだが、この件に関してきみのようにはわかってもらえない気がする」

わたしもその点については考えていた。「ダン、そのことは二、三日考えてみる。彼に話すときは、一緒にいたほうがいいかもしれない。どちらにしろ、話す前にルーシーに連絡するから」

ドライブウェイに車を進めながら、六月に空港から帰ってきたときにはハリーにひどく腹を立てていたことを思い出した。初めての熊追いのことを話してくれなかった彼に激怒していた。ずいぶんと偽善的なことをしているのはわかっていたけれど、どう話すのが一番いいかを考えつくまでは、このことは彼に黙っているほうがいいこともわかっていた。今度はわたしが彼のために隠し事をする番だ――とりあえずはそれが、わたしがしばらくしがみつくことになる言い訳だった。

第十七章　ハリー

「ダン、まわりくどいことを言っていないで、訊けばいいじゃないか。ぞっとする質問へのぞっとする答えを得るために、そうやってだらだらと話しているのは、まったくもって時間の無駄だ。おれはこの話をするのを恐れてはいない。ただ自分からは話さないだけだ。だから、あんたはただ訊いてくれればいい」

「そうか、わかった、ハリー。きみとはまだこの手の話をしたことがなかったから、ちょっと探りを入れてみたんだ。新しいライフルや女性を試すみたいに」

おれは笑い、新しいビールに手を伸ばした。

おれたちは、男の隠れ家と化しているダンの干し草置き場から美しい景色を眺めていた。夏の暑さが厳しくなるにつれ、谷の緑色やエメラルド色が茶色と黄褐色に置き換えられていくのは驚きだった。ダンとおれの干し草置き場でのビールタイムは、いつしか習慣のようになっていた。彼は頭の切れる男で、知識の宝庫だった。彼と話すのはとても楽しい。彼は忙しい時間を割いて、おれたちの農場をしばしば手伝いに来てくれていた。

数週間前には、ドライブウェイ沿いに新しい排水路を掘ろうとしているおれにディッチ・ウィッチ（配管埋設用の重機）を貸してくれたし、羊にやるための干し草をトラクターで運んできてくれたのに、一年の終わりにまとめてもらうと言って、その代金を申し出ても受け取ってくれなかった。「羊の餌にはアルファルファを混ぜてやったほうがいいし、わたしの納屋には山ほどそれがある。ジョアンナは羊を死なせはしないが、安い餌しかやらない。きみは羊を甘やかしてやればいいさ」

ダンは、庭のスプリンクラー用ホースの穴を補修する最善の方法まで教えてくれた。正しいサイズの継ぎ手を買うため町のホームセンターに一緒に行き、補修を手伝ってくれた。彼はまるで……父親のようだった。おれが持ったことのない、初めての父のような存在だった。

おれはビールを開け、ダンはようやく、彼が訊きたがっていることにしばらく前からおれが気づいていた質問を口にした。「きみは……向こうで人を殺したことがあるのか？」

おれは最初のひと口を飲み、うなずいた。「ああ、何人か殺している」

「そうか……何人だ？」

「四人だ、確かなのは。四人を撃ち、彼らが死ぬのを見た。だが、全部で何人かははっきりしない。殺したかもしれないのが、ほかに何人かいるんだ。映画や、熊追いであの男を撃つときみたいに、わかりやすいものじゃないからね。はっきりしているときもあるが、だいたいはそうじゃない。たとえばパトロール中のおれたちに尾根の上から手当たり次第に撃ってきた男がいたとして、十人ほどのおれたちのチームが撃ち返してそいつが死んだとしても、だれが殺したのかはわからない。あるいはだれかを撃ったら、そいつは倒れたあと立ちあがって、逃げ出したとする。弾はただかすっただけかもしれないし、まったくはずれていたのかもしれないし、肝臓を貫通していて、そいつはケシ畑で死んだのかもしれない。はっきりしたことはわからない。戦場ではそういうものなんだ」

ダンは薄暗い夕暮れの明かりのなかで、長いあいだ、おれを見つめていた。「そういうものか。初めてのときはどうだった？」

そのときのことを語っていると、半年前、デンバーのVAクリニックでドクター・ピータースに同じ話をしたときのことが蘇った――ほこりだらけの古いセダンの陰に隠れていたふたりの男を撃った話。おれはダンにその日のことをかいつまんで語った。その後の沈黙のあいだ、おれは最初の男がどんなふうに顔から倒れこんだのか、死ぬ直前、ふたりめの男の顔に浮かんでいた驚愕の表情を思い出していた。

「それで、ナンバー・スリーはどうだったんだ？」

おれはくすりと笑って、ビールを飲んだ。「ナンバー・スリーはその数日後だった。あんたみたいな白髪交じりの男だった。五十五歳か六十歳というところかな。おれたちがいたのはマルジャという町だ。あれはすごかったよ、大掛かりな戦闘だった。おれたちは運河の横断を援護していた。L字型の奇襲タイプの警備フォーメーションだ。おれの小隊は全員が遮蔽物の陰に身を隠していた。道路を封鎖するために止めておいたセダンのうしろに、AKで武装した男たちをいっぱいに乗せた二台の古いトヨタのSUVが止まった。だれかが火ぶたを切った。だれだったのかはわからない。気がつけば小隊の全員がありったけの弾を二台のSUVに撃ちこんでいた。おれはやつらの右側にある小さなスタッコ壁のうしろにいて、二台目のSUVの助手席側のうしろのドアを狙っていた。うしろに座っていたふたりのうちのひとり、年よりのタリバンが外に出ようとした。やつが最後にしようとしたのが、SUVから降りることだった。やつはそこで死んだ」

おれはそのときのことを思い返した。チャイルドロックがかかったみたいに、SUVのドアが開かなくなっていたので、男は窓から手を出して外側からドアを開けようとした。おれはその手を撃った。自分が作った穴から流れ出した血の多さに、ほこりがこびりついたSUVのドアにできた鮮やかな赤い筋に、ショックを受けたことを思い出した。男はさっとその手を引っこめ、今度は左手で同じことをしようとして窓の外に身を乗り出し、頭が丸見えになった。おれはすかさず撃った。まず顎を、それから眉……

「そうか。四人めがいると言ったな？」

「ナンバー・フォーは、マルジャでの激戦がほぼ収まってから数週間後だった。おれたちはまだヘルマンドにいた。同じ地域だが、もっと田舎のほうだ。ポピーの地方。マリファナの地方」

ダンは笑った。

「パトロールに出ていたら奇襲を受けた。相手は五十人にも思えたが、ほんの四人だった……小隊の下士官が撃たれて、おれたちは一斉に伏せた。溝に沿ってケシ畑の脇まで這っていったら、AKを手にした男が体を低くしてまっすぐおれに向かって走ってくるのが見えた。おれはちびるくらいすくみあがって、そいつを撃った。それがやつの最期だ。そいつはそのケシ畑で死んだ」

実際はと言えば、おれは心底縮みあがっていたので、ありったけの銃弾をその男に叩きこんでいた。いや、ろくに狙いもつけず、その男のいるほうに向かって撃ったただけで、ひどく震えていたので半分は外れたが、足と首とそのあいだの十カ所くらいには当たったはずだ。おれたちは互いを死ぬほど怖がらせた。死んだときの彼のショックを受けたような顔をおれはいまも覚えていた。

ダンはゆっくりうなずいた。「それで、はっきりわからないやつはどうなんだ？　おそらくそうだろうと思えるものはないのか？」

おれは顎を掻いた。「マルジャの二月の激戦で、兵士をいっぱいに乗せた車が防衛区域に突入しようとして、おれたちの隊に突っこんできた。戦闘が始まったとき、おれはあまりいい位置にいなかったんで、壁の陰に移動して後部座席にいる男たちを撃ち始めたときには、そいつらはみんな死んでいたはずだ。っていうか、少なくとも十人から十二人がその車に向かって一斉に撃っていたんだから、だれかが生き残っている可能性はごく低かった。だからはっきりとは言えないが……後部座席の男のひとりは、おれが撃ったと思う。いまも言ったとおり、おれたちは大勢で応戦していて、相手のひとりくらいは一発か二発は撃ち返せたかもしれないが、彼らは突入してきた瞬間にすでに終わっていたんだ」

ダンとおれはそれからしばらく、ビールを飲みながら黙って座っていた。

「話してくれてありがとう、ハリー。きみがタフな男だということは知っているが、それでもそんな話をするのが簡単じゃないことはわかっている。わたしがこの話に興味を持つのは、そうだな……もし数えるとしたら、わたしはだいたい……二百回は男を射殺していることになる。だがそれは例の夏の来訪者で、彼は人間のように悲鳴をあげて、人間のように死ぬが、人間じゃない。だから、実際に人を殺す話を聞くのは、妙に感じられるんだ」

そんなふうに考えたことはなかった。おれはうなずき、ダンを見つめ返した。「まあ、確かに解剖学上は……本当の人間とあの裸の男を撃つのはさほど違わない。彼もおれたちと同じ作りのように見える」

なにかを考えているのか、ダンの視線はおれを通り過ぎた。おれは腕時計を見て、夕食に間に合うようにするにはそろそろ帰らなければならないと気づいたので、そう告げながら立ちあがり、背中を伸ばした。

「ひとつ、言っておきたいんだ、ダン」おれは、どういう言い方をすれば嘘つきだと思われることなく、この要望を伝えられるだろうと考えて口ごもった。「おれはまだ……その……今日、あんたに話したことの一部は……まだ……」

ダンの顔を見た。戸惑っている。おれは、気恥ずかしさを覚えていることをある程度まで認めつつ、ため息をついて言った。

「サーシャにこのことを話していないんだ。自分がしたことのなかには、彼女に……彼女には知らせないでおこうと思っていることがある。彼女とルーシーが仲良くなっているから、サーシャの耳にこのことが入らないように——」

「それ以上言わなくていいよ、わかったから。今日の話はここだけのことにしよう」

おれは、即座に理解してくれたことと、妻には隠し事をせず、もっと率直になるべきだといった小言や意見をダンが、まったく口にしなかったことに驚いて、彼の顔を見た。

ダンはそのとおりとでも言いたげに、顔をしかめてうなずいた。

おれは家へと歩いて帰りながら、季節が変わり始めていると感じていた。実際に変わったわけではないが、夕方の日の光やアスペンの葉の先端が丸まりかけたことや風のにおいといったささいなことに、変化が見て取れる。

また熊追いは現れるのだろうか、正確に言えば、いつ現れるのだろうかと、おれたちは考えるようになっていて、時間がたつにつれ、いくらか不安を覚え始めていたので、いっそのことさっさと現れてくれればいいと思うほどだった。サーシャもまたなにか心に抱えているものがあるようだったが、おれたちが経験しているとんでもないこと——自然界について、現実だと信じていたすべてのことについて、これまでの理解を丸ごと修正して、受け入れなくてはならない——を考えれば、なにを考えているんだ？　とか、なにか気になることがあるのか？　といったかつては単純なものだった質問は、滑稽に思えるほど場違いで無意味だった。

それでも、彼女は幸せそうだった。見たこともないくらい、幸せそうだった。ガーデニングや土地管理や家畜についての本を読み、庭で採れた食材でおいしい料理を次々に作り、週に何度かはルーシーと遠乗りに行き、友人たちにビデオチャットでおれたちの農場を紹介し、おれの記憶にないくらい楽しそうに笑っていた。彼女が幸せでいてくれさえすれば、おれは幸せだった。

第十八章　サーシャ

ルーシーと話をしたあとの数日間は、あのことが頭から離れなかった。なにかあったのだとハリーが気づいていることはわかっていたが、わたしは努めてそれを頭の隅に押しやった。わたしたちがここに囚われていること、出ていこうとすればなんらかの形で死を迎える結果になることは彼には話さなかったが、シーモア家が春の儀式に失敗したあと、ダンとジョーがなにを見つけたのかは伝えた。皮を剝がれた動物、玄関前の死骸、シーモア一家が震えあがって、その日のうちに出ていったこと。

この谷に閉じこめられたことをハリーがどう受け止めるのか、わたしには想像がつかなかった。できるかぎり適切なタイミングで伝えたかった。つまるところ、新たに知らされたのは、わたしたちは永遠にここで暮らさなければならないということだけで、それは元々わたしたちの計画だった。そうでしょう？　出ていこうとするわたしたちを精霊がどんなふうに殺すのかをハリーに話すのは、出ていくことを実際に検討し始めたときでもいいのかもしれない。

ハリーはここでの暮らしにどんどん慣れていっている。というよりも、わたしたちの土地が古代の精霊に取りつかれているという事実に、どんどん慣れていっているのかもしれない。このあいだの週末は弓矢を使ったヘラジカの猟に出かけていたし、ダッシュにライチョウのシーズンの準備をさせている。彼はおおいに楽しんでいた。彼が幸せで、満足しているのを見ると、この地を永遠に離れられないという事実を隠していることが正当化される気がした。

ある日の午後、〝じゃがいも祭り〟を終えてわたしたちは庭にいた。〝じゃがいも祭り〟を迎える日がくるとは、わたしは想像もしていなかった。必要以上の木のフェンスの材料とはるかに必要以上の土を入手してしまったので、予定していた七つのガーテンプランターを作り、温室で育て始めた植物を全部植え替えたあとも、まだかなりの材料が残っていた。ハリーは残った材料で、十五フィート×六フィートの大きなガーデンプランターを作り、じゃがいもをいっぱいに植えた。じゃがいもだけを。そういうわけで、夜があまり冷えこまないうちにすべてを収穫して、直売所で売ることにした。畑で収穫したものを初めて売るのだ。わたしたちは舞いあがっていた。

わたしは赤い皮のじゃがいもが一ダースほどついたつるを引き抜き、ハリーに見せつけた。「わたしたち、一緒にこれを作ったのよ。そしてそれを自分の家で食べる人たちに売る。素敵じゃない？」

ハリーは笑みを浮かべてわたしに近づいてくると、

腰のあたりに手を回して引き寄せた。

「ほかのものも一緒に作るのはどうだい？」

わたしは天を仰いで、彼にキスをした。これもまたハリーの**子供を作ろう**のジョークだ。不快に思ったことは一度もない。露骨にプレッシャーをかけてくることはないからだ。いつも同じような流れだった。彼がこの手のジョークを言い、わたしが天を仰いで、それで終わる。結婚する前から、子供を持つことについての最終判断をするのはわたしだから、それについてはなにも意見しないと彼は言っていて、ずっとその言葉を守っていた。

突然、トラックに衝突された気がした。

この山の牧草地で永遠に暮らし続けなければならないと一週間半前にルーシーから聞かされて以来、その事実が意味する百万もの事柄を考えていた。けれど、どういうわけか自分たちの家の庭でハリーの腕に抱かれているいまになって、ここで子供を作るということは、その子たちもここに縛りつけられる――一生ここで過ごさなくてはならないのだという事実に、初めて打ちのめされていた。一気に湧き起こった罪悪感とパニックで、わたしは吐き気を催した。

「どうした、ベイビー？」

考えまいとした。「なんでもない。ちょっと喉が渇いただけ。今日は暑いもの」

わたしは水を飲むために家に入った。子供を持つことに関しては、わたしはずっと心を決めかねていた。いらないと思っていたわけではなく、小さな男の子か女の子を育て、父親になったハリーを眺める想像はしていたけれど、子供が欲しくてたまらないと感じたこともなかった。にもかかわらず、ここで子供を持てば、その子たちもまた精霊の呪縛から逃れられないのだと思うと、涙が浮かんだ。精霊に、この場所に対する怒りがむくむくと頭をもたげた。わたしはこの精霊の問題を、天気やこの土地そのもののように、時間を超越した、わたしたちの力ではどうにもならないことだと受け止めていた。けれど子供を持とうと決めたとき、それが子供にとってどういう意味を持つのかを考えると、いまいましいくらいに個人的な問題だと気づいた。

キッチンとポーチをつなぐ網戸ごしに外を眺め、手押し車にじゃがいもを載せようとしているハリーを見つめた。もう我慢できなくなった。涙が流れ出した。バスルームに行き、座って気持ちを落ち着けようとした。彼に話さなきゃいけない。これ以上、黙ってはいられない。

ポーチに戻り、ホースの下で手を洗っているハリーを眺めた。なにか変だと彼が気づくのに、わたしの言葉は必要なかった。

「サーシャ、なにがあった?」彼は水を止めると、心配そうにわたしを見つめ、階段をあがってポーチにいるわたしの前に立った。庭を駆けてきたダッシュがそのうしろからついてきた。

「ハリー、あなたに言わなきゃならないことがある」

ハリーは戸惑ったようにわたしを見つめ、続けてと言う代わりにうなずいた。

わたしは顔を伏せ、それから彼の目を見つめて言葉を継いだ。「先々週、ルーシーとトレイルをあの大きな牧草地まで遠乗りに行ったとき、彼女からあることを聞いたの。わたし……わたし、いつあなたに話すのが一番いいのか、どうやって話せばいいのかがわからなくて」

ハリーはなにも言わず、ただわたしを見つめている。わたしはポーチを横切り、キッチンの窓の下に置いてあるベンチに腰をおろした。

「リチャードの様子を見に来たとき、ダンとジョーが庭や木立になにを見つけたのか、シーモア家が春に光が現れたときに火をおこし損ねて、なにが起きたのかは話したよね。でもそのあとなにがあったのか、それがどういう意味なのかは話さなかった……」

そのあとは、流れるようにすべてを話した。いくらかとりとめなかったし、興奮した口調になっていたかもしれないが、どんなささいなことも省きたくなかった。シーモア一家のこと、彼らの娘と話をしたこと、彼らがどうやって死んだのか、ヘンリー夫妻がどうやって死んだのか、ここに囚われているのだとルーシーから聞かされたこと。わたしはすべてを語った。

話をしているあいだに、戸外用の食卓に移動した。ハリーはひとことも喋らず、ただそこに座って聞いていた。わたしがようやく話し終えたところで、身を乗り出して、わたしを見つめた。

「ちゃんと理解できたかどうか、確認させてくれ……」それがよく知っている相手なら、その人物がほんのひとこと、ふたことと口にしただけで、たったいま聞いたばかりの情報の信頼性を議論するつもりだとわかる。

「七〇年代にヘンリー夫妻が出ていき、その数週間後にカリフォルニアの鉄砲水で死んだ。二〇一一年にシーモア一家が出ていったときは、数週間後に自動車事故と倒木と山火事のコンボで、東オレゴンで死んだ。ベサニーは初めての春のシーズンが実際に始まる前に出ていったから、まだ生きている……つまり、ふたつの家族がほぼ四十年の時を隔てて死んでいて、その原因は、毎年アメリカ西部で何人もの人間が命を落としている鉄砲水や自動車事故や倒木や山火事ということか。サーシャ、四十年のあいだに起きたたったふたつの出来事だけに基づいて、この地には永遠に離れられないという呪いがかかっていると言っているのか？ この仮説の証拠はそれだけ？ たったふたつの出来事？」

こうなるだろうとルーシーたちが言ったとおりの、ありえない、信じられない出来事を実際に目撃したあとで彼女の言葉を疑う理由などないはずなのに、ハリーにこういう言い方をされると、わたし自身もつかの間気持ちが揺らいだことは確かだ。

「証拠は、この谷から逃げ出そうとした人たちに起きたふたつの出来事だけじゃないのよ、ハリー。ダンとルーシーがここに越してきたその週、彼らはその後起きることを聞かされて、そしてそのとおりのことが起きた。数年後、出ていこうとしたら殺されるって別の一家が聞かされて、それでも出ていったら、そのとおりになった。精霊が消えたときにはそれを感じるってダンとルーシーは言っていて、確かに感じた。熊追いについても詳しく教えてくれて、そのとおりのことが起きた。あのいまいましい警官ですら、ダンとルーシーの言うことを聞け、これは全部現実なんだって言っていたじゃない」

ハリーはさらに反論の口火を切ろうとしたが、わたしはそうさせなかった。「信じたくないなら、信じなくてもいい。そうでしょう? 池で説明のつかない光を見たときに、あなたが信じないことを選んだみたいに。火をおこせば、それを追い払えることを信じなかったみたいに。熊追いが起きることを信じなかったみたいに。その目で見たあとも、熊追いの原因が精霊だって信じなかったみたいに。このことだって、あなたは信じないことを選択できるけれど、あなたが信じないことを選んだほかのすべての事柄の共通点はなに? 教えてあげる……それは実際に起きていて、あなたは間違っていたっていうことよ」

意図していたよりも辛辣な口調になったが、気分はよかった。

わたしは椅子の背もたれに体を預け、長いように感じられたあいだ、わたしを見つめている彼の顔を見ていた。彼は立ちあがってポーチの手すりに歩み寄り、牧草地に視線を向けた。わたしも立ってそちらに行こうとしたところで、彼が振り返った。

「もっともな言い分だと思うよ、ラブ」

「ハリー、すぐに話さなかったのは悪かったわ。わたしってひどい偽善者よね、でも……」

ハリーはなにを見るともなく視線を落としたが、やがて顔をあげて言った。「きみはただ、適切なタイミングを待とうとしただけだ」彼はいたずらっぽい笑みを浮かべた。彼の笑顔を見て、わたしは安堵に包まれるのを感じた。

「これでおあいこってわけだ、サーシャ。おれには最初の熊追いをきみに話さなかった借りがあるからね」

「ううん、この話のほうが重大よ。本当にごめん、ハリー。すぐに話すべきだった。すぐに――」

ハリーはわたしの手をつかんだ。「サーシャ、わかるよ。おれは落ちこんでなんていないさ。しばらくはこのこともじっくり考えるよ」

わたしは彼にキスをし、ふたりしてしばらく手すりにもたれていたが、やがてハリーが口を開いた。

「これで、子供を持つっていう話は終わりだな？　せっかくこの世界に送りだしても、ここに縛りつけられるだけだ。百年前だったらひょっとして……いや、生まれる前からそんな選択をするのは、正しいとは思えない」

彼の言葉に、強烈な罪悪感が湧き起こり、胃がぎゅっと締めつけられる気がした。

この地に囚われているという事実が子供を持つことにどういう意味を持つのか、わたしがそれを考えるようになるまで一週間半かかったのに、ハリーの頭に真っ先に浮かんだのはそのことだった。涙がこみあげてきた。止められなかった。

「ごめんなさい、ハリー。本当にごめんなさい。あなたがどれほど子供を欲しがっていたのかは知っている。ここでわたしと家庭を築きたいって、どれほど望んでいたのかはわかっている」

その言葉でこらえていたものが外れ、わたしは子供のように泣き始めた。すべての重圧が肩にのしかかっていて、わたしは罠にはまった気分だったし、直面している現実に怒りと罪悪感を覚えていた。ハリーはわたしを抱き寄せた。

「きみのせいじゃないよ、サーシャ。きみが賛成してくれているのはわかっていたが、ここに来るようにきみを説得したのは、結局のところおれだ。そもそも、こんないかれたことばかり起きるにもかかわらず、ここでずっと暮らしていけそうだって数ヵ月前から話していたじゃないか。それに、永遠にここを出ていくんじゃないかぎり、休暇には旅にだっていける。つまるところ、そんなに悪いことじゃないさ」

わたしはハリーの肩で涙を拭った。「わかってる、わかってる……ただ、あなたがどれほど子供を欲しがっていたのか知っているから。この地に永遠に縛りつけられることがわかっていながら、ここで子供を持つのは残酷だって、わたしもそう思う。ひどい気分よ――想像してみたの。あなたが父親になるところを、わたしたちの子供を愛するところを決して見られないんだって思うと……子供を持つことについては、わたしは確かに心を決めかねていたけれど、でも……こうなってみると、なにかを奪われたみたいな気持ち。心が痛い」

ハリーは身を乗り出して、わたしにキスをした。

「おれはただ、選択肢がなくなったってことにがっかりしているだけだ。結果として子供を持たなかったとしても、決めるのはおれたちであってほしかった。それがこの……呪いの最大の不都合な点だと思うね」

わたしはそれを聞いてさらに泣いた。彼にキスをして、長いあいだ黙ってそこに座っていた。

「わたしたちに教えてくれなかったこと、ダンとルーシーに怒っている？」

ハリーは唇を結んで目を細め、ややあってから首を振った。「いいや……彼らがすぐに話さなかったのは納得できるよ」

彼の答えにはあまり説得力がなかった。「ハリー、本気で言っている?」

彼は答える代わりに微笑んだ。「ふたりには怒っていないよ、サーシャ。きみにもね」

第十九章　ハリー

死が待っているから永遠にこの地から出られないという事実をサーシャから聞いた翌朝、おれは釣りに行ってくると彼女に告げた。ロッドとフライバッグと胴長靴《ウェイディングブーツ》を4ランナーに積みこんだが、釣りに行く気は毛頭なかった。目指したのはダンとルーシーの家のドライブウェイだった。

ダンとルーシーは、トラックで干し草運搬用のトレーラーをけん引しながら牧草地のひとつを移動しているところだった。ダンはおれに気づくと手を振り、家のほうへと方向を変えた。

おれは4ランナーを止めて、なにを言うつもりなのかも決めていないまま車を降りたが、今回は簡単に済ませるつもりはなかった。怒りが顔に表れていたらしく、ふたりは止めたトラックから降りる前に、不安そうに顔を見合わせた。

「やあ、ハリー、どうかしたか？」

「ああ……おれたちが出ていこうとすれば、この精霊とやらがおれたちを殺す。子供ができれば、子供たちも永遠にここに閉じこめられる。これは、大事に思っているとあんたたちが言っている相手に話すべき、いたって重要な情報じゃないのか？　あんたたちはおれをなめているのか？　くそっ、おれたちがここに来た直後に、その話をしようとは思わなかったのか？」

ゆうべひと晩じゅうベッドのなかで考えていたときよりは、これでもずっと穏やかな内容だった。ダンはもごもごと言い訳と謝罪の言葉を並べるだろうと想像していた。だが驚いたことに、ダンはいらだったような、むかついたような顔で手袋をはずすと、トラックのボンネットに投げつけた。

「少しはわたしの立場でものを考えてみたらどうだ、ハロルド。これまで会ったことのない、なにひとつものを知らない、怒りっぽい若造が谷にやってきた。きみはすぐにここを出ていくようにそいつを説得しなきゃならない。ためらっている暇はない、夢の家を諦めろ、古代の山の精霊がおまえと妻を釣りあげる前に出ていけ、とね。きみはそいつにそう言いたい。だが、そいつがひとことだって信じないことはわかっている。あるいはそいつに、同じくらいいかれた話をすることもできる。池に光が現れたときは、命が惜しければ火をおこさなきゃいけない、そうすれば説明のつかないなにかの力に殺されずにすむと。教えてくれ、ハリー、きみならどっちを選ぶ？」

彼の言葉は核心をついていたから、なにを言えばいいのかわからなかったが、それでもとにかく口を開いた。「ダン、おれたちは出ていけた。ちきしょう、あんたがこのことを話してくれてさえいれば、おれたち

はここから自由になれたんだ——いったいなんだって
あんたは——」

ダンの反応の速さとその声の大きさに、おれはぎくりとした。「黙れ、ハリー。いい加減にしろ。初めて会ったときにその話をしていたら、きみはわたしをいかれたじじいだと言って、家から追い出していただろう。きみだってそれはよくわかっている。わたしも、ルーシーも、サーシャもわかっている。だから、我が家のドライブウェイに突っ立って、わたしをいらつかせるようなことを言うのはやめてもらおうか。わたしがあらかじめ話していたなら、違う選択をしていたかのように振る舞うのもね」

くそったれ、彼は正しい。彼の顔に一瞬浮かんだ同情の色は、おれの怒りを募らせただけだった。

「そもそも、こいつが本当だってどうしてわかるんだ、ダン？　あんたたちは、毎年大勢の人間が死んでいるのと同じ原因で、ふたつの家族がたまたま死ぬのを見ただけだ。それが、議論の余地のない真実だとあんたが考えていることの唯一の根拠であり、証拠だって言っているのか？」

ダンは片手を腰に当てて、トラックにもたれた。

「ハリー、わたしたちがここに越してきたとき、わたしは——」

おれは手をあげて、彼を黙らせた。「ジョー、ジョーから聞いたんだろう？　当ててみようか、こういうことだってジョーが言ったんだろう？　ちがうか？　ジョーがそう言ったから、本当だって言いたいのか？　ジョーはおれたちに顔も見せようとしない——やつがどんな顔をしているのかすら、おれは知らないんだ。だから一度も会ったことのないどこかのくそ野郎が、なにを反論の余地のない真実だと主張しているのか、教えてもらいたいね」

ダンは再びいらだったような顔をおれに向けたが、その目には怒りが浮かんでいた。「ジョーがわたししたちを気にかけていないのなら、それぞれの季節を乗り越えるためのルールをわざわざ教える理由がどこにある？　ん？　彼は黙っていることだってできた。なにも言わずにいれば、わたしたちはいまごろみんな死んでいる。きみもわかっているはずだ。きみはジョーと会っていないし、彼を信じる理由がないこともわかるが、ただ口をつぐんで数ヵ月のうちにわたしたち全員が死ぬのを見ていることもできるのに、いったいなんだって手間暇かけて、対処の仕方をわたしたちに教えようとする？」

言うべき言葉が見つからなかった。おれは間抜けのような、子供になったような気分で、ただダンの足のあいだの土を見つめるだけだった。

ダンは大きな帽子を脱ぎ、腕で額の汗を拭ってから帽子をかぶり直した。「ハリー……きみは正しいのかもしれない。ヘンリー家とシーモア家がここを出ていってから数週間以内に、数千キロも離れたところで死んだのはただの偶然かもしれない。この谷に住むもっとも古い家族が、出ていこうとしたらそうなると彼らに言ったとおりのことが起きたのは、偶然かもしれない」彼は肩をすくめた。「かもしれない。すべては偶然かもしれない。だが言っておくが、ハリー……」

ダンは遠くに視線を向け、がっしりした腕で山のほうを示した。「この谷で起きているほかの支離滅裂でいかれた出来事は全部……わたしには偶然だとはとても思えんね」

おれは大きく息を吸った。吐く息と一緒に怒りが薄れていき、いらだちと恥ずかしさが取って代わった。

「あんなことを言ってすまなかった。おれはただ……わからない。悪かった」

ルーシーが近づいてきて、おれがやってきてから初めて口を開いた。

「ハリー、最初の日にあなたたちに話さなかった訳をわかってほしいの。あなたが真剣に受け止めてくれると思っていたら、できるだけ早く荷物をまとめてここから逃げ出せって言っていた。でもあなたはそうはしなかったって、自分でもわかっていると思う。わたしたちがそんなことを言っていたら、いかれたやつらだとあなたに思われたでしょうね。まあ……どちらにしろ、そう思われているんでしょうけれど」

おれはうなずいた。「あなたの言うとおりだと思うよ、ルーシー」

ふたりはもう少しここに残って話をしていけと言ってくれたが、おれは行くところがあると言って断った。目を合わせることなく、あんなふうに怒り狂って押しかけたことをもう一度謝ってから、彼らのドライブウェイをあとにした。子供じみていると思いながら、あてもなく車を走らせた。ひたすら激怒していた。この地に閉じこめられたことに怒っていた。気がつけば、フォール・リバーのお気に入りの釣り場のひとつに来ていた。結局、釣りをすることになりそうだ。

ロッドの準備をし、ドリッグスの釣具屋で選んだ小さなアダムスタイプのフライをつけた。川岸を遡《さかのぼ》り始めたが、冷静な釣り人のように、のぼってきた鱒と釣りに適したポイントを探しながら息を潜めてゆっくりと移動するのではなく、ばしゃばしゃと水を撥ね散らし、行く手に生えているカワヤナギを蹴飛ばし、かきわけ、ちょっとした雲のようなトビケラの群れを追い払いながら、夏の朝のすでにちりちりする陽ざしのなかを進んだ。

鱒のいる川で怒りを発散させるのはおれがしばしばしてきたことだったし、いまおれは腹を立てていた。川が少し曲がっているところを進み、足場を探していた視線をあげたちょうどそのとき、浮かびあがってきた大きな魚が水面の虫に食いつくのが見えた。おれは息を吸い、落ち着けと自分に言い聞かせながらゆっくりとカワヤナギのあいだから出て、キャスティングできる場所を目指した。リールからラインを出し、一投目を投げたその直後、嫌というほど知っているあの衝撃がロッドから伝わってきた。バックキャストでカワヤナギに引っ掛けたのだ。おれは何度かそっと吐き捨て、川面《かわも》に反響するその声を聞きながら、針が見事に引っかかった、垂れさがった細い枝を乱暴に引きちぎった。

　大きな鱒が再び魚雷のように勢いよく浮上してきて、不幸な虫を吸いこんだ。捕食スイッチが入った大きな鱒を釣れる時間は限られていたから、そのプレッシャーが、この辺鄙な谷に永遠に閉じこめられた怒りと混じりあった。耳の奥で心臓が打っている。枝からフライをはずし、ラインのねじれや角度は無視して——経験を積んだ釣り人なら、次のキャストをする前にそういったことをきちんと整える忍耐力があるものだ——何度か慎重にキャストした。魚が再び浮上してきて、今回は水面からジャンプしたのでその全体の姿が見えた。おれはダブルホール（フォワードキャストとバックキャストでそれぞれ一回ずつラインを引いて、遠投すること）をし、全身の力を込めてフライを投げようとした。再びうんざりするあの衝撃がロッドから伝わってきたが、今度はバックキャストでフライを引っかけただけではなく、ラインを切ってしまったことを伝える特徴的なパチンという音を伴っていて、カワヤナギの枝のどこかにフライは残され、ラインとフライのついていないはりすだけが川へと繰り出された。

　フライのないラインが水面で渦を描くのをがっくりしながら眺めていると、大きな鱒が何事もなかったかのように姿を現し、おれがそいつをだまして釣りあげるチャンスを見事に逃したことを祝っているかのように、ゆっくりとカゲロウを吸いこんだ。

　赤いものしか見えないくらい、固く目をつぶった。浅瀬にロッドを突き立て、川に向かって叫んだ。上流にいた鴨の群れがその声に驚いて鳴き声をあげながら川面から飛び立ち、翼をはためかせる音がおれの叫び声の残響に混じった。川下に流されそうになっているロッドをつかんで背後のカワヤナギのなかに投げこみ、岸辺にどさりと座りこんだ。こめかみを揉《も》みながら美しい川をぼんやりと眺めたが、目にはなにも映っておらず、あるがままの怒りに身を任せていると、同じ言葉だけが頭のなかで繰り返された。

おまえはここでは子供を持てない。決して父親にはなれない。

おれは一時間以上その岸に座ったまま、あの鱒やほかの鱒たちが意気揚々と腹を満たすのを眺めていた。やがて、怒りはある種の悔恨に変わっていった。結局のところ、サーシャに言ったことは本気だったのだと気づいた。ここに閉じこめられたことを知る前、精霊や物騒なたわごとにもかかわらず、おれは彼女とここで暮らしていくことを現実として受け入れ始めていた。幽閉されて一生を終える呪いをかけられていることを知りながら子供をこの世に送り出すのは、これほど危険なものがいる世界に送りだして、このいまいましい精霊のいる土地に縛りつけてしまうのは残酷だ。

親切な隣人に乱暴な言葉を投げつけ、釣りに失敗したみっともない朝を過ごしたあとで家へと車を走らせていたあいだ、そしてその後の数週間、受け入れるしかないという思いと悔恨の念がおれの頭から離れなかった。ここに来たがったのはおれで、ここを見つけたのはおれだ。この終身刑にサーシャを連れこんだのはおれだ。ここから永遠に出られないとしてもふたりでなら幸せに暮らしていけるだろうとはいえ、子供を同じ運命の道連れにすることの正当化はできない。正当化するための理由を様々な角度から何日も延々と考えてみたが、答えは見つからなかった。どうすることもできない。

サーシャは相変わらず、これまでにないほど幸せそうだったし、谷の狂気を受け入れることに対する困惑と動揺にもかかわらず、おれもこれまでにないほど幸せだった。もしもどこかの神さまや精霊やくそったれの魔神に、二度とそこから出られないけれど残りの人生を過ごしたい場所はどこかと訊かれたら、おれたちはここのような場所を選ぶだろう。そう考えると、受け入れることはいくらか楽になった。

　大物の狩りシーズンがそこまでやってきた八月後半のある日の午後、猟銃のスコープの照準が合っているかどうかを確かめるために、おれは地所の南の端にライフルのターゲットを設置した。この手の銃はとても音が大きいうえ、気温は百度（華氏百度は摂氏約三十七度）を超えているようだったので、サーシャは嬉々として屋内で仕事をしていた。

　レンジ・ファインダーを使って、射撃レンジが国有林に面した地所の東側の境と平行になるような場所を選び、池の上の牧草地にライフルレストをいくつか置いた。ひとつはターゲットから二百ヤード、もうひとつは三百ヤードに置いて、腹ばいになるためのビーチタオルを敷き、それぞれの場所に砂袋を山積みにした。30‐06で四発撃ち、その結果に満足したところで、スコープを交換したばかりなのでより複雑な調整が必要になるはずの308口径を手に取った。七十ヤードほどのところに立てたバイポッド（銃を安定させるために地面に立てる二脚）から数発撃ち、次に弾薬をひと箱分二百ヤードから撃ち――最後の五発は中心に当たった――すっかりいい気分になったところで、もうひと箱弾薬を持って一番遠い三百ヤードのレストに向かった。

　タオルの上に腹ばいになり、ライフルが安定するように砂袋を積み直してから弾薬を込めた。それから庭に目を向けて、ダッシュが裏のポーチで眠り続けていて、射撃レンジに入ってきていないことを確かめた――彼はどのゲートの下をくぐれば庭を囲っているフェンスの外に出られるかを覚えてしまっていて、おれはまだそこを補修していなかった。さっき二ダース分の弾薬を撃つ前に確かめたときから変わらずに彼がポーチの日陰に寝そべっているのを見て、射撃に意識を集中させ、距離が延びた分、スコープのレティクルを少しだけあげた。ゆっくりと引き金を引き、ライフルの反動を肩に感じ、それからまばたきをして視界をはっきりさせてから、ターゲットの着弾点を確かめた。中心点だ。このライフルはしっかり調整されていて、いつでも使える。

帽子をかぶり直すために耳当てをはずすと、コオロギの交響曲が耳に流れこんできた。再び耳当てをつけようとしたとき、あの声が聞こえた。

近くにいたコオロギが一匹残らず、同時に鳴くのをやめた。

アドレナリンが一気に放出されて、心臓の鼓動が耳の奥で聞こえ始めた。膝立ちになり、ライフルのボルトを引き、新しい弾薬を弾倉に込め、息をつめて耳に神経を集中させながら、見えてくるとわかっているものを探して木立のあたりに視線を向けた。熊に追われている裸の男。

いつものごとく、姿が見えるより先に、絶望に駆られた痛ましい泣き声が聞こえてきた。今回は、地所の一番奥、おれが午後のあいだずっと撃っていたターゲットの向こうにある森から聞こえていたので、ほっとした。彼が牧草地沿いの木立から姿を現し、その白い肌が見えてくると、おれはこの詩的な裁きに声をあげて笑った――ばかげた熊追いは、調整したばかりの二丁の猟銃を手にして座っているおれに向かってきていて、おれが午後のあいだずっと狙っていたのは彼が向かっているまさにその地点だという事実に。

同時におれは、以前と同じ怒りが全身に広がっていくのを感じていた。素早く家のほうに目を向けて、サーシャが出てきていないことを確かめてから、男に視線を戻した。このあいだ、ばかげた熊追いを見たときもそうだったように、男のパニックと恐怖にはもうなにも感じない。追跡されているという演技は空虚で意味のないものだった。おれが見ているのは、人を操作しようとするただの不快な見世物だ。他人を守ろうとする人間の本能を利用して作られた策略。人を傷つけるために作られた策略。おれはそいつを傷つけたい、苦しめたいという気になった。

ライフルレストの前で腹ばいになり、さっきまでおれが撃っていたターゲットの脇を男が通り過ぎたところで、スコープのレティクルを彼の胸に合わせた。その顔を見て、怒りが湧き起こった。つかの間、庭へと駆けだしたくなった。男と、精霊と再び顔を突き合わせ、嘲り、駆り立て、貶《おとし》め、懲らしめる機会がもう一度欲しかった。熊に引き裂かれ、かぎ爪を突き立てられて殺される彼を目の前で笑ってやりたかった。

そのとき、別の考えが浮かんだ。この狂気を初めて見たときに頭に浮かび、それ以来考えていたことだ。熊を撃ったらどうなる？　ダンとルーシーはだめだとは言っていなかったし、もしそれが〝ルールに反すること〟ならはっきりそう言っていたはずだ。彼らは、男を近づかせるなとしか言わなかった。男を撃つか、熊に殺させるか。

泣いている裸の男の向こうに見える熊の胸にスコープのレティクルを合わせ直した。約二百五十ヤード。男を撃て、引き金を引けと頭のなかでささやく声があった。おそらくは怒りであろう別のなにか――喧嘩好きなおれの親友――は熊を撃て、ルールなどくそくらえ、精霊などくそくらえと叫んでいた。スコープの照準線を熊の体の中心に合わせると、不自然なほどゆっくりとしたぎこちない走り方で男を追っている熊の漆黒の毛皮でレティクルが埋まった。おれは引き金を引いた。

弾は二本の前脚が宙に浮いているあいだに熊の胸に当たった。熊は前のめりに倒れ、その重みと走っていた勢いのせいで緩やかな坂の上でくるりと前転した。熊は土ぼこりをあげながら地面に仰向けに叩きつけられると、頭を持ちあげて骨まで凍りつくような、甲高いけれどどこかうつろに響く咆哮《ほうこう》をあげた。谷にその声が反響する。口と鼻から噴き出した血しぶきを突き破るようにして熊の肺から暑い夏の空気のなかに吐き出されたその咆哮が、見えた気がした。撃たれたせいでどこかがしびれているのか、動かせるらしい片方の前脚だけを使って熊は森へと向かっている。苦しそうに吠え続けながら、枯れて金色になった夏草と土を背後に蹴散らしつつ、うしろ脚で体重を支えて必死に進んでいた。引き金を引いてからほんの一秒しかたっていなかったが、おれは間違ったことをしたと悟っていた。なにか間違ったこと、なにか不自然なことをしたと感じていた。

新たな弾を薬室に送りこんだが、男を撃つべきか、それとも熊にとどめを刺してあの苦しみを終わらせるべきか、おれは決めかねていた。熊の悲痛な咆哮を聞いている耳は実際に痛かったし、思考自体に痛みの神経回路があるかのように心も痛んだ。スコープを男に向けると、彼が走る速度を落として歩きだしたのが見えておれは愕然とした。やがて男は完全に立ち止まり、まったく感情のない顔でおれを見つめた。牧草地からたちのぼる陽炎《かげろう》のせいでゆがんで見える景色のなか、彼はライフルのスコープごしにまっすぐにおれの目を見つめていた。男が表情のない顔で、身動きひとつせずおれを見つめ、熊が彼のうしろの木立へと体を引きずりながら進んでいくあいだ、おれは麻痺したように動けなくなっていた。全身に鳥肌が立ち、恐怖がおれを貫いた。おれはいったいなにをした？

男の胸の中心に狙いを定め、引き金にかけた指に力をかけ始めたそのとき、右側の牧草地に赤っぽい点のようなものがあるのを視界の隅で捉えた。ライフルは動かさずにそちらに目だけ向け、自分がなにを見たのかを考えるより早く、おれは腹ばいの姿勢から立ちあがり、叫びながら走りだしていた。

ダッシュだった。彼は全速力で牧草地を男に向かって走っていた。見たこともない速さだった。どんな犬もあんなに速く走るのを見たことはなかった。できるかぎり大声で彼の名を呼びながら、おれも全速力でそのあとを追いかけた。

ふと我に返り、走るのをやめた。ダッシュがたどり着く前にあいつを撃たなきゃいけない。そのための時間は五、六秒しかなかった。ダッシュはあと九十ヤードまで迫っている。ライフルを構え、ダッシュの背中越しに男に狙いをつけた。おれは木の葉のように震えながらも狙いを定めようとして、スコープのレンズごしに男の顔を見つめた。熊は森からほんの数フィートのところまでたどり着いていて、手前のほうにある木のせいでもう全身は見えない。大きく息を吐き、震えが止まったその一瞬、レティクルが男の胸を通り過ぎるのと同時に引き金を引いた。

外した。ダッシュが男にたどり着くまで一秒しかないことを知りながら、おれはボルトを引き、次の弾を薬室に送りこんだ。ダッシュの名前を呼び続けつつ、再びスコープをのぞく。おれが引き金を引く前のほんの一瞬、ダッシュがわずか一フィートのところまで迫ったそのとき、男は笑った。

苦いものが喉に一気にせりあがってきて、だれかに喉の奥まで指を突っこまれたみたいに、おれはとたんにえずいた。そのあいだにダッシュは男にたどり着いていた。全速力のまま男に飛びかかり、六十五ポンドの体で男の胸に激突した。男は手を伸ばして体を支える暇もなく、地面に叩きつけられた。

ダッシュは体勢を整えると、おれが聞いたこともない耳障りなうなり声をあげながら、男に襲いかかった。男は片手を突き出してそれを防ごうとしたが、ダッシュはその前腕に歯を食いこませると、乱暴に前後に振った。彼らを目指して必死に走っているおれのところまで、骨が折れる音が聞こえてきた。

薄笑いを浮かべたままおれを見つめ続けていた男だ

ったが、いまは痛みに悲鳴をあげ、折られた腕を守るように胸に引き寄せて、もう一方の手でダッシュの攻撃をいなそうとしている。ダッシュはその手に嚙みつき、すさまじい力で横方向に引いて三本の指を嚙みちぎり、再び痛ましい悲鳴を男にあげさせた。

男は出血も激しい見るからに折れているとわかる手で、指を嚙みちぎられた手をかばいながら、ダッシュを蹴って追い払おうとした。ダッシュは一歩さがって、うしろ脚に体重を乗せたかと思うと、男が繰り出す力のない蹴りを飛び越えて男の顔に嚙みついた。男が仰向けに倒れると、ダッシュは狂ったように攻撃し始めた。男の顔や喉に嚙みつき、引き裂き、引きちぎる。男は悲鳴をあげ、どうすることもできずにすすり泣いていた。

おれはダッシュに当てないように男の胸を撃つのはすでに諦めていたので、争っている彼らに向かって懸命に走った。男はずたずたになって血を流している手と前腕で必死になってダッシュを払いのけようとしていたが、ダッシュは狙いすましてその喉仏に容赦なく歯を食いこませた。ダッシュがありったけの力で顔を振ると、男の目が恐怖に見開かれた。ダッシュの口の下で男の皮膚が裂け、数ガロン（一ガロンは約三・八リットル）にも思えるほどの血が傷口からほとばしり、やがて口からも流れ出して、恐怖の悲鳴はごぼごぼという声にならない声に変わった。

おれが数フィートのところまでたどり着いて足取りを緩めたときには、男の体からは力が抜け、目は白目になっていて、ダッシュはその死を確信したかのように喉から口を離した。これほど激しい出血を止められるなにかが存在するかのように、数本の指しか残っていない傷だらけの手は首の傷を弱々しく押さえていた。ダッシュは男の足首をくわえると、向きを変えて森のほうへ引きずっていこうとしたので、おれはショックを受けた。

再び大声でダッシュの名を呼びながら、首輪をつかもうとして一歩足を踏み出した。ダッシュは男の足首から口を離すと、おれが思わずたじろいで驚きの声をあげるくらいの素早さで振り向いた。ダッシュの首輪に伸ばしていた手をかろうじて引いた次の瞬間、彼は宙を嚙んだ。まさにいままでおれの手があったところだった。彼は獰猛にうなったり吠えたりしていて、カチカチと歯を嚙み鳴らす音が背後の牧草地に反響していた。彼は低くうなりながらおれの目を見つめたが、細めた肉食動物のようなその目は——狼の目だった。

彼はゆっくりと男のほうに向き直ると、おれを用心深く見つめながらその足首を再びくわえ、完全に命が消えた死体をおれの左側にある木立に向かって引きずり始めた。

あまりのショックにおれは動くことすらできずにいた。熊のことをすっかり忘れていたと思い出し、黄色い夏草のなかを森へと続いている血の跡に目を向けた。ダッシュに視線を戻すと、一番手前の木の下を通り過ぎるところで、ついていこうとしておれが一歩踏み出すと、彼は男の足首をくわえたまま脚を止め、こちらに向かって再び低くうなった。その意味は言葉にしたのと同じくらいはっきりしていた。**ついてくるな。**

ダッシュはずたずたになった血まみれの裸の男の死体をうしろ向きに引きずりながら、森のなかへと姿を消した。おれはダッシュを見つめていたその場所で麻痺したように立ちつくしていたが、家の近くから何度もおれの名を呼び、そのたびごとにパニックの度合いを増していくサーシャの声を聞いて、我に返った。振り返ると、おれの姿を探しながら、ゲートを抜けて走ってくる彼女の姿が目に入った。おれが手を振ると、彼女が安堵感に包まれたのがわかった。走る速度を緩め、おれが立っている木立沿いへと近づいてくる。

いまなにがあったのか、彼女になんて説明する？男ではなく熊を撃つという、とんでもないものだった

ハヤカワ文庫の最新刊

●表示の価格は税込価格です。
＊価格は変更になる場合があります。
＊発売日は地域によって変わる場合があります。

7
2024

SF2451
宇宙英雄ローダン・シリーズ716
ヒューマニドローム
H・G・フランシス／赤坂桃子訳

クロノパルス壁内の惑星ロクヴォースは植民地化され、住民たちはローダンたちを含む天の川銀河外の生命が全滅したと信じていた！

定価１０３４円［3日発売］

SF2452
宇宙英雄ローダン・シリーズ717
バリアの破壊者
マール＆エーヴェルス／岡本朋子訳

ローダンらが惑星フェニックスに到達する一方、アンブッシュ・サトーはパルス・コンヴァーターの開発を進めテストランの日が迫る
定価１０３４円［18日発売］

といまではわかっている決断をくだしてから初めて、おれはそれが意味することと起きたことすべての重みを理解し始めていて、パニックと困惑が一気に襲ってきた。すぐ背後までやってきたサーシャが、大声でおれに呼びかけた。

「ハリー、なにがあったの？　あの音はいったいなに？」

おれは振り向いたが、言葉を失っていた。森のほうを指さしてなにか言おうとしたとき、さっきまで見つめていたあたりから音がした。さっとそちらに顔を向け、音とサーシャのあいだに移動しながらライフルを構えた。ダッシュの姿が見えた。

ダッシュは、森に入っていったまさにその場所から現れた。立てた尻尾を振り、はあはあとあえぎながら、小走りに駆けてくる。ヘラジカの内臓を堪能した狼のように口から鼻、目のまわりまで血にまみれた彼は、いつどんなときもそうするであろうとおりにおれに向かってまっすぐ走ってきた。笑いかけているかのように、ボールを投げるのを待っているかのようにおれを見つめながら駆け寄ってくる彼を前にして、おれは躊躇していた。

おれはゆっくりと膝をついた。「ダッシュ……おいで」

彼が裸の男を嚙み殺した地獄の番犬ではなく、おれが知っている犬であることを願いながら、ライフルの安全装置をかけてそろそろと地面に置いた。近づいてきたダッシュはおれの脚に体をこすりつけてから両膝のあいだに腰をおろし、いつもの間の抜けたような顔でおれを見あげて、顔をなめた。

サーシャはおれの横に膝をつき、信じられないような顔でおれとダッシュを見比べている。彼女に頭の横を撫でられたダッシュは、嬉しそうにぶんぶん尻尾を振りながら彼女の顔をなめた。おれは笑いださずにはいられなかった。

サーシャはショックを受けたような顔で、ダッシュの顔についていた血で汚れた手を見つめた。「ハリー、これってダッシュの血――」

「いいや、彼は大丈夫だよ。彼の血じゃない」

サーシャは恐怖と信じられないという思いが混じった顔でおれを見つめ、それからダッシュに視線を戻した。「……なにがあったの？」

おれは言葉を紡ごうとしたが、どこから始めればいいのかわからず、ただ首を振ることしかできなかった。ダッシュが起きあがって前足をおれの肩にかけ、額をなめ始めた。

「わかった、わかったって……」おれは彼の顔を両手ではさみ、しばらく耳を掻いてやった。彼の愛情と興奮が本物であることに、獰猛な獣からいつものゴールデンレトリバーにあっという間に戻ったことに感動していた。立ちあがり、この出来事すべてが起きたあたりを再び見つめた。

サーシャが同じ質問を口にしかけたのと、おれが答え始めたのが同時だった。

「サーシャ、信じられないと思うが……」

それから数時間、おれは牧草地で繰り広げられた一切をサーシャに語り、裏のポーチに移動したあとでもう一度繰り返した。彼女は、熊を撃ったこととルールに従わなかったことでおれにものすごく怒ったが、ダッシュがしたことがどうにも信じられないのか、叱責の言葉も力のないものになりがちだった。ついついダッシュを見つめてしまい、注目を浴びていることが嬉しいらしい彼はおれたちのあいだを行ったり来たりしては、なめたり甘えたりしていた。

昼の暑さがいくらか和らいだところで、おれたちは牧草地を見渡せる芝生にブランケットを敷き、ビールを開けた。おれは熊を撃ってダッシュを危険な目に遭わせたことを十二回めくらいに謝り、サーシャは季節ごとのルールに厳密に従うことの重要性を同じくらいの回数繰り返し、やがて静かになったおれたちのあいだでダッシュはぐっすりと眠っていた。

「ダッシュが熊になったっていうことかしら」心地のいい長い沈黙を破ったのはサーシャだった。「少なくとも彼は、熊の仕事を終わらせなきゃいけないってわかっていたのね」

おれは肩をすくめて首を振った。「ああ、そうだな、そう考えるのが一番筋が通っているのかもしれない……」

サーシャは困惑したようにダッシュを見つめていたが、やがて目尻を不安にこわばらせながらおれの手を握った。「もうそんなことはしないで、ハリー。あれに盾突いたりしないで」

おれは彼女の手にキスをし、それから顔を寄せて唇にキスをした。「きみの言うとおりだ。わかった。ごめんよ」

サーシャはぎゅっと手に力を込めるとおれの肩に頭をもたせかけ、おれたちは再び無言でこの美しい谷をながめた。晩夏の夕方の金色の光を横から受けたトンボとブヨが、牧草地の上でダイヤモンドのように光っている。

おれは、ひとつだけサーシャに言っていないことがあった。彼女を動揺させ、怖がらせるだけだとわかっていたから、話さなかった。男がどんなふうに笑ったのか、男の笑みに腹を殴られたような気がしたこと、思わず吐きそうになったことは言わなかった。

山からさわやかな暖かい風が吹いてきた。木の葉がざわざわと小気味のいい音を立て、サーシャとおれは頭上の大きなハコヤナギの木を見あげた。数枚の木の葉が枝を離れ、風に乗っておれたちの頭上から牧草地へと流れていくのを見つめた。

「ああ、来たわね」

おれは、頭の上でくるくると踊っている木の葉をじっと眺めているサーシャに訊いた。

「なにが来たんだ？」

彼女はおれに目を向けて微笑んだ。「秋の最初の木の葉よ」

第四部　秋

第二十章　サーシャ

夏から秋への移行は早かった。九月一日の山の乾いた暑さは、ほんの数週間のうちに絵葉書のような秋の景色に変わっていた。アスペンの木々は鮮やかな黄色に染まり、夜の空気は引き締まり、ヘラジカが鳴く声が尾根から聞こえ、小川の水はわずかに流れるだけになり、ティートン山脈の花崗岩の山頂は雪に覆われ、日ごとに太陽が沈むのが少しずつ早くなり、毎夜のコオロギたちの声は前夜より少しずつ静かになっているとわたしは感じていた。

わたしたちが永遠にここに閉じこめられ、出ていこうとすれば事故死に見せかけた死という罰を受けることを最初に話してからしばらくのあいだ、ハリーがそれをどう受け止めるかを見定めるため、わたしは鷹のように彼を見張っていた。最初は、彼が怒りを――とりわけダンとルーシーに――爆発させるだろうと思っていたが、その話を聞いたときの彼の態度やその後の受け止め方は意外なものだった。

だがそれも、彼が男ではなく熊を撃つと決めるまでのことだった。彼は時々、限界を試したいという衝動や欲求にかられて子供のような行動を取ることがある。以前にもそれを見たことがあった。

付き合い始めて間もないころ、ボールダーの西にある峡谷にハイキングに出かけたわたしたちは、川の縁にそそり立つ高さ二百ヤード以上ある断崖の上を歩いていた。ハリーは崖の縁にある岩に足で触れていたが、ぐらついていることがわかると、その岩を崖から蹴落とした。何度か崖の面に当たる大きな音がしたあと、数百フィート下の岩にぶつかって砕ける、何マイル先まで反響したかと思えるようなすさまじい音が聞こえてきた。岩が落ちて砕ける様を眺めていた彼の顔をいまも思いだすことができる。なにをしたのかとわたしがいきなり問いただすと、子供のような純粋な驚嘆に満ちた表情が心底驚いた顔になった。

「おれは……すまない、その、わからない」

崖の下にクライマーやカヤックをしている人がいたかもしれないと怒鳴りつけると、そのとおりだと悟った彼の顔に偽りのない不安と驚きの表情が浮かんだ。彼は峡谷をのぞきこみ、そこにだれもいないことを確認すると心から安堵した様子で、その後きまり悪そうな顔になった。

同じようなことがその数年後にもあった。ある年の秋、わたしたちはデシューツ川のほとりでキャンプをしていた。妙な物音を聞いてテントのなかで目を覚ましたわたしは、しばらく前にハリーが起き出して、火をおこしてコーヒーをいれると言っていたことをぼんやりと思い出した。寝袋に入ったままテントの入り口のファスナーを開いて、外を見た。音の出所を知ったわたしは、息を呑んだ。大きなガラガラヘビがとぐろを巻いて頭を引き、数珠状の尻尾を宙で震わせながら警告するような音を立てている。慌ててふためいてファスナーを再び閉じようとしたところで、左側にいるハリーに気づいた。彼は蛇の真正面、六フィートほど離れたところで丸太に足を組んで座り、じっと蛇を見つめていた。どういうわけか蛇に気づいていないのだと思ったわたしは、小さく彼に声をかけた。だがすぐに彼がひと握りの小石を手にしていて、とぐろを巻いた蛇に向かってひとつずつゆっくりと投げていることに気づいた。小石が胴体に当たるごとに、蛇はハリーのいる方向にひゅっと顔を突き出して宙を噛んでいる。ハリーの様子はまるで、静かな池に意味もなく小石を投げこんでいるようだった。わたしが声をかけるまで十個は投げていただろう。その途端ハリーは夢から覚めたかのようにいきなり立ちあがると、背後にあったセージの枯れ枝をつかみ、蛇を茂みへと追い払った。

　いったいなにをしていたのかと尋ねると、彼はこう答えた。「わからない、まだぼんやりとしていて、おれはただ……わからない」

　こういったことはしばしば起きたわけではなく、彼がそれほどいかれていたわけでもなかった。わたしが声をかけると、彼はいつも心底驚いていた。彼は病的なアドレナリン中毒などではない――いつも危険なことをするとか、自分の身の安全をまったく気にかけないとかいうことはない。安全運転だし、スキーも無茶はしないし、自分から喧嘩を吹っ掛けることもない。ただ、まるでこの世界に自分ひとりしかいなくて、自分が本当に生きていることが信じられずにまわりにあるものを確かめているかのような、妙な瞬間がたまにあるだけだ。

　季節の精霊のルールを逸脱しようとしたのも、そういうことなのだろうとわたしは感じていた。裸の男を挑発したり熊を撃ったりして精霊を嘲るのがどれほど危険かをわたしが語ると彼は謝り、わたしの言うことはすべてもっともだと認め、自分の決断は間違っていたと断言する。そう言ってもらいたいとわたしが思っているとおりの言葉だ。

　けれど、森から最後の熊追いが現れたとき、わたしはその場にいなかったけれど千ドルを賭けてもいい、彼の顔にはあの表情――崖から岩を蹴落としたときや、ガラガラヘビに小石を投げつけたときや、スズメバチの巣をつついたときと同じ表情――が浮かんでいたはずだ。結果とは危険なほどに無縁の子供の好奇心。

　彼が熊を撃ってから間もないある夜、夕食をとりながらわたしは彼にそんな話をした。彼は言い訳をせず、わたしの主張に同意し、今後は必ず規則に従うと約束した。今度もまた、そう言ってもらいたいとわたしが思っているとおりの言葉だった。

その翌日の午後、冬に備えて充分な薪を用意するために貸してほしいと頼んであった油圧式薪割り機を、ダンとルーシーが運んできてくれた。使い方を説明してもらったあと、わたしたちはポーチに腰を落ち着けた。

このときが来るのはわかっていた。ダンが口を開くより先に、ハリーとわたしは顔を見合わせていた。その視線で、ちゃんと話を聞くようにと彼を促したつもりだ。彼の目には後悔の色が浮かんでいて、集中しているのがわかった。彼がうなずいたのとほぼ同時に、ダンが切り出した。

「さてと、秋が来たわけだが……秋についてあの小冊子に書いたことを話しておいたほうがいいと思う。きみたちが読んだことはわかっているが、それでもひととおり話しておく。わたしたちはそれを〝かかし〟と呼んでいる。春の光や夏の熊追いとは違って、一度の季節に二度か三度しか現れない。現れるのは、夜、きみたちが眠っているあいだだ」ダンは言葉を強調するように、両手を体の前に突き出した。

「目が覚めると、家から二十ヤード以内のところに、その……かかしがあることに気づくだろう。黄麻布とキャンバス地でできた等身大の人形のようなものだ。見たことがあるだろう？　わらを詰めて、古着を着せて、それなりに本物っぽい顔を縫いつけてあって、高さは五から六フィート、重さは三十から四十ポンドというところだ。人間のようなさりげない格好をしている。ベンチや石壁に座っていたり、いまのわたしたちのようにポーチの階段に座っていたり、フェンスのポストにもたれかかっていたりといった感じだ。隠れていることはない——外に出たときに、すぐに見つけてほしがっているみたいだ。生きているわけじゃないから、近づいても平気だ。つついてもいいし、転がしてもいい。ただの濡れた藁《わら》の塊みたいなものだ。だが、そいつをそのままにしておいてはいけない。いいか、ここが重要だ、燃やさなきゃいけない。それしか方法はない。そいつらはそういうものでできている——ちゃんと火をつけたら、あっと言う間に燃える。うまく燃やそうとする必要はなくて、毎回、すぐにきれいに灰になる。そいつらはそれほど重いわけじゃないが、必ず移動させる必要がある。家から二十ヤード以内のところで火をつけると……そいつらは目を覚ます」

いま彼は、そいつらが目を覚ますと言ったの？　わたしはダンを、それからルーシーを見た。わたしの疑念を、不信を感じ取ったかのように、彼女はうなずいた。ハリーはポーチの壁にもたれ、ほとんど感情のないまなざしでダンを見つめている。

「やつらは目を覚まして、燃えている体で家に入ってこようとするんだ。だから、そいつらを移動させなきゃいけない。不愉快なのは、そこのところだ。やつらは激しい抵抗はしないが、体をひくつかせて、声を出す。だが燃やそうと思う場所にそいつらを移動させているあいだだけのことだ。動かそうとしなければ、なにも反応しない。目を覚ますのはほんのしばらくだけで、ぎょっとするだろうが、やつらが生きて、というか起きているのは数秒間だけだ。きみたちの手をつかんだり、立ちあがろうとしたり、縛ってあるロープをほどこうとしたりする——直接触らずに、ロープで引きずっていくことを勧めるよ。なかには強いやつがいて、殴りかかってくることもあるからね。だが生きているように見えるのはほんの一瞬のことで、すぐにまただらりとする」

ダンは体重を移し替え、ハリーとわたしを交互に見たあとで言葉を継いだ。「目を覚ましているとき、そいつらは怯えている。死ぬのがわかっているみたいに、命が惜しくて怯えている。そのあいだ、やつらは話すこともできる。というより、泣いたり、わめいたりと言ったほうがいいだろうな。何度も言うが、ほんの短いあいだのことだ。やつらは助けてくれと懇願しながら、逃げようとするだろう」

わたしは、ダンが宙を切るみたいに動かした手を見つめた。「すべて無視するんだ。見つけたその日の夕暮れ時までに、必ずそいつらを燃やすんだ。いいか、いま話しているのは、いたって簡単なことだ。そいつを見つけたら、家から遠ざけて、移動させているあいだに目を覚ましても無視して、燃やす。きみたちがしなきゃいけないのは、それだけだ。わかったな？」

わたしは無言のまま、かろうじてうなずいた。このかかしとやらに関するダンの偽りのない、そして間違いなく伝染する懸念に対して、わたしが抱いたのは不安、信じられないという思い、そしていらだちが混じり合った感情だった。ハリーの視線はダンを通り過ぎて、家の上の森に向けられていて、ダンはそんなハリーを見つめた。

「ハリー、聞いていたか？」

ハリーは大きく息を吐くと、視線はそのままでうなずいた。「ああ、すまない。なかなか興味深い話だった……うん」

ハリーは目をこすり、少し背筋を伸ばしてからダンに目を向けた。「そいつらはちょっとばかり暴れるが、無視して、家から離れたところで燃やせっていうことだな」

ダンはうなずいた。「そうだ、そういうことだ」

わたしが話し始めると、三人がそろってこちらを見た。「冬にはなにも起きないっていうのは、絶対に間違いない？　驚かされるのはごめんだもの。本当にほかの一家はだれもなにも見ていない？　あなたたちやジョーだけがそうだっていうことはない？」

ダンは小さく肩をすくめて、笑った。「大丈夫だ。冬はこのあたりで一番いい季節だよ。精霊のオフシーズンだ」

ルーシーを見ると、彼女も笑顔でうなずいたところだった。ダンは言葉を継いだ。「冬にはなにも起きない。まるで最後のかかしが燃やされたあと、池に最初に光が現れるまで精霊は冬眠に入るみたいに」

わたしは眉を吊りあげてうなずき、なにか尋ねることはないかと頭をひねった。ダンは残念そうに顔を伏せ、硬くなった大きな手で膝を撫でながら言った。「もっと説明できればいいんだが、わたしが知っているのはこれだけだ——精霊は冬には現れない」彼はたくましい肩を上下させた。

それから数日、そして数週間、ハリーとわたしは毎朝目を覚ますと、凶暴なかかしがいるのではないかと地所に目を凝らした。目覚めがそれまでよりもはるかに恐ろしいものになった。ある日の午後、ルーシーと遠乗りに出かけたときには、秋が一番いやだと彼女は言っていて、その理由はよく理解できた。

ある夜、ハリーとわたしは夕食のあと暖炉に火を入れ、この数週間のあいだ、幾度となくしてきたように、秋について——ダンとルーシーが〝かかしの季節〟と呼んでいる——書かれた小冊子を読み返した。夏を乗り越えたあとだったから、この謎めいた精霊騒ぎに対するハリーの最後の疑念も消えていた。それどころか、秋の精霊の登場に備える準備を、作業の一環として考え始めていた。

ハリーとわたしはソファに座り、わたしは声に出して小冊子を読んだ。

この季節の儀式はどういうわけか、春や夏の儀式よりもはるかにわたしを動揺させた。移動させているあいだ、かかしがどんなふうに目覚めるのか。かかしがどんなふうに泣き、懇願し、暴れるのか。春の光や夏の熊追いは確かに、間違いなく、不快ではあったが、このかかしにはどこか身の毛がよだつものがあった。なにが起きるのか、ダンとルーシーの描写を読んでいるだけで、肌があわ立った。

少なくとも、わたしに覚悟ができるまでは、自分が対処するとハリーは約束してくれた。ルーシーもわたしと同じように感じると言っていた。彼女はかかしをなによりも嫌っていて、対処はダンに任せているらしい。秋の日に現れたかかしがじっと動かずにいるときですら、近づくだけでパニックを起こしてしまうのだという。

ハリーは張り切っているように見えた。

「なんだってダンとルーシーがあれほどいやがっているのか、わからないよ。かかしの見た目はべつに怖くはなくて、顔があるだけのいたって普通の古い麻布の袋だって、言っていただろう？　おれたちは熊追いが何度も現れた数カ月を乗り切った――懇願する男を殺すか、彼がずたずたにされるのを見ているかして。それに比べれば、楽勝じゃないか。ヘッドホンをつけて、ジェームス・ブラウンでも聴きながら、人形に投げ縄をかけて、かかし用のかまどまで運び、火をつける。さあ、いつでもこい」

「ただの空威張りじゃないといいけれど」わたしは彼をからかった。

ハリーはにやりとして、自分の手を見つめた。「違うさ……っていうか、やってみないとわからないが、大丈夫だと思うな。かまどの準備をして、ガス缶を用意して、投げ縄も作っておく。準備は万端さ、ベイビー」

わたしはそれを聞いて笑った。考えるだけでも不安で仕方がなかったから、彼が平気そうにしていることにほっとしていた。心構えはできているようだ。

彼はまず家からの距離を測った上で裏のゲートの外に砂を運び、かまどの準備を整えた。ドアの近くにガス缶と防水マッチを置き、農場用品を売っている店で投げ縄を買って、その練習も始めていた。距離を保ったまま引きずっていくことができるから、投げ縄を使うのは賢明だとわたしは思った。ダンとルーシーも同じ考えだったようだ。

数日後の夜、毎週、どちらかの家でそうするようになっていたように、わたしたちはダンたちと夕食を共にした。ハリーは誇らしげに、かかしを燃やす準備をふたりに披露した。裏のポーチへと歩いていきながらダンが口にした言葉に、わたしは心がざわつくのを覚えた。「その投げ縄はいい考えだ。かかしは見つけたらすぐに燃やさなきゃいけないからな。切ったり、ばらばらにしたりするんじゃなくて――そんなことをすれば、ひどく困った羽目になる――とにかくすぐに燃やすんだ」

暖かな夜は今年はこれで最後なのだろうと思えたから、わたしたちは時間をかけ、戸外でたっぷりと食事をした。食後は買ったばかりの新しい野外用の椅子に座り、のんびりと食べたものが消化されるのを待った。ダッシュは頭を撫でてもらおうと、わたしたち四人のあいだを行ったり来たりしていた。

わたしたちは、この土地の伝承を語り合えるくらいに親しくなっていた。ハリーとわたしは、この精霊について知るべきことはすべて知ったとはまだ思えなかったので、彼らと会うたびにもっとくわしい話を聞かせてほしいと促していた。ルーシーとダンは、すぐに出ていかなければ永遠にここに縛りつけられてしまうと話さなかったことを、そのたびごとに真摯《しんし》に謝った。その決断はもっともだと理解しているし、恨んではいないとわたしたちも繰り返した。

その夜、ハリーとダンとルーシーの話に耳を傾けているあいだに、わたしはある思いに囚われていた。彼らの会話ではなく、暗がりに目をこらしながら、冷たい秋の空気といまも勇敢に戦っているひと握りのコオロギたちの鳴き声と混じりあった彼らの声だけを聞いていた。

そのときのわたしは、これまで経験したことのない熱情と呼べるほどの感情に支配されていた。数週間前、ハリーが口にした言葉を思い出した。ここを出ていくことはできないと彼に話し、それはつまり子供を持てないということだとふたりで話し合った。確かにその事実に動揺はしたが、それは子供を作り、彼らに安全な人生を与える機会がわたしから奪われたからではなく、その選択肢を奪われたからだと彼は言った。いたって個人的な問題だ。それは、わたしとわたしの自律性に対する、個人的な攻撃だ。どうすることもできないという感情は、この精霊を打ち負かし、解き明かし、克服したいという怒りに満ちた衝動に代わっていた。

ハリーとダンとルーシーの活気に満ちた親しげなやりとり。暗い牧草地に運ばれていく彼らの声。その暗闇に潜む脅威の存在。この会話を、夕食を、こういったひとときを終わらせたがっている存在。

そのとき、わたしは心を決めていた。その決断がどこから来たものかはわからないけれど、そのためにすべてを捧げることはわかっていた。わたしたちが本当にここに閉じこめられたのなら、本当に永遠にここから出られないのなら、本当にこの精霊に人生を管理されているのなら、わたしに失うものがあるだろうか？

池の光と火をおこすこと、熊追いと男を撃つこと、かかしの登場とそれを燃やすこと、すべての取り決めについて考えてみた——どれもが均衡を保っていて、どれもがギブ・アンド・テイクだ。なにかべつの儀式や、さらなるルールや、この精霊を追い払うか、もしくはおとなしくさせるためのより大きな、より包括的ななにかが存在しないとはとても思えなかった。

わたしはその場で心を決めた。この精霊の支配を終わらせる方法を見つける。わたしたち、わたしたちの土地、わたしたちの体に対する精霊の支配を。明日ではないかもしれない、今年ですらないかもしれない、けれどいつか見つける。それが古代からのものであろうと、精霊そのものであろうと、なんとしても見つけてみせる。

第二十一章　ハリー

暗がりのなか、ナイトテーブルの上で不愉快なアラーム音を響かせている携帯電話を手で探り、かたっぱしからボタンを押してようやくのことで黙らせた。サーシャは寝返りを打ち、うなるような声をあげた。

ダッシュの小さな爪が居間の木の床を打つ音が聞こえた。彼もアラームで目を覚まし、自分の寝床からおれたちの部屋へと向かってきているのだ。彼はちゃんと手順を理解している。とても可愛らしいと思えた。

今朝は、先週の週末、国有林で弓矢を使った狩りをしていたときに見つけたスポットに、彼を連れてライチョウ狩りに行くつもりだった。目当てのヘラジカは見つけられなかったが、エリマキライチョウをたくさん見かけたのだ。ゆうべのうちに、狩りに必要なものをすべて仕事部屋に運んでおいた。アップランド・ハンティング・ベスト、猟銃、ダッシュの首輪、バックパック、装備すべて。ダッシュは、ハンティング・ベストと猟銃が出てきたときは狩りに行くのだと理解しているから、それを見るとクリスマスイブの子供のように有頂天になり、ちぎれそうなくらい尻尾を激しく振りながらぐるぐると駆けまわった。鳥を狩るのは、彼がこの世で一番好きなことだった。

おれはごろりと転がってベッドから出ようとしたが、不意に膝から腹へと熱いものが駆けあがり、全身ががくりとして動きが止まった。傷跡をさすろうとして手を伸ばすと、鈍いけれどぴりぴりする痛みが背中に広がった。ちきしょう、もう何年もこんなに痛んだことはなかったのに。おれは弱々しく息を吐きながら肩をまわし、脚を動かし続けた。

サーシャがおれの背中に手を当てた。「大丈夫、べイビー？」彼女には、おれの痛みや苦痛を感じることができる第六感があるらしい。

「ああ、大丈夫だ。ちょっと痛んだだけだ。もう一度お休み。二、三時間で帰ってくるから。いいね？」おれがなんとか立ちあがると、サーシャはうなずいて再び枕に頭を埋《うず》め、おれがいなくなって空いたベッドに伸び伸びと寝そべった。

アフガニスタンでのおれの最後の記憶は、ほこりっぽい道路を走っている輸送車《ハンビー》の助手席の後部に座っていたとき、田舎の風景が不意に鮮やかな青い光に包まれたことだ。その次に覚えているのは、のちに数日後のことだと教えられたが、大きな飛行機の貨物室でストレッチャーに固定されていて、隣には海軍の下士官が補助椅子に座っていたことだ。彼女は優しい声で言った。「気がついたのね、上等兵、いまドイツに向かっているのよ」それっきり彼女には会っていないと思う。

青い光は即席爆発装置《IED》の爆発によるもので、おれたちが乗ったハンビーはほぼ真っ二つにされたのだとドイツで聞かされた。仲間のスコットが隣に座っていたことをおれは覚えていた。彼は左脚を失った。バスケスは助手席に座っていた。彼はうしろから飛んできた車の破片に頭蓋骨の上の部分を見事に削ぎ取られて、即死した。運転していたタッカーはまったくの無傷だった。軽い脳震盪《のうしんとう》は起こしたようだが、現場を離れたときはかすり傷ひとつなかった。どうしてなんだか、まったく訳がわからない。おれも相対的に言って、まあ運がよかった。背中一面と左脚に金属片、顔にはガラスの破片が食いこんだが、損傷が大きかったのは整形外科の領域だった。肩甲骨は粉砕し、左大腿骨はきれいに折れ、左膝から足先まで何カ所か骨折し、左腕の二本の骨、左手の四本の指と何カ所かの骨、肋骨が六本折れて肺に刺さった。重傷だったが、手足、手と足の指、目、金玉、どれもなくさなかった。だから、ほかのやつらに比べれば、それほどひどくはなかった。

おれは縫われ、ホチキスで留められ、衛生兵の手当を受け、それから前線作戦基地《FOB》でトリアージされ、その後、死傷者後送《CASEVAC》担当の衛生兵に、カンダハルで医者に、ドイツでまたさらに医者に診察されたのち、ウォルター・リード陸軍医療センターで何度か手術を受けた。その後の数カ月の回復期間は、IEDでずたずたになった男たちでいっぱいの施設で毎日理学療法を行いながら、ただ生きていた。

考えてもみなかった。戦うために集められたもっとも敏捷《びんしょう》で、もっとも卑劣で、もっとも強くて、最高の装備に身を包んだ兵士たちから成る世界一の戦闘部隊が、古臭くて怪しげなソビエト時代の爆薬や、ダクトテープや、シャベルや、リモコンカーのコントローラーを使って無学なティーンエイジャーたちが作った爆発装置にやられるなんて。戦争は確かに変わったらしい。


おれは痛みが治まるまで仕事部屋でストレッチをしてから着替え、コーヒーをいれ始めた。ダッシュはこれからなにをするかを正確に察知していて、ベストと荷物と猟銃をまとめて置いてあるドア近くとおれのあいだを興奮しながら小走りに行ったり来たりしている。おれは魔法瓶にコーヒーをいれ、サーシャが買った妙な代替クリーム——カシューナッツだかアーモンドだか大麻だか、なんだか知らないが——を少し加えた。どれも同じ、がっかりするような味しかしない。

おれはダッシュに首輪をつけ、肩から水平二連式ショットガンをかけて外に出ると、両手を使ってできるだけ静かにドアを閉めた。

ポーチからの階段を一段おりたところで、心臓が喉元までせりあがった。

ポーチの右のほう、玄関とキッチンのパティオとの中間あたりに立っている男がいる。

おれは息を呑み、思わず両手を振り回したので、ダッシュが吠え始めた。再びポーチにあがり、よく見ようとしてぎくしゃくとそちらに顔を向けた。鳥肌が立った。

秋の朝、夜明け前の銀色の光のなかにいたのは、おれたちが出会う最初のかかしだった。

ダッシュの吠える声で起き出してきたサーシャが、さっと玄関のドアを開けた。肩から毛布をかけたままで、半分眠っているような目にはパニックが浮かんでいる。外に出てくるまでもなく、なにが起きているのかを察したようだ。足取りを緩め、ドア枠に手を当て、大きく目を見開いておれを見た。おれはうなずくだけでよかった。彼女はゆっくりと外に出てくると、ダッシュが騒いでいる原因に目を向けた。

それは、ダンとルーシーが言っていたとおりの大きな麻布の人形だった。キャンバス地のボタンダウンシャツに日光で色あせたデニムのオーバーオールを着て、頭には麦わら帽子をかぶっている。それらしい形に丸めた麻布が足で、藁を詰めた鹿の革の作業用手袋が手だった。横から見ただけで、その顔が驚くほど丹念に刺繡《ししゅう》されているのがわかった。穏やかな笑みを浮かべた、青い目の中年男性のようだ。それは、腕を曲げて手袋の親指をオーバーオールのストラップに引っ掛けるようにして、ただそこに立っていた。

ダッシュは落ち着きを取り戻し、かかしに近づいて、それがまるで新しい家具かなにかのように、奇妙な麻布の足のにおいを嗅いでいる。サーシャが数歩かかしに近づいた。

「どうやって立っているの？　まるでフレームかなにか、支えるものがあるみたいに見える」

確かに、かかしのもっとも異常な点はそれだった。奇妙なでこぼこした足は床にほとんどついていないのに、姿勢よくまっすぐ立っている。

吊るしているワイヤーか紐でもあるのかと、おれはかかしの上やまわりを手で探ってみたが、首を振った。

「わからない。人間みたいな姿勢をしているが、移動させようとしたとたんに、くずおれて濡れた藁の塊みたいになると、ダンとルーシーは言っていた」

おれは、木の葉が落ち始めたころからポーチに置いてあるほうきを手に取った。かかしの手前側の脚に向けてほうきの柄を伸ばし、いいかと尋ねるようにサーシャを見た。彼女はうなずいた。案の定、膝を突くとそれは、木の葉が入った袋のように崩れ落ちた。ダンとルーシーの言葉どおり、人間のような姿勢があっという間に消えるのは衝撃だった。サーシャとおれは奇妙な麻布の塊を見つめた。ダッシュは、麻布の山から突き出している歪んだ顔がついた気味の悪い小さな塊――頭の部分のにおいを嗅いでいる。

不快な眺めだった。おれたちは家のなかに入り、おれはかかしのための道具――投げ縄、マッチ、軽油の小さなアルミ缶――を手に取った。

「サーシャ、おれがやる。きみはダッシュとここにいて、うるさくなるかもしれないから音楽をかけるといい。十分もかからずに終わるはずだ」

おれは安心させるように微笑んだ。サーシャは不安そうだったが、うなずいた。「わかった、気をつけてね。これって、すごく嫌な感じがする」

それ以上なにも言う必要はなかった。すでに百回は話し合っている。

おれは外に出るとドアを閉め、つぶれたかかしを眺めた。なんていうか……嫌な雰囲気があると思った。だがなによりも、不快感を覚えた。かかしの向こう、裏のゲートの外に準備したかまどのほうへと目を向けた。ポーチをおりてかかしの向こう側にまわり、つぶれた体から突き出している頭にロープをかけるのが一番いいだろうと考えた。そうすればキッチンのパティオから庭へとおりる階段まで、かかしを引きずっていくことができる。

投げ縄はあまりうまくいかなかった。輪になった箇所を頭に引っ掛けるまで、六回かかった。ようやく成功したところでゆっくりと縄を引いて、首のところで締まるのを確かめた。くそっ、濡れた藁が詰まったただの麻袋じゃないか。こんなものが立っていられたたなんて、物理的にどう考えても不可能だ。**そいつを考えるのはあとにしろ。**うしろ向きに歩き始めると、かかしにかかった縄がさらにゆっくりと締まっていく。かかしはまだ動いてはいないが、かなり強く縄を引っ張っていたから、これ以上力を込めれば、動き始めるのがわかっていた。それはつまり……まだ心の準備ができていないようだ。

心臓がどくどくと打っている。秋になってからというもの、かかしがどんなふうに動き出し、どんな怯えた叫び声をあげるのかを語ったルーシーとダンの言葉が、おれの頭にこびりついていた。その場を何度か回り、一度回るごとに両手を一度振った。大きく息を吸い、かかしをポーチから引きずりおろすまでできるだけ強く、できるだけ早く縄を引っ張ろうと決めた。縄をつかみ、肩にかけ、かまどの準備をしてあるところを見つめながら、縄のたるみがなくなるまで歩いた。声に出して「三、二、一」と数え、力いっぱい縄を引いた。

かかしはそれなりの腹回りがあったが、たいして重たくはなかった。三十五ポンドというところだろう。二、三秒のうちにかかしが階段から落ちるのが感じられ、庭へと引きずっていきながらおれはちらりと振り返った。**ここまでは順調だ。**おれは芝地へと進んでいった。ゲートにたどり着くまで、せいいっぱいの速さで走った。足を止めて振り返ろうとしたところで、それが始まった。

最初に気づいたのは、首へと伸びていく手だ。かかしは頭をこちら側にして仰向けになっていて、必死になって首に巻きついた縄を引っ張っているのが見えた。それが縄を引くたびに手のひらに伝わってくるぴくぴくした動きは、衝撃的すぎて、気味が悪すぎて、おれはまるでそこにびっしりと蜘蛛《くも》が貼りついているかのように、思わず縄を放り出し、一歩遠ざかった。息遣いが聞こえた。大人の男が歯を食いしばり、激しく呼吸しているような音。おれは少しだけ前のめりになって、帽子のつばの下の顔をのぞきこもうとした。そのときだ、かかしは足と肩に全身の力をこめて体を弓なりに反らし、腰を空に突きあげるようにして首の縄を必死になって緩めようとした。同時に、おれがアフガニスタンで聞いたようなこのうえなく痛ましく、苦悶に満ち、いつまでも記憶に残る悲鳴をあげた。そして、突然スイッチが切られたかのように、命と力の痕跡は消えて、かかしはくずおれて再び命のない塊になった。反響する悲鳴が耳の奥で激しく打つ鼓動に取って代わられるまで、おれは信じられずにかかしを見つめていた。

なんてこった。おれはゲートを開け、ゆっくりと縄を拾いあげると、なにか動きやパニックの予兆はないかとかかしを念入りに観察しながら、慎重な足取りで牧草地に出た。縄がぴんと張るまでうしろ向きに進み、それから前を向いて縄を肩にかつぎ、かまどに向かって走った。かまどを六フィートほど通り過ぎ、でこぼこした藁の塊がいるべきところにいると思えたところで足を止めた。

かかしの位置を確かめるために振り返ったとき、再びそれが起きた。

首にかかった縄の結び目のせいで今回は顔が見え、それを見ただけでおれは、触っていなければこの忌まわしい光景を遮断できるとでもいうように縄を放り出した。かかしは手を伸ばして縄をつかもうとしている。刺繍された顔は異様なほど人間っぽくて、ありえない動きをしていた。おれが感じている以上に恐ろしく見えた。かかしは、地面に横たわったままおれの顔が見えるように首を伸ばし、喋った。叫んだと言うほうが正しいだろう。口にした言葉はひとつだけだったが、その声の大きさ、パニックの度合い、心からの恐怖は、繰り返すごとに増幅されていた。

「やめろ、やめろ、やめろ、**やめろ！**」

　始まったときと同様、今回もまたあっと言う間にかかしはかまどの砂の上にくずおれて、叫び声が冷たい灰色の牧草地に響き終える前に、再び命のない塊と化していた。

　おれは気分が悪くなった。罪悪感を覚えた。まるでかかしが、これから処刑されるという現実を把握していたように感じられた。ダンとルーシーの警告を思い出した。**かかしに同情するかもしれないが、それは無視するんだ。そいつらは処分しなきゃいけない。**そういうことならおれは得意だ。実際にやったことがある。

　おれは素早く、けれど慎重にかかしに近づいてかがみこみ、縄の結び目を緩めると、妙に複雑な顔と麦わら帽子からゆっくりと縄をはずした。油の缶を手に取り、蓋《ふた》をはずし、かかしの脚にかけた。「アディオス、バディ」とつぶやきながらマッチをすり、かかしの脚に落とした。

　ダンの言葉どおり、これはとんでもなく燃えやすかった。五秒もしないうちに、すべては炎に包まれ、三十秒後には灰になっていた。まるで軽油に浸してあったみたいだ。

　吐き気を催すくらい不快だった。煙がたちのぼる灰を見おろしながら、今回の経験は恐ろしいというよりはとにかく不快でしかないとおれは考えていた。だが思っていたほど悪くはなかったし、一度の熊追いよりはこいつを十回やるほうがましだった。

　家に戻ると、サーシャは食卓に座っていて、恐怖と質問の混じった顔でおれを見た。おれは彼女に笑いかけた。

「いなくなったよ、サーシャ。燃えて消えた。なにも心配はいらない」

三秒ほどのあいだに、彼女は立て続けに五つの質問をした。「痙攣《けいれん》はどうなの？　悲鳴も泣き声も聞こえなかった――どんなふうだった？　なんて言ったの？　あなたが移動させているあいだに動きだしたときは、強かった？」

おれは両手をあげた。「ベイビー、あれはただの……かかしだ、人形だよ。逃げようとしてほんの一瞬もぞもぞしただけで、あとはかかしのままだった。ちょっとばかり文句は言ったが、すぐに命のない塊に戻ったよ。かまどまでそいつを引きずって行って火をつけたら、油に浸した敷物みたいに燃えた。実際、それだけだ。それほど悪くはなかった」サーシャは不安そうな顔をしていたが、安堵が不安に勝ったようで、やがてうなずいた。彼女が着替えるのを待って、いまは砂の上に広がる濃い灰色のただの灰になったものを見せてやった。

超自然のかかしを炎で追いはらうのはなんでもないことだと言わんばかりに、直後に家を空けるのは気まずかった。そこで一時間ほどかけて用を足し、シャワーを浴びてから、ダッシュを連れてライチョウ狩りに行くことにした。

シャワーを終えて服を着てから仕事部屋に入っていくと、サーシャは電話会議の最中だった。おれはドアを示して、ダッシュと狩りに行くことを伝えてから、彼女の頬にキスをした。出ていこうとしたおれに、サーシャは待ってと指で合図を送り、電話の音を消してからヘッドセットを外しておれに向き直った。

「ベイビー、今朝あれに対処するあなたと一緒に行かなかったこと、すごく嫌な気持ちなの」

おれは首を振った。「サーシャ、ばかなこと言うんじゃないよ。これはおれの仕事だ。ダンにやってもらいなよ。これはおれの仕事だ。ルーシーもこいつには関わらないじゃないか。ダンにやってもらっている。おれは喜んでやるよ。それほどひどいものじゃないしね。次のときにきみがやりたいなら、もしくはおれを手伝いたいなら、それはそれでいいが、おれは全然かまわないんだ。どっちにしろ、おれは、きみにはあんなもののそばに近寄ってほしくないしね」

サーシャはおれの手を握って顔を伏せた。「わかった。次のときね」

彼女は顔をあげて微笑んだが、ダッシュが玄関のドアをかりかりと引っ掻いておれたちの邪魔をした。そちらに目を向けると、早く朝の狩りに行きたくてたまらないダッシュが、待ちきれないと言わんばかりに尻尾を振りながら、居間の向こうからおれたちを見つめていた。

おれはダッシュを車に乗せると、見つけてあったライチョウのスポットを目指した。フォール・リバーの北にある斜面で、アスペンの木々が秋の色に染まった景色はまるで燃えているように見える。一マイルほど歩いたところで、ダッシュが〝鳥狩りモード《バーディ》〟になってきた。猟犬によって違うようだが、鳥猟犬が狩猟鳥のにおいを嗅ぎつけると――それがキジであれ、ウズラであれ、イワシャコであれ、ヤマウズラであれ、ライチョウであれ――彼らはみな興奮し、そのボディランゲージが劇的に変化する。ダッシュがバーディになると、においを追って素早く九十度向きを変えたり、何度も行ったり来たりする。狩りの訓練をすべきなのはそういうところだ。もし狩りの訓練を受けていなければ、そばを離れないように訓練されていなければ、犬はやみくもににおいを追いかけ、鳥は銃の射程距離の外へと逃げ出してしまうだろう。つまり、近くに鳥がいることがわかっているときにそばを離れないように訓練することで、猟犬は作られる。制御された熱意。

何度見ても、犬が鳥を追い立てるところを見るのは面白い。彼らにとってそれが野性の本能であることがよくわかる。ダッシュは大きなアスペンの木のあいだの小さな空き地で、地面にぴたりと鼻を寄せた姿勢で行ったり来たりしていた。

「ダッシュ、落ち着け、離れるな。そばにいろ」彼はいらだったようなまなざしをちらりとおれに向けた。それが彼なりの、**おい、近くに獲物がいるんだぞ、邪魔するな、**の主張であることはわかっていた。

ダッシュは干からびてゴツゴツした大きな木の幹近くに狙いを定めたらしく、尻尾をぐるぐると回しながら、行ったり来たりしている。

おれは親指で安全装置をはずした。

ダッシュが地面に鼻をつけたまま鋭く向きを変えると、その前方十二歩ほど先にある草地から二羽のライチョウがいきなり飛び立った。〝ハート・アタック・チキン〟という名称もなるほどと思える。一羽はおれから遠ざかるように低く飛んで、森の低木帯のなかへと姿を消した。もう一羽はおれの右側へと飛び出してきて、空き地の上の空へと舞いあがった。おれは引き金を引き、数枚の羽根が宙に漂っているなかを、命を失ったライチョウが朝の光を浴びながら落ちてくるのを眺めた。

ダッシュは、ライチョウが地面に落ちた瞬間に走り寄っていた。

「ダッシュ、来い」

ダッシュはそっとライチョウをくわえ、とことことおれに近づいてきた。おれは膝をついて手を差し出したが、彼はおれの前の地面にライチョウを落とすと、〝お手〟と言われたかのように前足を乗せた。おれは声をあげて笑った。

「そうか、確かにな。よくやった、よくできたぞ、ダッシュ！」口のまわりに濡れた羽根を貼りつけ、はあはあ言いながら座っているダッシュは、まるで記念写真を撮るために笑っているようだった。こういうときのために、ハンティング・ベストにはチーズスティックをいつも忍ばせてあるので、彼がかじれるようにビニールの包装を剝いて差し出した。

「今夜はごちそうだぞ。よくやった――もっと獲ろうじゃないか」

その後おれたちは数時間、狩りを続け、さらに三組のライチョウを追い立てた。最初のふた組は一羽ずつ仕留めたが、最後の二羽はどちらもはずした。三羽を夕食にできるというわけだ。仕留め損ねたときは、おれの射撃の腕前に対する絶大な信頼にあと押しされて、落ちた鳥をひたすら探し続けるダッシュを呼び戻さなくてはならない。狙いを外して彼を呼び戻すときは、確かにその顔には落胆の表情が浮かんでいる——**あんたにはするべき仕事があって、おれは必死で走ってるんだから、しっかりしろよ**、と語っている顔だ。

おれが戻ったときには、サーシャはかかしとの初めての遭遇についてルーシーとダンに報告を終えていて、朝よりはずっと落ち着いているようだった。その夜おれは、ライチョウを料理した。おじたちに教わったお気に入りの調理方法で、もも肉と胸肉を塩水につけ、スキレットでローストし、あぶりながらバターをかける。ダッシュの餌にも少し混ぜてやり、残りはサーシャとおれで、マッシュルーム・ピラフとおそらくは庭から採れる今年最後のサラダと一緒に食べた。

これまでと同じくらい上々に、毎日は過ぎていった。あのときまで、この十月はおれの人生で最高の一カ月だったと思う。おれたちは落ち葉で花壇を覆い、庭に設置したスプリンクラーの水を抜き、ほとんど毎日のように郡道やダンとルーシーの農場を抜けてハイキングをした。何度かはサーシャを連れて、ライチョウ狩りに出かけることすらあった。

その前の月、弓矢のシーズン中におれはヘラジカを仕留め損ねていた。弓矢でヘラジカを射たのは大学時代に一度きりだったし、新しい場所でそれを再現するのは簡単ではなかったから、元々無理なことだったのだと思う。そういうわけだったから、ライフルで鹿が狙えるシーズンが近づいてくると、おれは真剣になった。冷凍庫をいっぱいにしたかった。サーシャとおれは、自分たちで捕まえたか、育てたかした肉や魚だけを食べるという夢を持ち始めていたから、おれはこのシーズンには数頭の牡鹿を全力で仕留めるつもりでいた。鹿を見かけた国有林のスポットにはかたっぱしからカメラを仕掛けたし、早朝にはおれたちの地所で牡鹿を見かけることもあった。

サーシャはおれが仕留めた獲物の肉を料理するのも食べるのも好きだったが、動物が死ぬところはあまり見たがらなかった。ライチョウやキジや鴨は平気だが、大きな獲物の狩りには興味がない。哺乳類には感覚的な線引きをしているのだろうと思う。鹿の季節が始まる日の朝、おれはすごく早く起きて、たくさんの鹿を見かけた地点まで、一マイル半ほど牧草地を歩いた。ヘッドランプをつけて、暗いなかを進んだ。同じようなことをしていたときのことが蘇った。当時知り合った仲間たちは別として、おれは海兵隊時代にはあまりいい思い出がない。だがいまと同じようなことをしていたとき——手にはライフルを持ち、重たいバックパックを背負い、世界のほとんどがまだ眠っている早朝、急な坂を登っている——のことを思うと、ふと懐かしさを覚えた。だがそれはほとんどが仲間に対する懐かしさだった。能天気で、疲れていて、いいかげんなやつら。彼らがここにいないことを思うと、少し寂しくなった。

夜が明けて間もなく、おれが狙いをつけている百ヤードほど先の森のなかの空き地に牝鹿の群れが現れた。これまでそれなりにミュールジカを狩ってきていたから、牝鹿の群れがいれば、たとえ発情期ではなくてもそれを追っている牡が近くにいる可能性がかなり高いことは知っていた。おれは牝鹿を見つめつつ、308口径のボルトアクション・ライフルのスコープを牝鹿たちが森から出てきたあたりに合わせた。案の定、大きな体のミュールジカの牡がゆっくりと牧草地に姿を現した。二歩ごとにあたりを警戒しながら、そろそろと歩いてくる。空き地へと歩を進めてきた彼の全身がはっきり見えるようになるやいなや、おれは引き金を引いた。牡鹿はその場に倒れ、牝鹿の群れは四方へと散っていった。

大物狩りのあとの解体作業は決して好きではない。何度やっても、不快なことに変わりはない。肉をテントやトラックや、今回は家まで運ぶという骨の折れる作業は言わずもがなだ。鹿を解体し、最初の分を家まで運ぶのに数時間かかった。サーシャは大喜びだった。店で肉を買わずにいられることが嬉しいらしい。二度目の分を運ぶときには、彼女とダッシュもついてきた。おれたちは四本の脚、背肉、腰肉、あばら肉、胸肉、レバー、心臓、骨髄や毛皮まで持って帰った。すべてが終わったとき、牧草地に残されていたのは、鹿の内臓とあばら骨だけだった。

その夜、おれたちは鹿肉のテンダーロインと地所で見つけた野生のキノコと庭で育てたジャガイモを食べた。食事のあと、たくさん着こんで裏のポーチでくつろいでいると、ここで暮らすようになってから初めて、国有林で遠吠えをする狼の声を聞いた。おれたちが鹿を解体したあたりから聞こえてくるようだ。遠吠えははっきりと聞こえていたが、合間にうなり声や悲鳴のような声もかすかに響いてきた。

おれが撃った鹿の残骸《ざんがい》をめぐって争っているのだろう。サーシャ、ダッシュ、狼たち、そしておれは、今夜の夕食に同じ動物を食べているのだ。

鹿肉でステーキ、ソーセージ、ジャーキー、ハンバーグを作り、庭の恵みで作ったジャムとチャツネを添えて、それから数週間、おれたちは新しいレシピを試しながら、毎晩素晴らしい食事を楽しんだ。王族のような食事だった。毎日が人生最後の日であるかのように、その日その日を慈しみ、笑って過ごした。

十月最後の土曜日の朝、おれが用を足しているとキッチンから切羽詰まった声でおれを呼ぶサーシャの声が聞こえてきた。その声の調子から、なにかが起きたのだとわかった。二番目のかかしが現れたのがわかった。

キッチンに入っていくと、ガウン姿のサーシャが窓の外を眺めていて、ダッシュは窓枠に前脚をかけていた。おれも窓に近づいて彼らの肩越しに外を見た。それは、神経に障る光景だった。

今度は女性の人形だ。ティーンエイジャーの少女のように見えた。白い手袋に藁を詰めた片方の小さな手を行儀よく膝の上に置いて、庭にある低い石壁に背筋を伸ばして座っている。昔ふうのワンピースに白いボンネットという格好だった。顔立ちはかわいらしいと言えるくらいだ。穏やかで落ち着いた表情。背筋がぞくりとした。サーシャがおれを見たので、おれは片腕で彼女を引き寄せた。

「おれがやるよ、ベイビー」今度は一緒に燃やしたいと彼女が言い出すのはわかっていたが、おれはこいつの近くに彼女を近寄らせたくなかった。「なんてことはないさ。ダッシュを外に出さないようにしてくれ。このあいだのよりも大声を出すかもしれないから、音楽をかけるんだ。十五分ほどで戻るから。いいね？　そうしたければ手伝ってくれてもいいが、おれがやるから」

かかしを見つめるサーシャは、不快そうな顔をしていた——このあいだよりはましだったが、それでも彼女が嫌悪感を覚えているのはわかった。ひとつ深呼吸をしてから、言った。「ごめんなさい、わたしはあれの近くにはどうしても行きたくない……」

大丈夫だとおれは言い、なにもふたりがかりでこいつを処理する必要はないとせいいっぱい彼女を説得して、ドアの横に置いてあるかかし処理の様々な道具を取りに行った。

外に出て、かかしをどうやって引き倒し、どういうルートで石壁から裏のゲートまで行けば一番いいのかを考えた。しばらくかかしを眺めたあとで、いかにも人間らしい姿勢に保つためのワイヤーやロッドやフレームらしきものがないことを、もう一度確かめた。お粗末な藁の袋がここまで人間のような姿勢を保っているのを見るのは、やはり衝撃的だった。これはどこからともなく現れたんだろうか？　森から自分の足でここまで歩いてきたんだろうか？　考えただけで背筋がぞくりとして、ほかのかかしたちがうろついているのではないか、遠くからこちらを見ているのではないかと半分本気で考えながら、おれは森のほうに目を向けた。

山の呪いの魔法かなにかだろう。ここ最近、説明できないことのリストは急激に増えていたから、膨らんでいく一方の〝これが現実だ〟のカテゴリーにこれも加えることにした。

まずはゲートを開けに行き、それからかかしのところに戻った。二投目で投げ縄がかかしの腰にうまくかかったので、しっかりと締めていく。さらに縄を引いて、かかしを芝生に引き倒すと、人間らしい姿勢と女性としての品位は途端に消えた。藁が詰まったただの袋だ。

おれは気持ちを引き締め、縄を肩にかついでゲートとその向こうにあるかまどに向かって走り始めた。今回のかかしは前のものよりいくらか軽かったし、高さも五フィートほどしかない。あと少しでゲートというところで、縄が妙な具合に引っ張られるのを感じると同時に、背筋をすさまじい恐怖が駆けあがり、おれは縄から手を離して数歩脇に移動し、それから振り返った。目にしたものに、思わず吐き気を催した。

かかし――少女と呼ぶべきだろうか――は横向きになっていて、藁が詰まった白い手袋の小さな手で腰に巻かれた縄をぎこちなくまさぐりながら、静かに泣いていた。帽子をかぶった顔をあげて、おれを見た。不快なほど生々しいかかしの顔が、怯えている若い女性の表情を気味が悪いほど本物っぽく真似ているのを見て、おれは嫌悪と信じられないという思いに体を凍りつかせた。

「こんなことしないでください、サー。お願いです、わたしを傷つけないで。おねが――」

いきなり彼女から命が消えて、ただの藁の塊に戻ったが、その唐突さはさっき彼女が目覚めたときと同じくらい衝撃的だった。**ちきしょう、こいつはひどくむかつく。**おれは血流を戻すために両手を振りながら、投げ縄の端がある彼女の向こう側に回った。彼女の声にあった恐怖、心からの懇願。この陰湿なやり口に対するいつもの怒りで頭がいっぱいになり、おれはやはりこの精霊が憎いと思った――人を操り、乗っ取ろうとする邪悪なやり口。

乱暴に縄をつかみ、これでまたかかしが目覚めることを望むような気持ちで、振り返ろうともせずにゲートに向かって引っ張り始めた。


再び始まったのは、ゲートを出てからだった。今回かかしの少女はあえぎ、前向きになって膝をつき、両腕を胸に抱いて額が地面につくくらいにまで体を前後に揺すりながら、泣いていた。おれはただそこに立って、彼女を見おろしていた。

彼女はゆっくりと顔をあげた。最初のときと同じくらい、不快な光景だった。

「どうしてこんなことをするの？　わたしがなにをしたの？　お願いだから、わたしがなにをしたのか教えて。お願い、おね――」

今度は、彼女の体から命が消え、くずおれてただの藁の塊に戻ると同時におれは縄を引き始め、それがかまどの中央に収まるまで止まらなかった。彼女の懇願はあまりに現実的であまりに衝撃的だったので、おれは頭のなかで呪文のようにこの言葉を繰り返さなくてはならなかった。**これはただの精霊だ、ここに少女はいない、これはただの精霊だ、ここに少女はいない。**

そろそろとかかしに近づき、前のときと同じようにそっと縄を外し始めた。極力動かさないように頭からゆっくり縄を抜こうとしていると、唐突に命が戻ってきたので、おれはよろめきながらあとずさった。

氷水からたったいま引きあげられたみたいに彼女はあえぎ、それから丸めた両手を目に当てて泣き始めた。おれは震えるかかしに近づいて、手をおろし、訴えるようなまなざしでおれを見あげる彼女——それ——を眺めた。

「どうして？　どうしてわたしを傷つけるの？」

その瞬間、おれはこの一連の芝居に激怒していた。哀れなこいつの懇願を聞いていると、精霊だか悪霊だかなんだかのわざとらしいショーにたいする怒りが募るばかりだった。

なんでもないことのように、妙な古臭いワンピースに油を振りかけ、かかしがまた命を失う前に彼女の質問に答えてやった。

「いまこの土地はおれのものだからだ。おまえから奪ったんだ」

泣いている小さな生き物が命のないかかしに戻る直前、おれが言い終えた直後、その顔からすべての感情が消えた。本当にそれを見たのかどうか確信が持てなくて、つかの間ためらった。それからマッチを擦り、かかしの上に落とすと、ボッ。二十秒のうちに、すべては灰になっていた。

かかしがいなくなるとサーシャは安堵し、おれはなにがあったかを語りながら彼女と一緒にその場に戻った。それが唐突に、そして哀れな生命を持った場所を教え、なにを言ったかを説明した。サーシャはかかしの処理を手伝わなかったことを申し訳なく思っているようで、自分を責めていたが、おれは喜んでやっているんだから気にするなと彼女を安心させた。

「それにサーシャ、これが現れるのはたいてい一年に二度か三度だってダンとルーシーが言っていたから、きっとこれで終わりだ。かかしは終わって、これで冬の〝オフシーズン〟に入るのかもしれない。春になって池の光が現れるまで、このくそみたいなやつとはおさらばだと思うと、せいせいするじゃないか」

サーシャは、さっきまで泣いているティーンエイジャーの少女の形をしていた灰の山から顔をあげた。

「そうだといいけれど……でも、どうかしら。精霊がいなくなったのを感じなかったのは、変だと思わない？　春に光が消えたときや、裸の男が死んだときみたいに？」

それは考えていなかったので、彼女の言うとおりだと気づくと、うなじの毛が逆立った。だが、精霊に関連した、説明のつかない恐ろしい出来事が起きなかったからといって、文句を言うつもりはない。おれたちはこの数カ月、望みどおりの暮らしをしていて、素晴らしい時間を過ごしてきた。たくさん笑った。この精霊の与太話からしばらく解放されることを、おれはとても楽しみにしていた。

おれは肩をすくめ、サーシャの肩を抱いて、家へと歩きだした。「うん、そうだな……おれにもわからないが、あの気味の悪いやつが燃えたのがいい気分なのは間違いないよ。ダッシュもそうだ」

サーシャは、彼女がそのために拾いあげた小枝を投げるのを小躍りして待ちながら、おれたちの前をジグザグに進んでいるダッシュに微笑みかけた。枝を大きく投げたあと、彼女はおれのほうを向き、笑顔でうなずいた。

「そうね、わたしの考えすぎだわ。かかしは燃えた。わたしたちは無事」

第二十二章　サーシャ

わたしは、百ヤードほど前から歩きながら蹴っていた石を見つめた。「かかしを燃やしたとき、精霊がいなくなったのを感じなかったのが気にかかっているの。精霊が現れたとき――池の光や牧草地の裸の男――はいつも現れたのを感じるし、ルールに従ったらすぐに――火を灯《とも》して、男を殺して――いなくなったのを感じる。今回はそれを感じなかったのって、変だと思わない？　だってそもそも、精霊が出現したときのあの感覚そのものが不快なのに、どうしてこのシーズンはその部分がないのかしら？」

　そこに不安や懸念はないかと、わたしはルーシーの顔を探った。なにも見つからない。「わからないわ、サーシャ。人によっていくらか違うのかもしれない。妙だっていうのは認める。わたしはダンが何百ものかかしをひきずっていくのを見たし、燃やすときにはなにかを感じたと思う。今年だって、先週も感じたわ。でも……わたしには説明できない。だけど、心配する必要はないと思う」

　ルーシーは体をかがめ、家を出てからずっとダッシュがくわえていたテニスボールを取りあげた。そして、郵便物を取りに行くために歩いている郡道の先に投げた。わたしたちのドライブウェイから郡道と州道の交差点にある郵便箱までは一マイル以上の距離があるので、普段は車で通りかかるときに郵便物を取ることにしているのだが、午後の散歩に行くいい口実にもなった。

　わたしたちのかかしは、燃やしたときにあの陶酔するような感覚をどうして与えてくれないのかという疑問に対するルーシーの答えは満足するものではなかったが、それでもわたしはうなずいた。

打ち負かす方法を見つけるために精霊の核心を調べると決心してからというもの、夏のあの日、ハリーが精霊と話をしたときのことをわたしは何度となく考えた。精霊を嘲り、その土地を奪ったと告げたときだ。男の顔から恐怖と感情が流れ出てしまったようだったとハリーは言っていた。戸惑ったような、いらだったような顔をしていて、なにかがおかしい、なにかがずれているような感じがしたと。

「これの背後にある意味、その目的がわからないのよ、ルーシー。精霊が出現する形には、それと関連する象徴や……モチーフのようなものがあるはずなの」

この一時間ほど話し合ってきた事柄をさらに深く考えているのか、ルーシーは首を傾けた。

「サーシャ、前にも言ったとおり、これの根底にはバランスという本質があるとわたしは思っている。ギブ・アンド・テイク。陰と陽。水のなかの光の悪は、火をおこすという善で相殺される。裸の男の悪は、熊が彼を殺すことで相殺される。かかしの悪は……気味の悪いそいつらを燃やすことで相殺されるんだと思う」

わたしがなにも答えなかったからか、数歩先を歩いていたルーシーは振り返った。「わたしの分析は理にかなっているとは思えないかしら、ミス・サーシャ？」

「わからない。でも、かかしの場合はやっぱり筋が通っていないわ。眠っているあいだに薄気味悪いかかしがどこからともなく現れて、そのマイナスの部分がそれを壊すというプラスでバランスが取れるの？ ほかのふたつに比べて、漠然としていない？」

ルーシーはうなずいた。「精霊は、もっと深いところの感情や妙なあれこれはわかっていなくて、人間の欲求しか理解できないのかもしれないとも考えていた。だから人間の衝動が、精霊の出現の根底にある象徴なのかもしれないわね」

わたしは首を傾げた。「どういう意味？」

ルーシーは一分ほど考えてから答えた。「出ていこうとすれば、精霊はわたしたちを殺すけれど、休暇に行っても殺さない——わたしたちの心のなかに二度と戻ってこないという意志があるときにだけ、そこまでのことをするのよ。わたしたちの本当の欲求はこの奇妙な古い山の幽霊との奇妙な共存ではなく、出ていきたいっていうことだけれど、それを押しこめることを強要されている。そうしないと、究極の代償を支払うことになる。春のことを考えてみて。悪や危険は水のなかの光という形で現れる。その悪から家族を守るために、家のなかで火をおこすことをルールは要求している。でも家を暖めるために火をおこすっていう行為、寒さから家族を守るっていう行為は、本質的に人間らしいものじゃない？」

「わかってきた気がする……熊追いとかかしはどうなの？　そのふたつに人間の欲求はどう関係しているの？」

「そうね、熊追いの場合、泣きながら懇願する裸の男だけれど、人間の欲求は彼を助けて、敵意に満ちた野生の獣を排除しようとする。でもルールは、儀式は、まさにその反対を要求する。人間の本質的な性質とは反対のことをすることで、自分たちの身を守れる。かかしの場合、人間の欲求は自分と同類を見つけて共感することだけれど、わたしたちはあれを燃やさなきゃいけない。それとも、逆のことが言えるかもしれないわね。気味の悪いかかしが現れたとき、たいていの人間の最初の反応はそれを壊したい、家から遠ざけたいというものだろうから、秋には、わたしたちは人間の欲求を受け入れているって言えるのかもしれない」

「でも……春と夏と秋に現れるものがそれぞれ違っていて、冬にはなにもないっていう、その状態が謎よね。一年の時期を象徴しているのかもしれない。冬は、自然にあるもののほとんどが死んでいるか冬眠しているかで、成長が止まる時期だわ。それが人間の欲求とどう結びつくのかはわからないけれど」

ルーシーはしばらく考えてから口を開いた。「四つの季節を厳密に分けて考えているのは、人間だけだということがあるかもしれない。鳥や動物には繁殖期や冬眠の季節があるけれど、四つの季節に時間的な境界線を引いて、精霊がそれぞれの季節と調和するような異なる出現の仕方をしているって理解できるのは、人間だけだわ……精霊の季節ごとの出現は、過ぎていく時間をわたしたちが自然界の変化に基づいてどう分類しているかを精霊が理解して、それを反映しているのかもしれない。花と気温の上昇は春と釣り合い、熱と命が夏と釣り合い、落ち葉と冷えていく空気が秋と釣り合い、冬はそうね……リセット、自然の記録が次のサイクルのために初期化されるのよ」

わたしは首を振って、目を丸くした。「まったく……頭がくらくらしてくるわ。あなたが生まれてからずっと農場暮らしで、ＬＳＤの時期を経験したことがないなんて信じられない」

わたしたちは揃って笑った。「サーシャ、わたしはたくさん本を読むし、超自然のありえない出来事が起きる美しい谷で一生を過ごす呪いをかけられている。考える材料にはことかかないわ」

わたしは足を速めて彼女に追いつくと、その腕に腕をからめた。「あなたは最高に素敵な山の魔女よ、ルーシー。若い新参者に精霊を避ける昔ながらの儀式を教えてくれて、丘を歩き回ってシチューやお茶に使うベリーやキノコを集める、文字通りの精霊ガイドだわ」

ルーシーが気を悪くしたふりをしてわたしの肩を軽く叩いたので、わたしたちは声を揃えてくすくす笑った。「もっと悪い事態だってありえたわね」

わたしたちはそれぞれの郵便物を取り、帰り道の途中にルーシーがずっと前に作ったベンチで休憩をした。

ルーシーが道路と平行に倒れていたポンデローサマツの枯れ木の幹を、チェーンソーで削って平らな面を作ったのだ。

十一月の空気にはこれまで感じたことのない新たな冷たさがあった。わたしたちがここに越してきた三月はまだ寒かったが、この先に暖かい日がやってくるというにおいや湿度が空気中に感じられた。だがいまは風に鋭さがあって、屋内へと誘導されているような気になる。冬眠を誘う風のにおいと感触。そのにおいと風に舞う黄色くなった最後の木の葉が、長く寒い夜を約束しているかのようだ。

ルーシーはわたしの太腿を軽く叩いた。「どうしてこのことをそこまで深く考えているの、サーシャ？この谷で暮らす人はだれでも考えるだろうけれど、あまり頭を悩ませないようにしなきゃだめよ。考える時間はたっぷりあるんだから」

わたしはかろうじて笑顔を作り、彼女の背後の日ごとに雪に覆われていくティートン山脈に視線を向けた。花崗岩の岩山や頂や稜線は深い雪に隠れてしまっている。

「なんていうか……どう言葉にすればいいのかはわからないんだけれど」

ルーシーは身をかがめて、ブーツについた草と土を払うと、わたしの顔がよりまっすぐ見えるような位置に座り直した。「言ってみて」

わたしはしばし考えてから、言葉を継いだ。「このサイクルを壊す方法がないとは、とても信じられないの。精霊をおとなしくさせる方法がないとは思えないし、これが永遠に続くことを受け入れなきゃいけないとも思えない。それぞれの季節にはルールがあって儀式がある。それなら、どうして精霊と取引をするルールや儀式がないの？」

わたしは彼女の顔を見つめた。「こんなふうに考えてみて……精霊とこの谷に暮らす人間の寿命には、明らかになんらかの関連がある。精霊は、この地で少なくともひとつの季節を過ごした人間とだけ、結びつくことができるみたい。そうでなければ、シーモア家の一番上の娘ベサニーは、ここを出ていこうとしたときに死んでいたはずだから。だから彼女の場合は、精霊はなんていうか……必要とする結びつきの時間を持てなかった。それに、谷に住んでいた人たちが死ぬと、精霊はほかのだれかがそこで暮らし始めるまで休息に入る。シーモア家が出ていったあと、わたしたちが越してくるまでのあいだ、うちの地所には池の光や熊追いやかかしは現れなかった。そうでしょう？　また、どこにいようとその人を殺せるということは、精霊は場所ではなく人間とつながっているということだわ」

　ルーシーは考えこんだ様子でうなずき、続けて、とわたしを促した。

「それに精霊は、土地がだれかに所有されていることにこだわっている。そこの持ち主だってだれかが主張することに。精霊が財産法を知っているとは思えないし、土地測量を勉強したとか、郡の登記事務所で書類を見たとも思えないから、土地そのものではなくて、その土地を支配しているっていうだれかの感情に結びついているんじゃないかと思うの」

　ルーシーは小さく笑って、もっともだというように首を傾けた。「つまり精霊は、この谷の土地を所有しているという人間の認識と結びついているということね。わたしたちが所有していると考えているもの、支配していると考えているものが精霊にはわかる。でも、ヘンリー一家は出ていった日にジョーに土地を売ったのよ。車に乗るより先に譲渡証書に署名したから、所有しているという認識だけに結びついているのではないわね」

　わたしは熱心にうなずいた。「そうなのね、じゃあ……ああ、もう」わたしは笑い、がっくりと肩を落として降参したふりをした。ルーシーも一緒になって笑った。

「ルーシー、わたしはこのサイクルを壊す方法がきっとあると思うの。精霊は人間の命にこだわっていて、その出現は人間の確信に左右されている。だとしたら……その関係に干渉する方法がないはずがない。その公式を崩して、いわば、精霊が自分のエンジンをかけられないようにする方法があるはずでしょう？」

ルーシーは長く感じられるあいだわたしの目を見つめてゆっくりとうなずいてから、固くなった自分の両手を眺めてこすり合わせた。「精霊が必要とするものとか、精霊の……パフォーマンスが人間の命や確信と結びついているっていうのは、いい視点だわ。あなたの言うとおりだと思う。少なくとも、精霊はわたしたちが見て、感じられる形で存在する必要があるという公式は。でも言っておくけれど……その公式を崩すとか、それを変えるためになにができるかということになると、わたしにはなにもわからない。それにこのことも伝えておくわね、そのためになにができるにせよ、ものすごく危険だと思う」

その点については同意せざるを得なかった。

その次の週、わたしたちが一緒に羊を飼うことになったジョアンナが、繁殖のために雄羊を連れてやってきた。ハリーはダッシュと共にライチョウ狩りに出かけていたので、わたしは外に出て彼女に声をかけた。

「こんにちは、ジョアンナ。元気にしていた？」

ジョアンナは餌の袋を持ちあげてトラックのうしろに放りこむと、硬い声で答えた。「まだ、生きているよ」

わたしも彼女と一緒になってドライブウェイから牧草地へ出るゲートにもたれ、新しいルームメイトに会いに駆け寄ってきた不安そうな羊たちのあいだを歩きまわる新しい雄羊を眺めた。ジョアンナはぶっきらぼうできつい人で、目つきは鋭く、人生を三回は見てきたような顔をしていた。わたしはある意味、彼女のつっけんどんな態度を楽しみ始めていた。羊の様子を確かめたり、ワクチンを打ったり、餌を運んだり——牧草地の草が枯れてきているいまは、しばしばその必要があった——するために彼女がやってきたときは、わたしも手伝うようにしていた。彼女はわたし——都会ずれした進歩的なリベラル派——のことがあまり好きではないのだと思う。けれど、実のところ、わたしを好きではないことがなにげに気に入っているのではないかと感じていた。短いけれどほぼ必ずかわす会話と、自分とはまったく違う人間との妙な関係性を楽しんでいるようだった。

わたしは彼女の大きなトラックと、雄羊を乗せてきた馬の運搬車を眺めた。いまにも撃とうとするみたいにライフルの赤い照準線の中央に狼の黒い輪郭が描かれ、その下に〝煙草は一日ひと箱〟と書かれた大きなバンパーステッカーが貼られている。

「そのバンパーステッカーはどういう意味?」

彼女はそちらに目を向け、それからちらりとわたしを見たあと、羊に視線を戻した。「あたしは狼が好きじゃない。環境保護主義者たちがわざわざ戦って、この国でまた狼が生きられるようにした理由が、さっぱりわからないね。あいつらは関わり合いを持つような相手じゃないよ。そもそも理由があって排除したんだから。立派な理由がね。あのくそったれどもは、農場主の暮らしを危うくするんだ」

どう答えればいいのかわからなかった。わたしは狼が好きだ——お気に入りの動物のひとつだと言ってもいい。「一八〇〇年代にアメリカの西部で羊や牛の牧場をしていた人たちは、まわりにたくさん狼がいてもうまくやっていた。彼らは狼にどう対処していたの?」

ジョアンナはゲートに唾を吐いてから答えた。「見かけたらすぐに撃っていたんだよ。徹底的にやっていた」

しまった。彼女を調子づかせてしまったようだ。驚いたことにジョアンナはそのまま言葉を継いだ。「環境保護主義者たちはキーストーン種（比較的少ない数でありながらも生態系に大きな影響を与える種）だって言うが、あいつらはただの捕食動物だ。食べられるものはなんだって食べる。共食いだってする。知っている？　怪我を隠そうとするのがあいつらの本能なんだ。飼い犬もそれをやるよね。狼が脚を引きずったり、隠せないくらいの怪我を負ったりすると、属していた群れがそいつを攻撃する。まるで見知らぬ間柄だったみたいに、ずたずたにして食べてしまうんだ。あいつらには、弾を撃ちこむ以上の価値なんてないよ」

「なんだかわたしたちみたいじゃない？　人間の振る舞いに似ている気がする。見た目以上に、わたしたちには共通点があるのかも」

　ジョアンナは返事の代わりにうめき、わたしに顔を向けた。「そう？」

　彼女は手袋をした手を東のほう、国有林と山に向けて振った。「あそこではヘラジカや鹿やほかの動物たちを保護するための法律がある。あたしたちは自分たちで境界を作った。希少性と控え目な消費という概念を学んだ。人間はそうやって自然を守っている。でも狼は？　あいつらはあの同じ森のなかで、なにも残らなくなるまですべてをずたずたにし続けるんだ。自分たちが飢えるまでね。人間はひどいことをするかもしれないけれど、あたしたちはそれが間違いだと知っている。狼は？　破壊するのが、あいつらの本能なんだよ」

　うなずいた。「まさにそういうことなんじゃない？　それが彼らの本能、ＤＮＡにそう刻まれていて、生き残るためにそうするよう駆り立てられている。彼らは群れで生活していて、順位がある。ただの血に飢えた獰猛なだけの生き物じゃない。自分たちの面倒を見て、生き残るために自分にできる唯一のことをしている。

その本能を理由にして、なにかを絶滅に追いやろうとするのは公平とは思えない」

汚れた古いステットソン帽の下で、ジョアンナが目をぐるりと回すのが見えた。「たしかに、あれはあいつらの本能だ。でもそういうことなら、あたしたちが大切にし、よりどころにしている動物を食らうために森からやってくる獣を殺すのも、人間の本能だってことだよ。まだ洞窟で暮らしていたころから、あたしたちはそうやってきた。だから、ヨーデルを歌う雑種犬を殺すのも、あたしたちの本能なんじゃない？」

わたしは彼女を見つめて首をかしげ、それから牧草地に視線を戻した。「洞窟にいたころのような暮らしをしなくてすむようになったのは、ありがたいわよね？　その頃は、なんであれ食べられるものは殺して食べて、よそ者は殺していたはず。あなたとわたしは奴隷だったかもしれない。人間がその段階を過ぎて、暴力的な穴居人《けっきょ》の性質を洞窟に置いてきたのは、本当によかったわ。もしそうでなければ、いまごろ世界はどうなっていたことか……」

ジョアンナは横目でちらりとわたしを見て鼻孔を膨らませたが、なにも言わなかったので、わたしは少しだけ勝ったような気持ちになった。ややあってから、彼女は再びわたしを見て訊いた。

「けっきょ——なに？」

わたしは声をあげて笑い、彼女も頬を緩めた。「わたしはもう家に戻らないと。それじゃあ、またね、ジョアンナ」

ドライブウェイを戻っていると、彼女がうしろから叫んだ。「あそこの木もハグしてあげればいいんじゃないの、サーシャ」

わたしは振り返って笑い、手を振った。彼女は形だけの笑みを浮かべ、手袋をした手で帽子のつばに触れた。

十一月は駆け足で過ぎていった。一年のうちでも美しい時期だが、そこにはどこか重苦しく、憂鬱そうな気配があった。すべての葉が落ちて、一切の緑が色褪せた山の十一月の午後には、どこか張り詰めたような空気がある。光のなかに、山や家の上の森のあいだを低くうなりながら吹き抜けていく風のなかに、それは感じられた。だが憂鬱そうではあっても気が滅入るようなものではなく、そこにあるのは母親が前もって注意を与えているような、前兆の響きだった。あたかも、風が、低くなっていく気温が、あたりの物音が、充分な食料は備蓄してあるか、充分な薪は用意してあるか、暖かい毛布は充分にあるのかと確認しているかのようだった。

ダンが貸してくれた油圧式の薪割り機を、ハリーは存分に活用していた。ある日、それが動かなくなったので、午後にダンが修理の手伝いに来てくれた。その後、彼とハリーとわたしは裏のポーチに座り、これまでに現れた二体のかかしと、それを燃やしたときにあの……感覚がなかったことに話が移った。ダンは困惑したような顔になり、その表情を見て、心配しているようだとわたしは感じた。

それの意味について、わたしたちの話は堂々巡りをした。ハリーは、燃やしたときにわたしたちがなにも感じなかったのはなんでもないことだと言い張り、ダンとわたしは不吉な意味があると訴えるわけではないにしろ、ハリーの**たいしたことじゃない**という主張に反論した。ダンとわたしは屋外テーブルの前に置かれたベンチに座っていたが、ハリーはポーチの手すりにもたれ、気軽なお喋りのはずの時間に敵対者の雰囲気を漂わせていた。

ダンは帽子を脱いで、木の幹のような太い前腕で額を拭った。わたしは彼のこのちょっとした癖が好きになっていた。かわいらしい仕草だ。ダンはハリーを見て言った。

「ハリー、わたしはこの精霊の騒ぎの専門家っていうわけじゃない。だが、きみが生まれる前から、毎年二度か三度はあの気味の悪い袋をかまどまで引きずっていっているが、燃やしたときにあの感覚を味わわなかったことは一度もないんだ。あの解放感、高揚した気分。あれが燃え始めると、いつだって必ず感じる。それが問題だとか、きみが感じないからどうだとか言っているわけじゃないが、ただ、なんて言うか……当惑しているし、混乱している」

ハリーは即座に言い返した。「当惑して、混乱しているのか、それは大変だな、ダン！」

ダンとわたしは思わず笑った。

ハリーとダンの距離は縮まっていて、互いにちょっと辛辣な言葉を投げつけ合うのを楽しんでいる。見ていて好ましかった。

わたしは親指でハリーを示した。「この人って、本当にどうしようもないうぬぼれ屋よね」

ダンはうなずいた。「きみがよく我慢していると思うよ、辛抱強いね」

ハリーはにやりと笑って腕を組んだ。「ダン、おれはあんたを心から信頼しているが――これからだってそうだ――これが起きたことのすべてだろう？　あいつらをかまどまで引きずっていく、あいつらは何度か目を覚まして、泣いたり懇願したりする、そしておれはあいつらを燃やす……なにが問題なんだ？　そんなに心配なら、ジョージじいさんに電話するといい。来るように言ってくれ。どっちにしろ、おれは彼に会いたくてたまらないし、いまになってもまだ一度も会っていないなんて、まったくもって変だ。彼なら、かかしを燃やしたのに高揚感がない問題に、なにかヒントを与えてくれるかもしれない。なにが問題なのか、おれにはわからないがね」

ダンは東の山のほうを見つめ、わずかに顔をあげて顎を掻いた。「こういうのはどうだ、うぬぼれ屋…

……」わたしに小さく微笑んだあと、ハリーに向かって言った。「今週中に、ジョージじいさんと彼の息子のひとりと会うことになっているんだ。なにがあったかを彼に話して、どう思うかを訊いておく。可能であれば、来てくれるように頼んでみよう。これまで最後にかかしが現れたのが十一月二十九日だったから、仮に三番目が現れるとしても、それまであと二週間かそこらしかない。だから、こうしよう。来週中に三番目が現れたら、電話してくれないか？　すぐに駆けつける。きみのやり方を確認したい」

ハリーは一度だけうなずいた。「わかった。おれの投げ縄の腕前をぜひ見せたいよ」

わたしも安心していた。対精霊会議に〝長老たちを招集〟したあとは、いつも気持ちが軽くなる。ハリーも、どれほど平然としているふりをしていても、ダンたちにこの話をしたあとは気が楽になっているのをわたしは知っていた。

翌朝、わたしはダッシュと一緒に郵便箱まで郡道を走るつもりで早起きをした。往復で三マイルちょっとという手ごろな距離だ。靴を履き、手袋と帽子をつけ、トレーナーを着て、熊よけスプレーを持って外に出た。ゲートの外に出て閉め、耳にイヤホンをつけたところで、いきなり吐き気が襲ってきた。ドライブウェイの砂利に胃のなかのものを吐き出すまで、かろうじて髪をうしろにまとめるだけの時間しかなかった。ダッシュが心配そうな顔で駆け寄ってきて、鼻をこすりつけてきた。

片膝をついて何度か唾を吐き、それからぺたんと座りこんで何度か深呼吸をした。**いまのはなに？**　ゆうべはとてもいい気分だったし、夕食は一週間前にまとめて作ったスープだったけれど、あれ以来、三回も食べている。妊娠しているはずはない。もうずっと避妊しているのだから。ＩＵＤは副作用がひどかったので二カ月前にはずしたけれど、代わりに一カ月前からピルを飲んでいるし、そのあいだはハリーもわたしも気をつけていた。少なくとも、気をつけていると思っていた……

　くそっ。わたしは家へと駆け戻り、キーをつかみ、ダッシュを車に乗せて、町に向かった。衝動的に妊娠検査薬を五つ買い、急いで家に戻った。ハリーはまだ眠っていたので、わたしは外をうろうろしながら水をがぶ飲みし、もうトイレに行きたくなっていることに、そしてこの二週間、トイレが近かったことに気づいて完全にパニックになった。居間の脇のハーフ・バスルーム（便器と洗面台だけのバスルーム）に入り、検査薬をふたつ使った。どちらも陽性になるのがわかるまで、さほど時間はかからなかった。**くそっ、くそっ、くそっ。**なんの根拠もなかったが、今夜、残りの検査をするまでは確かとは言えないと、自分に言い聞かせた。その日の時間は、糖蜜のようにのろのろとしか進まなかった。ようやく夜がやってくると、さらにふたつの検査薬を持ってバスルームに入り、陰性になることを願いながら封を切った。

　一時間後、わたしは涙をこらえ、必死になって冷静さを保とうとしながら裏のポーチに座っていた。**妊娠した。妊娠してしまった。**ひどくストレスがたまっているときでも母親に電話をかけようなどと考えたりはしないのに、もう少しで電話をしそうになるくらい、わたしは取り乱していた。この妊娠は、ただの妊娠ではない。この地で生まれるということは、自分の意思や、自由や、世界に出ていって好きな道を選ぶという選択肢のない人生が待っていることを意味する。なによりわたしが驚いていたのは、実際に妊娠が判明するまでは、ひと月前にだれかに尋ねられていたとしても、中絶することになんの疑問もためらいも覚えなかっただろうという事実だった。けれどいまわたしは怒っていた。自分に、ハリーに、そしてなによりそれが意味することに怒っていた。わたしは選択する自由が欲しかった。自分がどうするかを決める自由が欲しかった。

けれど、その自由はない。ここで子供を持つことの無責任さは明らかだったから、選択の余地はなかった。こんないかれた出来事から逃れられない人生を子供に送らせるわけにはいかない。ありえない。わたしに選択の自由はない。それが腹立たしかった。この精霊の狂気を終わらせる方法を、それを壊し、取り除き、払いのける方法を、あるいは殺す方法を見つけ出さないかぎり、わたしは自分を許すことができないだろう。

これを終わらせる方法を見つけないかぎり。

その後の数日間、わたしは世界レベルのストレス専門クリニックになったふりをしていた。出ていこうとすれば死ぬことを伝えなかったとき、ハリーに辛い思いをさせたことはわかっていたが、今回は話が違う。これは個人的なことだ。精霊の惨めな奴隷になるべく生まれてくる命を育んでいるのは、わたしの体だ。このことは、わたしが決めたときに、わたしのやり方で伝える。けれどそれ以上にわたしの頭のなかを占めていたのは、精霊の餌食にすることなくこの子を産むために、なにかできないだろうかということだった。これを倒す方法が、打ち破る方法があるはずだ。なんとしてもそれを突き止めるつもりだった。以前にも同じように感じていたが、これほどの激しさではなかった。

感謝祭がやってきたが、三体目のかかしはまだ現れなかった。ダンとルーシーが地元の農家の人々を招いて食事を振る舞った。皆、いい人ばかりで、なかには会ったことがある人もいた。ジョアンナがいたので、わたしは彼女の隣に座り、ほとんどの時間を言い争いをして過ごした。だれもが気持ちよく酔っていた——わたしは例外だったけれど、都合のいいことにだれも気づいていないようだった。ダッシュと客が連れてきた何匹かの犬たちは、おこぼれを狙って食卓の周りをうろついていた。ディナーのあとは、ルーシーが古いピアノで弾くクリスマスの曲に合わせて、みんなで歌った。ダンとルーシーはわたしたちの家族同然になっていた。部屋を見回すと、心にこびりついていた精霊に関する心配事が消えていった。自分たちの美しい家で友人たちに囲まれている、年配の素晴らしい農場主夫婦を眺めた。ハリーとわたしは部屋をはさんで笑顔で見つめ合った。彼もまたわたしと同じものを見て、そのありがたさを感じているのだとわかっていた。

精霊などくそくらえ。わたしたちはここで幸せに暮らすことができる。ここで幸せに暮らしている。

第二十三章　ハリー

感謝祭の次の土曜日、おれはダッシュを連れてヘンリーズ・フォークで鱒釣りとライチョウ狩りをするため、早起きをした。釣りと狩りってやつだ。川はじきに氷が張るから、冬が本格的にやってくる前に、もう一度だけ釣りに行っておきたかった。

半分寝ぼけたまま、コーヒーをいれるためキッチンに入った。ダッシュがパティオに出るドアを見つめていたので、用を足したいならすぐに外に出してやるからとおれは声をかけた。食器洗浄機からマグカップを取り出そうとしてかがみこんだとき、視界の隅に場違いなものが見えた気がした。おれはぎくりとして顔をあげ、裏のポーチに目を向けると、そこにあった。第三のかかし。

今回は少年だった。十四歳くらいで、風変わりなキャンバス地のズボンにロープのベルト、染みのついたボタンダウンシャツを着て、ボウルのように切りそろえられた髪は真っ赤な糸だ。このくそったれも、やはり胸が悪くなるようなにやにや笑いを浮かべていた。腕を組み、藁を詰めた作業用手袋の華奢《きゃしゃ》な手で上腕をつかんでいる。意外にもサーシャの母親が引っ越し祝いとしてわざわざ買って送ってくれた背の高いお洒落な植木鉢のひとつに、軽く腰かけていた。片方の脚は伸ばして体を支え、もう一方の膝を曲げて足を植木鉢に引っ掛けている。

これまでの二体とは明らかに違っているところがひとつあった。中年の男と十代の少女は、基本的に気味悪かったとはいえ、どこか落ち着いた雰囲気があったし、おれたちが見つけたときはその奇妙な麻布の顔に瞑想的な表情を浮かべて、なにを見るともなく前方を見つめていた。一方でこの少年は顔を右に向け、人を見下すような薄気味悪い笑みを浮かべて、キッチンの窓をまっすぐに見つめている。

こいつが目覚めたときには、つかの間の命が消える前に、げす野郎と呼んでやろうと決めた。

約束どおり、おれはカウンターの上の電話を手に取り、ダンにかけた。彼はいつも朝四時半に起きているから、もう起き出して二時間近くたっているころだろう。そのとおりだった。彼は呼び出し音が一回鳴ったところで電話に出て、いましていることを切りあげて、すぐに向かうと言った。

ほんの五分前までサーシャがぐっすり眠っていた寝室に戻ってみると、彼女は幽霊のような真っ青な顔で大きく目を見開き、ベッドの上に座っていた。

「ハリー……あれがいる、精霊が。感じるの。いまここにいる」

パニックにからられたその声、その口調を聞いて、おれの心臓は途端に早鐘のように打ち始めた。ベッドに腰かけて、彼女の肩に両手を乗せた。

「わかっている、ベイビー。たったいま、見たよ。裏のポーチにいる。これまでの二体と同じ、いままでと同じさ。ダンに電話をしたから、すぐに来てくれるし、おれが――」

自分の声にもパニックが混じっていることに気づき始めたところでサーシャがおれを遮り、身を乗りだした。「前と同じじゃない、ハリー。わかるの。あなたは感じないの？　あなただって感じてるはず」

サーシャは泣き始めた。おれは彼女を抱き寄せた。

「ベイビー、大丈夫だ。大丈夫だよ、サーシャ。前にもやったことだ。いましているし、これからもするんだ」

ひとこと言葉を口にするたびに、その感覚が増していく。サーシャの言うとおりだ。池に光が現れたときや、男がフェンスに向かって走ってきたときとまったく同じものをおれは感じていた。それは異質な恐怖感であり、自分の心から湧き出たものではない、ウィルスみたいに伝染するパニックだった。強引に侵入してくる。耳鳴りがし始めた。

ダンとおれがあれを燃やすまでベッドにいたほうがいいと言ったにもかかわらず、サーシャはそのかしが見たいと言い張った。「いいえ、ハリー、わたしは見なきゃいけない」

おれは彼女についてキッチンに戻った。ダッシュは相変わらず頭を低くしてドアの前に立ち、ドアに向かって低くうなっていたが、首筋の毛が逆立っている。それを見ただけでアドレナリンが全身を駆け巡り、両手と顔にざらざらした砂が流れこんだような気がした。ダッシュはこれまでの二体のかかしにはほとんどなんの反応も示さなかったのに、いまは池に光が現れたときや、熊追いの不愉快な見世物が繰り広げられたときと同じ反応を見せている。

おれたちはどちらも無言のまま、裏のポーチの植木鉢になにげない様子でもたれ、脅すような笑みをこちらに向けているかかしの少年を見つめた。聞こえるのはダッシュの低いうなり声と、コーヒーメーカーのごぼごぼという音だけだ。

おれはサーシャに向き直った。「ほら、前とだいたい同じだろう?」

おれがそう言い終えたとたんに、サーシャは前かがみになってキッチンの床に吐いた。吐いた物がシンクとキッチンの真ん中のアイランドのあいだに敷いた細長いラグに音を立てて落ち、戸棚のドアにしぶきが飛んだ。

おれは彼女の肩をつかんで支え、シンクまで連れていった。ダッシュは吠え始めていた。

サーシャは何度か唾を吐いたあと、布巾《ふきん》で口をぬぐって蛇口をひねり、ぼんやりとシンクのなかを見つめていた。

おれはかかしとダッシュとサーシャを順に見つめた。**なんてこった。おれが落ち着かなきゃいけない。**サーシャのためにグラスに水を注ぎ、彼女の肩を撫でた。「大丈夫だ。準備はできている。するべきことはわかっている。いまあれは無害だ」

サーシャは涙を流しながらゆっくりと首を振り、顔をあげておれを見た。「ハリー、あれは変よ。あれはただの……人形じゃない、これまでみたいなかかしじゃない。感じるの。あれにはなにか邪悪なものがあるのよ、ハリー。なにかおかしい」彼女は震え始め、言い終えないうちからさらにひどく泣き始めた。おれはしばらく彼女を抱きしめたあと、居間へと連れていき、ソファに座らせた。なんとかしなくてはいけない。

募っていく怒りに抗い、サーシャのために冷静に振る舞おうとした。彼女の顔に両手を添えてキスをし、笑いかけた。「すぐにダンが来る。彼が来たら急いで外に出て、あの邪悪な人形を暗いところに追いやってくるよ。そうしたらラテをいれよう。アボカドトーストも作ろうか。とびきりいかした朝を過ごすんだ。いいね？」

サーシャは首を振りながら、仕方なさそうに笑った。とりあえず能天気なふりをしてみたものの、彼女の笑みがすぐに怯えた表情に取って代わられるのを見て、その態度は間違っていたらしいと気づいた。おれはキッチンのドアに向かって唸ったり吠えたりして激しい怒りを見せているダッシュに近づいた。居間へと連れ戻してなだめようとしたが、彼はおれの手から逃げ出すと、サーシャの前に頭を低くして立ち、キッチンへと続く廊下に向かって唸った。

砂利を踏む音がして、ダンのトラックがドライブウェイを近づいてきたのがわかったので、かかし退治の道具を手に取った。玄関のドアを開けようとしたおれの手首をサーシャがつかんだ。「ハリー、気をつけて」

彼女にキスをし、その髪を耳にかけた。「わかっている。きみはここにいるんだ。いいね？」

ドアを開け、ダッシュが外に飛び出さないように脚でふさいだ。「おまえは母さんとなかにいるんだ、いいな」彼はいつもの**くそったれ、おれたちはチームだと思っていたのに**の顔でおれを見つめ、おれは投げ縄とオイル缶とコーヒーを持って体を横向きにして外に出ると、ドアを閉めた。

ダンを出迎えるためにポーチの階段をおりたところで、彼がゲートの向こうから現れた。

「おはよう、ハリー！　三番目だって？　最初の秋も終わりだな！　どこだ？」

ついいましがたおれがサーシャにしようとしていたことを、ダンがしているのがわかった。能天気なふりをして、わざとらしいほど平然としている。おれは不安になった。おれたちはポーチがキッチン脇のパティオにつながっているところまで家の前面に沿って歩いた。おれは手にしたコーヒーで〝少年〟を示し、なにか懸念の色は浮かんでいるだろうかとダンの顔を眺めた。

ダンはかかしの品定めをしている。「ちびこいやつだな。さてと、やろうじゃないか。どれくらい投げ縄の腕前があがったか、見せてもらうぞ」

一投目でかかった。投げ縄の輪はかかしの胸、組んだ腕の上にからまった。縄を引いて結び目を締め、さらに引いて高慢な若い少年を麻布と藁のごつごつした塊に変えた。ダンがうなずいた。彼は緊張しているように見える。おれは緊張していた。

ポーチからおりる階段までまっすぐにかかしを引っ張ることのできる位置へと縄を持って庭を移動し、そこに縄を置いてから裏のゲートを開けに行った。とにかく不快でたまらず、恐怖がいまにも爆発しそうで、心臓が激しく打っていた。

縄を手に取り、たるみがなくなるまで後退してから、外にかまどがあるゲートに向かって進み始めた。

少年の藁と麻袋の体が階段をどすどすと落ちる感触が伝わってきた。**くそっ**、こいつはいままでで一番重い。少なくとも五十ポンドはあるだろう。おれは縄を握る手に力を込め、体を低くしてありったけの力で引っ張って、ゲートに向かって庭を進んだ。

あと四十フィート。三十フィート。おれは全速力で走ろうとした。あと二十フィート。あと十フィート。ようやくゲートにたどり着いたが、このちいさなろくでなしは、おれが移動させているあいだに百ポンドは重くなったような気がしていた。ロープから手を離し、かかしから十二歩ほどうしろにいるダンを見た。かかしを示し、荒い息の合間に訊いた。

「ここまで来ても、一度もこいつが目を覚まさず、声さえあげなかったことはあったか？」

ダンはさっきよりもさらに不安そうに見えた。青い顔で、命のないかかしを見つめたまま答えた。「いいや、ハリー。一度もなかった」

おれは両手を膝に当て、仰向けになっているかかしを見つめた。顔に貼りついたままの生意気そうな表情、間抜けっぽいボウルカット。ダンに目を向けると、彼は空気を観察しているかのようにまわりを見渡し、それからおれに視線を戻した。

「ここにいるぞ。精霊がいる。最初の二度のかかしの朝はいなかったかもしれないが、いまは間違いなくいる」

否定できなかった。おれも感じていた。パニックの触手がおれの心に侵入しようとしている。風が急に強くなってきた。そこに立っているあいだに、微風だったものが激しい強風に変わり、頭上の大きなハコヤナギを揺らしている。ダンとおれは木を見あげた。冷たいものが骨までしみこんできた。

ダンは木からおれに視線を移して言った。「終わらせろ。いますぐ終わらせるんだ」

おれは木の葉が散る庭から縄を拾いあげ、たるみがなくなるまでうしろにさがると、綱引きをしているみたいに全身の力を込めて引っ張った。霜がおりたかまどの砂に足がめりこんだ。人形の頭がゲートを通り過ぎたちょうどそのとき、それは起きた。

人形がおれに背を向ける格好でいきなり起きあがったので、すさまじい勢いで引っ張られた縄がおれの手から離れ、勢いあまっておれは尻もちをついた。あまりの恐怖におれは子供のように悲鳴をあげた。かかしはおれではなくダンのほうに顔を向けていて、あわてて後退したダンも転んだ。それは、完全に座る体勢になるやいなや、叫び始めた。

初めのうちその叫びは少年のものだったが、次第に音程がさがっていき、一度に五つの異なる悲鳴が聞こえてきた。男の悲鳴、少女の悲鳴、馬の悲鳴、豚の悲鳴。気圧が劇的に変わり、耳がツンとして痛んだ。急に吐き気を催した。息をするのがせいいっぱいだ。まるで、どろりとした泥のボウルに放りこまれたようだった。両手で耳を押さえようとしたところで、人形の命が不意に消え、それはうしろ向きに崩れ落ちて藁を詰めたでこぼこの麻袋の塊に戻り、あの気味の悪い笑顔で空を見つめていた。

おれはふらつきながら立ちあがると、かかしを飛び越え、ダンに駆け寄った。彼は肘をついて体を起こし、激怒のまなざしで凶悪な塊を見つめている。

そして隣で膝をついたおれを見て言った。「どんなことにも、初めてはあるってわけだ」

彼のユーモアがありがたかった。おかげで落ち着いた。ふたりして数秒間、呼吸を整えたところで、ダンがおれの背中に手を当てた。「わたしが子供みたいにこいつを嫌っている理由がわかっただろう？　だがあんな叫び声を聞いたのは初めてだ。地獄のコーラスみたいだった」

さっきの彼の指示を繰り返す以外、なにを言えばいいのかわからなかった。「さっさとこいつを終わらせよう」

ダンはうなずき、オイル缶を手に取った。おれたちはどちらも命のないかかしと距離を置きながら、すばやくゲートから外に出た。おれは再び縄を持ち、これまでの二体のかかし――はるかに調和が取れていたこの季節のかかし――の灰に足跡を残しながら、かまどの上をゆっくりと後退した。たるみがなくなるまで後退したところで、ダンを見た。これまでの人生で一緒にいることを感謝した人間は何人もいるが、いまこの瞬間は、そのだれよりもダンがいてくれることがありがたかった。彼は険しい顔でうなずいた。

おれは縄を引き寄せ、ありったけの力でうしろに引っ張った。かかしの腰がゲートの外に出かかったところで、それが起きた。

かかしは両腕を片側に投げ出すようにして、あっという間に腹ばいになったかと思うと、足と膝、鹿革の手袋をはめた藁の手を地面について四つん這いになった。おれはその衝撃に懸命に抗おうとしたが、まるでダンのトラックを引っ張っているかのようだった。縄は再びおれの手から離れ、おれはまた尻もちをついた。ダンは恐怖に見開いた目でかかしを見つめながら、そろそろと離れた。

かかしがゆっくりと頭を持ちあげたので、まっすぐにおれの目を見つめている彼の目が、赤い糸の髪のあいだから見えた。おれはあわてて立ちあがり、投げ縄に飛びついた。もう少しでつかめるというところで、少年が引いた縄が彼の前でらせんを描いた。そして少年はくすくす笑いはじめた。

くすくす笑いはやがて邪心のある笑い声に変わり、おれの血管は氷を入れられたようになって、全身に鳥肌が立った。その声はどんどん大きくなり、少年は低くしわがれた声で激しく笑い始めた。腹の底から湧きあがってくるような、本物の笑いだった。目は細めているものの、突き刺すように光る青い瞳はじっとおれを見つめている。肌がぞくりとした。虫に覆われているみたいだ。おれはえずいた。

そして始まったときと同じくらい唐突に、邪悪な少年から命が消えて、その体は鎖の入った袋のようにどさりと地面にくずおれた。

ダンに目を向けると、彼の顔にそんなものを見ることがあるとは思ってもみなかった本物の恐怖の表情でおれを見つめていた。おれは木の葉のように震えていた。歯に胃液がからまっている。かろうじて立ちあがり、いまにも吐きそうだったので両手を膝に当て、何度か砂に唾を吐いた。呼吸を整え、なんとか言葉を紡ぎ出した。

「笑うのを聞いたことは？」

ダンは返事をすることも、おれの顔から視線を外すこともなく、ただゆっくりと首を横に振っただけだったが、やがて言葉を絞り出した。

「ハリー、こいつはいますぐゲートの外に出さなきゃだめだ」

おれの感情は完全に爆発していた。これまでこんなものを感じたことはなかった。一度に百もの感情を、最大の強烈さで経験していた。あたかも、うねって白熱するスペクトルに脳みそと内臓をかき回されているみたいだった。ほんの一瞬、怒りが頭をよぎり、おれは命綱のように、最後のチャンスであるかのようにそれにしがみついた。

かかしの不快な小さな顔に体ごと飛びついた。赤い糸の油っぽい頭をつかみ、肺がからからになるまで叫びながら、足の下にかまどの砂を感じるまで、体と魂のすべての意志とありったけの力を込めてゲートの外へと引っ張った。

かかしから手を離したとたん、その気味の悪い小さな手が伸びてきて、万力のようにおれの前腕をつかんだ。鹿革の手袋の中身が冷たい鋼鉄でできているみたいだった。おれは半狂乱になって、反対の手でそれをはがそうとした。手助けしようと、視界の端にいたダンが突進してきた。気づいていなかったが、ダンもおれも大声をあげていた。嫌悪と恐怖と努力の叫び声だ。

かかしはおれを見ようとしてゆっくりと顔をあげながら、もう一方の手をダンの首にすさまじい力で食いこませた。おれはそいつにつかまれている腕をほどこうとするのはやめて、ダンの首にからみついた手を引っ張り始めた。その力はものすごくて、作業用手袋をはめた指はダンの筋肉質の首にほぼめりこんでしまっている。

ダンの顔は赤みがかった紫色になり、その色がどんどん濃くなっていき、目と筋肉が膨れあがっていった。口から流れ出た血が顎を伝い、どろりとした血が耳から流れ出すのをおれはなすすべもなく見つめた。右目が眼窩で破裂し、青い角膜に縦に裂け目が入って、どっと流れ出した血の混じった液体がかかしの腕を濡らした。

　おれは、ゆっくりと顔をあげておれの顔を見ようとしているかかしに目を向けた。目と目が合うと、そいつは笑った。

　その途端、おれの膀胱と腸が緩んだ。鼻と耳から血が流れ始めた。眼球が揺れ始めた。歯は蛆虫《うじむし》に変わってしまったかのように、もぞもぞとのたうって歯茎から逃げ出そうとしているみたいだった。動けなかった。頭のなかで異常なくらい大きく響く血流の音以外、なにも聞こえなかった。

　かかしの口の邪悪な刺繡が歪み、ねじれ、言葉を紡いだ。だがなにかを喋ったわけではなかった——音にはなっていなかったが、同時にそれはおれが聞いたこともないくらい大きな音だった。音を発しているわけではないのに、かかしには声があった。声門で発しているような、息を吸いながら出しているような低い声で、おれの頭のなかに悪魔のようなリズムが響いた。


「おまえがおれの土地を奪った？　獣も人間もおれからは奪えない。よそ者もだ。よそ者たちはこの土地の権利を主張するために集団でやってきた。石切り職人、猟師、調馬師、ショショーニ族、バノック族、毛皮の狩猟者、採金者、牧師、入植者、だれもがやってきて権利を主張した。おれの実体が荒れ果てるずっと前に、ほかのやつらとおなじようにおまえの骨も塵《ちり》になる。おれはこの土地そのものだ」

　そしてそれは手を離し、ダンとかかしとおれは同時に砂の上に崩れ落ちた。おれは筋肉を動かすことができず、顔から倒れこんで吐いた。口のなかの吐物のせいで激しく咳きこんだが、そのショックで体の反射がいくらか戻ってきた。ごろりと転がって、いまはただの柔らかな藁の袋になったものから離れ、体を起こして膝をつき、なんとか座る姿勢になって息をしようとした。体の前面は砂混じりの吐物と血に覆われている。目が見えないことに気づいた——濡れた砂を手で拭って、目が開いていることを確かめた。それでも見えないことがわかるとパニックに襲われたが、おかげでやっといくらか頭がはっきりした。

真っ先に頭に浮かんだのはサーシャのことだった。**サーシャ。**おれは彼女を危険にさらした。おれはなにをした？　**おれはいったいなにをした？**

それからダンを思い出した。必死になってあたりを探り、ようやく彼のズボンのごわごわしたデニムが手に触れた。足首をつかんで、数フィート離れたところまでひきずった。さっき倒れこんだところに戻り、手探りでかかしを探した。かかしに手が触れると、その手をすぐに引っこめた。ポケットをごそごそと探ってマッチ箱を取り出してから、親指でやすり部分を確かめた。三、四本のマッチを取り出し、かかしに向かってもう一度ゆっくりと手を伸ばした。その位置をできるかぎり記憶し、マッチを擦り、さかさまにして炎が松脂を燃やし始める音がするのを待ち、それから麻布と藁の塊があるはずのところに向かって落とした。うまくいったのかどうかわからなかったが、やがて、顔に不快な熱を感じたので火がついたのがわかった。手探りしながらダンのところに戻ると、彼の脚に触れた。

おれはすべてを思い出していた。かかしがおれの腕とダンの喉をつかんだあとの記憶が、ドラッグのあとのような朦朧とした頭を貫いた。おれは泣いていた。子供のように泣きながら、ダンの体を探って彼の脇の下に腕を差し入れた。ゲートの位置は推測するほかはなかったが、彼を炎から遠ざけなくてはならないことはわかっていた。

ほんの数ヤード進んだところで筋肉が言うことを聞かなくなり、ダンを道連れにしてうしろ向きに倒れたので、彼にのしかかられる格好になった。すでに苦しかった息がさらに苦しくなった。

気がつけば、助けを呼んでいた。スコットを、タッカーを呼んでいた。防弾チョッキを探って止血帯を探し、ヘルメットのストラップはどこだろうと首に指を這わせた。スコットはすぐ隣に座っていた。やつもやられたのか？　くそっ、きっとそうだ。**攻撃を受けない位置に移動しなくては。**おれは衛生兵を呼んだ。**おれのライフルはどこだ？　ライフルがいるし、移動する必要がある。ライフルを見つけなきゃいけないし、移動しなきゃいけないんだ。衛生兵はどこにいる？　くそっ、なんてこった、おれはここで死ぬんだ。おれはここで死ぬ。**

最後の叫び声でおれは激しく咳きこみ、再び吐いた。そのあまりの不快さに自分がどこにいるかを思い出した。気を失う寸前、ダッシュが顔をなめるのを感じ、おれの名を呼ぶサーシャの声を聞いた。

第二十四章　ハリー

意識が戻ったときには、おれはすでに座ってなにかを持っていた。温かい。目が見える。**目が見える。**ベッドの上に座り、ヘッドボードにもたれていた。両手で持ったコップを口に運んで、なにかを飲んでいた。どうやってここに来たのかさっぱりわからず、パニックの波が押し寄せたが、飲むのはやめられなかった。再び目を閉じ、コップの中身がなくなるまで飲み続け、最後のひと口を飲み終えてからあえぐように息をした。

目を開けると、伸びてきた大きな手が空のグラスを受け取り、代わりに中身の入った別のグラスを握らせた。なにかが含まれているのか、濃い緑色の液体だ。聞き慣れない声がした。「飲んで」いまそれ以上に欲しいものなどなかったから、喜んで従った。一気に半分飲み干し、息を継ぎ、げっぷをし、それから残りの半分を飲んだ。

サーシャ。おれはマットレスに片手をつき、両脚をさっと移動させてベッドから出ようとしたが、力強い大きな手に肩をつかまれ、柔らかいベッドに押し倒されて動けなくなった。

「サーシャ？　サーシャ！」おれを押さえつけている見慣れない顔を見つめたが、まだ光と輪郭くらいしか見えなかったので、必死にまばたきをして視界を取り戻そうとした。爪先から頭のてっぺんまで、怒りが駆け抜けた。肩に置かれた男の親指をつかみ、手首に向かってへし折ろうとしたところで、男が再び口を開いた。

「ほら、ほら、落ち着いて、サーシャは無事だ。サーシャは元気だ。ダッシュ！　ダッシュ、来い！」男は片方の手をおれから離すと、布団をぽんぽんと叩いた。

同時にダッシュがベッドに飛び乗ってきて、尻まで揺れるくらい激しく尻尾を振りながらおれにのしかかり、顔をなめ始めた。

「サーシャは無事だよ、ハリー。ルーシーと一緒にいる。おれがここに残ってあんたに付き添うと彼女に言ったんだ」

おれは両手でダッシュの頭を撫でた。半分は、彼の示す愛情が慣れ親しんだ心地いいものだったからだが、もう半分は息がまったくできなくて視界も遮られていたので、彼の位置を変えさせるためだった。

再び、低い声が聞こえた。「息をさせてやれ、ダッシュ。こっちへおいで」

ダッシュはおれから離れ、床に飛び降りた。おれはもう一度体を起こしてヘッドボードにもたれ、そうすればなにが起きているのかがわかるとでもいうように、反射的に両目をこすった。

声のする方に顔を向けてまばたきをすると、そのたびごとに光と形が視界に戻ってきた。見えてきた光景におれはぎょっとした。

ベッドから数フィートのところに立っていたのは、大きな男だった。油染みのあるカーハートのオーバーオールとフランネルのシャツを着た長身のその姿は、とても人目を引く。黒曜石のような長い髪をポニーテールにしていた。七十代前半のダンと同じくらいに見えるが、肩幅は我が家の化粧台と同じくらいあったし、見るからに謙虚そうなその態度とは裏腹に、とてもたくましいのは明らかだった。驚いたことに、ダッシュは彼の足元で尻尾を振り、彼が宇宙の王であるかのような目で見つめている。

呆けたような驚きの顔で男の顔を見つめていると、彼が言った。「ハリー、おれのことはジョーと呼んでくれ」

彼は一歩ベッドに近づくと、キャッチャーミットのような手を差し出した。おれは握手を交わしたが、まるでオークの枝を握っているみたいだった。

「ジョ、ジョー……やあ、ジョー。サーシャは――」

ジョーはそれを遮って言った。「サーシャはルーシーの家で彼女と一緒にいる。これを置いていったよ」

彼は短いメッセージが記された小さな紙を差し出した。

わたしは無事よ、ハル・ベア
ルーシーと一緒
すぐに戻る
ジョーと話をして
それから休んで。あなたには休息が必要

サーシャは、おれがこの目で彼女を見るまでは安心しないことをわかっていて、おれの昔のニックネームを使ったのだろう。メッセージは、彼女の特徴のある筆記体で書かれていた。

おれは手紙を置き、目をこすり、こめかみを揉み、それからジョーに視線を戻した。

「ジョー……なにがあったんだ？」

ジョーは表情を変えることなく、応じた。「あんたが話してくれ」

おれはマッサージをすれば脳みそが働き始め、記憶が蘇ってくるとでもいうように、額を指で押さえた。

かかし、少年、青い目、あの声、あのとんでもない声。あれが喋った。ダン。

再び新たな激しいパニックに襲われて、おれは身を乗り出し、彼を見つめた。「ジョー、ダンは――」

彼はさらに一歩近づいてきて、その大きな手をおれの肩に乗せた。さっきよりはずっと優しい仕草だったが、それでもおれを黙らせるには充分だった。おれを見おろすその表情は、わずかに変化していた。目には同情が浮かんでいた。

「ハリー、ダン・スタイナーは死んだ。昨日の朝、サーシャがあんたを見つけたときはまだ息があったが、助からなかった。彼は今朝、息を引き取った」

感情――怒り、混乱、憎しみ、罪悪感――の波が腹のなかに吹きあがるのを感じたが、ジョーはそれを抑えこまなければいけないと感じたらしく、おれの肩をつかんで小さく揺すった。「ハリー、服を着たら外で会おう。話をする必要がある」

おれはうなずくことしかできなかった。五年生のころ、ショッピングモールでめんこを盗んだのを見つかって、母親が警備室に入っていくのを見たときと同じように、幼い子供になった気分だった。ジョーはつかの間おれの顔を見つめていたが、やがてゆっくりと向きを変えるとちらりとダッシュに目をやり、うれしそうにあとを追う彼を連れておれの寝室から出ていった。

おれは両手で顔を覆って、一分間、少年のように泣いた。懸命に、なにがあったのかの記憶をかき集めた。あれにつかまれたこと、あれが言ったこと、手探りで火をつけたこと、炎からダンを引き離そうとしたこと、すべてを思い出した。

　ようやくのことでベッドから出ると、ズボンをはき、パーカーを頭からかぶり、クローゼットに入っていた古いブーツに足を突っこんだ。ジョーはどこにいるのだろうと思いながらのろのろと寝室から出たが、前夜、酔っ払って寝こんでしまっただれかの家を歩いているような気分だった。

　キッチンをのぞいてみると、彼は裏のデッキに立って山を見つめていた。ドアを開けると、彼は振り返った。外の光がまぶしすぎて、おれは目を細めなくてはならなかった。

　彼は牧草地を示した。「歩こうか」おれはうなずくことしかできなかったから、おとなしく彼のあとを追った。

　おれたちは黙ったまま牧草地を進み、池のほうへと向かった。ダッシュがおれと並んで歩きながら手をなめた。池の上のちょっとした高台までやってくるとジョーは足取りを緩め、やがて立ち止まり、オーバーオールの肩のストラップに親指をからませて山を見つめた。

　おれはその数フィートうしろに立ち、圧倒的なその姿と品格を恐れおののいたように見つめた。あたかも彼が山を見つめるように、おれは彼を見つめていた。長く感じられるあいだ、ジョーは無言だった。気を失う前のことを振り返るだけの時間があった。おれは泣きながら叫んでいた、自分の小便と糞と吐物と血にまみれていた。彼が振り向いたので、おれは驚いたようにはっと我に返り、忘れられた路地の乾いた糞になった気分で彼を見あげた。

「ダンとルーシーはきみときみの妻をとても褒めていた。おれはサーシャが気に入っている。強くて、賢いと思う」

　うなずいた。「そのとおりだ」頭はがんがんしていたし、ダンの死を聞いて胸が痛かったから、なにげないお喋りを続けるのは簡単ではなかった。「おれたちは……ここは特別な場所で、おれたちにも伝えてくれたあんたの知恵がなかったら、サーシャとおれはいままで生き延びてはこれなかったと思う」

ジョーはただじっとおれを見つめている。おれの内側を。やがて彼は体ごと山に向き直り、口を開いた。

「あんたは精霊の正体を暴こうとしたようだな」

「おれが……なんだって？　どういうことだ？」

「精霊を挑発した。怒らせようとしたのか？」

おれは殴られた気がした。「おれは……知らなかったんだ、その……精霊を遠ざけようとしただけだ。っていうか、もっとよく知りたくて……そうだ、おれはあれを怒らせようとした。おれたちにちょっかいを出させない方法があるんじゃないかと思っただけなんだ」

ジョーの横顔を見つめていたおれは、彼がうっすらと笑ったことに気づいた。彼はおれのほうを見ることなく答えた。

「そういうふうにはなっていないんだ、タフガイ」

「どういうふうになっているかなんて、どうしておれにわかるっていうんだ、ジョー？」自分の声のなかの怒りとパニックが大きくなっているのがわかった。

「こいつがなにかなんておれは知らない。このくそったれにどう対処すればいいかなんて知らない。なにが起きているかを知っているのはあんただ。おれはなにがなんだかわからないのに、あんたはこうしてとんでもないことが起きるまで、顔を見せようともしなかった。こいつに放っておいてもらうために、おれたちにできることはなにもないっていうのか？　あんたたちはそれを突き止めていないのか？　ずっと、何千年もこの谷で暮らしてきたのに、あいつらを止められるなにかの儀式だか精霊のダンスだかを——」

ジョーがいきなり数インチのところまで近づいてきて、そのあまりの速さと勢いにダッシュは脇へ飛びのき、おれはあやうく転びそうになりながらあとずさった。彼の声に怒りやいらだちはなかった――ただ純粋な、底なしの力だけがあった。

「おれたちがこれをコントロールしていると思うのか？　おれたちの部族がこれとつながっているとでも言うのか？　インディアンが来てちょっとダンスをして、いくつか歌を歌えば、どうにかなるとでも思うのか、**白人さん？**　あんたはなにもわかっちゃいない。この精霊はおれよりも古い、おれの部族よりも古い、あそこの岩よりも古いんだ。この谷に住むすべての人間を支配している。おれたちの部族が来る一万年も前、この谷に足を踏み入れた最初の人々も支配していた。おれたちの部族があんたのためにできるのは、ばかなことをするなという助言だけだ」

ジョーは顔を背けて牧草地に唾を吐き、太い腕で口を拭うと、険しい目をおれに向けた。怒りに喉をこわばらせ、初めて憤《いきどお》りを感じさせる声で言った。「ダンは最後に残ったおれの一番古い友人で、あんたの愚かさのせいで、頑固さのせいで死んだ。サーシャがいなかったら――ルーシーとダンがあんたの妻を愛していなかったら――あんたはいまごろ土のなかだ。わかっているのか？　あんたはいいやつだとダンは幾度となく言っていた。あんたはダンに助けてもらったんだ。でなければ、今朝あんたが目を覚ますことはなかった」

おれは打ちのめされた。完全に言葉を失っていた。そうすることで謝罪を伝えられるとでもいうように、両手をあげることしかできなかった。やがてジョーは数歩うしろにさがって再び腕を組み、緊迫感が増していく沈黙がしばらく続いたあとで口をひらいた。

「よく聞くんだ。なにはなくとも、これだけは聞いておけ。精霊の正体を暴こうとは絶対にしてはいけない。そんなことをすれば、あんたがその目で見たとおり、危険どころじゃすまなくなる。ダンとルーシーに教わったとおりのことをしていれば、あんたは安全でいられたんだ。あんたがするべきことはそれだけだ。おれに言えるのはそれだけだ。ルールに従っていれば、ここで充実した人生を送れる。その心臓が動いているかぎり、この土地にいるかぎり、そのルールに従うんだ。いまそれを約束しろ、ハリー」

彼は一歩おれに詰め寄り、足のあいだの地面を指さしながらおれの顔をのぞきこんだ。「いまここで」

おれはそのとおりにした。考えることもなく、心の底からのものだとわかっている言葉を口にした。「約束する、ジョー。約束する」

ジョーは眉を吊りあげて、一度だけうなずいた。

「よし」彼はおれから顔を離し、山のほうに向き直った。

訊きたいことは一万もあったが、答えを得られるのはひとつだけだろうとわかっていた。

「ジョー、おれがしたことは……おれはなにか取り返しのつかないことをしたんだろうか？　サーシャは危険なのか？　おれはまたここで安全に……こんなことになる前と同じくらいに安全に暮らしていけるのか？」結局、三つか四つの質問になってしまった。

ジョーは山を見つめたまま、面白さといらだちが混じったような笑みを浮かべた。

「精霊が根に持つことはないよ、ハリー。あんたが訊きたいのはそういうことだろう？　思い知らせることはあるが、あんたにはそれが必要だったようだしな」

彼はおれの顔を見た。「昨日みたいに、いつものパターンと違うことをするのは、精霊にとっても簡単じゃない。当分ああいったことはできないだろうし、またするとしたらあんたがそれだけの理由を作ったときだけだ。だから、答えはノーだ。パターンは元通りになる。だが春、夏、秋のルールに厳密に従うことが、あんたのような男にとって重要なのかどうか……」

恥ずかしさと罪悪感と安堵、そしてなによりも困惑の混じり合ったものに押しつぶされそうで、おれは泣きたくなった。ジョーはおれの家を振り返り、数歩そちらに進んだところで足を止めた。おれを振り返ることなく、断固とした口調で言った。

「あんたは戦士だ。あんたと家族がここのような古い場所でこういう暮らしをするには、それは役立つだろうが、すべてにおいてじゃない。戦士の気性は抑えこまなきゃいけない。プライドと怒りは、どこであれあんたのような愚かな男を殺してしまうが、とりわけこのような古い場所ではそういうことになる。あんたの妻のサーシャは賢いし、鋭い直感を持っている。ひとりで向こう見ずなことをするんじゃなく、彼女と一緒に考えて、一緒に行動するんだ。それにあの犬、ダッシュは強い。あんたが思っている以上に、たくさんのことが見えている。それがあんたの家族だ。彼らを信じて、おれたちの家族があんたたちに伝えたやり方を信じれば、精霊と共存していける」

おれは彼の背中に向かってうなずいた。「そうする。おれたちはここで暮らすために来たんだ。人生を築くために」

ジョーは好奇心と言ってもいいような表情でおれを見た。おれの顔をじっと見つめたあとで、ゆっくりとうなずきながら話し始めた。「だがあんたは……あんたと妻がここか、あるいはどこかで暮らしていけるかどうかは、あんたがこれからの日々をどう過ごすかにかかっている」

「待ってくれ……どういう意味だ？　それはどういう意味なんだ？」

ジョーはなにかを読み解こうとしているかのように、おれの額に書かれているなにかを文字どおり読んでいるかのように、ひたすらおれの顔を見つめている。

おれはさらに訊いた。「おれはほかになにを知っていなきゃいけないんだ？　あんたはなにを話してくれていない？」

ジョーは好奇心に満ちた表情はそのままに、おれの顔のあちらこちらに視線を移していた。表情を観察するための質問を発したVAの精神分析医が、その答えを考えているおれをじっと見つめていたことを思い出した。やがてジョーは腕を組み、おれの背後の牧草地に目を向けた。

「あんたのような粗暴な男には、この谷の冬は長くて暗くて厳しいものかもしれないな、ハリー。ほかの人たちが感じるよりも、長くて暗くて厳しいものになるだろう」

謎めいた返事を聞いておれは叫びたくなったので、こめかみを揉んで気持ちを落ち着かせた。おれがさらにいくつもの問いかけをしようとしていることに気づいたジョーは、手をあげた。

「ハリー、この話はあとにしよう。いまおれはルーシーと一緒にいてやらなくてはいけないし、あんたはサーシャといてやらなきゃいけない。今日はもうあんたに言うことはない」

彼の物腰と口調は、これ以上なにかを言うことをおれにためらわせたのではなく、許さなかった。彼はさっと背を向けると、荒々しい足取りで家へと歩きだした。そのあとを追おうとしたとき、なにか冷たいものがそっとうなじに触れるのを感じた。

振り返って牧草地に目をやると、雪が降り始めていた。

第五部　冬

第二十五章　サーシャ

十二月の最初の火曜日に、ダン・スタイナーは埋葬された。

わたしはその前の数日をルーシーと共に過ごした。彼女は悲しみに打ちひしがれているときもあれば、驚くほどうまく順応した現実主義者のように振る舞うときもあった。わたし自身の精神状態はといえば、ルーシーよりわずかに落ち着いている程度だ――うわべだけでも彼女の支えになれるように、かろうじてそう振る舞っていた。この数日間、わたしは自分が妊娠していることをほぼ忘れていた。

ダンとルーシーの友人たちがひっきりなしに訪れてきたし、昔ながらの知り合いはちょっとした軍隊を賄えるほどの料理を持ってきてくれた。夏のあいだ、ダンの農場をフルタイムで手伝っていた人たちがモンタナやオレゴンやワイオミングから駆けつけた。彼らは本物のカウボーイであり、気骨のある、忠実な人たちだった。冷たい風や暑い太陽や重労働が、彼らの顔に皺を作り、手には傷跡を残していた。彼らは、ルーシーにはなにもさせずに農場でこれまでどおりの作業をし、金の話すら持ち出さず、ただ黙々と働いた。賃金は払うとジョーが彼らに約束しているのを耳にしたが、わたしは驚かなかった。

〝事故〟のあと、ジョーもわたしと同じように、できるだけの時間をダンとルーシーの家で過ごした。

ダンはトラクターの事故で死んだことにするという話に、彼らは暗黙のうちに同意していた。ダンが息を引きとった日の午後早く、保安官がやってきた。ジョーは玄関で彼を出迎え、わたしはキッチンで洗い物をしながらふたりが短く言葉を交わすのを眺めた。保安官はほとんどなにも尋ねなかった。ダンはどうして死んだのかとすら訊かなかった。なにがあったのかを彼は知っていて、それ以上の説明を求めていないことは明らかだった。彼はただうなずき、玄関近くのテーブルにルーシーのための花束を置き、ジョーと握手を交わして帰っていった。わたしは少しも驚かなかった。皿洗いを続け、お茶をいれた。

ここのような古い場所では、奇妙な出来事が起きる。すべてが起きたあの朝、ダンとハリーがかかしに対処しているあいだ、わたしはソファに座っていた。冷静さを失うまいとして数分間そうやって座っていたが、いまなにが起きているかを考えないようにするためには体を動かしていたほうがいいと気づいた。キッチンが吐物まみれであることをようやく思い出したので、そこを片づけることにした。突然、力が家のなかに忍びこんできて、同時に爆発の衝撃波のような恐怖が襲ってきた。言葉が出なかった――ろくに息もできなかった――が、なにかとてもとてもまずいことが起きているのはわかっていた。キッチンの床に座りこみ、深呼吸をしようとした。ダッシュはパニックを起こしたように、鳴き声をあげながらわたしの前をうろうろと歩きまわっていた。ダッシュがいきなり、ダンとハリーがその先にいるドアのほうに顔を向け、わたしのゴールデンレトリバーどころか、どんな動物からも聞いたことのない魂がすくみあがるような声で吠えた。その声で我に返ったわたしはキッチンのドアを開け、ハリーの声が聞こえたのでぞっとした。ハリーは悲鳴をあげていた。

裏のゲートに向かって走り始めた。隣を走っていたダッシュは、すぐに先に立った。ハコヤナギの節くれだった大きな幹が見えるところまでやってくると、血と砂にまみれて叫んでいるハリーとぐったりして彼におおいかぶさっているダンが目に入ってわたしは息を呑んだ。

ハリーは衛生兵を呼んでいた。その言葉を聞くのは、彼が悪夢を見ているときだけだ。自分の夫がその言葉を叫んでいるのを聞いたこと——恐怖に震えながら発せられた言葉が冷たい朝のなかに響き渡っていた——が、その日の出来事のうちでももっとも記憶に残っていた。

ダンのずたずたになった顔を見たわたしは、落ち着いてと叫びながら、目を覚ましてと懇願しながら、ハリーを揺すぶることしかできなかった。彼は幻覚を見ているようだった。ほかの男の名前、海兵隊の同僚だと聞かされたことのある名前を呼んでいた。やがてわたしは家に駆け戻り、ルーシーに電話をかけると、五分もしないうちに彼女はドライブウェイに現れた。数分後、もう一台のトラックがやってきて、まだ停まってもいないうちから、わたしはなぜかそれがジョーであることを悟っていた。ジョーは息子のエルクを連れてきていた。彼が町でクリニックを開業している医師助手だということを、わたしはその日知った。

ジョーがハリーをベッドに運んでいるあいだにエルクがダンを診察し、それからふたりでダンを家まで運んだ。ダンはある種の昏睡状態だとエルクは言った。そして数人のスタッフを呼んで、ダンとルーシーの家に仮の病室を作らせた。

ハリーは二十六時間近く眠り続けた。翌朝、ジョーがドアをノックして、夜明け前にダンが息を引き取ったと告げた。

わたしたちはコーヒーを飲みながら、しばらく食卓で座っていた。わたしはシャワーも浴びていなければ、着替えもしていなかった。前日の朝から、ほとんど水分も摂っていなかった。ダンの死がようやく現実として感じられ、わたしは泣き始めた。ジョーはわたしの状態を見ても動揺することなく、彼に夢中になっているダッシュを撫でていた。

わたしは奇妙で大柄な男性とふたりきりでキッチンに座っていた。この八カ月間、毎日のように考え、会ったときに尋ねるつもりの質問を心のなかで何時間も反芻していた相手だ。だがわたしたちはただ黙ってそこに座っていた。聞こえるのはキッチンの壁にかけた古い時計の音と、窓のせいでくぐもって聞こえる葉を落とした庭の木々のあいだを吹き抜ける風の音と、わたしの泣き声だけだった。これまでの人生でもっとも異様な時間だったことは確かだ。

やがてジョーがわたしに訊いた。「昨日の朝、あそこでなにがあったのか、見当はつくか？」

まったくつかなかった。

彼はコーヒーをひと口飲むと、カップを温めようとするかのように両手で包んだ。「精霊があんなことをするのは、簡単ではないし、よくあることでもない。ダンは死ぬ前、なにがあったのかを少しだが書き残すことができた。かかしが……喋ったらしい。ダンがわずかに書き残したことからすると、ハリーと精霊が言葉を交わしたのは初めてではなかったようだ」

わたしはショックを受けたが、すぐに立ち直った。

それから十五分間、ジョーにすべてを語った。光が現れたときのこと、四度の熊追い、この土地を奪ったとハリーが裸の男に告げると、男が懇願するのをやめて西に視線を向けたこと、そしてこれまでの二度のかかしについて、彼に話した。やがてジョーは片手をあげて、詳しく話してくれてありがとうと言った。しばらく彼は無言のまま、ゆっくりとコーヒーを飲んでいた。

「サーシャ、ハリーは兵士だったのか？」

「いいえ、かれは海兵隊だった。あ、ごめんなさい、そうよ、兵士だった。歩兵隊にいたけれど、海兵隊の一員だったの。海兵隊員《マリーンズ》は〝兵士《ソルジャー》〟って呼ばれるのを嫌がるのよ。わたしにもそれが移ったみたい」わたしはものすごく気まずかった。

ジョーはうなずいた。「体の傷はそのときについたもの？　歩兵隊で？」

わたしもうなずいた。「ええ。彼は……吹き飛ばされたの。ＩＥＤに。わたしたちが会う前のことで、彼がアフガニスタンから帰国することになっていた二週間前だった」

ジョーはうなずいた。「向こうで彼がしたことを知っているか？　彼が殺したかもしれない男たちのことを聞いていないか？」

その質問には驚かされたが、答えられないことがわかっていたので、思ってもみなかった恥ずかしさに襲われて、わたしはもぞもぞと座り直した。自分の夫がどんなことを経験してきたのかを、わたしは詳しく伝えることができなかった。「そのことは彼に訊いてもらったほうがいい」

ジョーはうなずき、カップを見おろした。再び沈黙が続いて、わたしは彼に訊きたかった事柄を思い出した。ひとつひとつ思い浮かべ、うまく尋ねなくてはならないことはわかっていたから、一番知りたいことはどれだろうと考えた。結局、どうしてそんなことを口にしたのかはわからない——時計の音のせいだったかもしれない。その前日、血と吐物と便をその体から洗い落とした夫のせいだったかもしれない。睡眠不足のせいだったかもしれない。父親のように思っていた人が我が家の裏庭で無残に殺されたショックと悲しみのせいだったかもしれない。そのすべてが理由だったかもしれない——だがとにかく、その言葉が口から出ていた。

「ジョー、わたし妊娠しているの」

ジョーは彼なりのいかめしい驚きの表情でわたしを見つめ、たっぷり十五秒間、そうしていたあとで言った。「その予定ではなかったように聞こえるが」

首を振ると、涙がこぼれ落ちた。「予定じゃなかったし、ハリーはまだ知らないの」

ジョーはわずかに首を傾けた。「どうしておれに？」

今回も、ふさわしい答えが見つからなかった。自分がどう感じているかはわかっていた。なんらかの答えが、この精霊を打ち負かす方法が見つかるまで、見つからないかぎり、赤ちゃんができたことをハリーに言うつもりはない。わたしたちの子供が超自然の危険を追い払うための儀式を強いられたりせず、この地の奴隷として人生を過ごさなくてもよくなる手段を見つけるまでは。わたしは精霊を打ち負かしたいと思っていたけれど、それを口にするのは恥ずかしかった。厚かましすぎる。ここに来て一年もたっていないわたしが、問題を回避する方法を見つけようとするなんて。

わたしは顔をあげてジョーを見た。頰を涙が伝っていたが、声を震わせることなく言った。

「この精霊を追い払う方法があるのはわかっているの。永久に追い払う方法があるはずなの。そんなものはないってあなたがダンとルーシーに言ったのは知っているけれど、危険すぎるから、難しすぎるから、あなたはそう言っただけなのかもしれない。でももし答えがあるなら、なにか方法があるなら、いま教えてちょうだい、ジョー」

彼は長いあいだわたしを見つめていた。ほんのわずかに細めた目だけが、わたしの訴えが届いたことを教えていた。わたしは彼を見つめ返した。まばたきはしないようにした。

「サーシャ、きみはよくやっている。ここでの暮らし方をちゃんと学んでいる。まわりのことにしっかりと注意を払って、この地のことを理解しているように見える。おれにとっては大事なことだ。だがいまは、きみに頼みたいことがある。ルーシーと一緒にいてやってほしい。おれはハリーが目を覚ましたら、彼と話をしなきゃいけないが、ルーシーをひとりにしたくない。彼女はきみを娘のように愛しているし、いまは彼女の面倒を見てやる必要がある。頼む」

わたしはそのとおりにした。あの朝から葬式でダンの墓の脇に立つまで、ほとんど彼女のそばを離れなかった。ハリーがわたしを必要としていることはわかっていたしわたしも彼を必要としていたけれど、いまはルーシーのそばにいたかった。彼女の身になって考えるのは難しいことではなかったし、こんな状況であることを考えれば、一緒に過ごしたすべての時間において、彼女の強さに感嘆していた。

数夜ハリーと過ごすことができたが、彼は別人のようだった。正確に言えば、遠い昔、大学生がたむろするバーで出会ったころの彼のようだった。自分に閉じこもっていた。自分の内ばかりを見つめていた。罪悪感に溺れていた。

あの日、ルーシーがハリーの顔を両手で包み、どちらの顔にも涙が流れているのを見ながら、わたしは泣いた。

「ハロルド・ブレイクモア、これはあなたのせいじゃない。わたしはこの世で残された日々を、ダンの死はあなたのせいじゃないと知ったうえで生きていく。わたしたちの人生は、あらゆる時間がこの精霊の気まぐれと思いつきに支配されている。わたしたちみんながそうよ。そして最後は、精霊がわたしたちみんなを奪っていく。ダンはあなたを愛していたわ、ハリー。あれ以外の死に方はなかったでしょうね」

先週、眠るために家に戻ってきたときには、わたしは同じことをハリーに言った。彼は暗闇のなかで黙って横たわっていて、わたしはその背中を撫でながら、あなたがこの責任を背負ってはいけない、罪悪感を抱いてはいけないと言い続けた。わかっていたとおり、彼はただ黙って横たわっているだけだった。

ダンが埋葬された日、わたしはその墓の脇にたたずむジョーを見ていた。彼の息子たち、その妻たち、子供たちを見ていた。ジョーの頬を伝う涙を見ていた。

わたしの目の前で、ジョーは精霊に取りつかれたこの谷の伝説の族長から、古い友人を見送る老人に変わった。彼はいい人だとわかっていた。彼がダンを大切に思っていたのはわかっていた。かかしの惨事とダンの葬式のあいだ、ダンとルーシーの家でほんの短いやり取りをしただけだったが、彼がわたしを気にかけてくれているのも知っていた。

彼が精霊を倒す方法を知っているのもわかっていた。どうしてそう言えるのかはわからないが、でもわかっていた。彼の目に書かれていた。どうしてそれを秘密にしているのかと思うと、腹が立った。だがそれがなんであれ、彼が知っている精霊から自由になるための古いルールだか儀式だかがどういうものであれ、恐ろしい代償を伴うものであることも、どういうわけかわかっていた。けれど、構わなかった。わたしはそれがなにかを突き止めるのだし、そのあとは……その大きな代償がなんであれ、千倍にして払うつもりだ。

第二十六章　ハリー

かかしの惨事からダンの葬式まで、そしてその次の週も、おれは不眠症の人間のようなぼうっとした状態でただうろつき回っていた。

おれの怒りのせいで、へまをしたせいで、サーシャを危険にさらし、ダンを死なせてしまった。おれは精霊を嘲り、丸めこもうとして、代償を払わせられた。自分をこれほど役立たずに感じたことはなかった。

この地でおれは自信を持ち始めていた。居心地のよさを感じ始めていた。けれどいまは、雪に覆われた牧草地を眺めても、敵意に満ちた惑星の表面を見ているようにしか思えない。ここで暮らしていくための事情を考えると、おれはもう自分を信じられなくなっていた。ダンの死はおれのせいではないと、サーシャはどうにかしておれを納得させようとした。ルーシーもそうだった。くそっ、ジョーですらダンの葬式のときにおれを脇に連れていき、この八カ月というものダンがどれほどおれを褒めていたかを語った。彼らがよかれと思ってしていることだとわかってはいたが、同時にそれがたわごとであることも知っていた。すべてはおれのせいだ。

サーシャが我が家のキッチンでジョーと交わした会話や、ルーシーの家で彼女の手助けをしたりダンの葬式の準備をしていたりしたときに彼と話した事柄を、おれはぽつぽつと聞いた。その会話や交わした言葉が、サーシャに新たな、驚くほどの自信を与えていた。かかしが激怒したあとの何日かで、彼女にはなにかが起きていた。この場所とより深くつながったような、この土地をより理解できるようになったような。羨ましいと思ったが、おれはそのつながりを追い求めようとはしなかった。

ダンが死んだ次の週、おれがやろうと思えたのは薪割りだけだった。これまでその作業をあとまわしにしてきたので、来る日も来る日もおれは丸太を切り、薪割り台に載せ、レバーを引き、油圧式の刃がゆっくりと薪を割っていくのを立て続けに煙草を吸いながら眺めた。瞑想のようだった。それともただ気を紛らせていただけかもしれない。ともあれおれはそのあいだ、内省と自己憐憫に浸っていた。だがどういうわけかその作業は、おれという車のボンネットを開けて、自分がどんなふうに配線されているのかを初めて本当の意味で考える時間をくれた。

アフガニスタンのあと、〝正しい〟市民生活に戻るにはしばらくかかった。肉体的なことではない。怪我の回復と理学療法は問題なかった。大変だったのは精神的な面、どうすれば普通に戻れるのかというところだった。そのプロセスのうちで大きな割合を占めていたのが、トラウマを見直し、消化し、人生という道路に捨ててくるという作業だった。

おれは十八歳の誕生日に――人生経験ゼロの愚かな間抜けだった――高校の微積分のクラスを抜け出し、バスでダウンタウンに向かい、若い男を叩き壊してゼロからゴリラ並みの脳みそを持つ戦士へと徹底的に作り替えるという機能において、人類史上並ぶもののない組織に魂を売った。その後の六年間、海兵隊の歩兵であることがおれの人生だった。その大部分は、アメリカ西部のフェンスで仕切られた土地での訓練が時折あるだけの、蛍光灯に照らされた場所で過ごす睡眠不足の単調な日々だった。その後はアフガニスタンで過ごした。

おれの行動はすべて人に決められたものだったにもかかわらず、アフガニスタンはおれが人生で初めて自由だと感じた場所だった。本当の意味で自由で自立していると感じられた。自分が唯一無二の存在であると初めて気づき、尊敬する人たちから初めて評価された場所だった。おれはそこで初めて、ほかの人たちに慰めを与えるという経験をした。仲間が、ほかのやつらが、ほかの間抜けたちが、初めておれを認めてくれた。

のみならず、人間同士の〝戦闘の経験〟がおれを魅了した。人と人との交流や有用性を特徴づけるのが戦闘だ。それは、祝宴やダンスや一夫一婦制のロマンスや音楽や狩り、それどころか農業よりも古い。おれが言っているのは戦争じゃない。マクロレベルでの戦術や地政学的なことすべてだ。〝戦闘〟の話をしているのだ。

単純なことだ。戦闘の原理は時間や現代の文化を超越し、なにか古いもの、なにかもっと深くて悲しいくらいに人間的なものとのつながりを作る。単純な状況下の戦闘は、奇妙な形で人を解放すると言ってもいい。根本的には、戦闘はとても率直で単刀直入な試みなのだ。

おれはいまこの寒くてほこりっぽい谷で、精霊が送りこんだ男の体を火と鋼鉄で引き裂いていて……やつも同じことをおれにしようとしている。

その事実は絶望的なほど、恐ろしいほど明確で、おれは陶然とした。

だが、アフガニスタンで過ごした時間のほとんどは、やはりいらだたしいものだった。互いを守るためにはどんなことでもするように仕向けられた、敏捷でたくましくて負けず嫌いの十八歳から二十二歳の大バカ者たちから成る海兵隊の歩兵大隊は、とんでもないことができるとんでもない代物だった。海兵隊の歩兵大隊は、どんなことにでも使える道具とは言えない。

ブートキャンプとＩＴＢ（海兵隊の初期訓練の第二段階）を終えるまでに、若者はライフル銃兵に、０３１１に、歩兵に変わる。敵を殺害し、海岸を急襲し、要塞を包囲し、侵攻の先陣を切り、もしくはそのために出血多量で死ぬというはっきりした目的のために作られる歩兵。

おれに言わせれば、一般市民と一般市民のふりをした敵意に満ちた反政府軍でいっぱいの地域に、海兵隊の歩兵を警察官代わりに送りこむのは滑稽なくらい、とてつもなくばかげた行為だ。だが悲しいかな、まさにそれこそがおれたちに求められていたことだった。検問所、車の捜索、老人の身体検査、狙撃兵に悩まされること、ダクトテープで留められた三十五年前の爆発物が埋められた道路を、スラロームしながらドライブすること。

そんな一年を過ごしたあと、おれの大隊は、マルジャの侵攻のために七カ国から成る連合軍に合流した。あれがおれの見せ場だった。あれが戦いだった。パトロール警官を演じていたおれたちは、おれがまだおむつをしていたころにソビエト相手に戦った屈強なタリバンの戦士たちを片付けることになった。彼らはクシュやパキスタンの部族地帯からやってきた悪いやつらで、公然と、そして誇らしげに自分たちは異端審問所だと宣言した。おれたちが殺せば、そいつらは二度と、色のついたものを着たとか家のなかで歌ったからといって女子供を殴ることはできなくなるし、ギターを習ったり、口答えをしたりしたというだけで若者を殺すこともできなくなる。この戦いは意味のあるものだった。

作戦がほぼ終了したときには、おれのようなどこにでもいる間抜け——ただむかついているだけの若い男——とつまらない口論をしているだけの日々に戻った気持ちになった。

終わりだった。輝きは消えた。おれは警察官になんかなりたくなかった。そしておれは吹き飛ばされた。吹き飛ばされるのは最悪だったが、早めに出ていくチャンスだったので、おれは飛びついた。だがそれは、二十一世紀のアメリカに戻るために、一度ばらばらになってからひとつにまとまらなくてはいけないことを意味していて、驚いたことにおれは結局なんとかやりとげた。間違いなく困難ではあったが、やり遂げた。

そのほとんどはサーシャに出会ったおかげだったが、ほかの友人たちも〝自分を見つけるため〟に、悲鳴やパニックや死に囲まれている必要はないことを教えてくれた。

それ以来おれはより穏やかに、より優しくなり、海兵隊以外での経験や人との関係の計り知れない価値を理解できるようになった。この世での目的を戦うことだとは感じなくなった。

そうは言ったものの、おれは身の危険から目を逸らすようにはできていない。なにかが襲ってきたときには、その目玉に唾を吐き、頭突きをし、こぶしや睾丸をかかとで踏み潰すようにできている。

そういうわけだったから、奇妙で恐ろしくて暴力的な古代のくそったれ精霊——おれの幸せや正気をぶち壊すことに特化したように思える——を丁寧に扱うというのは、おれのなかのすべてに逆らっていた。

煙草を吸い、薪を割り、自己憐憫に浸っていた一週間、もうひとつ考えていたのは、自分の部屋で目を覚ました朝にジョーに言われたことだった。謎めいたあの言葉が、頭から離れなくなっていた。おれのような男は、ほかの季節よりもここの冬を辛く感じるだろうという彼の言葉。これからの日々を乗り越えられれば、ここで暮らしていけるかもしれないという漠然とした言い回し。最初は、おれの自殺をほのめかしているのかもしれないと思ったが、そうではないと考え始めていた。

サーシャとも彼の言ったことについて話し合った。アフガニスタンで吹き飛ばされる前におれがなにをしたのかを彼に訊かれたと彼女は言い、彼女もそれを知りたがった。おれはいつものやり方で話題を別のほうへと持っていったが、いままで話したことのない事柄に彼女がこれまで以上に興味を持ち始めたことは間違いなかった。

ダンの葬式の翌週になると、サーシャがルーシーの家に行く回数は減っていった。一日中彼女の家で過ごし、夜はソファで眠っていたのが、昼間だけ過ごすようになり、いまでは朝と夕方にルーシーの様子を確かめに行くだけになっていた。ルーシーが元気にしていることを確かめ、おれもいることを思い出してもらうために、おれも時折彼女に同行した。

驚いたことに、ルーシーは気丈に振る舞っていたし、日々元気を取り戻していた。彼女は現実主義者で、直接的であれ、この地に縛りつけられるという終身刑によってであれ、精霊にいずれは殺されるという現実をずっと昔に受け入れていたのだと思う。

ルーシーに会うのは辛かった。彼女とサーシャはああ言ったものの、ダンが死んだのがおれのせいだというこことはわかっていた。おれが精霊を挑発したせいでかかしがダンにひどい暴行を働き、その結果彼が死んだのだということは承知していた。おれの頑固な愚かさが直接の原因となって死んだ男の妻が、彼の死を悼《いた》むおれを支えてくれるというのは——その逆ではなくて——耐えがたかった。

サーシャには、罪悪感も悲嘆も怒りも見せまいと心がけた。ダンとおれがやられた朝以降、彼女の仕事量は膨大なものになっている。おれの世話をし、ルーシーの世話をし、ダンの墓石を大急ぎで注文し、ミートローフを持ってルーシーにお悔やみを言いに来た大勢の人たちに対応した。監督するダンがいなくなってもすべてが問題なく稼働し続けるように、作業員やジョーと一緒になって働き、ダンとルーシーの農場の管理すら手伝い始めた。そのうえ、精霊にまつわる問題とそれに対する自分の無力さにおれが参っている一方で、彼女は意欲を新たにしていた。まるでパズルを前にしているみたいに、精霊の微妙さや複雑さに熱心に取り組んだ。谷の精霊の捜査官になると決心したかのようだった。そういったことすべてをしている彼女を見、ホスピス患者であるかのように意識のないおれの体から血と吐物と便を洗い流してくれたことを思い返すと、おれは怒りにかられ、この数週間何度も情けなくて涙をこぼした。

彼女に報いるためにおれにできるのは、気持ちをしっかり持つことだけだった。

おれはダッシュと一緒に屋外にいて、夏の初めに建てた薪用の納屋に木材を運んでいた。ダンが死んでから初めて、馬で農場を回りたいとルーシーが言ってきたので、サーシャは今朝、嬉しそうに彼女の家に出かけていった。ルーシーが長く馬に乗ってきたことは知っていたし、サーシャもこの八カ月のあいだにかなり上達していたが、乗馬と聞くとおれは心配でたまらず、戻ってきたという連絡をサーシャから受けてようやくほっとするのだった。その日の午後、電話の振動を感じたときも同じだった。

電話を取って彼女の声を聞いたとたん、なにかまずいことがおきたとおれは悟っていた。彼女は泣いているか、涙をこらえているかのどちらかだ。

「サーシャ、どうした？　無事なのか？　ルーシーは？」

「ハリー、わたしは大丈夫、わたしたちは大丈夫。いますぐここに来てほしいの。ダッシュも連れて。お願い」

おれは急いでダッシュを4ランナーに乗せると、郡道をすっ飛ばしたので、ダンとルーシーの農場へと曲がるときにはタイヤが横滑りしそうになった。彼らの家と納屋のあいだの広々とした砂利敷きのスペースに車を停めると、サーシャが乗っている栗毛の大きな雌馬レモンズが、鞍をつけたまま家の前のフェンスにつながれているのが見えた。次に、女性たちが見えた。サーシャはポーチの階段に座り、両手を顔に当てている。泣いていた。ルーシーはその一段上に座ってサーシャに腕をまわし、彼女の肩に顎をのせて優しく腕を撫でていた。

おれはひどく困惑した。ゆっくり車を降りているあいだに、ダッシュが前部座席によじのぼって飛び降り、サーシャとルーシーのほうへと駆けていった。おれが近づいていくとサーシャは涙を拭い、ルーシーは彼女の頭にキスをした。それからふたりは、膝に飛び乗らんばかりの勢いで近づいてきたダッシュを両手を広げて迎え、その体を撫でまくった。ルーシーも泣いているようだ。ふたりは乗馬用ブーツとジーンズという格好のままで、トレイルを走ってきたせいで頭から足まで泥まみれだった。おれが近づいていくとふたりはそろって顔をあげ、ルーシーは目に涙を浮かべたままだったが、温かな、偽りのない、すべてわかっているといった笑顔でおれを見た。

サーシャは立ちあがっておれに歩み寄りながらかろうじて笑みを浮かべたが、それも無駄に終わり、両手で顔を覆っておれの腕のなかに倒れこむと、胸に顔を埋めて泣き始めた。

「サーシャ、ベイビー、なにがあったんだ？　いったいどうした？」

おれはルーシーを見た。彼女は階段に座ったまま、ダッシュの顔を両手で包み、彼女の鼻を笑顔で舐めているダッシュの頬と耳を掻いている。その額に長々とキスをしたあと、涙を拭いながら立ちあがった。サーシャの状態を考えれば、ひどく場違いのように見える心からの穏やかな笑顔を再びおれに向けながら、近づいてきた。

おれはルーシーに向かって首を振り、答えを求めるようにその顔を見つめながら、サーシャの背中を撫でていた。

「サーシャ、ルーシー……いったいなにが起きているんだ？」

サーシャはおれの胸から顔をあげ、深い悲しみを浮かべた目でおれを見つめながら、浅い息遣いの合間に震える声で告げた。

「ハリー、ルーシーは……ルーシーは出ていくの」

「なんだって？」

ルーシーは、口を閉じたまま微笑んでうなずき、彼女の大きなトラックを頭で示した。おれはトラックを眺め、その荷台にバッグや箱や水差しやキャンプ道具らしきものやそれなりの量の薪がきちんと積みこまれていることに初めて気づいた。

「彼女は出ていくの、ハリー。谷を出ていくの」

再びルーシーを見ると、彼女はおれの視線を受け止めてゆっくりとうなずいた。サーシャがその言葉を口にせずとも、ルーシーが永久に谷を出ていくのだということはわかっていた。ルーシーの顔には、平安と落ち着いた決意と力強さがあった。

おれはサーシャの肩をぎゅっとつかんで額にキスをしてから彼女から離れ、ルーシーに歩み寄った。

「ルーシー、なんで、どこに……どこに行くんだ？」

ルーシーは数歩おれに近づいた。答える代わりに両手でおれの頬を包み、しばらくそうしていたが、顔いっぱいに笑みを広げると、おれを抱きしめた。長く感じられたあいだ、おれたちは黙ったままそうやって抱き合っていたが、やがてルーシーはおれの手を握りながら一歩あとずさった。

「これまであなたになにかを頼んだことはなかったけれど、いまはふたつお願いがあるの。ひとつ目、ダンの死にまつわる悲嘆は全部捨ててほしいの。お願いだから手放して、置いていって。その悲嘆はあなたにふさわしいものじゃない。だから捨ててちょうだい」

彼女はひとつ深呼吸をしてから、おれのうしろにいるサーシャを見て、それからおれに視線を戻した。

「ふたつ目、あなたの素晴らしい妻を愛して、称賛して、支えてあげて。それは彼女を信じるっていうことで、彼女の言葉に真摯に耳を傾けるっていうことで、彼女を驚かせ、分かち合い、勇気づけるっていうことよ。それから彼女に挑み、議論するっていうことでもあるけれど、なによりこの世界で過ごす最後の日まで、あなたのすべてで彼女をただ愛してあげて」

おれの頬にも涙が流れていた。

「このふたつ、約束できるわね、ハリー?」

「もちろんだ、ルーシー」彼女はおれの手を離して一歩あとずさり、おれの背後に広がる牧草地を眺めた。

深々と息を吸ったあと、ルーシーは大きなトラックに歩み寄った。タイヤを何度か叩き、美しい笑顔でおれを振り返った。「もう行くわね、ハリー。わたしはここを出ていって、二度と戻らない。わたしは年寄りよ。奇妙な出来事と美しさが満ちたこの谷で、幸せで満たされた長い人生を送った。人生の大部分で素晴らしい人を愛してきたし、自分の意思で生きてきたし、そんなことができるとは思ってもみなかった形で自然世界とつながりを持ってきた。そしていま……少しだけ主導権を握ろうとしているの」

おれが口をはさもうとしているのを感じて、ルーシーは続けて言った。「わかっているわよ、ハリー。二度と帰ってこないという意思を持ってここを出ていくのがどういうことなのか、よくわかっている。でもだからこそ、わたしはそうしたいの。自分の運命を自分の手に握りたいの。長くはそうしていられないことはわかっている」その表情は自信に満ちていた。「それでいいの。隣にダンがいなくなったいま、あれだけの困難に立ち向かう気はないのよ。これがわたしがしたいことなの、ハリー。しなきゃいけないことなの」

おれはしどろもどろになりながら質問した。なにを訊くつもりなのか、口に出すまでわかっていなかった。

「農場はどうするんだ？　どこに行くつもりなんだ?」

「あなたが来るちょっと前に、ジョーが帰っていったわ。あれこれ言っていたし、なんとかしてわたしを説得しようとしたけれど、わたしの気が変わらないことはわかっていたのね。無理やり署名をさせなきゃいけないところだったけれど、彼に譲渡証書を渡した。この土地はもうすべて彼のものよ。でも、ずっと前からそうあるべきだったのよ、ハリー。わたしたちは借りた土地と時間で暮らしていて、そのことをいささかも後悔はしていないけれど、この土地がわたしたちのものだったことはない。あなたとサーシャのために、納屋に残しておいたものがあるの。いくつかの道具とダンがどうしても手放さなかった古いおんぼろのトラクター。あなたたちの役に立つかもしれないと思って」

おれは言葉を失っていた。頭のなかがぐるぐると回っていて、間抜けのようにそこに立っていることしかできなかった。

「ダンとわたしは毎年、南オレゴンのビーチに行っていたの。トラックで森を抜けて、砂地を抜けて、砂の上でキャンプをしたわ。だれかに会うことはめったになかった。ウミタナゴやカニを捕まえることもできたし、たき火をすることもできた。森のなかの砂地の上には真水が流れていたの。もしも世界が破滅したら、わたしたちはここで生きていけばいいっていつも冗談を言っていたのよ。だからわたしはそうするの。そこがわたしの新しい家」

ルーシーはおれに微笑みかけてから、トラックのバンパーによじのぼり、両手をメガホンのようにして山に向かって叫んだ。「聞こえてる？　わたしはもうこの谷には戻らない。新しい家があるのよ」

バンパーからおりた彼女は、サーシャとおれに笑顔を向けた。その目には熱いものが、七十代の女性の顔には滅多に見られないだろう若々しい興奮があった。幸せそうに見えた。生きているように見えた。

彼女はサーシャに近づき、強く抱きしめた。ふたりは互いに抱き合い、長いあいだ泣いていた。ルーシーがサーシャの耳元で何事かを囁《ささや》くと、サーシャはさらに激しく泣いて、ルーシーを強く抱きしめた。やがてルーシーはサーシャから体を離し、親指で彼女の涙を拭った。

「愛しているわ、サーシャ・ブレイクモア。実の娘みたいに愛している。あなたならできるわ、スウィーティー。あなたならできる。わたしが出ていったら、もうぐずぐずしていないのよ。あなたにはいまやるべきことがある。そうでしょう？」

ルーシーはおれに近づいてもう一度短く力強いハグをし、ダッシュの額にキスをしたあと、トラックに乗りこんだ。

サーシャとおれは、ルーシーが車をバックさせて向きを変えられるように脇に寄り、互いの腰に腕をまわして立っていた。彼女はおれたちの前を通り過ぎるとき、車を止めて窓を開けた。

「あなたたちはダンとわたしにとって、天の恵みだったわ。あなたたちならこれを乗り越えられる。あなたたちの愛で、世界中のすべてに打ち勝てる。このいまいましい精霊を含めてね。さてと……」

ルーシーはトラックの運転席のどこかからサングラスを取り出してかけ、笑顔でおれたちを見た。

「わたしが主導権を握るときが来たのよ。それじゃあ、さようなら」

サーシャとおれはしっかり抱き合ったまま、彼女のトラックが郡道の先に見えなくなるまで見送った。やがて彼女はおれから一歩離れ、両手でおれのシャツの襟をつかむと、顔を引き寄せて驚くほど激しいキスをした。

唇を離し、おれの目を見つめて言った。

「ハリー、わたし妊娠しているの」

胃がケツまで落ちた気がした。興奮と喜びと恐怖とパニックの嵐が腹のなかで暴れ始め、なにを言おうと考えたが、結局彼女の顔を引き寄せてもう一度キスをした。

その日の午後初めてサーシャはおれに笑顔を見せ、おれも笑みを返して首を振った。「サーシャ、いつ……？　どうして――」

「ハリー、愛している。この世のなによりも愛している。このことはあとで話をしましょう。でもいまはしなきゃいけないことがあるの。とても大事なことだし、わたしひとりでしなきゃいけない。わかった？　わたしを信じて。ダッシュを連れて帰ってね。二、三時間で戻るから」

おれは完全に言葉を失っていた。すでにおれのなかで渦巻いていた感情のカクテルに、困惑が加わった。

サーシャはきびきびした足取りでレモンズに近づいていく。

レモンズの背中に手綱をかけ、素早い動作――生まれてからずっとしてきたかのような、熟練した動きだった――であぶみに片足を突っこむとひらりと鞍にまたがり、馬をおれに近づかせた。

おれはその瞬間、完全にサーシャに圧倒されていた。

彼女は泥まみれで、瞳は炎が燃えているようで、編んだ髪は使い古したステットソン帽の下に再びたくしこまれていた。見たこともないほど美しかった。

「サーシャ……どこへ行くんだ？」

「ジョーの家まで。彼と話さなきゃいけないことがあるの。大丈夫だから」

サーシャはレモンズの腹を軽く蹴って走らせ、ドライブウェイからゲートを出て、牧草地を駆けていった。

第二十七章　サーシャ

ベリー・クリーク農場をこんなに遠くまで来たことはなかったけれど、ダンとルーシーの地所の境界線からジョーの家まではほんの一マイルしかなかった。ところどころに牛の群れがいる丘をのぼっていくと、近づいてきた馬とわたしを見て牛たちは離れていった。丘の上からは、いくつもの納屋や馬小屋や大きな平屋建ての家が見えた。

近づくにつれ、家から少し離れた牧草地にあずまやのような建物があって、そこから煙が出ているのが見えてきた。よく見ようとして馬の足取りを緩めると、あずまやのなかの炉の脇に置かれた石のベンチにジョーと息子のエルクが座っているのがわかった。レモンズをそちらに向け、ゲートを気にせずにすむように、敷地のまわりをぐるりと弧を描くようにして牧草地を進んだ。ジョーがわたしに気づき、立ちあがって大きく手を振った。

さらに近づいていくと、エルクがぐっすり眠っている幼い娘を抱いているのが見えた。ふたりはわたしを見て小さくうなずき、ジョーはここに座れというように炉を示した。わたしはレモンズから降りると手綱を鞍にかけ、あたりの草を食《は》めるように彼女をその場に残して、その先の通路が炉まで続いている小さなスイングゲートをくぐった。ジョーがわたしを待っていたことはわかっていたが、炉までたどり着いても言うべき言葉が見つからなかったので、「ハイ、エルク。ハイ、ジョー」と声をかけただけで、ちくちくした感覚が指に戻ってくるのを感じながら、風にさらされてこごえた手を炎にかざした。

しばらくはだれもなにも言わなかった。やがてわたしはジョーとエルクが座っている石のベンチの近くに置かれた、日光にさらされた椅子に腰をおろした。

ジョーの無言の仕草でエルクは立ちあがり、抱かれていた幼い娘は小さく身じろぎして、彼の首に頭をもたせかけた。「部屋に戻るよ。会えてよかった、サーシャ。それに……この数週間、よくルーシーの面倒を見てくれてありがとう。きみのような人がいて、彼女は運がいい」

「お役に立ててよかったわ」

ジョーとわたしはそれからしばらく黙って座っていたが、ようやく彼がわたしを見て言った。「ルーシーが行ってしまったのは残念だ。おれとおれの妻にとって、彼女は妹のようだった。だが彼女にほかに道はなかったと思う」ジョーの妻は二十年ほど前に――もっと長く生きるべきだったのに――死んだことを、この数週間のあいだにわたしは聞いていた。

ルーシーのことを考えると、どっと悲しみが襲ってきた。もう二度と彼女には会えないし、今後の数週間のどこかで彼女を待ち受けているだろう様々な形の死のことばかりが頭をよぎった。だが彼女のことを考えたせいで、最初の質問が浮かんできた。

「彼女は出ていかなきゃいけなかったの？　どこかでひとりで死ななきゃいけないの？　わたしたちにできることは本当になにもないの？」

長いあいだジョーは答えなかったが、やがてわたしに目を向けた。「あんたが知らなきゃいけないことはまだある。この場所について。なにが起きるのかについて」

わたしは首を傾げて、もっと話してくれるように彼を促した。話してくれるのを待っていると、できるかぎりあからさまに態度に出したつもりだ。彼はたちのぼる灰色と白の煙の筋を見つめ、口を開いた。

「**ドゥオモ**」

わたしはぎこちない発音でその言葉を繰り返した。

「冬だ。これからやってくる季節」

彼はわたしの目を見つめた。

「〝猶予〟ってダンとルーシーはわたしたちに言ったわ。この……すべてからの休止だって」

ジョーの険しい表情が、それだけではないことを教えていた。「一部の人間にとっては猶予だが、全員にとってではない」

腹に冷たく広がる不快なアドレナリンを感じた。

「だれにとってなの、ジョー？　どういう意味？　なにを言っているの？」

彼は手をあげてわたしの質問を受け流すと、まっすぐに目を見つめた。「ハリーは人を殺したことがあるか？」

ジョーの質問に、わたしはかゆくもない腕を掻き、肩をすくめた。「えーと……ええ、あるわ。何人か殺していると思う。ふたり以上なのは確かね。どうして？　どうしてそんなことを訊くの？」

ジョーは少しだけ背筋を伸ばして、炎を見つめた。

「いいかい、サーシャ、冬にも精霊は出現する。冬のサイクルがあるんだ。だが、だれかの命を奪ったことがある者だけが、それを経験する」

数秒間、わたしはなにも感じなかった。まるでその知らせが感情のすべてをそぎ落としてしまったみたいだった。やがて、ショックと恐怖とパニックがじわじわと広がり始め、彼の言葉を理解するのに手間取っていることを悟ったみたいに、ジョーは黙って待っていた。

また泣きたくなった。一日のうちにこれほど泣けるなんて思ってもみなかったけれど、高ぶる感情を抑えこんだ。「ジョー、なにが起きるの？　冬の精霊はどんなななの？」

ジョーは上着のポケットからゆっくりと手を出すと、前かがみになって膝に肘をつき、両手の指を組み合わせた。

「冬に精霊が出現するときは……そいつが殺した人間の姿を取る。そいつの土地に現れる。殺したのがふたり以上なら、全員そろって現れる。精霊がどこからかそいつらを見つけ出して、見せかけだけでも探し出して、そいつらを殺した人間がいる場所に幽霊を案内してくる。苦しめるために。あんたには見えないよ、サーシャ。見えるのはハリーだけだが、あんたも感じることはできる。聞こえることもあるだろう。動物も感じることができる」

「どうしてハリーだけなの？」

「幽霊は、殺したやつと殺されたやつのあいだにある真実を理解する人間の前にだけ姿を見せる。ほんの一瞬のことかもしれないが、だれかの命を奪うというのはこれ以上ない親密な関係、永遠のつながりを作るんだ。その死の重みを本当に理解し、感じる人間だけが、幽霊の姿を見ることができる」

ジョーは背もたれに体を預け、足を組んで言葉を継いだ。「近いうち、明日かもしれないし、来週かもしれない、ひょっとしたら二月に入ってからかもしれないが、ハリーは家の外に出たときに、殺した男たちの幽霊を見るだろう。いままでわかっていることからすると、幽霊は死ぬ前と同じ姿をしている。殺した相手そのものではなく、ただ彼らっぽく見えるだけだ。留まるのはひと月くらい。曾祖父が祖父と父に語ったところによれば、一番長かったのは六週間だったらしい。幽霊が家に近づいてくるだけの力を蓄えるのに数日かかると聞いている。だがいずれ、図々《ずうずう》しくなって、相手の近くにいることが心地よくなってくる。やつらは、玄関の近くで相手が外に出てくるのを待っている。バスルームの窓の外で、朝に小便をしに来るのを待っている。ベッドに横になれば、寝室の外で叫び、怒鳴り散らす。ハリーの注目を集めるために、あらゆることをする。姿を見せるために、声を聞かせるために。人を殺すという不自然な行為は、殺された人間の魂を不安定にする。不満を残す。だからやつらは、その原因を作った人間に気づかせようとする」

わたしは首を振りながら彼の話を理解しようとした。

「精霊から身を守るためにしなければならないことがひとつある。これがこの季節のルールだ。幽霊があんたたちの地所にいるあいだは、日没から夜明けまで家のなかで蠟燭《ろうそく》を灯し続けなければいけない。幽霊一体につき、彼が殺した人間ひとりにつき一本の蠟燭だ。蠟燭に火が灯されているあいだは、幽霊はあんたたちを傷つけることも、家に入ってくることもできない。あんたたちの地所にいる期間が長くなるにつれ、幽霊はより攻撃的になっていく。より報復的に。最後には、死に物狂いで家に入ってこようとするだろう。だが蠟燭に火が灯っているあいだは、幽霊があんたたちに触れることも、あんたたちが幽霊に触れることもできない」

彼の言葉を理解するにつれ、わたしのなかにもやもやしたものが広がっていった。考えがまとまるより先に、言葉が口からこぼれていた。「納得できない。これがいったいどうして……だってほかのこと、光や熊やかかしは……」

要領を得ない言葉は途中で途切れた。わたしは気持ちを落ち着け、深呼吸をしてから再び口を開いた。「わたしが言いたいのは、どうしてこの季節が注目するのがわたしたちなのかっていうことよ。どうしてハリーと彼が殺した人なの？」

ジョーは首を振りながら、炎に視線を戻した。「注目されているのは自然だ。自然のなかの人間の立場だ」

彼は炉の石にたてかけてあった火かき棒を手に取ると、自分とわたしが座っている椅子のあいだの地面に円を描いた。

「光の球。始まり。これは、あらゆる生き物のかまどを表している。始まり。あらゆるものの母。すべての命が生まれる子宮」

彼はその隣に雑な熊の絵を描いた。

「熊と男。これは、人間と自然の衝突を表している。食物連鎖の上ではなく、そのなかで生きる人間だ。内側で。人間と森や丘で暮らす獣との永遠の衝突」

次は、棒状の簡単なかかしの絵。

「人間がまわりの自然世界を先導している。土と種の支配。自然の支配とその裏切り」

それから彼は土に×を書いた。

「そしてついに、人間だけがその起源を超えた。捕食動物を飼い慣らし、土地を支配し、そして最悪の本能が顔をのぞかせた。互いに争うようになった。他人の血を流すようになった。自分の種を殺すこと以上に自然に反することはない」

わたしは地面の絵を見つめながら、季節とそれが意味することとの単純な結びつきについて考えた。

顔をあげ、のろのろと首を振った。「どうしてこんなことを知っているの？　この意味や……その背後にあるメッセージをどうやって知ったの？」

ジョーはにやりと笑い——彼のそんな表情を見るのは初めてだった——肩をすくめた。「知っているわけじゃない。これは先祖から口伝《くちづ》てに伝えられた物語にすぎない。この精霊はおれたちよりも古い。この古い場所に暮らした最初の祖先よりも古い。長年のあいだに、人は説明のつかないことになにかの意味を持たせるものだ」

わたしは自分の手を見つめ、この寒さのなかで手綱を握っていたせいでこわばっている指を伸ばした。「あなたの祖先は精霊を打ち負かしたり、取り除いたりするためのどんな物語を伝えたの？　どうやって決着をつけて、谷を永遠に出ていくのかについて？」

顔をあげるとジョーがわたしを見つめていた。彼はゆっくりとその視線を、自宅の上の草が枯れた長い尾根に向けた。やがて片方の大きな手をあげて、視線の先を指さした。「家の上のあの尾根に雷が落ちたことは、おれの人生で一度もない」彼はその手をティートン山脈の山頂と稜線の下のほう、より高い山々と尾根が延びる南に向かって動かした。「だがあの山の古い木々には繰り返し何度も落ちる。毎年、春から夏のあいだ、何度も」

彼が遠くに見えるどの山のことを言っているのかは、よくわからなかった。わたしは肩をすくめ、一度だけうなずいた。「それで……」

ジョーは炉に体を近づけ、炎に手のひらをかざしたあと、両手をこすり合わせながらわたしを見た。「雷のような自然の力は、空に存在している。雲から雲へと怒りをこめて移動している。それがおれたちのほうへ、生きているものがいる地へとおりてくるのは、そこになにかつながりがあったとき、流れこむものがあったときだけだ。自分たちの領域からおれたちのところへとおりてくるためには、宿主のようなものが必要なんだ。導管と言ってもいい」

ジョーは体を起こし、大きな上着のポケットに両手を突っこんだ。「祖先の物語のなかには、精霊を雷にたとえたものがあって、なにかがおれたち人間のなかにあるのかもしれないと伝えている。雷を呼び寄せるなにか、精霊をおれたちの領域へと引きこむなにか。それがなんなのかはおれにはわからないが、そう考えれば筋は通る気がする」

ジョーとわたしはそれから一時間、そこに座っていた。わたしはばかみたいに思える質問をし、彼は辛抱強く答えてくれた。この谷には、冬の精霊に苦しめられた人間——人を殺したことのある人間——は長いあいだいなかったが、できるかぎりわたしたちに手を貸すと約束してくれた。

けれど、彼にできることがあまりないのはわかっていた。すべてはハリーとダッシュとわたし次第だとわかっていた。日が傾き始めたので、わたしは我が家に向かってレモンズをできるかぎりの速さで走らせた。

第二十八章　ハリー

　これからなにが起きるのか——精霊の冬の出現について——をサーシャから聞いたあと、おれは丸一時間あまり、考えることも見ることも聞くこともできずにいた。信じられないという思いに気力を奪われて、ソファに座ったまま、気を失っていたようなものかもしれない。だがその後何日かかけて、おれが殺した男たちの幽霊との目前に迫った再会について、おれたちは話し合った。

　このことについてサーシャと話をするのは、思っていた以上に難しかった。文字通り幽霊に取りつかれる数週間が不安だということではなく、アフガニスタンでの日々について、おれはほとんどなにも彼女に話していなかったことがはっきりしたからだ。当時のことに話題が及んだときには、いつも詳しい話は避けてきた。いつのまにかおれたちのあいだには、暗黙の了解ができていた。おれがしゃんとしていて、VAのセラピーを受けているふりをしている限り、サーシャは〝トラウマ的な経験〟を無理に聞き出そうとはしない。そういうわけで——ジョーによれば——信じられないくらい奇妙でばかげた形でおれの感情の重荷と向き合うことになる。これから数カ月の準備をしながら、おれは戦闘に関わる話をサーシャにほとんどしていなかったことに気がついて驚いていた。

　ある朝サーシャに簡単な質問をされて、啞然として言葉もなく彼女の顔を見つめた。**自分が何人殺したのか、知っている？**

　おれが愕然としたのはその質問の重大さでもなければ、答えを考えたり正直に答えたりするのを自分が渋っていたことでもなかった。おれが打ちのめされたのは、いままでそれを彼女に打ち明けておらず、彼女も尋ねたことが一度もなかったという事実だ。いかにもこの件について話したがらないおれらしく、**四人か五人かな、はっきりとはわからない、いずれわかるさと**いうようなことを答えたと思う。一方のサーシャは、この件に関する彼女の姿勢にふさわしく、おれと一緒にいて心穏やかで落ち着いていられるかぎり、実際の数字にはそれほどこだわらなかった。

　これから経験することについては、できるかぎりおれが〝悟り〟を開くようにする以外、この季節の精霊の出現について準備できることはあまりないというサーシャの意見はおそらく正しいだろう。ジョーがサーシャにこの件を語って以降、彼とおれが交わした短い会話のなかで、冬の精霊について彼がくれた助言もその程度だった。「あるがままに受け止めることだ。一番いいのは、頭のなかを整理して、蠟燭を燃やし続けることだ」

　だから、おれはそのとおりにした。そのプロセスは実のところ、驚くくらい地道なものだった。自分がもたらした死を、ダンの死とおそらくはルーシーの死と併せて考えることで、一風奇妙な、けれど穏やかな気分になれた。死すべき運命という概念に意識を向けることで、自分の小ささを納得して受け入れ、現在に価値を見出せるようになったのだと思う。

　幽霊の出現を待つうちに、おれたちは自信に満ちた受容とでもいうべき、妙な心理状態になっていった。おれ以上にサーシャがそうだった。ルーシーが出ていくのを見たこと、彼女の強さと威厳を見たこと、この精霊の影響と死すべき運命に立ち向かった彼女を見たことと関係しているのだろうと思う。

　サーシャとおれはどちらも、料理をするたびに、食事をするたびに、キッチンでコーヒーをいれて飲むたびに、キスをするたびに、セックスするたびに、抱き合うたびに、そうするのはこれが最後かもしれないと感じるようになっていった。それは恐ろしいというよりは、心が落ち着く面のほうが大きかった。運命がおれたちをここに連れてきて、それに対しておれたちができることは、雪に覆われたこの谷の居心地のいい小さな家で暮らす以外、ほとんどない。だがサーシャがそういう気持ちになるのは、おれにとって辛いことだったから、おれの意思に意欲や闘争心や決意が加わった。前の季節を乗り切ったように、おれたちは生き延びる。おれたちはここで暮らしていく。雪の上で毎日跳ね回るダッシュを眺め、朝、キッチンで踊っているサーシャを見つめていると、それこそが戦う目的であり、生き延びる目的だと思えた。

その夜、しばらく話をしたあとで、サーシャはおれの胸に頭を乗せた。

「きみは本当に赤ちゃんが欲しい?」おれは聞いた。

サーシャは体を起こしておれを見つめ、キスをした。

「ええ、欲しいわ。今後もそう思うかどうかはわからないけれど、いまは欲しい。この子を産みたい。母親になりたい。それがわたしの選択。わたしが決めたの」彼女はもう一度おれにキスをした。「あなたは赤ちゃんが欲しい?」

うなずいた。「ああ、欲しい。だがなによりも、おれはきみにその選択ができるようにしたい。もう一度、きみが決められるようにしたい。おれたちが決められるようにしたい」

サーシャは再びおれの胸に頭を乗せ、この数夜そうだったように、これからなにが起きるのかを考えながら、おれたちは長いあいだ黙って横たわっていた。

十二月二十一日、おれは目を覚まし——この一週間そうしていたように——体を起こすと、即座に振り返って窓の外の牧草地に目を向けた。なにもない。雪が降りしきっているだけだ。目覚めと共にやってくるパニックが落ち着くと、サーシャがベッドにいないことに気づいて、再びパニックが戻ってきた。サーシャがベッドから出たあとまで眠っていたことは一度もない。とりわけ先週は、犬が屁をこいたり、炉が急に作動したりして、小便を漏らしそうになって目が覚めたほどだ。

「サーシャ？」バスルームにいるのかと思い、声に出して呼びかけた。起きあがり、ほとんど走るようにして居間に行き、キッチンに向かって言った。「サーシャ？」

「キッチンよ！」その声には笑みが含まれていたので、おれの気持ちはすぐに落ち着いた。キッチンに行くと、彼女はコーヒーと本を持って食卓に座っていた。彼女の足元にいたダッシュがとことことおれに挨拶しに来た。

「きみが起きたのに気づかなかった。まったくおれは……」おれは首を振り、身をかがめて彼女にキスをした。体を起こそうとしたおれに彼女は微笑みかけたが、その笑顔にはなにかが……。それがなにかはわからなかったが、彼女のことはよく知っている。

「どうした？」その言葉がおれの口から出たとたん、笑顔の奥から彼女の感情が再び漏れた。「ベイビー、どうした？」おれの口調は真剣だった。

サーシャは本を閉じて、大きく息を吸った。**なんてこった、子供は双子だとでも言い出すんだろうか？**

彼女は立ちあがっておれの手を握り、おれの目を見つめた。その視線には計り知れないほどの強さがあった。信念があった。おれは圧倒された。彼女が口を開いた。

「ハリー、一時間ほど前、夜明けに目が覚めたんだけれど、あなたには眠っていてほしかったの。感じるの。幽霊かもしれないし、そうじゃないかもしれないけれど、でもこれだけは言える。精霊がいる……わかるの」強さを感じさせる彼女の態度に変化はなかったが、おれの胃は一気に喉までせりあがり、アドレナリンが手と脚に流れこんだ。言うべき言葉が見つからなかったし、たとえ見つかっていても声に出せたかどうかはわからない。心構えはできていると思っていた。精霊が引き起こすあらゆる恐怖はすでに見て、感じていると思っていたが、それは間違いだった。

サーシャの言ったとおりだった。おれも感じた。精霊。キッチンに立ち、美しく強い妻の顔を見つめながら、おれは吐きそうになっていた。空気中に精霊の圧力を感じ、光のなかに見、喉の奥で味わっていた。その瞬間、こんな子供のような恐怖を感じたのは初めてかもしれないと思った。悪夢のなかにいるような、暗い部屋に閉じこめられたみたいな、おれを捕まえたがっているなにかがくすくす笑いながらゆっくりと廊下を近づいてくるのに動くことができないような、そんな感覚だった。

やつらを感じた。五体だ。おれは五人の男を殺したのだと悟った。見なくてもわかった。なにより、精霊を感じることができた。視界の端が暗くなっていく。耳鳴りがして、心臓の鼓動を顔で感じることができた。深呼吸をして目を閉じた。**落ち着け、息をしろ。ろくでなしどもを見もせずに、気を失ったりはしない。**

「ハリー」サーシャの声におれは落ち着きを取り戻し、おれの手を握ったままの彼女の目を見つめ返した。

「ハリー、あなたならやれる。わたしたちならやれる。いいわね？」

おれはうなずき、もう一度息を吸った。「五体だ。おれは五人殺した。やつらがここにいる。感じる。四人はわかるが、五人めがはっきりしない」

かすかな恐怖が一瞬だけサーシャの顔をよぎったが、彼女はそれを押しやって強さに置き換え、大きく息を吸った。「わかった、五体ね」

まるで錯乱した親友のように、パニックへの対抗手段が反射的に顔を出した。戦いたいという激烈な欲求が、怒れとおれに金切り声で叫んでいる。その声はおれを縛りつけようとしたが、おれは自分自身を説得し

た。違う、そのやり方は試した、だがうまくいかなかったじゃないか、ばか野郎。おれはシンクに近づいて、水をがぶがぶ飲んだ。おれを見あげているダッシュに視線を向けると、彼は目が合ったことに喜んでふさふさした尻尾を振った。

サーシャに視線を戻した。彼らを見つけたおれは、なんて幸運だったんだろう。おれは感謝と恐怖と恥ずかしさと喜びを同時に感じて、泣きたくなった。

「サーシャ……あいつらを見つけなきゃいけない。おれはこの目であいつらを見なきゃいけない。なにもしないよ、フェンスの数フィート先より向こうにはいかない、約束する。ただ、最初はおれがひとりであいつらを見る必要があるんだ」

サーシャは挑むようなまなざしでおれを見つめていたが、やがてうなずいた。

「ダッシュは連れていってね。あと、十分したらわたしも行くから。いい？」

うなずいた。「ああ、もちろんだ」なぜ最初はひとりで彼らと対峙《たいじ》しなければいけないのか、その理由を説明しようかとも思ったが、言葉にしなくてもふたりとも感じていることなのだと考え直した。

着替え、双眼鏡を持ち、ダッシュのあとについて庭に出た。十歩ごとに足を止めて、敷地内を見回す。ゲートまでたどり着いたが、まだなにも見えない。牧草地を少し歩き、敷地の一方の隅が見える地点までやってきたところで、血管に冷たいものが流れこみ、顔から血の気が引くのがわかった。

双眼鏡は必要なかった。二百五十ヤードほど先で、五人の男が数フィートずつ離れて一列に並んでいるのがわかった。雪のせいで影のように見える。心臓が激しく打っていた。これだけの距離があっても、中央の男は目立っていた。一番背が高い。ペラハン・タンバン（アフガニスタンの男性が着るチュニックとパンツ）、ポンチョほどの大きさのスカーフ、パコール帽はどれも真っ黒だ。おれは双眼鏡を目に当てた。彼はまっすぐおれの目を見つめている。待ち伏せしていたときにやってきた、汚れたトラックから出ようとしているところを撃った年配の男だ。

これは現実じゃない。おれは白い空を見あげ、それから家を振り返り、目をこすり、もう一度双眼鏡をのぞいた。彼は動いていなかった。ほかのやつらを見た。だれもおれを見てはおらず、あたりを見回して木や山を眺めていた。困惑している様子だ。最初に殺したふたりの男を見つけた。それからケシ畑のはずれで撃った男、そしてもうひとり……

くそっ。おれたちの防衛ラインを突破しようとしたトラックのうしろにいた男たちのうち、ひとりを殺したのはおれだったようだ。若い。十七か十八くらいだろう。落ち着いた様子で山を見あげてはいるものの、そのまなざしは荒々しい。おれは年配の戦士に視線を戻した。

おれが彼の顔に焦点を合わせたのと同時に、彼は分別のある親のような、なにかに集中している表情のまま、おれのほうに一歩踏み出し、そこで止まった。口がからからになり、両手の感覚がなくなった。残りの四人は戸惑ったように彼を見ていたが、突然、四人同時におれを、おれの双眼鏡をまっすぐに見た。おれを認識したとその目に書いてある。信じられないというわずかな思いに続いて、そこに怒りが浮かんだのがわかった。だが一番若い男は違っていた。彼はわずかに顔を伏せたが、おれを見つめ続けるその目には、穏やかで、落ち着いた、けれど残忍な憎悪が浮かんでいた。

おれがひとつ息をしているあいだに、五人の怒り、恐怖、悲嘆、苦痛、困惑、それらすべてが有毒なガスになっておれの肺に流れこんできたかのようだった。からみあって熱い嚢胞《のうほう》になった有毒ガスは、腹のなかで破裂して、吐く息と共に神経系に流れこんだ。おれは身震いし、咳きこみ、最後はえずいた。

ダッシュが前足でおれの脚を引っ掻いていることに

気づいた。その頭を撫で、彼にというよりは自分自身に言った。「大丈夫だ、バディ。大丈夫だ」

おれは怒りを感じていた。最初は男たちに向けていたはずの怒りは、その鼻づらにフックをかけて引っ張られたみたいに、強制的に精霊に向けられた。あたかも、おれの怒りと軽蔑を望んでいるかのように。精霊はおれに理由を与えたいのだと気づいたのはそのときだ。やつはおれの怒りを望んでいるのだ。かかしの件のあとそう考えたこともあったが、感じたのは初めてだった。だが、与えるつもりはなかった。与えるわけにはいかない。

彼らを見つめながら、あそこにかつての彼ら自身はいるのだろうかと考えた。精霊によって与えられた外観のなかに、男たちの記憶や情熱はあるのだろうか？

おれはまた、獰猛な犬がいた廃品置き場の柵沿いを歩いていた少年のころのような気持ちになった。筋肉が張り詰め、熱を帯び、自分の命を守るために精霊に向かって爆発しそうになった。だがそのとき、罪悪感を覚えた。

彼らを殺したことに対する罪悪感ではなく、彼らが自分の故郷で、少なくとも故郷に近いところで、海の向こうから来たおれのような男と戦って殺されなければならなかったことに対する罪悪感だ。

おれはもう何年も前にこの現実を受け入れていたが、いまほどはっきりと感じたことはなかった。〝国のために尽くす〟とか〝戦争における人間の根深い習性〟とか〝自由のために戦う〟といったお題目をどれほど寄せ集めても、この五人の男たちがおれを徹底的に憎む不可侵の権利に反論するには足りない。だがいま彼らは、おれの家の外にいる。

おれはきびすを返して、庭を戻った。ゲートを閉めようとすると、ダッシュはうしろを振り返り、ライチョウのにおいを嗅いだときのように首を傾げて、なにか言いたげにおれを見た。「わかってるよ、バディ。

なかに入ろう」

　おれはサーシャになにを見たのか、五人目の男がだれだったのかを語り、サーシャはジョーに電話をかけて、ついに幽霊が現れたことを告げた。

「その五人目の男にはなんていう名前をつけるの？」

数日前サーシャは、わかっている四人に名前をつけさせようとした。そうすれば彼女に説明しやすくなるし、なにが起きているのか、なにを見たのかを語るのも簡単になるからだ。実用的ではあったが、とんでもなく気味の悪いアイディアだった。マルジャの戦いの初めに殺したふたりは、ハンクとピートと呼ぶことにした。トラックで撃った年配の男はブリッジャー、十発近く弾を撃ちこんだ四人目の男はバックと名付けていた。

「わからない……なにか考えるよ」おれの人生はいったいどうなっているんだ？

　その後、サーシャはできるかぎり陽気に振る舞おうとしていた。クリスマスソングをかけ、世界中の冬至の祝典について書かれたおれの古い歴史の本を声に出して読んだ。おれも彼女に合わせようとしたが、難しかった。精霊が冬至に合わせて季節のデビューを飾るのは、なかなか茶目っ気があって、ふさわしい登場だと思えた。幽霊たちが近づいてきてはいないかと、おれはしきりに窓の外の牧草地をながめた。

　飾りつけをする木は、ドライブウェイの終わりに生えている小さなトウヒにしようと決めてあったので、切りに行くつもりはあるかとサーシャに訊かれた。おれが気乗りしていないことに彼女が気づくのに、言葉は必要なかった。

「ハリー、彼らにわたしたちの人生を決めさせるわけにはいかないのよ、そうでしょう？　あなたに無理強いはしたくない。わたしには見えないんだもの。でも、彼らにはそう対応するべきだってわたしは思う」

　彼女の言うとおりだ。「そうだな、やろう」

おれたちは弓のこを持ち、雪に新しい足跡を残しながらドライブウェイを進んだ。前を駆けていくダッシュの赤みがかった金色の毛皮は、雪の上の暖かな炎のようだ。

牧草地を見渡したおれの視線をサーシャがたどっているのがわかった。「見える？」彼女が訊いた。

四人は牧草地の池に少しだけ近づいていて、おれたちを見つめている。ブリッジャーとあと三人だが、どれがだれかはわからなかった。

「四人だ。五番目がどこにいるかはわからない」

サーシャは愛情を込めておれの手を握った。「わたしも見られればよかったのに。なんだか申し訳なくて……」

彼女の頰にキスをした。「きみが見られなくてよかったよ」

小さなトウヒが生えているドライブウェイの終わりまでやってきた。「これ？」

サーシャは大げさなくらい嬉しそうに応じた。「完璧だわ。気に入った、ダッシュ？」

おれは笑顔を作った。彼女が懸命に明るく振る舞おうとしているのを見て、罪悪感と愛情がちくりと胸を刺した。

片方の膝をついて、細い幹をのこぎりで切り始めた。半分ほど切ったところで、裂け目が大きくなるように空いているほうの手で木をつかんで引っ張った。その拍子に枝が揺れて、おれのジャケットの背中に雪が落ちてきた。冷たいものが首に当たり、シャツの下を滑っていくのを感じて、おれはぎくりとした。

「うわっ！」おれは笑い、サーシャもうしろで笑った。

彼女に雪の玉を投げつけようとして振り返ったおれは、そこで目にしたものにすくみあがり、恐怖のアドレナリンが電気ショックのように全身を駆け抜けて、悲鳴半分、うめき声半分の声が口から洩れた。

おれの声を聞いてサーシャの顔から笑みが消え、恐怖の表情になって両手で顔を押さえた。「ベイビー、なに?!」

幽霊のひとり、五人目の男が、両手でこぶしを作り、彼女の顔の横に身を乗り出すようにして立っていた。おれは立ちあがろうとし、サーシャはこちらに向かって一歩踏み出そうとしながら、おれの視線をたどって顔を横に向けた。彼が叫んだのはそのときだ。

人間とは思えないほど大きく口を開け、体のあらゆる部位をそこに注ぎこんだかのように、彼はふたつの異なる音程で耳障りな叫び声をあげた。ブレーキを踏むことなく鹿に激突したときのように、その声は鼓膜に突き刺さり、おれは顔をしかめた。

炉から放たれる熱波のようなその叫びは、サーシャのウールの帽子を吹き飛ばし、彼女の髪とまわりに降る雪をなびかせた。サーシャは仰天して飛びのいた拍子に足を滑らせて、横向きに倒れこんだ。おれはあわてて立ちあがり、彼女に近づいた。ダッシュは歯をむき出し、音のしたほうに向けて牙をがちがち言わせながらうなっていたが、全力で仕掛ける準備ができている攻撃をどこに向ければいいのかわからずにいるようだった。

「サーシャ、大丈夫か?!」

彼女は目を潤ませ、叫び声が聞こえてきた――彼女にとっては――雪と空気以外なにもない空間を呆然として見つめている。目をしばたたいて気を取り直すと、うなずき、無理に笑顔を作っておれを見た。「大丈夫、大丈夫、転んだだけ。痣《あざ》にもならないわ」

おれは彼女を助け起こし、ついてくるようにとふたりしてダッシュに声をかけながら、ドライブウェイを戻り始めた。ほかの四人の幽霊に目を向けたが、彼らはさっきの場所から動いていなかった。

「あれが叫ぶ前から見えていたの?」サーシャが訊いた。

「ああ、直前に。どこからともなく現れたんだ」

おれは振り返り、野生の獣のように唸りつづけているダッシュをもう一度呼んだ。若い男の幽霊は悪意のこもったまなざしで、挑発するようにおれに微笑みかけた。だが驚いたことに、彼は犬が苦手らしかった。ダッシュが吠えかかるとわずかにたじろぎ、長いあいだダッシュから目を離していると隙を衝かれてしまうとでも思っているのか、おれたちとダッシュを交互に見つめながらも、その場から動くまいとしているようだ。

「どれなの、ハリー？　まだそこにいる？」サーシャが訊いた。

「ああ、まだいる……」彼が犬を怖がっているのを見て、生意気そうな笑みを見たときに感じた以上におれの怒りは燃えあがった。それこそがおれが利用すべき弱点であり、こぶしを叩きこむべき折れた鼻であるかのように。おれの怒りを感じたのか、サーシャがおれのあごをつかんで彼女のほうを向かせた。

「ハリー、大丈夫だから。ベイビー、大丈夫。彼はわたしを驚かせただけ。彼のことはもう放っておいて、いい？　夕食にしましょう」彼女の目にはまだ涙が光っていて、寒さで赤らんだ頬にひと筋伝ったが、無理に作った笑みには誠実さがあった。

雪が降る山地の午後の息詰まるような静けさが、ダッシュの吠え声を増幅させていた。

おれはひとつ深呼吸をしてから、再び幽霊に目を向けた。「そうだな、だがあいつの鼻を明かしてやろう、おれたちの木を運ぶんだ、いいだろう？」

サーシャは笑顔になって、うなずいた。「いいわね」

おれは再びドライブウェイを歩きだそうとしたが、心臓が喉までせりあがり胃がひっくり返ったような気がして、最初の一歩を踏み出す前に動きを止めた。

残り四人の幽霊全員が、五十から六十ヤード先にある池のこちら側にいて、おれたちを見つめている。それは、普通の人間がこれだけの短い時間で移動するのはとても不可能な距離だというだけでなく、雪にはなんの痕跡も残っていなかった。

「なに?!」サーシャがおれの手をつかみながら訊いた。

おれは息を吸い、かろうじて作った笑顔で彼女を見た。「なんでもないよ、ベイビー」

おれが弓のこに近づいていくと、さっきの続きをするとおれたちが決めたのがわかったのか、ダッシュはいくらか落ち着きを取り戻し、尻尾を振りながらおれを見た。それからはずむような足取りでサーシャに近づき、彼女と幽霊のあいだに頭を低くして立った。おれは弓のこを手に取り、若い男を見た。その顔から笑みは消えて、代わりに怒りが浮かんでいたので、おれはにやりと笑った。

「猫のほうが好きらしいな?」おれは彼に尋ねてから、木の残っていた部分を切った。しっとりとして冷たい幹をつかんで肩に担ぎ、若い男に向き直った。

人を見下すような表情が消えたその顔は、憎しみに歪んでいた。幽霊と生きている人間の見た目は同じではないが、その違いはわずかだ。彼らは透明ではないし、肌の毛穴や傷跡、シャツの破れやすり切れた箇所なども見て取れるが、片頭痛があるときになにかを見ているような漠然とした違和感があった。脚、腕、胴体、頭、すべてはそこにあるが、現実ではない——そこに焦点を合わせたときにだけ、見ることができた。周辺部は、とらえどころがないというか、不鮮明というか、なんとも表現するのが難しい。

おれたちは長いあいだ見つめあった。最後に彼を見たときのおれより、二、三歳若いようだ。

ようやく彼のことを思い出した。十代の彼の足首をつかんで、一緒に殺されたほかの男たちの列へと引きずっていく仲間を見ていたことを思い出した。道路にこすれてシャツが頭の上まで持ちあがり、いくつもの弾痕と腹と胸を覆う固まった血が見えた。移動を終えてシャツがあるべき位置に収まり、顔が見えるようになると、おれは彼がほんの子供であることに気づいたのだった。十五歳にもなっていなかっただろう。サーシャの顔に向かって叫んでいる彼の姿が、そのイメージを呑みこんだ。

おれは弓のこを彼に突きつけて、うなずいた。「まったくずる賢いな。最高に気味の悪いやり方だ。お前のことはぞっとするやつ《クリープス》と呼ぶことにするよ」

憎々しげにおれをにらむ彼の目つきに嫌悪感が加わった。サーシャに向き直ると、おれの心臓はまたもや跳びはね、アドレナリンが駆け巡った。

残りの四人の幽霊は、ブリッジャーを先頭に牧草地のほんの十五ヤード先までやってきていた。彼は、裁こうとするかのような目をおれに向けている。耳がつんとして、手が震え始めた。

見つめ合っているうちに、長いあいだ忘れていた事柄が蘇ってきた。自爆ベストはないかとおずおずと彼の体を探ったこと、服から焙《あぶ》ったマツのにおいがしたこと、トラックから引っ張り出すために彼に覆いかぶさるようにしてライフルのベルトをはずしたこと、壊れかけのエンジンから聞こえる弱々しい音。煙が出ている血にまみれた車の残骸から、無造作に彼を引きずり出したことを思い出した。その体の下に割れたガラスが散乱していたので、彼がそれで怪我をしないように、思わずかがみこんで頭を動かそうとしたことを思い出した。自分のなかにまだそんな人間らしさが残っていたことに、ショックを受けたことを思い出した。そんな思いやりがある自分を誇らしく感じたことを思い出した。

「ハリー、どうしたの？」

おれは奇妙な回想から覚め、不安そうな表情のサーシャを見た。首を振った。「なんでもない。さあ、ツリーの飾りつけをしよう」

その日は長い夜になったが、その後の日々よりははるかにましだった。

第二十九章　サーシャ

幽霊が最初に出現した日の夜、ハリーとわたしは小さなクリスマスツリーの飾りつけをして、夕食を作った。陽気に振る舞おうとしたけれど、あの経験はかなりわたしたちを動揺させた。

　わたしは最初の夜とその後の日々に備えて、ちょっとした蠟燭置き場を作り、そのための練習もしてあった。ルールがどういうものなのか、わたしたちはこの数週間、少なくとも四回か五回はジョーに尋ねた。彼自身に冬の精霊の経験はなかったが、彼の曾祖父から聞いていたから、この〝蠟燭の儀式〟が有効であることは確かだと、ジョーは断言した。日没から夜明けまで蠟燭に火が灯されているかぎり——数週間であれ、一カ月であれ、幽霊がここにいるあいだはずっと——幽霊はわたしたちに触れることも、家に入ることもできない。

　信頼できそうだと思えた、頑丈そうな〝風防の〟二十四時間燃え続ける蠟燭をオンラインで見つけ、大きな箱で注文してあった。取っ手のあるトレイに蠟燭立てを強力な接着剤で固定し、必要とあれば持ち運びができるようにした。さらに蠟燭にかぶせて風を防ぐために、両側に開口部のある大きなガラスの球も注文した。

　その夜、わたしたちは蠟燭に火を灯し、夕食をとり、裏のポーチに出てわたしには見えない幽霊がいる牧草地を眺めた。わたしは、幽霊を見つめているハリーの目を見つめた。彼らはなにをしているのかとわたしが尋ね、この世のものではないその五人の様子をハリーが説明するのは、わたしにとって自然なことになっていた。三人が池の近くをうろつき、ブリッジャーともうひとりが森の近くにいるらしいが、五人全員がひたとわたしたちを見つめているという。わたしはぞくりとした。

レモンズはダンとルーシーの家に置いておくことに決めていた。あそこには馬小屋があって、ほかの馬たちもいて、彼女たちが残していったたっぷりの干し草もあるうえ、幽霊から遠ざけておくこともできる。羊たちについてできることはなかったが、ハリーもわたしも驚いたことに、羊は幽霊が気にならないようだ。互いが見えないみたいだとハリーは言ったが、まるで〝小さなルンバみたいに〟彼らはごく自然に互いを避けていた。

最初の夜、ハリーはわたしよりもよく眠った。わたしは何度も体を起こし、蠟燭を確かめ、それからベッドの上の窓の外に目をやり、雪に覆われた牧草地を見つめた。わたしには見えないなにかが暗闇のなかにいて、それがこちらを見つめ返しているのだと思うと、酔ったような気分になった。

翌朝、わたしたちはふたりとも早起きしてたくさん服を着こみ、ダッシュを散歩に連れていった。寒かった。鼻水が一瞬で凍ってしまうような寒さだった。家の裏側を歩き、牧草地を眺めた。ハリーによれば、幽霊たちは敷地のあちらこちらに散らばっていて、山からのぼってきた太陽が雲の向こうから発しているハイイロオオカミのような光のなかで、全員がわたしたちを見つめているらしい。

わたしは精霊と幽霊たちの関係を散々考えた。彼らは精霊だというのが結論だった——精霊の手先であり、道具だ。彼らが実際の人間の幽霊だと考えるのは抵抗があった。そこがどこであれ、彼らがいた死後の世界から引っ張り出されて、アイダホの田舎の山に連れてこられ、自分たちを殺した相手への報復をさせられていると。まるでチェスのコマのように、理解すらできない精霊——わたしたちにとって無縁なものであるのと同様に、彼らにとっても無縁だ——に利用され、語られたことのない言語で悪意のある計画や陰謀を吹きこまれ、不気味な行動を取るように仕向けられている。一方の精霊は、この谷の人間が過去に殺した相手に似たものを呼び出して、ハリーの心に忍びこませる能力があることになる。

その後わたしたちはポーチまで引きずって帰るために、小さなそりに薪を積んだ。わたしはハリーに幽霊には魂が残っているのか、自分たちが何者だったかの記憶はあるのかを尋ねた。彼はそりに何本かの薪を載せたあと姿勢を正し、ひどい筆記体で書かれたなにかを読もうとしているみたいに、ガレージの壁を見つめた。

少ししてからわたしを振り返り、牧草地を示した。彼の答えは、わたしたちどちらもが考えていたことだった。「もしあいつらが本当の人間の本当の幽霊だとしたら、いくらこの谷とはいえ、とんでもなくばかばかしいふたつの事柄が事実だっていうことになる。ひとつ目、人間には本当に魂があって、死んだあとはどこかで漂っている。ふたつ目、この精霊は、だれであれ殺された人間の魂に接触し、支配することができる。つまり、彼らが本当の人間の本当の幽霊だとしたら、この古い精霊は、なんていうか……大方の一神教者が神と呼ぶものとほぼ等しい全能の力を持っていることになる。それだけの力を、一年に数週間、腹話術師の真似事をするためだけに使う？　それだけの力を、このちっぽけな谷間にいるおれみたいなただの間抜けのために、薄気味悪い舞台を用意するのに使う？　ありえない。いくら、この奇妙な場所のめちゃくちゃな物差しを使うにしても、こじつけがすぎる」

ハリーは再び牧草地を振り返り、わたしは彼に近づいてその手を取った。彼がこちらを見たので、笑顔を作った。「あなたが正しいことを願うわ。もしそうでなければ、わたしたちはとんでもないたわごとに対応しているってことね」

ハリーはもう少しで声をあげて笑い出しそうなほどの笑みを浮かべて足元に視線を落とし、それからだれもいない牧草地に視線を戻した。少なくとも、わたしにとってはだれもいない。「おれも自分が正しいことを願うよ」

それから数日間、幽霊たちは牧草地にいて遠くからハリーを見つめていたが、夜になるとじわじわとその距離を縮めてきた。

精霊はわたしも感じることができた。ほかの季節とは違っていたが、大気中のにおいや音やわずかな光のように、それは存在していた。最初の数夜、幽霊たちの泣き声や叫び声やなにかを叩く音や悪ふざけをする音が聞こえてくるのではないかと、ハリーは何度も目を覚ましていたものの、わたしたちはそれなりによく眠った。

四日目の夜はクリスマスイブだった。夕食の前、わたしたちは幽霊たちがなにをしているのかを確かめるため、日が落ちる前に外に出た。それが、日々のちょっとした習慣になりつつある。外に出るたびにわたしは、そうすることでなにが起きているのかを確かめられるとでもいうように、ハリーの視線を追った。

彼の目を見ていることに気づかれたので、ちょっとうしろめたくなって視線を逸らした。

「ごめん、ただ……わたしには彼らが見えないから、どうしてもどこにいるのかが知りたくなるのよ」

ハリーはわたしの肩に腕を回し、額にキスをした。

「いいんだよ、サーシャ。かまわない」

ハリーは、彼らはポケットに手を入れたり、背後で組んだりしながら庭を囲うフェンスに沿って別々に歩き、わたしたちを、犬を、森を見つめていると説明した。まるで看守みたいとわたしは思った。

その夜、わたしたちは両親やほかの家族に電話をかけた。なにか悪いことが起きる可能性を考えて、わたしは感傷的になった。最悪のことがわたしたちの身に起きたら。儀式に失敗したら。最近は、命というものをはかなく感じることが以前よりもずっと増えている。思いもかけない、ささいな出来事がきっかけになった。居間の片隅を眺めてどう模様替えしようかと考えたり、調理用鍋やランプを買い替えようとか、新しい電球が必要だとかいったことを頭のなかでメモを取ったりするときに、そんなことをする機会はないかもしれないという思いが鋭く胸を刺す。悲しいのではない。もっと根本的なものだ。わたしは、ささやかな時間をありがたいと思うようになった。わたしの耳に髪をかけてくれるハリー。わたしの膝に顔を乗せるダッシュ。だれかが時間をかけて書いた本のなかの一文。パンの味。炎のにおい。これまでなかったほど、まわりのものを意識するようになった。ここで暮らしていくすべを見つけられたら今後もそうしていきたいと思っている日々を、わたしはいま送っているのだ。

お腹のなかにいる子供のことを考えた。子供は力を与えてくれる。楽観主義にしてくれる。まだ子供が生まれておらず、妊娠はごく初期の段階だから重くなった体で動かなくてもいいことに感謝した。けれどその小さな心臓や、作られつつある小さな体を、常に感じていた。

ハリーは、家をどうやって安全に保つかに専念することで冷静さを維持しているようだった。なんらかの理由で覆わなければならなくなったときに備えて、大きな窓に合わせてベニヤ板を切り、蠟燭が消える危険が大きいのがどこかを調べるため、ドアや窓が破られたときに家のどの箇所に風がもっとも吹きこむかを確認していた。実体のない幽霊にも役に立つとでも言うように、家じゅうのあらゆるところに、多すぎると思えるほどの銃を置いた。触ることのできない山の精霊にはどの弾丸が一番効果的なのかと訊いて、わたしは彼をからかった。彼自身もその予防策の愚かさに気づいて笑ったが、そうすることで安心感が得られるのだろう。ある夜はガレージで、弾倉やその他諸々を入れるポーチがたくさんついたベストを着て、小さなポケットやストラップを確認していた。考えなくても体が覚えているその動きは、彼がこれまで幾度となくしてきた、けれどわたしは実際に見たことのないもので、それを眺めているのは妙な気がした。

それは彼にとってのささやかな防御装置だったが、彼自身にもそれはわかっていて、アフガニスタンで使っていたものに似せて作ったライフルを〝安心毛布〟とすら呼んで、わたしと一緒になって面白がった。どうしてわたしはこの人にこれほどぞっこん惚れこんだのだろうと思うことも時々あった。

だが冬の日が過ぎていき、幽霊がじりじりと家に近づいてくるあいだ、彼にできるのはそれだけだった。ライフルがなんの役にも立たないことを知りながら、幽霊たちがいる場所へ出ていく前に弾が装塡されていることを確かめている彼を見ていると、ぞっとしつつも愛しさを覚えた。

〝安心毛布〟のライフルを肩にかけて、雑用をこなすために庭に出ていく彼を見るのは、悲劇でもあった。ライフルを持ち、肩にかけて歩く彼。雪に覆われた庭を進んでいく彼がライフルを手にするいかにも慣れた様子。彼だけが見える幽霊に不安そうに向ける視線。彼が作り出した悪霊と、そのために使った道具。それはハリーにとっても、わたしたち人間という種全体にとっても悲劇だったから、わたしは悲しくなった。

あのライフル、あの命、わたしが知ることのないあの若者、あの若者の恐怖と暴力が、この冬の精霊と幽霊たちの本当の始まりだ。冬の精霊が幽霊たちを連れてきたとき、若者は以前と同じ敵に同じ武器で対抗することで安らぎを得たのだ。

第三十章　ハリー

クリスマスが来て、そして去った。臆病でまごついているような幽霊たちの態度も、一緒に連れていったようだった。一日ごとに彼らは大胆になり、目的をよりはっきりと意識し、おれとの関わりを強めていった。彼らの〝日常〟が日没から始まることは明らかで、ジョーによれば、幽霊のシーズンが進むにつれて彼らはよりうるさく、攻撃的になっていくらしい。

一月の最初の夜、サーシャがベッドで本を読んでいるあいだに、おれは昼間に蠟燭を置いてあった場所から寝室の化粧台の上に移動させるという、ベッドに入る前の夜の儀式を行ったあと、〝幽霊の偵察〟と呼び始めた活動に移ることにした。

できるかぎりタフガイっぽいばかげた声を出さずにはいられなかった。「幽霊の偵察に行ってくる、ベイビー。すぐに戻る」サーシャは目を丸くして、にやりと笑った。その顔に一瞬だけ浮かんだ疲労の色を見て、罪悪感がぐさりとおれの胸に突き刺さった。何度か深呼吸をしてから、玄関に向かった。

ばかげているとわかってはいたが、暗闇のなかにいる薄気味悪いろくでなしたちの居場所を、眠りにつく前に少なくとも一度は確認することで、おれはいくばくかの満足感を覚えていた。やつらは近いうちに、ひと晩じゅうどこにいるのかを知らしめようとするだろうから、その満足感もいまだけのことだろうが。

投光器を持ち、ドアを開けた。なにも見えなかったが、キッチンの外側にあるポーチから囁き声が聞こえた。一歩外に出てキッチンがある右側をのぞきこむと、みぞおちのあたりを鋭い恐怖が貫き、体が凍りついた。身を乗り出してポーチをのぞきこんだ瞬間、目に入ったのはクリープスとピートだった。キッチンの窓から漏れる黄色い薄明かりのなかでポーチの端に隣り合って立ち、わずかに頭をさげて、眉の下からおれをにらんでいる。あとずさってドアを閉めたいという衝動にかられて、筋肉が震えた。やつらがそこにいたのはほんの半秒ほどで、すぐに家の反対側にあるポーチへと駆けていった。足音が聞こえなくなって初めて、おれは心臓が激しく打っていたことに気づいた。**始まったってことか。**

まただれかが不意に現れるに違いないと感じていたから、おれはやつらがあっという間に姿を消したあたりから目を離さなかった。ダッシュはおれの左脚の脇に立って、唸っている。おれは視線を逸らすことなく、彼に声をかけた。「わかっているよ。やつらはくそったれだ」

ドア枠にもたれた。ポーチから降りる階段に目を向けたとたん、頭よりも先に体が反応した。

音が耳の奥で爆発し、おれは咄嗟に腕で覆った顔をしかめ、男から離れた。ドアの左側に立っていたそいつが、おれのすぐ耳元で叫んだのだ。

ダッシュがドアから外に飛び出していき、ポーチから庭へとおりる階段の上に立ち、暗闇に向けて激しく吠えたてた。おれは手をおろし、バックを見た。彼はボクサーが最初のゴングを待っているときのように、体の脇で手を振り、その場で体を上下に揺すり、息を荒らげながら怒りに満ちた目でおれをにらんでいた。

サーシャがベッドから飛び出して居間に駆けこんできて、なにがあったのかとおれを問い詰め始めた。おれは深々と息を吸った。「大丈夫だ」

バックの横を通り過ぎ、体をかがめてダッシュの首輪をつかむと、玄関まで引き戻した。ダッシュは怒っていた。バックの脇を通り過ぎるとき、歯を噛み合わせる音が冷たい暗闇に反響するくらいの素早さと激しさで、ダッシュは彼がいる空間に噛みついた。バックは犬から身を守ろうとでもするようにわずかに両手を突き出しながら、ぎくりとしてあとずさった。

おれはその反応にひどく驚いて、動きを止めた。ダッシュはバックがどこにいるかを知らない。なにかが近くにいることをはっきり感じていながらも、ただやみくもに吠えていたにすぎない。正しい方向に嚙みついたのは、たまたまだ。やつらは本当に犬が怖いらしい……

「ダッシュを頼む、ベイビー」サーシャの手を借りてダッシュを家のなかへと連れ戻してから、おれはドア枠にもたれてバックを見た。

彼は怒りに煮えくり返っていたが、激昂するそのまなざしのなかにあるきまり悪さのようなものを、おれは間違いなく見て取っていた。心臓が高鳴ったが、落ち着けと自分に言い聞かせた。外は凍えそうなほど寒く、サーシャはなかに入ってドアを閉めろと叫んでいる。

おれは幽霊の奇妙な視線を受け止めて、うなずいた。

「ここはこの犬のポーチだ、彼のルールだ」幽霊はただおれを見つめ返してきただけだった。その目には——ひとりの男に対してだけではなく、あらゆるものに対して怒りを感じているときの強い憤《いきどお》りが浮かんでいた。

ドアを閉めてもたれた。サーシャはいらだったようにおれを見ている。おれはなにがあったかを話し、おれたちはベッドに戻った。その夜は幽霊たちがポーチを走る音を何度か聞いたが、十数回もうろたえながら目を覚まし、化粧台の上に置いている蠟燭を慌てふためいて確認する合間に、なんとか眠ることができた。夜はほぼ一時間おきにそうすることが、すでに当たり前になっていた。

一月の最初の週が終わるころには、事態はさらに進展していた。昼間は、外で過ごす時間を制限するようになった。幽霊の嫌がらせが引きこもりのあと押しをしたのは間違いないが、精霊との集会に合わせたかのような酷寒の気温や風や雪が主な理由だった。二、三度、町まで食料品の買い出しに出かけたが、町の北や東側への道は封鎖されていたし、この時期四、五時間で行けるような場所はほかにはなかった。だが、パズルやテレビ番組や映画やオーディオブックや屋内での仕事や料理など、するべきことはあったし、サーシャには毎日、ひとつかふたつ会議があった。

スノーシューズかクロスカントリー・スキーを履いて、毎朝ダッシュを郡道に連れ出した。彼を疲れさせるためでもあったが、体を動かすことはおれたちの正気を保つためにも役立った。幽霊たちはドアの近くにいて、おれがドアを開けると叫び声をあげておれを怖がらせようとし、ドライブウェイのある地点までついてきてそこで足を止めた。おれたちの地所の外にはついてくることができないらしい。興味深い呪いの境界線だ。そこが、おれが理解している所有権と、精霊をひどく怒らせたおれの、この谷に対する権利の限界というわけだ。やつらはそこでおれたちを待ち、また家までついてくる。それが儀式になっていた。

幽霊が現れてから二週間半ほどたつと、蠟燭のどれかが消えた夜にはなにが起きるのだろうという恐ろしい不安はあったものの、なんとかやっていけるのではないかと思い始めていた。夜に蠟燭を灯すという儀式にも慣れ、幽霊の行動や習性は予測できるものになっていた。

なにか理由があっておれが外に出たときには、ひとりかふたりが待っていた。おれに向かって叫び、血を流し、疲れ果てたヘラジカを狙う狼の群れのように、おれがどこへ行こうとぴったりとついてきた。ダッシュを連れていくと、やつらは少しだけ距離を置いた。悪天候の日はさらに楽だった。やつらの存在と同じくらい、寒さも風の強さも不愉快だったから。そんなわけで、ほとんどの時間をサーシャと屋内で過ごす昼間は、それほど悪いものではなかった。

最悪なのは夜だ。そのうえ、夜ごとにひどくなっていくと認めざるを得なかった。常に警戒して、強迫観念に取りつかれたように粛々と蠟燭を管理していたから、長時間ぐっすりと眠ることはほぼ不可能だった。日が落ちてからベッドに入るまで、キッチンにいるときには、興奮した幽霊のわめき声がポーチから聞こえてきた。窓の脇を走っていたり、雪に覆われた庭にただ立っていたりするのが見えた。ポーチの照明が作る光の輪のすぐ外から、悪意に満ちた目つきで家のなかを見つめていた。

一月の第二週のある夜、おれはサーシャの車から充電器を取ってくるために、不快な出会いがあることを覚悟のうえで、ダッシュを連れ、投光器を持って外に出た。ドカ雪が降っていた。風のない、耳鳴りがするような静けさのなかに降りしきる大粒の雪は、それだけで人を不安にさせる。幽霊に会うことなく、車までたどり着いた。充電器を手にして振り返ったところで、顔と手にアドレナリンが一気に流れこみ、おれは動きを止めた。

ブリッジャー。彼は二十フィートほど先にあるおれのトラックのテールゲートの上に立ち、腕を組んでこちらを見つめていた。そこはおれと作業場のドアの外にある照明のあいだだったから、その明かりときらめく雪片に背後から照らされた彼は、まるで火山灰が吹き荒れるなかに立つ悪のプリンスのようだった。おれはダッシュを呼んだ。ブリッジャーから目を離すことなくフェンスの内側に戻り、ダッシュが入ったことを確かめてから雪のなかでゲートを閉めた。フロントポーチから振り返ったときには、彼はいなくなっていた。

やつらが寝室の外にたむろして、叫んだり、騒いだり、うめき声をあげたりし始めたのは、その夜だった。翌日の夜にはひとりが屋根の上をうろつき始め、羽目板の上で跳ねたり、時折、家の端から端まで走ったりしているあいだに、ほかのやつらは甲高い声をあげたり、訳のわからないお喋りをしたり、うなったりした。おれたちはそういった音をごまかすため寝室に送風機を置き、おれは耳栓をして寝るようになったが、それでも三時間以上眠るのは難しかった。

一月の第二週の金曜日の夜、暖炉のそばで紅茶を飲みながら本を読んでいると――おれにとっては――いまいましいラインバッカーが玄関のドアに激突したような――サーシャにとっては――大きな手をドアに打ちつけたような音がした。

サーシャは飛びあがり、胸に手を当てた。ダッシュはいきり立って、ドアに向かって歯を鳴らしながらうなっている。おれは立ちあがった。疲れていたし、腹も立っていた。ブーツに足を突っこみ、居間の窓から外を見た。クリープスとピートがポーチに立ち、悪魔のような顔でドアを見つめている。ほかの三人の姿は、暗闇と雪に覆われた庭のせいでぼんやりとしか見えなかった。

勢いよくドアを開けてダッシュを外に出し、ポーチに向かってばかばかしいくらい大げさに腕を振りながら、怒りに満ちた声で叫んだ。「ぼんくらどもが遊びたいらしいぞ、ダッシュ!」

幽霊ふたりはすばやく一歩うしろにさがった。ピートは、うなりながら四方に向かって歯を鳴らしているダッシュを怒りといらだちの混じった顔で眺めていたが、ダッシュが近づいてくるとポーチの手すりまであとずさった。冷たい憎しみを浮かべておれを見つめ、やがて手すりを乗り越えて暗い庭へとおりていった。

クリープスはその場から動いていなかった。おれはダッシュに合図を送りながら彼のほうへと一歩近づき、眉をくいっとあげた。

彼は、おれが卑怯《ひきょう》な手を使っているとでもいいたげな、むかついて憤慨している顔でダッシュとおれを交互に睨んだ。だがその顔に浮かぶ悪意に、不安や恐怖のようなものが混じり始めているのがわかる。そのとき、ダッシュがなぜかクリープスの存在に気づいたらしく、彼の膝のあたりに鼻を向けた。唸るのをやめ、唇を引いて歯をむき出し、ゆっくりとうしろ脚に体重をかけて攻撃の構えを取った。クリープスはダッシュに顔を寄せるようにして、顔を震わせながら怒り半分恐怖半分の鼓膜も破れんばかりの叫び声をあげた。

ダッシュもまた熊のような低いうなり声をあげながら、叫んでいる幽霊に勢いよく飛びかかった。クリープスはポーチから飛び降り、ダッシュが吠えながらそのあとを追っていくと、ほかの幽霊たちは散り散りになった。

おれたちはダッシュを連れ戻し、彼を落ち着かせて、今夜はもう幽霊たちが戻ってこないことを願った。

そうはならなかった。

数時間後の午前二時ごろ、ベッドの上の窓の外から耳をつんざくような悲鳴が聞こえ、おれはどんなものだったかは覚えていない夢の途中で眠りから引きずりだされて、ベッドに起きあがった。それは、人間のものではない、獣のような咆哮だった。

向きを変えて膝立ちになり、外を見るために厚いカーテンを開けた。ほんの数インチ開けただけだったが、途端におれは悲鳴をあげながら体を引き、あやうくベッドから落ちそうになった。

カーテンを開けたときに見えたのは、凍りついた窓ガラスに額を押しつけ、歯をむきだし、悪意と異様な憎しみを浮かべた目でおれに笑いかけるクリープスとピートだった。疲れ切っていたおれにそのショックは大きすぎて、カーテンを閉めて窓から離れようとした拍子にベッドのヘッドボードに手をぶつけてしまい、怒りと気まずさに悪態をついた。

サーシャがおののきながら目を覚ました。「なに、ハリー？　なに？」

おれたちはベッドの足元のほうで、ただ黙って抱き合った。自分のベッドの上で。やがてダッシュもベッドに飛び乗り、それから数時間、おれは外で笑ったり叫んだりしている幽霊たちの声を聞いていて、サーシャはそんなおれの顔を見つめていた。彼女とダッシュは、時折、幽霊の声が知覚の境界を超えるくらい大きくなったときにだけ、たじろいだ様子を見せた。どれがどの幽霊なのか、おれには判別できなかった。ただ狂ったような不快な音が続くだけだ。窓のすぐ外で聞こえる音もあった。牧草地のほうから聞こえるものもあった。ひとりは動物のように甲高い声をあげながら、何時間も屋根の上を走りまわっていた。

一月の第三週の半ば――冬の精霊が出現してからほぼひと月――になるころには、おれは感情的にも肉体的にも、長年感じたことがなかったほど疲労困憊《こんぱい》していた。サーシャも疲れていたが、陽気に振る舞おうとしている。精霊がそこにいるという感覚もまた、強くなっていた。幽霊に近づくたびに、古傷がひきつって痛んだ。最初の数週間でかろうじてかき集めた冷静さと穏やかさのほとんどはとっくに消えて、おれのなかからすでに疑いの気持ちは消えていた――春、夏、そして秋ですら、こいつよりははるかにましだ。

朝食を終えたあと、薪を運んでくるために外に出た。小さなそりを引きずって、ポーチからガレージと木材用の納屋まで続く雪が積もった通路を進んでいくと、数人の幽霊が右側から声をあげながら、おれについてくるのが視界の端のほうに見えた。やつらの昼間の仕打ちは、アンビエン（睡眠薬）の効き目のように、じわじわと効果を発揮していた。おれは嘲りと苦痛の約束と唾だらけの騒々しい刑務所の一角を独房に向かって歩いている囚人のような気分で、ひたすら足元を見つめていた。幽霊たち――もしくは精霊――は、おれの反応で興奮するらしかったから、できるかぎり彼らを満足させないようにしていた。

彼らを初めて見たときには、幽霊はそれぞれが固有の存在で、おれが殺したときに奪った性格やこの世での経験と共にここにやってきたのかと思っていた。だが次第に疑問を抱くようになっていた。ピートをちらりと見て庭を囲うフェンスのゲートを開けながら、おれはまたそのことを考えた。彼は冷たい敵意を浮かべておれを見た。怒りが彼を安心させ、力を与えているようだ。そこに答えがあるとでも言うように、おれは目を細くして彼の顔をじっくり見た。

「いいや、そこにいるのは本当のおまえじゃない、そうだろう?」魂の出どころと正当性をおれに信じさせようとしているのはおまえだと言わんばかりに、おれは首を振った。つまるところ、幽霊たちはすでにおれの頭のなかにいたのだ。

左耳に甲高い叫び声が突き刺さり、そのあまりの大きさにまるで鼻を殴られたみたいに目の前に星が散った。おれは思わずその音から遠ざかり、よろめくようにしてピートがいる庭のなかへと足を踏み入れた。振り返ると、ピートの魂のことを考えながらおれがさっきまで立っていた場所の左側にクリープスがいた。彼は目を細くしてにやりと笑った。目の奥で怒りが湧き起こるのを感じたが、おれは息をしろと自分に命じた。そりをつかみ、ふたりをその場に残して納屋に向かった。

そりに薪を半分ほど積み、別の束に両手を伸ばしたところで、ハンクが不意に薪の山の向こうで立ちあがった。ゆっくりと立ちあがって姿を現したその様は、全速力で飛びあがるよりも不快だった。おれを驚かせるために幽霊が昼間に行ってきた、これまでのどんな動きよりも恐ろしかった。

彼は思いっきり口を開け、白目をむき、痛みに苦しんでいるときのように息を吸うときも吐くときも叫んでいた。生きたまま食われているみたいな、パニックにかられた死に物狂いの悲鳴。おれはあまりの衝撃によろめきながらあとずさり、薪を積んだそりに足を取られて雪の上に尻もちをついた。

おれが倒れるやいなや、ハンクはわけのわからないことを甲高い声でわめきながらゴブリンかなにかのように薪の山を四つん這いで乗り越え、おれの膝にのぼろうとするみたいに近づいてきて、ほんの数インチのところまで顔を寄せてきたのであわてて彼から離れた。目を閉じて、大きく深呼吸をした。立ちあがり、そりに薪を積みこむ作業に戻ろうとしたが、ハンクはおれがどこを見ても必ず視界に入るように跳びはねたりうろついたりした。耳鳴りがし始めた——彼をごまかせなかった。

おれは「ファック」と叫び、目に涙が浮かぶのを感じながら、薪を雪のなかに投げつけた。おれが感情を爆発させたのを見て、ハンクの顔に勝ち誇ったような笑みが浮かんだ。おれはそりをその場に残し、ほとんど走るようにして家に戻った。

サーシャはそのすべてを居間から見ていて、〝あなたは最善を尽くしたのよ〟と言わんばかりの母親のような表情で、すぐにおれを抱きしめた。おれは激怒していたし、恥ずかしかったし、疲れ果てていたが、感情を表すことすらできずにいた。打ちのめされ、体がしびれたような気分で、表情もなくその場に立ち尽くすだけだった。

こんな時間はこれまで何度もあったが、どれも長くは続かない。サーシャの顔を見ているうちに、落ち着きが戻ってくる。これが最悪だとわかっているのは、安心材料でもあった。この世のものではない来客による拷問を経験したあとでは、熊に八つ裂きにされる男も、ひきつけを起こして悲鳴をあげるかかしも、再会を楽しみに思えるくらい慣れ親しんだもののように思えた。あともう少しだ。

第三十一章　サーシャ

一月末のある夜、ハリーとわたしはベッドに横たわって話をしていて、幽霊がやってきてから初めて、邪魔されることのない本当に幸せなひとときを過ごしていた。この精霊の季節ももうすぐ終わりだと、ふたりで話し合った。数日前にジョーに電話をして、この幽霊シーズンの長さは間違いないのかと――少なくとも十回目くらいに――尋ねた。彼はこのシーズンはだいたい一カ月、もっとも長くて六週間だと聞いていると、今回も断言した。その夜のわたしたちにできることは、ただそこに座ってジョーの言葉を信じることだった。これが終わるまで、あと一週間ほどだ。

ジョー本人は体験したことがないから間違っている可能性はあるが、これまでのところ彼のルールや儀式は正しかったことがわかっているし、最初から筋の通っていない期限の根拠について尋ねることになんの意味もない。ハリーとわたしはしばしば、人が人を殺すことがいまよりありふれていた一八〇〇年代後半、この谷はどういう感じだっただろうと話し合った。幽霊たちはどんなふうで、だれになっていたのだろう。その夜、これも終わりに近づいているとわたしたちはどちらも感じていた。わたしは眠りに落ちたハリーの顔を眺めた。日没から夜明けまで、手の届かないところに蠟燭を置いておきたくなかったから、わたしたちは蠟燭を灯した部屋で眠るようになっていた。蠟燭を生命維持装置のように感じていた。透析装置のように、海に浮かぶ救命いかだのように。

翌朝、わたしはコーヒーと紅茶をいれるために起き出した。目を覚まして伸びをしているダッシュをまたぎ、居間を抜けてキッチンに向かおうとしたところで、寝室に置いてあった携帯電話が鳴った。同時にハリーの電話も鳴るのが聞こえた。寝室に戻ると、ハリーが警告するような顔でわたしを見つめた。どちらの電話も告げていたのは、今夜近づいてくるという猛烈な冬の嵐についての警報だった。風は時速八十マイル、積雪は二十六インチになるらしい。風が蠟燭のはかない炎の敵だということはよくわかっていた。わたしたちの命綱に対する最大の脅威だ。

ハリーは荒天警報を読み終えると、ベッド脇のテーブルに電話を置いて、天井を見あげた。感情がないように見えたが、わたしが見たこともないくらい疲れているのかもしれない。彼はゆっくりとベッドの上で体を起こし、爪先に向けて両腕を伸ばした。脚や肋骨や背中や腕の古傷を貫く朝の痛みが次第にひどくなっているらしく、顔をしかめたのがわかった。彼に近づいて背中を撫でた。彼は長々と息を吐き、わたしを見つめた。

キスをした。「もうすぐよ、ハリー。これが終わるまでもうすぐ」

ハリーはわたしの背後を見つめて、ゆっくりとうなずいた。ややあってからわたしに視線を戻し、笑って肩をすくめた。「そうだな、もう少しだ、もうすぐこれが終わる。だから……守りを固めよう。この嵐で危険にさらされることのないように。この家を耐暴風雨仕様にするんだ!」

彼はベッドから飛び起きると、すぐに作業に取りかかった。居間やキッチンや寝室や仕事部屋の一番大きな窓にベニヤ板を打ちつけ、補修する必要が生じたときのために、予備の木材を屋内に運びこんだ。ツーバイフォーの長い角材を短く切り、その束をひとつかみの長い釘と金づちと一緒に玄関の横とキッチンのドアの横に置いた。この数週間で初めて、楽しんでいるようだった。確たる目的がある。

わたしは、キッチンのドアの横に板を重ね終えたハリーに微笑みかけた。彼は少しだけ顔を赤らめて恥ずかしそうに笑い、玄関近くの板を頭で示した。「風がひどくなって、ドアが吹き飛ばないようにしなきゃならなくなったときの用心だ。ドア枠を台無しにしたくはないし、家じゅうを塗り直すのはごめんだが、念のために準備しておいたほうがいいだろう?」

わたしは本を置いて彼に近づき、キスをした。「そうね、いい考えだと思う。嵐がひどくなったら、ドアに板を打ちつければいいわね。この家をロックダウンできるように準備するのよ。このシーズンももうすぐ終わる。危険を冒すことはないわ」

わたしたちは残りの時間を、能天気とも言えるような妙にぼうっとした状態で過ごした。終わりはすぐそこだというのに、自然がわたしたちに対してなにかを企んでいるように感じられた。庭にそびえたつ大きなハコヤナギの裸の枝のあいだを突風がうなりながら吹き抜けていくたび、ハリーとわたしの胃はぎゅっと締めつけられた。

ハリーも落ち着いている様子だった。集中しているし、冷静だ。危険地帯のパトロールに行く前のようだと彼は言った。「そういうものさ、ベイビー。やり遂げるしかできることはないんだ」

その夜は早めに夕食にした。ごちそうだった。ハリーが秋に仕留めた鹿のテンダーロインの残り、野菜のグリル、たっぷりのサラダ、手作りのパイ——素晴らしかった。夕食のあと、日没まで一時間ほどあったので、ダッシュを連れて散歩に出た。激しく雪が降っていて、しばらく前まで時折襲ってくるだけだった突風は、ひっきりなしに吹きつける強風に変わっている。いまはまだ家から見えている小さな森から吹いてくる風が奏でるのは、頭にこびりついて離れない物悲しい音だった。散歩のあいだじゅう、ダッシュはずっとぴりぴりしていて、わたしたちのそばから離れようとはしなかった。

ハリーは最後にもう一度ガレージに行き、そのあとポーチからさらにひと抱えの薪を運びこんだ。居間の暖炉の脇にきれいに積みあげてある、すでに充分なほどの薪の山の上に新しいものを置いた。炎に温められるとすぐに、冷たい薪から湯気が立ち始めた。

ハリーは暖炉に薪を入れると、手袋をはずしながら部屋を抜け、玄関脇の窓台にその手袋を置いた。ドアの横に積んである板を眺め、それからわたしを見つめ、わたしたちはなにかを話し合うこともなく、言葉を交わすことすらせず、玄関とキッチンのドアに板を打ちつけ始めた。わたしが板を支え、ハリーが大きな釘をドア枠に金づちで打っていく。わたしたちは黙って、けれど手早く作業を進めた。

この数週間そうしていたように、わたしたちは蠟燭に火を灯し、ハリーが〝戦闘トレイ〟と呼ぶものにセットして、家じゅうどこに行くときにも一緒に運んだ。日が沈むころにはお気に入りのアルバムをかけて、キッチンで三十分近く踊った。激しい風が吹いて家がうめき、明かりが揺れるたびに握り合った手に力がこもった。

あたりがすっかり暗くなると、これからのことを考えて少し不安になった。風は太い枝を曲げる勢いで吹き続けている。板を打っていないキッチンの小さな窓から投光器で庭を照らしてみると、雪が横殴りに吹きつけているのが見えた。テニスシューズをはいて厚手のズボンとカーハートのコートと手袋をつけ、コートのポケットには毛皮の帽子を入れておくようにとハリーが言った。

ハリーは射撃レンジで身につける〝戦闘ベルト〟を、パーカーの上からつけた。そのベルトには小さなポケットがついていて、ナイフ、ホルスターに入った銃、銃とライフルの予備の弾倉が入っている。キッチンのカウンターにはAR‐15に似せた銃身の短いライフルが置かれていた。こういう状況だったから、わたしは数週間前から、銃の保管についていつもは課している厳格な条件にこだわるのをやめていた。近くにライフルがあるとハリーは気が楽になる。彼を苦しめている幽霊をわたしは見ることができないから、彼の気が楽なら、わたしの気も楽になった。

わたしは、外が見えるように一部に板を打たないままにしてあるキッチンの窓から外を眺めているハリーを見ていた。「ハコヤナギが心配なのね、ハリー」

ハリーはゆっくりとうなずき、わたしを見ずに答えた。「窓を壊すような枝が山ほどあるし、大きく揺すぶられているのは間違いないからね……あの木々が、これよりもっとひどい嵐を耐えてきたことを願うよ」

ベッドに入ろうと思うほど疲れていなかったので、真夜中近くまでキッチンアイランドでトランプをした。ダッシュはわたしたちの足元に寝そべり、時折顔をあげてくんくん鳴きながら、轟くような風の音が聞こえるほうに顔を向けていた。外では風が激しくうなり、生まれてこのかた見たことがないほどの勢いで降る雪は、猛吹雪と化していた。

紅茶をいれて、コンロにティーポットを戻そうとしたそのとき、いきなりそれは始まった。

金属的な大きな音がして、わたしたちのすべての意識はポーチに出るキッチンのドアへと向けられた。風の力を直接受け止める木製の帆と化したドアの圧力を受けて、釘で打ちつけた板が内側にたわんでいる。ドアがキッチン側に開くことのないようにドア枠には板を張ったが、それでも半インチほどは開いてしまうのだ。

音が聞こえた直後、外で荒れ狂っていた吹雪の轟音が狭い隙間から家のなかへと押し寄せてきた。突如として侵入してきた嵐の音に、ダッシュが驚いて立ちあがった。

嵐が家のなかへと乱入してから半秒もしないうちに、ドアの隙間から薄く鋭い刃のような風が音を立てて吹きこんできて、わたしの目をしばたたかせ、髪をなびかせた。

風。

キッチンの端と端にいたハリーとわたしの視線が絡み合った。わたしの顔にも彼と同じようなパニックと恐怖が浮かんでいたと思う。次にわたしたちの視線は、ふたりのあいだにあるアイランドに向けられ、同じものを見て取った。ガラスのカバーは、これほどの集中的な強風のなかではあまり効果はないようで、蠟燭の炎がハリケーンにはためく旗のように横向きになびいている。風のなかで激しく揺らめきながら懸命に耐えている炎を見ていたのはほんの一秒ほどのことだったけれど、時が止まったように感じられた。

ドア枠に打ちつけてあった板の一枚がはがれ、床の上を転がっていったときには、ハリーはすでにドアに駆け寄っていた。内側に開こうとするドアをかろうじて阻止し、ありったけの力でドアを閉めると、両方の肩で押さえこんだ。ドアが閉まり、風のうなりはキッチンから締め出されたにもかかわらず、あたかも音が家のなかでさらに大きくなったかのように、ハリーは顔をしかめた。

彼の目の表情から、幽霊たちが叫び始めたのだろうと想像するしかなかった。

わたしは巣を守る鳥になった気分で、蠟燭に覆いかぶさった。どすんという大きな音がして顔をあげると、なにかがドアの外にぶつかったらしくハリーの体が揺れているのが見えた。再びすさまじい力で押されたドアが数インチ内側に開いたが、ハリーが全体重をかけて押し戻した。わたしもドアに駆け寄り、肩と手でドアを支えた。

ありったけの力を込めた全身の筋肉が燃えるようだった。ダッシュはいつでも飛びかかれそうな体勢で、ドアに向かって激しく吠えたてている。残忍そうに細めた目もしゃがれたうなり声も、わたしが知らないものだった。気がつけばハリーとわたしも恐怖から、そして力を込めるためにうなり声をあげていた。だがドアへの最後の一撃はあまりに強烈で、全体重をかけて押さえていたわたしたちは弾き飛ばされた。

恐怖におののきながら蠟燭を置いてあるキッチンのアイランドを振り返ると、火が消えた一本の芯から濃い煙の筋がたちのぼり、その上にある照明器具にからみつくのが見えた。ハリーとわたしの目が合い、彼が蠟燭に火をつけろと叫んだときにはわたしはすでにキッチンを走りだしていた。

途中にあるカウンターを飛び越え、蠟燭を覆っているガラスのカバーに駆け寄り、覆いかぶさるようにしてトレイの上のライターの火をつけた。手がひどく震えているせいで、なかなか芯に火を近づけられない。ようやく火がつきかけたところで、再び土台から揺さぶるほどの激しさでなにかがドアを打ち、一陣の風が吹きこんで、ライターともう一本の蠟燭の火を消した。

わたしはドアの前にいるハリーとダッシュを見た。あらゆるものがスローモーションで動いているみたいに見えた。わたしたちの家に、わたしたちのもっとも神聖な場所に強引に押し入って、死と暴力と虐殺を持ちこもうとしている古代からの貪欲《どんよく》な怒りと報復に、わたしがこの世でなによりも愛しているふたつの生き物が直面している。わたしは何度か試みたあとようやくライターに火をつけ、蠟燭とハリーを交互に見ながら、指を火傷するのも構わず、激しく震える手でかろうじて一本ずつ蠟燭を灯していった。

ハリーの体が張り詰めているのがわかった。暴力の予感に筋肉が浮きあがり、あのドアから入ってくる残虐極まりないなにかに向かって爆発させる準備を整えている。

そのとき、音がやんだ。がたがた揺れていたドアが止まり、突然静かになった。不安をかきたてる、危険な静寂。

第三十二章　ハリー

嵐の最中《さなか》であれ、蠟燭が消えるようななにかの事態であれ、キッチンや居間がどうしようもなくなってしまったら、寝室に移動しようと決めてあった。そこでで最後の抵抗をする。そこがおれたちのアラモ砦だった。

幽霊の音や叫び声がやむと、おれはサーシャを見た。五本のうち三本の蠟燭に火がついている。彼女に向かって叫んだ。「ダッシュと蠟燭を持って寝室に行け。全部に火をつけるんだ、いますぐ！」

サーシャは蠟燭のあいだにライターを置き、トレイを手に取ると、ダッシュを呼びながら移動を始めた。彼女が慎重な足取りでキッチンを歩いていると、なにかがシンクの上の窓に激突し、そこに打ちつけてあったベニヤ板がキッチンを飛んで、電子レンジを置いてあるあたりの壁にぶつかって砕けた。ベニヤ板のあとを追ってきた窓ガラスの破片はサーシャの体の右側に当たった。彼女はその衝撃や破片、家のなかに吹きこんでくる雪にたじろいだものの、足を止めることはなかった。

背後で、食卓の上の窓が吹き飛ぶ音がした。振り返ると、割れた窓と裂けたベニヤ板の隙間から五人の幽霊がひとり、またひとりと入りこんでくるところだった。人間ではありえない叫び声が重なって、耳に刺さる暴力的な周波数になって轟いた。

幽霊たちからあとずさりながら、おれはカウンターの上のライフルをつかみ、薬室に弾を込め、安全装置をはずし、引き金に指をかけた。自転車に乗るような自然な動きだった。おれは撃ち始めた――閉鎖された空間に響く銃身の短いカービン銃の金属的なすさまじい射撃音は、針のように耳を貫いた。

弾が家に当たるのを見ておれはショックを受けた。弾丸は実体のない体を通り抜けるだけだろうと予測はしていたが、蠟燭が消えたときに侵入してきた幽霊がおれたちを傷つけることができるのなら、ひょっとしたらやつらを傷つけることもできるかもしれないとも考えていたのだと思う。だが驚いたことに、弾はやつらと接触していた。血は流れず、目に見える損傷もなかったが、溶けかけた氷に石が沈んでいくように、弾は幽霊たちの体にさざ波を立てながら通り抜けていった。やつらの動きが鈍くなった。弾が体を通り抜けると、やつらはたじろぎ、顔をしかめた。割れた窓から身をよじるようにして侵入してくる幽霊たちに弾を叩きこむと、やつらは耳にこびりついて離れない、骨まで凍るようなうめき声をあげた。不安とパニックにかられた低い声。鉛の弾で殺すことはできないかもしれないが、やつらがなにかを感じていることは確かだ。そしてその感覚を嫌がっていることも。そう気づいたことで、おれのなかで興奮と怒りが膨れあがった。血に飢えていたと言ってもいいかもしれない。

裂けた木材と割れたガラスに覆われた床に立つおれのまわりで、時の流れが遅くなった。ドアを押さえていたせいで力が入りにくくなっている腕を持ちあげ、慣れた動作でライフルを構えたときになってようやく、ポロック（抽象表現主義の画家）が飛び散らせた絵の具のようにおれの血が床に散っていることに気づいた。戦闘中に感じていた時間に対する感覚が戻ってきた。時間の流れがゆるやかになるとともに、あたりのごくささいなことが鮮明に感じられるようになる。五人の幽霊がキッチンに侵入し、おれに迫ってきていた。夢のなかにいるようだ——やつらがいる場所に対してその姿はありえないほど大きく見えたし、やつらの動きが不可解なほど遅いのか、それとも光のように速いのか、おれにはわからなかった。

おれは昔どおりの動きをした。ボルトがロックされるまで引き金を引き続け、空になった弾倉をはずして床に落とし、新しい弾倉に手を伸ばす。ベルトから取り出した新しい弾倉をマグウェルに叩きこみ、射撃を続ける。その動作を繰り返すごとに、近づいてくる幽霊たちの耳をつんざくような怒りと恐怖の声が響いた。

あとずさりながら居間に入り、寝室に通じる廊下を後退した。ひと塊の音と手足のように見える幽霊たちは、ほんの数フィートのところまで迫ってきている。おれは弾倉が空になるまで撃った。おれの一番近くにいた幽霊、ブリッジャーが手――舗道からたちのぼる熱気のようにひずんでいた――を伸ばして近づいてくると、まるで磁石が反発するような圧力を感じた。おれはピストルを取り出し、やつの胸のなかに銃口を突っこんで、何度も引き金を引いた。銃を突っこんだときも肉体の抵抗のようなものは感じられず、体が乾いた厚い泥という形の静電気でできているみたいに、ただびりびりしただけだった。ブリッジャーは悲鳴とうめき声を同時にあげて、おれの胸の真ん中を手のひらで突いた。

おれは廊下を吹き飛ばされて、サーシャがいる寝室のドアに蝶番《ちょうつがい》がはずれそうなほどの勢いで背中から激しくぶつかり、肺からすべての空気が押し出された。ドアの向こうでサーシャが悲鳴をあげ、ダッシュが狂ったように吠えているのが聞こえた。おれはあえぐようにして息を吸い、そこから動くなと彼女に叫んだが、自分の声は聞こえていなかった。

ブリッジャーがほかの四人と離れ、おれに迫ってきた。頭から流れる血で視界がぼやける。執拗《しつよう》な違和感が、複数箇所を骨折していることを教えていた――肋骨、鎖骨。

おれは窮地に陥っていた。これまでだ。最悪の状況だった。おれが埋葬される順番が来たらしい。だが少なくとも、やつらとサーシャのあいだにおれはいる。

昔ながらのよく知っている感覚を覚えたのはそのと

きだった。かつてはよく知っていたのに、長いあいだ忘れていたあの感覚。最後の最後のときにだけ起きる穏やかな受容とも呼ぶべきもの。混乱と気まぐれとの完全な融合。それは降伏ではなく、まわりを取り巻く絶望的な暴力との交流だ。銃撃戦が激しくなり、空気中で音が沸騰し、仲間が自分の血にまみれて叫び、自分も動けなくなり、だが動かなくてはいけなくて、指が折れ、あばらが折れ、脳震盪を起こし、口に血があふれ、目に泥が入ったとき、それは起きる。

それは、パニックがあまりに大きくなりすぎて自ら崩壊し、消えてしまう最後の瞬間にやってくる感情だった。これから死ぬのだと考えたときにやってくる感情ではない。死について考えることとは、なんの関係もない。それは、その段階のあと、死という現実に直面し、取り組み、服従したあとにのみやってくる感情だ。これから死ぬのだと知ったとき、すでに死んでいると知ったときにだけ、やってくる感情だ。

おれは幽霊たちを見あげ、おれが殺す前、こいつらも同じ感情を味わったのだろうかと考えた。

いままさにおれに襲いかかろうとしたところで、まるで仮死状態になったみたいに、ブリッジャーの動きが止まった。その表情が怒りといらだちに歪み、家の外からの見えない力で無理やり引っ張り出されているかのように、幽霊たち全員が家から撤退し始めた。まるで、透明の鋼線で操られている人形のようだった。

おれはなにが起きているのか理解できなかったが、やがて気づいた。

第三十三章　サーシャ

寝室にたどり着くまで、顔にガラスと木材の破片が食いこんでいることにも、頭から流れる血が肩まで伝っていることにも気づかなかった。固く目を閉じていたが、キッチンからライフルの銃声が聞こえるたびに心臓が飛び跳ねる。傷んだ鼓膜に聞こえるのが犬笛のようなキーンとした音になったところで、わたしは気持ちを立て直し、手の震えを抑えつけながら蠟燭のトレイをまっすぐに立てた。

部屋に駆けこんだとき、木とガラスの破片を浴びて蠟燭の火はすべて消えていた。ライターを二度つけようとしたが、うまくいかなかった。「ついてよ！」

怒りとパニックに叫びながらもう一度火をつけようとしたとき、突然、寝室のドアになにかがぶつかった。人間の体。ハリー。その音と衝撃に、わたしは思わずライターを取り落とした。ドアのほうへと転がっていく。ドアごしにハリーが叫んでいるのが聞こえた。

「そこにいろ！　聞こえたか？　そこにいるんだ！」

彼の声を聞いてわかった――怪我をしている。わたしは涙を流しながら、ライターを手に取った。つかの間目を閉じ、残っている冷静さと平常心をかき集めた。

カチリ。部屋がオレンジ色の光に照らされた。炎を一本目の蠟燭の芯に近づけ、それから二本目に近づけた。外の風と家が壊される音はますます大きくなっている。まるで嵐がこの家の廊下を進んでいるみたいだ。二本目の蠟燭に火が灯り、明かりはより強く、暖かくなった。火のついた蠟燭に手のひらを焼かれる痛みも髪が焦げるにおいも無視して、わたしはできるかぎりの速さで蠟燭に火をつけていった。五本目の蠟燭にしっかりとした火が灯ったとたん、すべてが変わった。

台風の目に入ったかのようだ。外ではまだ風がうなっているけれど、たったいままで激しくなる一方だった攻撃は落ち着いたらしい。頭を締めつけていた圧力がなくなり、こわばっていた筋肉や関節が緩んでいく。気づいてすらいなかった火傷の痛みも消え始めていた。

「ついた。蠟燭がついた、ハリー!」

寝室のドアのノブが回るのが見えた。ドアがわずかに開き、自分の体重でドアを押し開けてハリーが部屋に倒れこんできた。

「ああ、なんてこと、ハリー――」

彼を部屋に引きずりこみ、居間の惨状をちらりと見てからドアを閉めた。

壁にもたせかけると、ハリーは顔をしかめた。ひどい有様だ。わたしと同じようにあちこちに切り傷があったが、彼の動きや息遣いから肋骨が、そしておそらくはほかの箇所も折れているのがわかった。蠟燭の明かりのなかで、彼の血は漆黒に見えた。

彼は手を伸ばしてわたしの頰に手のひらを当て、ほっとしたように息を吐いた。「きみは無事だ」彼がその手を下へと移動させて、愛おしげにお腹に当てると、わたしの目から涙があふれた。「ふたりとも」

ダッシュがわたしたちのあいだに立ち、小さく鳴きながら、血に汚れたわたしたちの顔をなめた。

ハリーが不意に顔を歪めて壁のほうを見た。それが幽霊たちが叫び始めた合図であることを、わたしはこの数週間で学んでいた。風はまだ吹きつけていて、キッチンの割れた窓からは吹雪が音をたてて吹きこみ、壁や屋根にがれきが当たる音が聞こえてくる。

そのとき、お腹に当てたハリーの手に自分の手を重ねたその瞬間、ジョーの言葉が蘇った。

人を殺すという不自然な行為は、殺された人間の魂を不安定にする。不満を残す。だからやつらは、その原因を作った人間に気づいてもらおうとする。

つかの間、考えが駆け巡り、やがて形になった。直感に近かった。それは、わたしが考えることのできる最後の試みであり、残された唯一の道だった。

「ハリー、聞いて。聞いてちょうだい」

わたしは目と目を合わせていられるように、彼の正面に移動した。「わたしを信じる？」

彼は弱々しくうなずいた。「もちろんだ。もちろん信じている」

わたしもうなずき、長いあいだ彼を見つめていた。

「蠟燭を消して。彼らを入れるの」

「なんだって?!　なにを言っているんだ？　おれたちは――」

「この儀式はわたしたちを安全に保つためのもの。彼らを近づけないようにするためのもの。でも彼らが本当に欲しがっているものを与えたら、どうなると思う？　彼らはなによりも、見てもらいたいのよ、感じてもらいたいの。あなたに……」

わたしはためらった。喉になにかが詰まったようで、そのあとの言葉に含まれる非難がわたしの舌をためらわせた。「自分のしたことを認めてもらいたいの」

ハリーは言葉を失ったようにわたしを見つめている。

「ジョーが言ったの。彼らは自分たちを殺した人間に気づかれたいんだって。彼らの怒りを感じてほしいんだって。だから、彼らを怖がったり、戦ったりするんじゃなくて、受け入れたらどうなると思う？　彼らがあなたに感じさせたいと思っていることを、あなたが感じているのを見せるのよ。怒り、悲しみ、困惑。全部、彼らに与えるの」

首を振ったハリーの目が潤み、涙となってこぼれそうだった。その顔は見たことがある。悪夢から目覚める直前、幾度も薄明かりのなかで見たのと同じ顔。心の傷の痛みの表情。

「できないよ、おれは……サーシャ、そんなのはばかげている、ありえない」彼はがっくりとうなだれた。

わたしはハリーの顔を見つめ、涙を流しながら言った。「わたしに彼らが見えなくて、ごめんね、ハリー。あなたと一緒に見られなくてごめんね」

ハリーの目を見つめていると、ジョーの別の言葉が聞こえてきた。炉のそばで聞いた、彼のかすれたバリトンの声。

その死の重みを本当に理解し、感じる人間だけが、幽霊の姿を見ることができる。

ハリーが彼だけに聞こえる幽霊の泣き声に顔をしかめるのを見ながら、わたしは新たにあることに思い至った。

「ハリー、よく聞いて」

彼は顔をあげてわたしを見た。

「教えて。あなたがしたことを教えて」

「え？　いったい――」

「言わなきゃだめ。なにがあったのか。彼らにあなたがしたこと、しなきゃいけなかったこと……」

「サーシャ、きみはなにを――」

わたしは即座に彼を黙らせた。「ハリー！　わたしの言うことを聞いて」

一秒ごとに、わたしの確信は深まった。わたしはなにをしなければならないのか、わたしたちはなにをしなければならないのか。

彼の顔を両手ではさみ、まっすぐに目を見つめてうなずきながら言った。「わたし以上にあなたを知っている人間はいない。でも戦地でなにがあったのか、あなたが教えてくれたことはない。話してくれたことはない。あなたは話したがらなかったし、その理由もわかる――」

「サーシャ、やめてくれ、おれたちは――」

「あなたが話したがらなかった理由もわかる。あなたは、わたしには説明できない罪悪感を抱いているのね。わたしには想像できないことを、わたしが許さないだろうとあなたが思っていることをあなたはした……」

わたしの言葉を聞いているうちに、ハリーの目には涙が浮かび、その姿にわたしもさらに涙が止まらなくなった。

「でも、わたしはあなたを愛している。あなたの抱えているものの重さがどれほどであっても、わたしは受け止められる。あなたと一緒に抱えられる」

わたしがなにをしようとしているのかを彼が理解していないことは、顔を見ればわかった。風が不気味にうなり続け、激しくなる吹雪のなかで蠟燭の炎が揺らめくなか、わたしもはっきりわかっているとは言い難かった。

「わたしを信じて」彼ににじり寄った。「信じて。一緒ならできる」

第三十四章　ハリー

「そうだ……そういうことだ、おれはそうやってバックを殺した。おれが最後に殺したのが彼だ。彼の顔を覚えている。その表情、その……恐怖。彼はＥＫＩＡ（enemy killed in action：交戦中に殺害された敵）というだけじゃなかった。きみにもわかるはずだ。彼はただの……ただの男だったんだ。子供も妻もいたはずの男。彼は怯えていた。彼は怯えていて、おれも怯えていた。彼は怯えていて、死にたくないと思っていた。だが死んだ。おれが殺した」

　自分の口から発せられている言葉は聞こえていたし、目の前にいるサーシャが涙を拭っているのも見えていたが、自分がなにを言っているのかを信じられずにいるおれがどこかにいた。おれはこれまでずっと無意識のうちに、けれど注意深く、彼女にこの秘密を打ち明けることを避けてきた。愛する女性に、自分がしたことを、なにに手を貸したのかを知られることを避けてきた。

時計に目をやり、ここに座って――バリケードを作った寝室のドアの内側で、足元にはダッシュがいて、ふたりの体で囲うようにしてささやかな蠟燭の家族を守りながら――自分がしてきたことを彼女に話すために一時間費やしたことをおれは知った。

話し終えると沈黙が広がった。これまでずっと避けようとしてきたのがまさにこの沈黙だったのだ。この女性――優しくて、善良で、親切な女性――に、自分がしたことの真実を打ち明けたあとの沈黙。すべてが変わってしまうかもしれないという不安をはらんだ沈黙。だが恐怖のその瞬間、長年直面することを恐れていたその瞬間、おれは安堵のようなものを感じていた。正直になれたと、おそらく初めて感じていた。おれはようやくすべてをさらけだしたのだ。

サーシャは涙を拭いながら、おれににじり寄った。顔を寄せ、額にキスをしてから、おれの頭を抱き寄せた。

おれたちは長いあいだそうやっていたが、やがて風が強くなって、家の上の木々のあいだをうなりながら吹き抜け、ダッシュが鼻を鳴らし始めた。サーシャの向こうに目を向けると、不意に外から怒りに満ちた耳をつんざくような悲鳴が再び聞こえてきた。

鼓膜に突き刺さるその音におれは顔をしかめたが……サーシャも同じように顔をしかめた。おれたちはどちらもショックを受けて、見つめあった。

「きみは……」

サーシャは何度もうなずいた。

「あれが聞こえたのか?」

彼女は目を大きく見開き、感嘆とも言えそうな表情でうなずき続けている。

「聞こえた」

おれたちは一緒にバスルームにある小さな窓に向かった。幽霊たちが外の牧草地で、リングをはさんだやる気満々のプロボクサーみたいに、右に左にとうろついているのが降る雪の向こうに見えた。時折足を止めて叫んでいる——身体を半分に折るようにして絞り出す悲鳴、体が震えるほどの悲鳴だった。

おれはやつらからサーシャの顔へと視線を移し、幽霊をじっと見つめている彼女を注視した。

第三十五章　サーシャ

彼らが見えた。

「サーシャ、見えるのか？」

わたしたちが立っている窓をちらちらと見ながら歩き回っている五体の幽霊を横殴りの雪の合間に眺めながら、わたしにできるのはゆっくりとうなずくことだけだった。

なにが起きたのかを理解するまでしばらくかかったが、すべては筋が通っていた。ジョーが言ったことを結びつけて考えたのは直感だった。ハリーが感じていることをわたしも感じられたなら、幽霊を、彼の悪霊を見ることができるはずだと考えたのも直感だった。

その同じ直感が、次にするべきことを告げていた。

心臓が激しく打ち、わたしがこれからしようとしている ことは正気じゃないと理性は叫んでいたが、別のわたしはそれしか方法はないと知っていた。わたしは、いままで感じたことのない強い自信につき動かされていた。

「見える」

おののいたようにわたしを見つめているハリーを振り返った。乾いた血が腫れあがった顔の片側にこびりついている。「ハリー、わたしを信じる？」

彼の表情が決意に満ちたものに変わり、そしてうなずいた。「信じるよ」

彼の手を取った。彼は強く握り返してきた。

寝室のドアを開けると、破壊された家の無残な有様が目の前に広がった。わたしたちはダッシュと共に、手をつないでドアロに立った。こんな状況でなければ、家族写真のように見えたかもしれない。

「愛している」

ハリーがこちらに顔を向けた。「おれも愛している」

わたしはかがみこんで蠟燭のトレイを持ちあげ、その明かりごしにハリーの顔を見つめてから、火を吹き消した。

第三十六章　ハリー

感じるべきパニックも恐怖も襲ってくることはなかった。サーシャのおかげかもしれない。おれが心から大切に思っている人に、ついに罪悪感の大半を打ち明けたカタルシスのせいかもしれない。諦めかもしれない。火の消えた蠟燭から煙があがり、近づいてくる幽霊たちの声が耳をつんざくほどの怒号になったときも、おれは安らぎを感じていたし、すべてを受け入れる準備はできていた。サーシャはトレイを置いておれの手を取り、ダッシュはおれの脚のあいだに立ち、おれたちは破壊された居間の向こうにある玄関を見つめた。

やつらが怒りも新たに、ポーチを荒々しく駆けあがってくる音がした――玄関のドアは蝶番から吹き飛び、ドアを打ちつけていたベニヤ板とツーバイフォーは部屋中に飛び散り、吹き飛んだ大きなドアはコーヒーテーブルを押しつぶしていた。幽霊たちが家のなかへと押し寄せてくると、窓枠にひびが入り、幅木《トリム》や乾式壁やペンキやガラスが割れて部屋に散乱した。ダッシュもおれと同じようにぎくりとしたのがわかったので侵入者に襲いかからないように両脚で彼をはさんだ。

家のなかへと侵入した幽霊たちは、部屋の反対側で足を止めた。蜃気楼のような歪んだ姿で身を寄せ合っている彼らは、全員が激怒していた。

体の横に吊るしているライフルに手を伸ばそうとしたのを感じたらしく、おれの手を握るサーシャの手に力がこもった。おれは彼女を見た。

「戦わないで」幽霊を見つめながら言う。「これ以上戦わないで」

彼女に対する信頼かもしれなかったし、彼女の自信に譲歩したのかもしれなかったが、おれのなかの寡黙な一部は彼女がしていることを理解していた。ときが来たのだ。やつらを入らせる。

おれたちは小さく一歩前に出た。ゆっくり近づいていくと、おれたちが恐怖や敵意を見せていないことで、やつらは取るべき行動がさっぱりわからなくなったかのように、困惑した顔になった。

一歩ずつゆっくりと、部屋の中央へと進んだ。おれはまっすぐやつらを見つめていた。長い時間が過ぎ、長く知られていなかった部族と初めて接触するときのような互いへの不安が広がっていった。やつらの敵意と怒りは、戸惑ったような、好奇心と言ってもいいほどの不安に変わっていた。

やつらはサーシャとおれたちを交互に眺め、怒りがほかのものへと変わっていくにつれ、その表情は静かにゆっくりと変化していった。その瞬間おれは、この谷に越してきてからもっとも不快な感覚に襲われていた。それはほんの数分前、ついにすべてをサーシャに打ち明けたときに感じたものに似ていた。まるで、幽霊たちに心の内を見透かされているみたいだった。彼らからはこれまでのような目的、姿を現してからずっと抱えていた、おれに対するとどまるところを知らない憎しみが失われていた。捕食動物が狩りを諦めたみたいにやつらの興味は薄れ、やつらがここにやってきてからずっと谷に低く垂れこめていた霧のような毒のある悪意が消えていた。まるで、やつらとおれを縛りつけていた鎖が切れたみたいだった。まるで、幽霊たちとおれをつないでいたディーゼル発電機がプスプスと咳きこむような音を立て始め、やがて燃料がなくなって止まってしまったみたいだった。

そして、それが始まった。

家のなかの気圧がいきなり変わり、眼球と鼓膜に鋭い圧力を感じた。かすかな音が聞こえたと思ったら、あっという間に轟音になった。家の中心部から、床から、壁から、基礎から、配管から聞こえているような気がした。洞窟を風が吹き抜けるように、音はますます大きくなっていく。脚はその場に貼りついたようだったし、肺はコンクリートが詰まったみたいだった。サーシャに目を向けたとき、わずかに残っていたランプや天井の照明の明かりが、小さな蠟燭の炎ほどにまで暗くなった。急降下しているような感覚があった。胃が喉までせりあがってくる。気を失うかと思ったそのとき、轟音がさらに激しくなり、熱のようにも、電気のようにも、液体のようにも感じられる力が一気に爆発し、あたかも建物が深々と息を吐いたかのように家の中心部から風が吹き出した。同時に再び照明が明るくなり、またたく光の輪が吹雪を切り裂くと、幽霊たちの姿が消えた。

安堵感はあまりに大きくて、それ自体が力を持っているように感じられるほどだった。サーシャとおれは溺れかけていたみたいに荒い息をつきながら、ふたりしてその場に崩れ落ちた。ひとつ息をするごとに、アヘンが効いてきたかのような感覚があった。それは精霊が消えたときの感覚だったが、これまでよりも強かった――これまでにないほど深い、包みこむような感覚だった。

おれたちははいずりながら近づき、ダッシュを真ん中にして抱き合った。

第三十七章　サーシャ

ハリーは、かつてはドアロだったものを塞《ふさ》いでしまっているポーチの上の支柱と屋根の梁を蹴ったり持ちあげたりして、なんとかがれきを押しのけ、居間からの脱出口を作った。

わたしを振り返り、疲れたような笑顔を作った。わたしも笑みを返した。「ハリー、これでトリムを作り直して、床も新しくする理由ができたんじゃない？」

ハリーは身震いしながら息を吐き――せいいっぱい笑おうとした結果なのだろうとわたしは思った――それから自分が作った出口を示した。ダッシュが体をくねらせるようにして小さな開口部から庭へと出ていき、わたしはハリーが伸ばした手につかまってポーチの残骸のなかに作られた狭い脱出口を抜け、深い雪に覆われた風景――朝の光のなかで宝石に飾られた金のように輝いていた――のなかに出た。

外に出ると、ハリーは崩れ落ちるようにポーチの階段の下で四つん這いになった。雪に手が埋もれた。

わたしは彼の隣に座りこみ、彼の背中に手を当てた。彼は体を起こして、膝立ちになった。指が一本ひどく折れていて、四十五度の角度で突き出している。彼はわたしを見て、右側の抜けた歯の隙間と欠けた歯を見せつけるように口を歪めて笑った。わたしは笑い泣きしながら、血がこびりついた彼の頬に手を当てた。

彼はわたしの隣にペタンとお尻をついて座ると、わたしの顎をつかんで顔を右に左にと動かしながらじっと見つめた。わたしも彼と大差ないひどい有様だろうと思った。

頬と額が食いこんだ木片やガラスの破片で痛むのを感じながら、彼に微笑みかけた。「わたしはどんなふう？」
彼は顔を近づけて、わたしにキスをした。「ひどい有様で、強くて、きれいだ」

エピローグ

おれは、千もの小さな隕石が衝突した跡のような池の水面の波紋を見つめた。オレンジ色の夕方の光のなかで、コクチバスが虫をつついては食べている。静かだった。山の静けさが広がっていた。森のなかの虫や鳥や風。自然のなかに百もの異なる音がある。けれどそれでも、なにも聞こえていないような気がした。

隣でジョーが立ちあがったので、魔法は解けた。ロッドを振るのはもう三十分ほど前にやめていて、そのあとは彼の家の西側に広がる牧草地のなかの大きな池のほとりに、ただ座っていた。

おれは首を傾げて彼を見た。数分前に尋ねた質問が、答えのないままおれたちのあいだで漂っていた。

ジョーは長いため息をついた。「わからない」

一番聞きたくない答えだった。おれの考えは間違っている、今後も油断しないほうがいいと言われるほうがましだったから、さらに追及した。

「日に日に暖かくなっている。明日は八十度（華氏八十度は摂氏約二十七度）になるだろう。川の水位はさがり始めているし、猛禽《もうきん》たちも戻ってきた。つまり……夏はすぐそこなのに、光は現れていない。一度も」

春らしい天気になり、数週間が過ぎても光は出現しなかったので、悲惨な冬のあとの歓迎すべき幸運だとおれたちは受け止めていた。家を元通りにしてもらうため、室内にも屋外にも業者が入っていたから、好都合でもあった。二月の嵐でこの谷はひどい目にあったのだと彼らには説明した。

だが精霊が現れないままの日々がさらに数週間続く

と、おれたちは希望を抱くようになっていった。おれは、池に光が見えて慣れ親しんだ儀式に戻ることを望むような気持ちと、なにかが変わったのだというより大きな願いのあいだで揺れ動いていた。おれたちがしたことは、ある程度の平穏をもたらしたのかもしれない。もしくは、精霊に対するなんらかの解決策になったのかもしれない。

ラインを巻いて、はりすからフライを噛みちぎると、新しい差し歯がはずれた。シャツで手を拭ってから、指を使ってはずれた歯を元の位置に戻した。立ちあがった拍子に太腿の古傷に刺すような痛みが走ったので、ぐっと奥歯を噛みしめた。隣に立つジョーを見あげ、彼の立派な体格を改めて認識した。

「これは……変化だ」ジョーはようやく、言葉を選ぶようにして答えた。

「そうだな、確かに変化だ。ひょっとしたらおれたちは……わからないが……」

ジョーは怪訝そうな顔になった。

「ひょっとしたら、あれを追い払ったんだろうか？」

ジョーは首を振りながら、静かに笑った。

「あれは、この土地そのものなんだ、ハリー。土地を追い払うことはできない。あれは、人間が自然と調和せずに生きている姿を根拠にして、人間に向かってくる。もしあれがあんたたちに関わらないと決めたとしたら……」ジョーは少し離れたところを見つめながら、じっくり考えた。「それはおそらく、あんたが自分自身についてなにかを証明したってことなんだろう。ひとつはっきりしているのは、なにかが変わったってことだ。おそらくあんたたちにとっては、いいことなんだろう。おそらくあんたたちは平穏を与えられたんだろう」

うなずいた。彼の言葉は歓迎すべきものだったが、精霊が現れなかったこの数週間のあいだに大きくなっていた不安を払拭するだけの確信はなかった。

った。

「もしくは……」

そのひとことで、胃に重石《おもし》を入れられた気分になった。ジョーを見ると、彼はおれの視線を受け止めて言った。

「もしくは……あんたたちはまた、あれを怒らせるかもしれない。はるかにひどいことが起きるかもしれない。時間がたてばわかる」

ジョーは古い竿を手に取ると、子供の笑い声が遠くから聞こえている彼の家のほうへと歩き始めた。

「ジョー……」おれが近づいていくと、彼はゆっくりと半分だけこちらに顔を向けた。「訊いておかなきゃならないことがある。はっきり答えてくれ。いいか？」

ジョーはうなずくことも、まばたきをすることもなかったので、おれは言葉を継いだ。「ここに住んだことのある人間、この谷でいくつかの季節を過ごした人間が出ていって、それでも死ななかったという話を、あんたの家族かだれかから一度でも聞いたことはあるのか？」

ジョーは長いあいだおれを見つめていたが、やがて谷へと視線を移した。「ああ、ある」

おれは目を見開いた。ジョーは数歩、おれのほうに戻ってきた。「それが事実なのか、ただの伝説なのかはわからない。だが……遠い昔、おれの祖父が生まれる前にこの谷で暮らしていた老人の話を、祖父から聞いたことがある。彼はこの谷に長年暮らしていたが、突然出ていってサーモン川沿いに移り、そこで罠を仕掛け、狩りをし、残りの日々を小さな小屋で暮らした。おれたちの祖先は時々彼を訪ねてはなにかを交換したり、どうやって出ていったのかを訊いたりしていたと、祖父は言っていた」

おれは言葉を失った。ジョーはおれの顔を見て、うっすらと笑った。「ただの伝説だよ、ハリー。本当かどうかもわからん。だがもし本当だとして、あんたのようなよそ者がここを出ていく方法をおれが知っていたなら、とっくに話しているさ。そうすれば、あんたたちはさっさとここを出ていって、おれを煩《わずら》わせることもなくなる。あんたの悩みに付き合うには、おれは年を取りすぎているんだよ」

おれはなにを言うべきなのかを考えようとして首を振ったが、言葉はすでに口からこぼれていた。「ジョー、彼はなにをしたんだ？　彼はなにをしてここを出ていけるようになったと、あんたの祖先は言ったんだ？　なにかもっと知っていることがあるんだろう？」

ジョーは視線を逸らしてうなずいた。「ああ、それもまた伝説だ。具体的なものじゃない。それどころか、かなり曖昧だ。何代もの世代に語り継がれてきた伝説は、そのたびごとに新しい展開やら物語やらが付け加えられていくからな」

おれは彼が立っているところまで歩み寄った。「で、なんなんだ？　なにをすればいい？」

ジョーはくすりと笑っておれを見た。「気に入らないと思うよ、ハリー」

おれはただ彼を見つめ、その先の答えを待った。彼は眉間にしわを寄せ、いらだった顔でおれを見た。長い沈黙のあと、彼は顎を掻きながら、じっとおれの目を見つめて口を開いた。「伝説によれば、老人が出ていくことができたのは、ふむ、若いあんたでも理解できる言い回しを使うと、老人はようやく……自分のクソと折り合いをつけたんだ」

なにを言えばいいのかわからず、おれはまばたきを繰り返した。ジョーは腰に手を当て、おれの背後に目を向けながらゆっくりと言葉を継いだ。「彼は情緒的な問題を抱えていて、そいつと折り合いをつけたときに出ていけるようになった」彼は大きな肩をすくめ、再びおれの顔を見た。「これ以外に、あんたが理解できる言い回しはないな」

おれは目を細めてジョーを見つめ返した。「なんだ？　いったいどういう意味なんだ？」

ジョーは首を振って、笑みを浮かべた。「もう帰ろう、ハリー。腹が減った」

おれはしばらく彼のうしろ姿を見つめていたが、ちらりと池を振り返ってから彼を追いかけ、家族によろしく伝えてくれと声をかけて車で家に帰った。

その日の夕方、おれはダッシュと一緒にポーチに座っていた。サーシャがキッチンのドアから出てきた。フライパンで食べ物を焼く音とステレオから流れる音楽が、威嚇するような牧場の複雑な沈黙を気持ちよく補っている。

「釣りはどうだった？」

おれは笑顔でうなずいた。「いい気分だ」

彼女はおれを見つめ、それから池に向けられているおれの視線をたどった。「まだなにもない？」

おれは大きく息を吸った。「まだなにもない」

サーシャはおれの膝に座り、おれの髪を撫でた。彼女がほっとしているのがわかった。おれは明らかに大きくなっている彼女の腹に手を当てた。

そう思いたかった。信じたかった。いいほうに変化したと信じたかった。彼女がしたことはこの混乱のすべてを落ち着かせたのだと信じたかった。

サーシャは顔を寄せて、おれにキスをした。おれは彼女の体を支え、目を閉じて唇を受け止めながら——おれたちの赤ん坊がここにいる——これからなにが待ち受けていようとも、一緒に立ち向かうのだと考えていた。

「キッチンを手伝ってよ。わたしをなんだと思っているの？　あなたのママ？」

「だれかのママだと思っているよ」

サーシャは笑いながら家のなかに姿を消した。おれはドアロで足を止め、ダッシュを振り返った。以前よりもダッシュを見つめることが増えていた。彼の視線をたどり、彼が合図を送ってくれることを願っている。ダッシュは、幽霊の炭鉱であるこの小さな谷でのおれたちのカナリアだった。彼と精霊にどんなつながりがあるにせよ、精霊に対する彼の知覚は、煙探知機のように重要だった。おれたちの命綱であり、番兵だった。

　ダッシュは、敷地の端に沿って吹いている、穏やかだけれど止むことのない風に揺れる黒い塊のような木立を見つめている。かすかな風が彼の顔に当たり、耳がぴくりとして鼻孔が広がったのがわかった。空気のぬくもりに気づいたんだろうかと、おれは考えた。季節の移り変わりがわかったんだろうか、春が過ぎようとしていて夏がそこまできていることがわかったんだろうか、その意味を理解しているんだろうか。

　子供のころ、廃品置き場にいた犬のことを考えた。あの犬がかたわらで怒り狂っていたとき、筋肉が張り詰めていた昔の感覚が蘇ってくるようだった。おれたちの家のはるか先にはマツに覆われた斜面が広がっていて、そこから空へとそそり立つティートン山脈の冷たく巨大な花崗岩の頂を見つめるダッシュの視線をたどった。

　ダッシュが大きく息を吸うのが聞こえて再び彼を見ると、その毅然としたまなざしは、まだじっと地平線に向けられていた。

　見つめ、そして待っていた。

謝辞

わたしたちの家族に感謝します：きょうだいのエリザベスとショーン、両親のデイブとエイミー、継両親のダナとロブ。あなたたちを愛し、愛されたことでわたしたちはよりよき人間になることができました。

代理人のスコットとリズの良識と助言には、どれほど感謝してもしたりません。

そして最後に、出版と編集の過程でこれほど熱心に支えてくれる人たちに出会えたわたしたちはとても幸運で、とてもありがたいと思っています——ウェス、ニック、オータム、モーガン、タレス、ローラ、カバーデザイナーTK、そしてグランドセントラルとアシェット・ファミリーの方々。これ以上のチームはありません。